HÅKAN ÖSTLUNDH

Die Stunde des Propheten

GOLDMANN
Lesen erleben

HÅKAN ÖSTLUNDH

DIE STUNDE DES PROPHETEN

DIE ELIAS-KRANTZ-TRILOGIE 2

Thriller

Aus dem Schwedischen
von Katrin Frey

GOLDMANN

Die schwedische Originalausgabe erschien 2019 unter dem Titel
»Den falska profeten« bei Bokförlaget Polaris, Stockholm.

2. Auflage
Deutsche Erstveröffentlichung Juni 2021

in der Penguin Random House Verlagsgruppe GmbH,
Neumarkter Str. 28, 81673 München
Umschlaggestaltung: UNO Werbeagentur, München
Umschlagmotive: FinePic®, München; Stocksy/Boris Jovanovic
Redaktion: Maike Dörries
KS · Herstellung: kw
Satz: Uhl + Massopust, Aalen
Druck und Bindung: GGP Media GmbH, Pößneck
Printed in Germany
ISBN: 978-3-442-49028-8
www.goldmann-verlag.de

Einen Steinwurf entfernt das nächtliche, den Geruch von Salz verströmende Mittelmeer, das sich mit leisen Seufzern immer wieder von den Stränden zurückzieht, gleich hinter ihm die Croisette mit den Palmen, Pinien und den von Scheinwerfern angestrahlten Luxushotels. Es ist der einundzwanzigste August. Elias sitzt mit William Retzius vor zwei halb leeren Gin Tonics auf der Terrasse des Hotel Martinez. Die Schwedensaison an der Riviera neigt sich ihrem Ende zu, die französische erreicht gerade den Höhepunkt.

Er zieht das vibrierende Handy aus der Innentasche seines Blazers. Leichter Schwindel erfasst ihn, als er »Jenny« auf dem Display sieht, sein Tarnname für Ylva.

»Geh ruhig dran«, sagt Wille. »Ich muss sowieso aufs Klo.«

Wille zwängt sich zwischen den Tischen hindurch. Elias hält das Handy unschlüssig in der Hand. Wille darf auf keinen Fall mitbekommen, dass Elias mit Ylva spricht.

Elias wohnt im Hotel Martinez in Cannes in einer der

kleineren Suiten mit französischem Balkon und einem atemberaubenden Blick auf das Mittelmeer, das an einem windstillen Sommertag eher türkis als azurblau leuchtet. In dem von vornherein zum Scheitern verurteilten Versuch, Massentourismus, verschwenderische Dekadenz und französischen Alltag unter einen Hut zu bringen, läuft die Stadt auf Hochtouren. Er investiert seit zwei Wochen in seine Bekanntschaft mit William Retzius. Wille studiert Jura und stammt aus einer wohlhabenden Stockholmer Familie. Seine Eltern sind Rechtsanwälte, aber nicht so vermögend wie viele Familien in seinem Freundeskreis. Und eben wegen dieser Beziehungen bemüht Elias sich so, Willes Freund zu werden.

Darum hat er bis in die Morgenstunden in exklusiven Clubs wie dem Baolo und dem Gotha abgefeiert, in sauteuren Restaurants gebruncht und sogar einen Wasserskiausflug überstanden, ohne seine Würde zu verlieren.

In diesen Kreisen muss immer wieder aufs Neue die Männlichkeit in Form von Trinkfestigkeit, körperlicher Fitness, Attraktivität und Zahlungsfähigkeit unter Beweis gestellt werden. So kommt es Elias jedenfalls vor, während Wille und seine Freunde vielleicht gar nicht darüber nachdenken, weil diese Dinge für sie einfach dazugehören.

Die nie versiegenden Ströme von Champagner und hochprozentigem Alkohol bereiten ihm in gewisser Weise die größten Schwierigkeiten. Seit der Operation soll Elias nur noch in Maßen trinken, am besten gar nicht. Die operative Entfernung des Tumors hinter seiner Schädelwand liegt jetzt sieben Monate zurück, aber er hat trotzdem keine Lust, sein Gehirn unnötigen chemischen Belastungen auszusetzen. Außerdem muss er sich auf seinen Auftrag konzentrieren. Er sieht sich sicherheitshalber um, bevor er sein Getränk in den großen Topf einer struppigen Palme schüttet.

Er hat Wille vor zwei Wochen in der Strandbar vom Martinez kennengelernt und sich langsam, aber sicher herangetastet, bei jedem Vorschlag – Wasserski! – begeistert angebissen und hin und wieder selbst die Initiative ergriffen, ohne sich aufzudrängen, mit Einladungen zum Brunch oder einmal zu einem Sieben-Gänge-Menü in einem alten Schloss oben in den Bergen, wo sich pünktlich zum Dessert das Dach öffnete und den Blick auf den Sternenhimmel freigab. Er hatte die Rechnung für die fünf Leute übernommen.

Der Abend ist jung und noch lange nicht vorbei. Elias winkt einem Kellner und bestellt noch einen Gin Tonic, damit er in dem Moment serviert wird, wenn Wille zurückkommt. Will er zeigen, dass er in Stimmung ist, kann er nicht nur dasitzen und in ein leeres Glas starren.

Er steckt das Handy wieder ein. Er trägt eine ausgewaschene Levi's 501, braune Mokassins von Weston, einen dunkelblauen Blazer über einem hellblauen, am Kragen offenen Charvet-Hemd, das halblange Haar lässig aus dem Gesicht gestrichen und am Handgelenk eine Vintage-Omega, die er angeblich von seinem Vater geerbt hat. Eine Art Standarduniform für junge Männer ohne Geldsorgen aus Paris.

Nicht dass Wille das Stockholmer Pendant repräsentieren würde. Er trägt alte Segeltuchschuhe, Jeans und ein lässiges weißes Hemd. Seine kastanienbraunen Locken machen, was sie wollen. Elias kann sich seinerseits keine Experimente erlauben. Er wäre gerne mehr als eine Kopie, will aber auf keinen Fall als Exzentriker auffallen. Der französische Look muss für die persönliche Note reichen. Heute ist er sogar in farbigen Shorts über die Croisette spaziert, was ihm einiges an Selbstbeherrschung abverlangt hat.

Er spürt eine Hand auf der Schulter, als Wille sich hinter ihm durchschlängelt und auf den Stuhl gegenüber fallen lässt. Wille zündet sich eine Pall Mall an und bläst den Rauch rücksichtsvoll zur Seite aus, während der Kellner Elias' neuen Gin Tonic auf den Tisch stellt.

»Lass ihn stehen oder trink ihn auf ex«, sagt Wille.

»Wieso das?«

»Wir ziehen weiter.«

Elias zieht die Augenbrauen hoch.

Wille grinst. »Es wird dir gefallen.« Mehr sagt er nicht.

»Wie geheimnisvoll«, sagt Elias. Er winkt dem Kellner erneut, um zu bezahlen.

»Mann, siehst du nervös aus.« Wille lacht.

Tatsächlich? Er muss dringend seine Mimik besser kontrollieren.

Wille klatscht einmal in die Hände, ein Tick, der ihn unvermeidlich überkommt, wenn er lacht.

Sie laufen auf der Croisette nach Osten, Wille hat eine Zigarette im Mundwinkel und schreitet lang aus. Elias fragt sich, ob ihm wieder eine durchzechte Nacht bevorsteht, bei der nichts herauskommt. Er weiß, dass es falsch ist, so zu denken. Dass er Wille innerhalb von kürzester Zeit so nahegekommen ist, ist an sich schon ein Erfolg, und ihm ist bewusst, dass er diese Bekanntschaft noch monatelang wird pflegen müssen, bis sie Früchte trägt.

Wille ist ein netter Kerl, aber die endlosen und in gewisser Weise monotonen Partys öden Elias an. Er versteht nicht, was Wille davon hat. Ist er Alkoholiker? Oder geht es ihm um die Mädchen, die er mit ins Hotel nimmt?

We're up all night to the sun,
we're up all night to get some.
We're up all night for good fun,
we're up all night to get lucky.

Der fünf Jahre alt Hit von Daft Punk darf auf keiner französischen Tanzfläche fehlen. *Get lucky*.

Willes Handy klingelt. Er zieht es aus der Tasche und hält es sich ans Ohr.

Sie biegen rechts ab zum Hafen, lassen die Lichter der Croisette und das majestätische Carlton mit den wehenden Fahnen über dem protzigen Eingang hinter sich. In der Bucht funkeln die Lampen der Boote, die dort vor Anker liegen.

»Wir warten am Ende des Kais«, sagt Wille ins Handy. »Nee, aber…« Er wird unterbrochen und schnappt nach Luft. »Okay, verstehe… Alles klar, kapiert. Tom und ich warten da auf euch… Nein, nein, er ist superrelaxt, du wirst…« Er nickt und brummt zustimmend. »Okay, nice.«

Wille klickt das Gespräch weg und sieht Elias zufrieden an. Ohne es zu merken, ist Wille noch schneller geworden. So aufgedreht hat Elias ihn noch nie erlebt.

»Du wirst Richard mögen«, sagt er.

Elias erstarrt mitten in der Bewegung, ein Bein schwebt in der Luft. Als hätte auch sein Gehör ausgesetzt, wird es für einen Moment ganz still. Dann schwellen die Geräusche wieder an: das Verkehrsrauschen, das Lachen in den Bars und der charmante Klang französischen Small Talks.

Richard. Kein seltener Name. Aber William Retzius ist mit Richard Hands befreundet, und der einzige Grund, warum Elias sich seit zwei Wochen bemüht, Willes Freund zu werden.

Richard Hands ist der Sohn von Eric Hands, Haupteigner des Atlas-Konzerns und dafür verantwortlich, dass Elias' Vater am sechzehnten Januar dieses Jahres in Sarajevo von einer Bombe zerfetzt wurde.

Während er neben Wille herläuft, spürt er den Alkohol. Hat er doch mehr getrunken als gedacht, obwohl er heimlich eine ganze Menge weggeschüttet hat, oder ist er einfach von der Situation überrollt? Noch vor Kurzem hat er befürchtet, es würde Monate dauern, etwas zu erreichen, und nun geht ihm alles viel zu schnell, am liebsten würde er sich unter einem Vorwand zurückziehen.

Aber das kommt nicht infrage. Wer weiß, ob sich noch einmal so eine Gelegenheit ergibt.

Sie kommen an gigantischen Motorjachten vorbei, die die Ausmaße von kleineren Finnlandfähren haben und so aussehen, als könnten sie nur von Titanen gelenkt werden. Vermutlich ist genau dieser Eindruck beabsichtigt.

Elias fragt sich, ob eine von ihnen ihr Ziel ist, aber an Bord der meisten ist es still und dunkel. Auf einigen Jachten ist Wachpersonal zu sehen, aber auch an denen gehen sie vorbei.

Das Meer riecht nach Salz, aber auch nach Algen und irgendwie brackig. Ein irritierender Hauch von Vergänglichkeit, der in der Luft liegen wird, bis im Herbst das Wasser abkühlt.

Sie gehen bis ans Ende des Stegs. *Tom und ich warten da auf euch*, hatte Wille mit einer gewissen Unterwürfigkeit in der Stimme gesagt.

»Fahren wir raus?«, fragt Elias.

»Yes.«

Wille zündet sich eine neue Zigarette an, will Elias auch eine anbieten, hält aber mit entschuldigendem Schnaufen mitten in der Bewegung inne. Die Flamme seines Feuerzeugs flackert auf und hinterlässt einen leuchtenden orangen Punkt, der mit Willes gestikulierender Hand durch die Dunkelheit fährt.

»Wer ist dieser Richard?«, fragt Elias.

»Du wirst ihn mögen«, wiederholt Wille, ohne das weiter zu vertiefen.

Nach einer Weile hören sie draußen in der Bucht das Dröhnen eines Motors. Ein Schlauchboot mit festem Rumpf brettert über die ruhige Wasseroberfläche auf sie zu. Als Elias sich umdreht, sieht er eine weiße Zodiac mit Sonnendach an den Anleger gleiten.

»Richard!«

Wille hebt zur Begrüßung die Hand und stellt sich an die Kante, um einen Tampen entgegenzunehmen, aber der Bootsführer, ein blonder Mann in ihrem Alter, verlässt den Steuerstand, hält sich mit einer Hand am Kai fest und winkt sie mit der anderen ins Boot.

»Macht schon.«

Wille steigt als Erster ein, Elias folgt ihm, stellt einen Fuß auf das fest aufgepumpte Gummi, spürt, wie Richard kurz über dem Ellbogen seinen Oberarm umfasst, um ihm Halt zu geben, und springt ins Boot. An Bord befindet sich noch eine weitere Person, ein Mädchen, auch sie schätzungsweise um die fünfundzwanzig. Das lange blonde Haar dezent gewellt sitzt sie in einem schneeweißen Jumpsuit auf der hinteren Bank.

Nachdem Wille und Richard sich auf jungenhafte Art umarmt und eine Reihe von Begrüßungsfloskeln ausgetauscht haben, gibt Richard Elias die Hand.

»Richard Hands, nett, dich kennenzulernen.«

»Tom White, ganz meinerseits.«

Er hat das Gefühl, das Gleichgewicht zu verlieren, über Bord zu gehen, ins dunkle Wasser zu stürzen. Er ist es wirklich, Richard Hands, der Sohn des Mörders.

»Tom White und nicht Max White wie die Zahnpasta, oder?«, gibt Richard prompt zurück und schlägt sich die Hand vor den Mund. »Ich und mein loses Mundwerk, entschuldige. Willkommen an Bord.« Er drückt Elias' Schulter, lacht laut und wirkt kein bisschen schuldbewusst. Das Mädchen auf der hinteren Bank sieht ihn vorwurfsvoll an, aber dann muss auch sie lachen. Sie steht auf und kommt auf ihn zu.

»Jennifer McNamara.« Sie spricht Englisch mit amerikanischem Akzent. »Nimm es ihm nicht übel. Er hat Tourette oder so.«

Offenbar versteht sie ganz gut Schwedisch. Ihren amerikanischen Dialekt kann er nicht einordnen, tippt aber auf Westküste.

»Tom White, freut mich.«

»White. Bist du Engländer?«

»Mein Vater war Engländer.«

»Setzt euch, wir fahren los.«

Richard zeigt auf die Bank. Alle drei setzen sich hin, Elias in die Mitte.

»War?«, hakt Jennifer nach.

»Ja, er ist tot.«

»Oh, tut mir leid.«

»Danke, ist lange her.«

Richard legt ab und gibt Vollgas. Das Boot hebt ein Stück vom Wasser ab und schießt über die Bucht. Hinter ihm dröhnen die beiden Motoren, was Elias ganz recht ist. So kann Wille ihn nicht hören, als er sich zu Jennifer hinüberbeugt und ihr ins Ohr brüllt: »Wo fahren wir hin?«

»Hat dir William das nicht gesagt? Richards Vater hat hier draußen seine Jacht.«

Elias' Herz überschlägt sich. Ganz langsam holt er tief Luft. Zum Glück macht der Krach der Motoren jedes vernünftige Gespräch unmöglich, denn er hat im Moment keinen blassen Schimmer, was er sagen soll.

Er hat damit gerechnet, Richard irgendwann im Laufe des Herbstes zu begegnen und mit ein wenig Glück sogar Gelegenheit zu haben, ihn näher kennenzulernen. Nun sieht es so aus, als hätte er schon nach wenigen Wochen das Ziel erreicht.

In Kürze wird er Eric Hands gegenüberstehen.

Er ist nicht bereit dafür.

Karolina Möller leidet selten unter Schlafstörungen. Während der Ausbildung musste sie Kurse in Entspannung und Autosuggestion belegen, um auch unter weniger günstigen Voraussetzungen einschlafen zu können. Schlaf ist entscheidend. Wer ausgeruht ist, hat gegenüber demjenigen, der nicht geschlafen hat, einen großen Vorteil.

Allerdings hat Karolina einen leichten Schlaf.

Deswegen wacht sie auf, sobald die Uhr an ihrem Handgelenk diskret vibriert. Sie greift nach dem Handy auf dem Nachttisch, sieht auf das Display und stellt fest, dass im Erdgeschoss die Haustür geöffnet wurde. Karolina wohnt im Obergeschoss eines Zweifamilienhauses auf Långholm, in einer alten gelben Holzvilla schräg gegenüber von der Werft. Sie braucht eine Sekunde, um sich im Raum umzuschauen und ins Treppenhaus zu horchen. Kein Ton. Falls jemand auf dem Weg nach oben ist, handelt es sich um einen äußerst vorsichtigen Eindringling. Sie hat mit anderen Worten Zeit nachzudenken, bevor sie handelt.

Karolina greift nach unten und zieht ihre Dienstwaffe aus der Halterung unter dem Bett. Sie gehört zu den wenigen bewaffneten Staatsbeamten, die ihre Waffe nicht im Waffenschrank in der Dienststelle einschließen, sondern rund um die Uhr bei sich haben. Das liegt, abgesehen von der aktuellen Bedrohung, daran, dass sie praktisch vierundzwanzig Stunden im Dienst oder zumindest in Bereitschaft ist und innerhalb von Minuten einsatzbereit sein muss.

Mit der Waffe in der Hand durchquert sie lautlos das Zimmer und bleibt an der Tür stehen. Sie hat bereits eine Kugel im Lauf, auch das abweichend von den üblichen Vorschriften, weil sie annimmt, dass sie mitten in der Nacht, wenn sie aus dem Schlaf gerissen wird, sowieso als Erstes ihre Pistole laden würde. So spart sie Zeit und vermeidet das metallische Klicken.

Sie sieht zum Wohnzimmer hinüber. Ihre Augen haben sich noch nicht an die Dunkelheit gewöhnt. Von der Straßenbeleuchtung am Pålsund fällt spärliches Licht durch das Erkerfenster im Wohnzimmer, aber hinter ihr, auf der Rückseite des Hauses, deren Fenster auf die Insel zeigen, ist es stockdunkel. Hat gerade eine Stufe geknarrt? Irgendetwas bewegt sich da unten.

Sie drückt sich an die Wand und überlegt, ob sie den Eindringling überraschen soll, indem sie das Licht anmacht und ihre Waffe ins Treppenhaus richtet, oder lieber reglos stehen bleibt. Sie entscheidet sich für Letzteres. Wenn sie das Licht einschaltet, läuft sie Gefahr, selbst überrascht zu werden, vielleicht von einer in Panik abgefeuerten Waffe. Wartet sie ab, wird sie den Feind im Schein der Straßenbeleuchtung sehen und hoffentlich auch, ob er oder sie bewaffnet ist und, wenn ja, wie.

Sie hebt die Pistole und bewegt sich ein kleines Stück zur Seite, damit sie die Treppe im Blick hat. Sie ist vollkommen unvorbereitet auf den Schuss, der die Stille zerreißt. Mit einem Fiepen in den Ohren wirft sie sich auf den Boden und feuert zwei schlecht gezielte Schüsse in die Dunkelheit ab.

Außer dem trockenen Echo der Knalle ist aus dem Zimmer nichts zu hören. Sie umschließt die Waffe noch fester mit den Fingern, zielt sorgfältig auf die Treppe, etwas tiefer diesmal, und schießt zweimal kurz hintereinander und nach kurzer Pause ein drittes Mal.

Ein leises Rumsen und ein Keuchen dringen vom anderen Ende des Raums zu ihr herüber. Zwei, drei Sekunden ist es vollkommen still, dann rollt etwas Schweres die Treppe hinunter. Das Rascheln von Kleidung und mehrere harte Schläge gegen die Stufen, dann ist es wieder still.

Mit beißendem Rauchgeruch in der Nase nähert Karolina sich im Dunkeln der Treppe. Sie bleibt stehen, wartet ab, lauscht, hört aber nichts. Kein Knacken oder Knarren, kein Atmen. In einer fließenden Bewegung macht sie das Licht an und stellt sich, die Waffe mit beiden Händen nach unten gerichtet, oben an die Treppe. Sie hat außer einem T-Shirt und einem Slip nichts an und fühlt sich trotz Pistole merkwürdig schutzlos.

Gleich hinter der Haustür liegt zusammengekrümmt

ein allem Anschein nach lebloser Körper. Die Wand links von der Treppe ist mit Blut bespritzt. Dort muss er gestanden haben, als er getroffen wurde. Der Mann ist von Kopf bis Fuß schwarz gekleidet und trägt eine Strickmütze, die bis über die Augenbrauen gezogen ist. Neben ihm breitet sich eine dunkle, im Deckenlicht schimmernde Lache aus.

Seine rechte Hand liegt auf der Stufe hinter seinem Kopf. Sie sieht keine Waffe, aber vielleicht ist sie bei dem Sturz unter ihm gelandet, vielleicht hält er sie in der Linken und schießt, sobald sie näher kommt. Kampfbereit sieht er zwar nicht aus, aber das könnte eine Falle sein.

Sie bleibt stehen und mustert ihn. Er scheint nicht zu atmen, aber das ist aufgrund seiner gekrümmten Haltung nur schwer zu erkennen. Da sieht sie durch die Glasscheibe in ihrer Haustür unten bei den Nachbarn das Licht angehen.

»Karolina, bist du da? Alles okay?«, hört sie durch die Tür.

»Ja, alles in Ordnung«, ruft sie.

»Sicher? Ich wollte gerade die Polizei rufen.«

»Nein, nein, nicht nötig. Ich hab alles im Griff.«

Es würde die Dinge nur verkomplizieren, wenn jetzt eine Polizeistreife käme. Und wenn die Nachbarn der Notrufzentrale was von Schüssen erzählen, werden mindestens drei Kollegen losgeschickt.

»Geht zurück in eure Wohnung, da seid ihr sicher«, ruft sie. »Ich komme runter.«

Beruhigend klingt das nicht, aber sie dürfen jetzt nicht

raus. Es ist nicht auszuschließen, dass der Mann, der wie ein Kartoffelsack am Fuß der Treppe liegt, draußen Verstärkung hat. Für die Nachbarn ist sie Polizistin, und wenn sie ihnen als solche sagt, sie sollen nicht die Polizei rufen, lassen sie es hoffentlich auch bleiben.

»Und macht das Licht aus.«

Die Pistole immer noch auf den Mann gerichtet läuft sie die Treppe hinunter, geht in die Hocke, stemmt ein Knie zwischen seine Schulterblätter und verlagert ihr gesamtes Gewicht darauf, falls er wider Erwarten noch Kraft für ein plötzliches Manöver hat.

»Draußen«, verdeutlicht sie.

Die Nachbarn machen die Außenbeleuchtung aus.

Karolina dreht den Mann um. Da liegt tatsächlich eine blutverschmierte Waffe. Eine Handfeuerwaffe mit Nachtsichtgerät. So etwas hat nicht jeder. Selbst unter Spezialisten würde sie auffallen. Eine höchst effektive Waffe in der Hand eines Mannes, der mühelos durch eine Tür mit Alarmanlage eingedrungen ist.

Karolina zieht einen dünnen Mantel von einem Kleiderbügel, schlüpft hinein und schließt den Gürtel. Erneut geht sie in die Hocke, stößt die Tür auf und sucht mithilfe des Nachtsichtgeräts an der Waffe des Mannes die Umgebung ab. Als sie sich sicher fühlt, entfernt sie das Magazin und die Patrone im Lauf, wischt ihre blutigen Hände an der Hose des Mannes ab und legt die Waffe auf die Hutablage. Ihre eigene Waffe steckt sie in die Manteltasche.

Sie hat den Nachbarn einiges zu erklären. Und eine Leiche im Flur.

Sie fahren mit hoher Geschwindigkeit aus der Bucht. Das Boot vibriert stark, und Elias hofft, dass Richard weiß, was er tut. Er scheint nicht ganz nüchtern zu sein und sieht, wenn er Jennifer angrinst, einen Tick zu lange nach hinten, während das Boot mit dreißig, vierzig Knoten in die entgegengesetzte Richtung rast.

Elias hat jedoch weniger Angst vor einem Schiffbruch als vor der Begegnung mit Eric Hands. Was er sagen und wie er sich verhalten soll, hat er mithilfe verschiedener Rollenspiele geübt. Er ist Tom White, und Tom White zuckt nicht mit der Wimper, wenn er den Reichen und Mächtigen der Welt gegenübersteht. Wie es ihm gelingen soll, dem Mörder seines Vaters in die Augen zu schauen, steht auf einem anderen Blatt.

Wille stupst ihn in die Seite und deutet mit einer Kopfbewegung nach vorn. Elias späht in die Nacht und erblickt eine große Motorjacht. An Deck brennt Licht, die Ankerleuchten glühen im Dunkeln wie rote Augen. Es ist ein schönes, langes Schiff mit schwarzem Rumpf.

Elias schließt die Augen, um sie vor dem Fahrtwind zu schützen, aber eigentlich auf der Suche nach der inneren Ruhe, die es ihm ermöglicht, sich nicht zu verraten und Eric Hands nicht bei der erstbesten Gelegenheit mit einer Flasche Kelt, einem Cognac, den er angeblich gerne trinkt, den Schädel einzuschlagen.

Allein der Gedanke lässt Zweifel in Elias aufkommen, ob er für diesen Auftrag wirklich der Richtige ist. Ist er nicht emotional viel zu verstrickt? Er will das hier, er will es wirklich. Aber schafft er es auch?

Im Geiste versucht er, Eric Hands in einen anderen Kontext zu setzen. Als den wohlhabenden und weltweit vernetzten Geschäftsmann, den der faszinierte Tom White näher kennenlernen möchte. Als Vater eines flüchtigen Bekannten, gegenüber dem er sich vor allen Dingen höflich benehmen muss, während er genügend Interesse an seiner beruflichen Tätigkeit zeigt, um sich Respekt zu verschaffen, aber auch lässig genug auftritt, um keinen Verdacht zu erregen.

Das gelingt ihm mit mäßigem Erfolg.

So war das Ganze aber auch nicht gedacht gewesen.

Abgesehen von der emotional schwierigen Situation besteht die Gefahr, dass Eric Hands in ihm nicht mehr als eine der zufälligen Partybekanntschaften seines Sohnes sieht, genau das, was er ist. Er hatte eigentlich einen anderen ersten Eindruck vermitteln wollen.

Richard legt gerade eine Pause in seinem BWL-Studium ein, nicht an der vornehmen Stockholmer Handelshochschule, da ist er nicht genommen worden, sondern auf einer Privatuniversität in England, an der sein Vater Beziehungen hat. In einem der ersten Semester war er in einen Autounfall mit Todesfolge verwickelt. Es war unklar, ob Richard etwas getrunken und wer eigentlich am Steuer gesessen hat. Die Eltern des verunglückten Kommilitonen haben versucht, Richard für den Vorfall zur Verantwortung zu ziehen, aber entweder gab es keine Beweise, oder sie sind nicht gegen die Anwälte angekommen, die die Familie Hands mobilisiert hatte. Jedenfalls konnte Richard schlecht an derselben Universität weiterstudieren und verließ sicherheitshalber gleich das Land.

Richard dreht eine Extrarunde um das Schiff, fährt dicht an der Ankerkette vorbei, würgt den Motor ab und gleitet bis an die Leiter, die an der Längsseite herunterhängt. Als die Motoren verstummt sind, ist Musik zu hören, markante Beats, Swedish House Mafia. Hastig befestigt Richard den Tampen an einem der Stahlseile an der Leiter. »Bitte sehr, ihr zuerst.«

Er hält Jennifer die Hand hin, damit sie zuerst auf die aufgepumpte Seitenwand und dann zur Leiter hinübersteigen kann. Wille und Elias folgen ihr, Richard verlässt das Boot als Letzter.

Oben an Deck werden sie von zwei Besatzungsmitgliedern in schwarzen Hosen und weißen T-Shirts begrüßt, deren Ärmel sich über prallen Oberarmmuskeln spannen. In den Hüftholstern stecken Pistolen. Einer von ihnen nimmt Elias zur Seite und erklärt ihm auf Englisch, dass er eine Sicherheitskontrolle durchführen muss.

Aus den Augenwinkeln sieht Elias den anderen die Leiter zum Schlauchboot hinunterhasten.

»Sorry, ein neuer Bekannter ...«

Richard öffnet entschuldigend die Arme, während die Hände des Mannes Elias abtasten.

»Ich kann nichts dafür.«

Jennifer und Wille bleibt die Untersuchung erspart, und als Elias mit einem kurzen Nicken abgesegnet wird, winkt Richard sie hinter sich her aufs Achterdeck. Die Jacht hat einen länglichen Decksalon und eine Etage höher eine Kommandobrücke. Auf dem Achterdeck blubbert ein leerer Whirlpool.

»Ein richtiges Schiff«, sagt Elias. »Nice.«

»Allein die Hafengebühr kostet fünf Mille pro Nacht«, flüstert Wille.

»Dann versteh ich, warum sie hier draußen vor Anker liegen.«

Wille lacht leise.

Sein selbstsicheres Auftreten auf den schmalen Teakholzbrettern trügt. Er hat die Schultern bis an die Ohren hochgezogen. Möglicherweise dauert es nur noch Sekunden, bis er Eric Hands die Hand geben, seine Körpertemperatur fühlen und dabei bis in die Augenwinkel vertrauenerweckend lächeln muss.

»Im Frühjahr hat Richards Vater seine kleinere Jacht gegen die hier eingetauscht«, fährt Wille fort. »Fünfundvierzig Meter lang, drei Meter Tiefgang und außer den Sicherheitsleuten noch vier Mann Besatzung.«

Sie sind auf dem Achterdeck angekommen, gehen um

den Decksaufbau herum und durch eine Öffnung in der großen Glaswand in den Achtersalon. Es ist laut. An die zwanzig Personen sind in dem lang gestreckten Raum verteilt, der sich mit einer verschiebbaren Spiegelwand teilen lässt. An der Bar ganz hinten sitzen zwei junge Frauen und wippen im Takt zur Musik, es läuft jetzt Nause.

Wille erntet wiedererkennende Blicke und erfreutes Johlen von drei Personen, die träge in einer Sesselgruppe abhängen. Auf dem Tisch vor ihnen stehen fünf Champagnerflöten. Oder Flûtes, wie man sie auf der Croisette bestellt.

Nachdem Wille die beiden Mädchen, die eine dunkelhaarig und im hellblauen Cocktailkleid, die andere blond und in Jeans und weißer Bluse, mit Wangenkuss begrüßt und dem jungen Mann in der weißen Jeans und dem dunkelblauen Leinenblazer zugenickt hat, wenden sich alle drei neugierig Elias zu und stellen sich der Reihe nach vor: Åsa Dunér, Helene Tiedemann und Klas Eriksson.

In Anbetracht der hohen Absätze ihrer Sandaletten und der champagnertrunkenen Stimmung kehren Åsa und Helene mit überraschend sicherem Schritt zu ihren Sesseln zurück. Elias spürt eine Hand auf seiner Schulter.

»Auch ein Glas Champagner oder lieber einen Cocktail, Tom?«, fragt Richard. »Paul macht fantastische Hemingway Daiquiri.«

Er gibt dem Mann an der Bar ein Zeichen.

»Ein Hemingway Daiquiri scheint mir genau das, was ich jetzt brauche«, sagt Elias wahrheitsgemäß.

»Gut, dann nehmen wir zwei, oder …?«

Richard sieht Wille an.

»Gerne.«

»Drei Daiquiri.«

Richard hebt drei Finger.

Der Mann hinter dem Tresen nickt kurz und macht sich an die Arbeit. Genau wie die anderen Besatzungsmitglieder ist er in Schwarz-Weiß gekleidet, trägt aber im Unterschied zu ihnen eine weiße Kellnerjacke mit geflochtenen Schulterklappen.

Sie setzen sich zu Willes Freunden. Elias landet zwischen Åsa und Richard. Helene und Klas gehören zum Bekanntenkreis von Richard Hands, über Åsa weiß er nichts. Er fragt sie direkt, woher sie die anderen kennt, und stellt fest, dass sie genauso zufällig hierher geraten ist wie er. Wobei er den Zufall vorgetäuscht hat.

Paul kommt mit drei Daiquiri und einer Flasche Champagner an den Tisch, die er eigenhändig öffnet. Nachdem er eingeschenkt hat, stoßen alle sieben miteinander an, und auch Elias trinkt einen großen Schluck. Er braucht den Alkohol wirklich, um sich zu entspannen und mit den anderen warm zu werden. Ausnahmsweise.

Die Unterhaltung wechselt zwischen Schwedisch und Jennifer zuliebe Englisch hin und her. Während Elias Åsa erzählt, dass er an der Verteidigungshochschule doktoriert, bekommt er mit einem Ohr mit, dass Wille sich nach Eric erkundigt und einen Teil von Richards Antwort: »Dann wäre ich nicht hier.« Da Richard lacht, als er das sagt, ist schwer auszumachen, wie ernst die Aussage gemeint ist. Elias schließt jedenfalls daraus, dass Eric

Hands nicht an Bord ist und Richard den Kontakt zu seinem Vater auf das Nötigste beschränkt.

Als er sicher ist, in dieser Nacht nicht auf Eric Hands zu treffen, entspannt er sich. Seine Schultern sinken nach unten, die Verkrampfung in der Zwerchfellregion löst sich, und eine angenehme Wärme breitet sich im Körper aus. Vielleicht trägt auch der halb ausgetrunkene Daiquiri dazu bei.

Ein wenig enttäuscht ist er trotzdem. Nicht wegen der aufgeschobenen Begegnung mit Eric Hands, sondern weil dies vielleicht nicht der richtige Weg ist. Wenn Richard tatsächlich kein gutes Verhältnis zu seinem Vater hat oder aus einem anderen Grund lieber vermeidet, dass seine Bekannten ihn treffen, ergibt sich eventuell nie eine Gelegenheit.

Richards Handy klingelt. Er steht auf und geht nach draußen. Klas erzählt Elias, was dieser schon weiß, nämlich dass er im zweiten Studienjahr auf der Handelshochschule ist. Er hat sein Studium spät begonnen für den Spross einer bildungs- und leistungsorientierten Familie. Er begründet das selbstironisch mit einer Tenniskarriere, an der er zu lange festgehalten hat.

»Ich hätte eigentlich wissen müssen, dass ich international keine Medaillenchancen habe, und irgendwie war es mir auch klar, aber das Ganze hat irrsinnigen Spaß gemacht. Das Spielen, die Reisen, der ganze Zirkus.«

Anschließend hat er ein paar Jahre in Skiorten in der Schweiz und in Frankreich abgehangen und in den Metropolen der Welt Party gemacht.

»Ich bin nicht reich oder so, aber ich habe mich durchgeschlagen, weil ich überall bei Freunden übernachten konnte.«

Elias kann sich den braungebrannten und abgesehen von einem kleinen Bauchansatz durchtrainierten Klas, der mit einem Glas Champagner in der Hand im Achtersalon der 45-Meter-Jacht vor der französischen Riviera sitzt, nur schwer als couchsurfenden Bohemien vorstellen.

»Aber mittlerweile bist du auf der Handelshochschule fest verwurzelt.«

Sekundenlang verfinstert sich Klas' Blick, dann wirft er lachend den Kopf in den Nacken.

»Und wie.«

Richard telefoniert immer noch, den linken Arm als Stütze für das Handy vor dem Bauch, und geht langsam auf dem Achterdeck im Kreis. Dabei nickt er eifrig und lacht hin und wieder, aber was er sagt, ist nicht zu verstehen. Jennifer beobachtet ihn genau.

»Mit wem hast du gesprochen?«, fragt sie ihn, als er wieder reinkommt.

»Lillis«, sagt er. »Sie ist auf dem Weg hierher.«

»Jetzt?«

»Ja.«

Zehn Minuten später hört Elias das satte Knattern eines großen Außenborders. Das Boot kommt näher, der Motor verstummt, dann das Gluckern und das leise Rumsen des Anlegemanövers. Eine gut gelaunte Frauenstimme wechselt ein paar Worte mit der Besatzung, und zwanzig Sekunden später steht sie im Salon. Falls sie Gepäck dabeihat, hat sie es abgegeben. Ohne Handtasche, in hautenger Jeans und Vintage-Prada-Jacke, die sie um einiges erwachsener wirken lässt als ihren Bruder und seine Freunde, steht sie auf dem Achterdeck.

»Was für eine Party!«, ruft sie fröhlich und mitreißend und nicht so kindisch und albern, wie es aus Helene Tiedemanns Mund geklungen hätte.

Lillis, wie sie von ihren engsten Freunden genannt wird, ist sechsundzwanzig, zwei Jahre älter als Richard, und studiert in New York Philosophie und Literaturwissenschaft, hält sich aber momentan offensichtlich an der französischen Riviera auf. Sie hat blaugraue Augen hinter einer Pilotenbrille mit goldener Fassung, kurzes blondes Haar und wirkt in jeder Hinsicht klein und zierlich. Der Spitzname passt perfekt.

Außer Åsa und Elias scheint sie alle zu kennen, sie begrüßt Åsa zuerst und gibt dann Elias die Hand.

»Ulrika Hands.«

»Tom White.«

Ihre schmalen Lippen verziehen sich zu einem verspielten Lächeln.

»Ein neues Gesicht, wie spannend.« Sie geht noch einen Schritt auf ihn zu. »Wie ist das passiert?« Sie hebt die Hand, als wolle sie die Narbe auf seiner Wange berühren.

»Du meinst das hier?« Elias zeigt selbst darauf.

»Ja.«

»Formel 1.«

»Was?«

»Nein, ein ganz normaler Autounfall.«

»Du siehst auch zu intelligent aus, um mit einem Rennwagen im Kreis zu fahren.«

Elias muss grinsen. Er fühlt sich aus unerfindlichen Gründen von ihr auserwählt.

»Darüber will ich mehr wissen«, sagt sie. »Aber zuerst werde ich mich umziehen.«

Sie verschwindet so schnell, wie sie gekommen ist. Richard sieht ihn belustigt an.

»Meine Schwester scheint in Form zu sein. Du solltest gut auf dich aufpassen.«

Oder die Strategie wechseln.

Anfang Februar. Die ersten Tage nach der Operation kann er sich nicht einmal aufsetzen, ohne dass ihm vor Schwindel kotzübel wird. Von der Welt, die er kannte, ist nichts mehr übrig. Er ist ein Betrunkener auf einem Schiff in stürmischer See und betrachtet seine Umgebung durch ein Fernglas.

Nach Hirnoperationen ist das normal, sagt Göran Gilbert, der Chirurg. Gleichgewichts- und Sehsinn müssen, wie alle anderen Sinneswahrnehmungen, neu justiert werden. Das kann beängstigend und verwirrend sein, geht aber rasch vorbei.

Tatsächlich hat er das Schlimmste nach ein paar Tagen hinter sich, aber das Gefühl von Verletzlichkeit lässt sich nicht so schnell abschütteln. Nicht nur sein Leben und seine Körperfunktionen, sondern auch das, was wir Realität nennen. Wenn er darüber nachdenkt, wird ihm angst und bange. Was ist eigentlich da draußen passiert? Sind Bilder, Geräusche und Gerüche nur Partikelorkane, die unsere Sinnesorgane überfluten und von unserem

Gehirn in eine überschaubare Wirklichkeit umgebaut werden? Ist alles, was er erlebt, eine Illusion? Ein Gedankenspiel, das nur in seinem Kopf stattfindet? Gibt es überhaupt andere Menschen außer ihm?

Obwohl er nicht genau weiß, wie sie wirken, ist Elias dankbar für die Medikamente, die er bekommt, denn sie verbinden ihn mit der Wirklichkeit, egal, ob diese nun real ist oder nicht.

Als er die Augen öffnet, sieht er eine dunkle Gestalt neben dem Bett. Eva oder die Frau, die sich Eva nannte, hat ihr schwarzes Haar zu einem lockeren Pferdeschwanz zusammengebunden, der ihr über die Schulter hängt.

»Was machst du hier?«

Er tastet nach dem Schalter, mit dem er die Schwester ruft.

»Ich freue mich auch, dich zu sehen«, sagt sie.

Er weiß, dass sie nichts mit Mari-Louises Tod zu tun hat, aber er wird das Gefühl nicht los, dass sie nicht alles getan hat, um ihn zu verhindern.

»Entschuldige«, murmelt er. »Ich bin noch nicht richtig wach.«

»Wie geht es dir?«

»Wie gesagt, ich bin nicht ganz wach.«

Er greift nach einem Becher mit Trinkhalm. Sie will ihm helfen, aber er kommt ihr zuvor.

»Geht schon.«

Er zieht den Trinkhalm heraus, legt ihn auf den Nachttisch und leert den Becher. Alles hier ist auf Dreijährige ausgerichtet. Trinkhalme, Trinkbecher mit Haltegriffen und Teller mit hohem Rand und Gummiring unten drunter.

»Du studierst gar nicht Medizin«, sagt er.

»Nein.«

»Und heißt auch nicht Eva?«

Sie streckt die Hand aus. »Vendela.«

Er greift danach, spürt ihre starken Finger. »Der Prophet«, rutscht ihm heraus.

Er will ihr damit entgegenkommen und sich gleichzeitig entziehen. Sie weiß schließlich, wie er heißt. Aber kann er sich sicher sein, dass sie ihm diesmal ihren richtigen Namen gesagt hat?

»Ganz im Ernst, warum bist du hier? Sollst du auf mich aufpassen?«

»Ich wollte nur mal sehen, wie es dir geht.«

Elias weiß noch immer nicht, was in dieser Nacht in der Blockhütte passiert ist. Hat sein besoffener Kopf nur geträumt? Aufmerksam studiert er ihre Mimik, kann aber keine Schlüsse daraus ziehen, und fragen will er nicht.

»Sie haben dir den Verband abgenommen«, sagt sie.

»Was?«

»Der Verband ist weg.« Sie deutet auf sein Gesicht.

Er würde gerne wissen, wann das war, will aber nicht preisgeben, dass er keine Erinnerung daran hat. Wie kann das sein? Ist er immer noch nicht wach? Ihr Händedruck kam ihm real vor. Entschlossen und nicht geträumt.

Er greift nach ihrem Arm, lässt ihn aber sofort los, als er die Struktur des Stoffs und die festen Muskeln darunter spürt.

»Was ist?«

»Nichts.«

Der Verband ist weg, hat sie gesagt. Dann wird es wohl so sein. Er schwingt die Beine über die Bettkante und rutscht langsam vor, bis seine Füße den Boden berühren. Er stellt sich hin und prüft, ob ihm schwindlig wird. Er geht die paar Schritte zum Spiegel über dem Handwaschbecken. Liegen ist lebensgefährlich, seine Beine sind wacklig, er kommt sich vor wie achtzig. Schweißüberströmt steht er vorm Spiegel. Er fällt und fällt, Tausende von Metern im Sinkflug durch die Wolken, kann sich gerade noch am Waschbecken festhalten. Die Person im Spiegel ist ihm fremd. Er murmelt etwas, das er selbst nicht versteht.

»Alles okay?«, fragt Vendela.

Er dreht sich um. »Warum?«

Sie sieht ihn fragend an. »Warum?«

Er zeigt auf sein Gesicht. »Warum bin ich …«

Alles dreht sich. So viele Fragen.

»Habt ihr das gemacht?«

»Wir? Denkst du, wir könnten den Ärzten vorschreiben, was sie zu tun haben?«

Er dreht sich wieder zum Waschbecken um. Starrt das unbekannte Spiegelbild an.

»Wer bin ich?«

»Das hast du doch gerade gesagt«, antwortet Vendela. »Du bist der Prophet.«

Erbost und viel zu hastig dreht er sich um, muss sich am Waschbecken festhalten.

»Was soll das heißen?« Er sieht sie wütend an.

»Sie mussten etwas mit deinem Gesicht machen. Du erinnerst dich doch noch …«

»Ja«, unterbricht er sie, »ich erinnere mich.«

Es ist also kein Albtraum und keine Halluzination. Das hier ist jetzt er. Ein fremdes Gesicht.

»Es ist sicher nicht das Schlechteste, wenn du für jemand anderen gehalten wirst«, sagt Vendela. »Wenn du dir die Haare färbst, erkennt dich nicht einmal deine Familie wieder.«

»Ich habe keine Familie mehr.«

Ihre Blicke treffen sich im Spiegel. Sie sieht nicht weg, sondern kommt näher.

»Ich mache dir einen Vorschlag, falls du Interesse hast.«

»Was für einen Vorschlag?« Er dreht sich zu ihr um.

»Wir helfen dir. Unabhängig davon, was du von dem Vorschlag hältst. Aber du könntest uns auch helfen.«

»Wobei?«

»Eric Hands.«

Seine Beine tragen ihn nicht zuverlässig. Eigentlich müsste er wieder ins Bett, aber er reißt sich zusammen und bleibt trotz Schwindel und kaltem Schweiß auf der Stirn vor ihr stehen.

»Es ist eine schwierige und zeitaufwendige Aufgabe«, sagt sie. »Aber wenn du Erfolg hast, können wir ihm die Morde und Korruption in großem Umfang nachweisen.«

»Er wird zur Rechenschaft gezogen und bestraft?«

»Ja. Wenn die Zeit reif ist.«

Der Mörder seines Vaters. Wie konnte er das Angebot ablehnen?

Karolina Möller wartet auf dem oberen Treppenabsatz, die Dienstpistole liegt rechts neben ihr. Sie hält dies für den sichersten Ort, wenn sie nicht mit einer Waffe mit Nachtsichtgerät durchs Fenster erschossen werden will, und falls jemand durch die Tür ins Haus eindringt, kommt er nicht weit.

Das ist in diesem Jahr der zweite Mensch, den sie aus Notwehr getötet hat. Beim ersten Mal war es ihr erster Schuss überhaupt auf einen lebenden Menschen. Es ist extrem beklemmend, jemanden zu töten, auch wenn es sich um einen rücksichtslosen Mörder handelt.

Zwei Autos fahren auf den Parkplatz hinter dem Haus. Autotüren werden geöffnet, knirschende Schritte im Kies, dann ein Klopfen.

»Karolina?«

Sie steckt die Waffe ins Holster, geht nach unten und öffnet die Tür. Drei Leute stehen davor, ihr Chef Örjan Mardell samt Verstärkung. Er wirft einen Blick auf den Toten im Flur.

»Interessante Begrüßung.« Mit einem großen Schritt steigt er über das leblose Bündel und sieht Karolina mit zusammengekniffenen Augen an. »Alles okay?«

Sie nickt. »Ja.«

Er macht die Tür hinter sich zu, die anderen beiden bleiben draußen.

»Wir gehen rauf«, sagt er.

Örjan Mardells massiger Körper erklimmt die Treppe, Karolina folgt ihm. Er ist nicht übergewichtig, aber unförmig und irgendwie halslos. In seiner Jugend war er Ringer.

»Wie haben die Nachbarn reagiert?«, fragt er gedämpft und legt eine Hand in den breiten Nacken.

»Ich habe ihnen erzählt, ich hätte draußen ein Knallen gehört und wäre auf der Treppe gestolpert, als ich nachsehen wollte«, flüstert sie.

Örjan zieht die Augenbrauen hoch. »Und das haben sie dir abgekauft?«

»Was hätten sie denn sonst tun sollen? Mir unterstellen, ich würde lügen? Ich bin schließlich Polizistin.«

Sie verzieht das Gesicht zu einem gekünstelten Grinsen.

»Vertrauen die Leute heutzutage noch der Polizei?«

Ihre Nachbarn anscheinend schon. Sie hatten keine Einwände, als sie sagte, es sei besser, wenn sie selbst ihre Kollegen anriefe, als den allgemeinen Notruf zu wählen.

»Pack ein paar Sachen und was du sonst so brauchst. Ich bringe dich vorübergehend woanders unter.«

Karolina stöhnt. »Vorübergehend?«

»Ja.«

»Klingt, als bräuchte ich einen großen Koffer.«

»Könnte sein«, sagt Örjan.

Sie ist froh, dass er den Vorfall ernst nimmt, aber sie hatte gehofft, mit dem Eintreffen ihrer Kollegen wäre das Ganze beendet. In eine andere Wohnung gebracht zu werden beruhigt sie kein bisschen. Es ist eine Zuspitzung.

Karolina öffnet den Kleiderschrank, nimmt einen mittelgroßen Koffer heraus, einen größeren besitzt sie gar nicht, und legt ihn auf das Bett. Schnell wirft sie Socken und Unterwäsche, ein Necessaire, ihre Laufsachen und -schuhe hinein und nimmt sich für die übrigen Kleidungsstücke etwas mehr Zeit.

Zehn Minuten später fahren sie in zwei identischen grauen Audis durch die Stadt. Die beiden anderen Kollegen sind in der Wohnung geblieben und warten auf die Techniker. Nach einem strategischen Wagenwechsel in einer Polizeitiefgarage auf Kungsholm fahren sie in einem Auto zurück über die Västerbro und auf dem Ringväg nach Osten. Über den Dächern wird es hell. Örjan biegt zuerst links ab in die Götgata, dann rechts in die Ölandsgata, fährt einmal um den Block und dann in eine Tiefgarage in der Gotlandsgata.

»Es gibt sechs verschiedene Ausgänge in drei Straßen«, sagt er auf dem Weg zu einem der Ausgänge.

Karolina zieht den Koffer hinter sich her. Das Rattern der Rollen hallt durch die schmutzige Garage, in der es nach Benzin stinkt. Örjan zeigt auf einen roten Mazda, der noch aus dem vorigen Jahrtausend zu stammen scheint.

»Dein neues Auto.«

»Soll das ein Witz sein?«

»Läuft wie ein Uhrwerk.«

Sie fahren mit dem Aufzug in den dritten Stock, wo Örjan eine Wohnungstür mit Walnussfurnier aufschließt. Auf der Briefschlitzklappe steht Axelsson.

Karolina lässt den Rollkoffer im Flur stehen. In der sparsam möblierten Dreizimmerwohnung aus den Sechzigern steht die Luft. In einem der beiden Schlafzimmer liegt ein kratziger Teppichboden.

»Die DDR hatte in diesem Haus bis in die Achtziger eine konspirative Wohnung«, sagt Örjan.

»Bist du sicher, dass es nicht diese hier war?«

Es sieht aus, als wäre die Zeit in den Sechzigern stehen geblieben. Die Tapeten sind fast bis zur Unsichtbarkeit diskret, die Einbauschränke grau, der Rest der Möbel aus Furnierholz. Örjan lacht brummig, wird aber sofort wieder ernst.

»Ich bin sicher, dass der Vorfall bei dir zu Hause mit unserer Tätigkeit zusammenhängt. Es sei denn, du hast eine andere Vermutung. Liegst du mit irgendjemandem da draußen im Clinch?«

Obwohl Karolina die Antwort bereits kennt, denkt sie nach. Möglicherweise hat sie den einen oder anderen provoziert, aber doch nicht so sehr, dass mitten in der Nacht ein Mordanschlag auf sie verübt wird.

»Du persönlich, meine ich«, konkretisiert Örjan.

»Schon verstanden. Nein.«

»Habe ich auch nicht angenommen, aber fragen muss

ich trotzdem. Ich glaube, wir finden heraus, wer dahintersteckt, wenn wir unsere eigenen Operationen unter die Lupe nehmen.«

»Ich kann mir nur einen Kontext vorstellen«, sagt sie.

»Und der wäre?«

Sie zögert. Im letzten Winter wäre sie beinahe draufgegangen, und heute Nacht hat auch nicht viel gefehlt. Ob sie deshalb einen Zusammenhang herstellt?

»Komm schon. Bei uns werden keine Minuspunkte verteilt.«

»Atlas«, bringt sie zwischen fast geschlossenen Lippen hervor.

»Das wäre auch mein Tipp.«

Sieben Monate sind vergangen, seit der offiziell bei Sida, der schwedischen Behörde für internationale Entwicklungszusammenarbeit, eingestellte Anders Krantz, inoffiziell verdeckter Mitarbeiter des *Büros*, in Sarajevo von einer Bombe getötet wurde. Ylva Grey, seine Chefin bei Sida, hat gemeinsam mit Krantz' Sohn Elias angefangen, die Hintergründe des Mordes aufzudecken. Sie sind auf Korruption gestoßen, in die auch Henning Eriksson, Parteisekretär der regierenden Sozialdemokraten, verstrickt war. Eriksson hat sein Amt missbraucht, um Atlas Schield, einer Hightechfirma mit Kontakten zur Waffenindustrie, eine Art Persilschein zu verschaffen. Er hat Beschlüsse in eine bestimmte Richtung gelenkt, Ausfuhrgenehmigungen für militärisch einsetzbare Güter und Fördergelder besorgt sowie Firmengründungen im Ausland begünstigt.

Anders Krantz war im Besitz einer Tonaufnahme gewesen, in der zu hören ist, wie Eriksson Eric Hands, dem Haupteigner des Atlas-Konzerns, an Bord des firmeneigenen Privatjets das Vorgehen erläutert. Einen Tag später wurde Anders Krantz in Sarajevo in die Luft gesprengt.

Viel zu viele Tote, und von den Verantwortlichen wurde keiner zur Rechenschaft gezogen. Eine widerwärtige Geschichte.

»Es ist nicht vorbei?«

»Das weißt du doch.«

»Ja, in dem Sinne, dass gegen niemanden Anklage erhoben wurde, aber ich dachte, es wären trotzdem alle zufrieden.«

»Einige haben aber Grund, unzufrieden zu sein, oder etwa nicht?«

»Die Türkei?«

»Ja. Und angesichts der bevorstehenden Wahlen will die Regierung auch nichts davon hören.«

Ein Schlüssel wird in die Wohnungstür gesteckt. Karolina greift nach ihrer Pistole, aber Örjan hält sie zurück.

Vendela Bark kommt mit verschlafenem Gesicht, einer vollgepackten Sporttasche in der Hand und einer etwas kleineren Schultertasche herein. Als sie Karolina und Örjan erblickt, bleibt sie stehen.

»Seid ihr das Empfangskomitee, oder wohnen wir alle hier?«

»Nur ich, glaube ich.« Karolina wirft Örjan einen Blick zu.

Er räuspert sich. »Ja, genau. Du und Vendela.«

»Wie gemütlich.« Vendela guckt ins Wohnzimmer. »Kriegt jede von uns ein eigenes Zimmer, oder schlafen wir im Stockbett?«

Karolina war davon ausgegangen, die Wohnung für sich zu haben, aber sie ist froh, in den düsteren Räumen nicht allein zu sein. Obwohl sie keine Ahnung hat, wie es ist, mit Vendela zusammenzuwohnen.

»Nimm's nicht persönlich.« Vendela streicht sich das schwarze Haar aus dem Gesicht. »Ich bin es nicht gewohnt, um vier Uhr nachts aus dem Bett gejagt zu werden. Wollen wir gleich die Zimmer verteilen, damit ich wieder ins Bett kann? Ach, weißt du was, ich nehme einfach das mit der Minibar und dem Jacuzzi und du das andere, okay?«

Karolina erkennt sie kaum wieder. Offenbar kommen morgens nach dem Aufwachen unbekannte Seiten ihrer Persönlichkeit zum Vorschein.

»Anscheinend wurdest du nicht vernünftig gebrieft«, sagt Örjan. »Vor anderthalb Stunden ist ein Unbekannter in Karolinas Haus eingedrungen und hat auf sie geschossen.«

»Mit einer Waffe mit Nachtsichtgerät«, fügt Karolina hinzu.

»Deswegen sind wir hier«, sagt Örjan.

Vendela stellt ihr Gepäck ab.

»Mir wurde nur gesagt…« Sie geht zu Karolina und streicht mit beiden Händen über deren Oberarme. »Meine Güte, wie geht es dir?«

»Ganz okay«, antwortet sie tapfer.

Vendela nimmt sie fest in den Arm. Einerseits ist es ein schönes Gefühl, weil sie genau das gebraucht hat, aber andererseits merkt sie jetzt, dass es ihr überhaupt nicht gut geht.

Elias sitzt mit Ulrika und Klas draußen an Deck. Die anderen sind unten in ihren Kabinen verschwunden oder zurück an Land gefahren. Ulrika trägt jetzt ein kurzes Sommerkleid und hochhackige Sandalen. Ihre Beine sind braungebrannt.

Der Bootsverkehr ist zur Ruhe gekommen. Das Meer ist spiegelglatt. Die Männer der Crew wirken ein bisschen apathisch.

»Ricky findet es idiotisch, dass ich nicht in Papas Wohnung in der Madison Avenue wohne«, sagt Ulrika.

»Wo wohnst du denn?«, fragt Elias.

»Auf dem Campus.«

»Zu zweit im Wohnheimzimmer?«

»Nicht zu zweit, aber ansonsten ja. Wundert dich das?«

»Nicht unbedingt«, sagt Elias. »Aber wenn dein Vater schon eine Wohnung hat …«

»Auf dem Campus zu wohnen macht mehr Spaß. Man ist viel schneller integriert und lernt Leute kennen. Außerdem spart man sich die Fahrerei.«

»Wie ist denn Harlem so?«, fragt Klas.

»Der Campus liegt in Morningside Heights und nicht in Harlem.«

»So nennen sie die Gegend doch nur, um die weißen Studenten nicht abzuschrecken. Morningside Heights ist in Harlem. Das ist genauso absurd, wie zu sagen, Greenwich Village wäre nicht Manhattan.«

»Ja, ja, whatever«, sagt Ulrika.

Sie winkt mit ihrem leeren Glas in der Hand ab, nimmt die Weinflasche vom Tisch und schenkt sich nach.

»Morningside Heights«, brummt Klas und steht auf. »Ich gehe runter, wir sehen uns morgen.«

Sie rufen Klas, der im Weggehen eins der Lieder summt, die am Abend gelaufen sind, ein »Gute Nacht« hinterher.

Bald geht die Sonne auf, und Elias ist betrunken. Trotzdem hat er einen Rest Klarheit im Kopf, eine Geistesgegenwart, der weder Alkohol noch späte Stunde etwas anhaben können. Er nimmt an, dass ihn das Wissen, sich auf feindlichem Terrain zu befinden, wach hält.

»Was wird man mit Literaturwissenschaft und Philosophie?«, fragt er.

»Disst du mich jetzt auch?«

»Bestimmt nicht. Das ist kein Diss, es interessiert mich wirklich.«

Sie legt den Kopf schief und sieht ihn skeptisch an. »Hm…«

»Ehrlich«, wiederholt er.

Ist sie ernsthaft gekränkt? Hat er mit einer harmlosen Frage alles kaputt gemacht? Oder tut sie nur so?

»Es ist nur, weil Ricky sich bei jeder Gelegenheit über mein Studium lustig macht. Er bezeichnet mich als Sigrid-Rausing-Wannabe und unterstellt mir, ich würde Papas Geld an arbeitsscheue Kulturfuzzis verteilen.«

Er merkt, dass es unklug wäre nachzufragen, ob sie das will.

»Klingt, als wäre dein und Richards Verhältnis nicht so toll.«

»Ach«, sagt sie. »Die üblichen Kabbeleien unter Geschwistern. Eigentlich verstehen wir uns ganz gut, aber wir sind sehr verschieden.«

Sie stellt ihr Glas auf die Tischkante. Es droht umzukippen, aber Elias streckt instinktiv die Hand aus und rettet Glas und Inhalt.

»Respekt.«

Er stellt das Glas weiter in die Mitte des Tisches.

»Und jetzt erzähl mal von dem Unfall«, sagt Ulrika. »Woher hast du diese Narbe?«

»Ist nicht so spannend.«

»Glaube ich nicht. Los, erzähl.« Sie sieht ihn mit neugierigen Augen an.

»Meine Mutter und ich waren auf dem Heimweg. Sie hatte in Paris einen Termin in einer Anwaltskanzlei, und ich habe sie begleitet, weil ich mir Schuhe kaufen wollte. Völlig banal.«

Elias grinst verkrampft.

»Was für Schuhe?«

Er kommt aus dem Konzept und starrt sie mit leerem Blick an.

»Das war ein Witz«, kichert sie. »Entschuldige, ich habe einen im Tee, glaube ich, sprich weiter.«

Er sammelt sich, als ginge es wirklich um ein einschneidendes Erlebnis. Wenn er sich daran erinnert, wie seine eigene Mutter vor sechs Jahren an Krebs gestorben ist, klappt es ganz gut.

»Wir waren gerade von der Périphérique abgefahren, als uns jemand hinten drauffuhr. Der Zusammenstoß an sich war nicht so schlimm, aber wir gerieten auf die andere Fahrbahn, und da hat es richtig geknallt. Ich habe das Bewusstsein verloren, und als ich wieder aufwachte, wurde ich gerade in einen Krankenwagen getragen.«

Im Osten sieht man jetzt einen Hauch Orange, in der Dunkelheit kreischen Vögel.

»Und das soll nicht spannend sein?«, fragt Ulrika.

»Für mich ist der Unfall nicht so… Ich erinnere mich viel intensiver an alles andere, den Tod meiner Mutter…«

»Oh, entschuldige.« Sie legt sich die Hand vor den Mund. »Das wusste ich nicht. Es tut mir wirklich leid.«

»Macht nichts. Ist lange her.«

»Wie lange?«

»Sechs Jahre. Ich war gerade achtzehn geworden.«

Ulrika beugt sich nach vorn und hebt die Hand zu seinem Gesicht. Diesmal berührt sie ihn. Sie fährt mit einem Finger die blasse Narbe entlang. Sie hat schöne, neugierige Augen, denen man kaum widerstehen kann, und zwei eigensinnige Linien auf der Stirn. Er muss aufpassen. Wenn er zu voreilig ist, könnte der lose geknüpfte Kontakt zur Familie Hands schnell wieder abreißen.

Sie ist diejenige, die den ersten Schritt macht, indem sie ihre Lippen auf seine presst, ihre verspielte kleine Zunge ist kühl. Ihr kurzes Haar fühlt sich voll und seidig an. Sie riecht nach Zitrone und Salz, wie das Meer.

Dann zieht sie sich zurück, sieht ihn mit leuchtenden Augen lange an, lächelt zufrieden und küsst ihn erneut. Sie steht auf, ohne das Küssen zu unterbrechen, und setzt sich rittlings auf ihn.

Damit hat er nicht gerechnet. Egal, ob es gut ist oder nicht, riskant werden könnte es auf jeden Fall, es gibt kein Zurück mehr. Jetzt muss er mitmachen.

Ulrika drückt sich an ihn und erschauert, als seine Hände unter das seidige Kleid wandern.

»Ich wünschte, ich könnte die Crew unter Deck schicken«, keucht sie in sein Ohr, »aber das darf ich nicht.«

Er ist hart, und sie reibt sich mit langsamen Bewegungen an ihm. So sitzen sie lange da, bis sie sich auf seinem Schoß umdreht, seine Hand nimmt und sie sich zwischen die Schenkel schiebt. Sie legt den Kopf an seine Schulter und schließt die Augen, während er sie mit feuchten Fingern sanft streichelt. Er beobachtet ihr Gesicht, die geschwungenen Wimpern, die konzentriert geschürzten Lippen. Sie bewegt sich zum Rhythmus seiner Hand, versteift sich und stöhnt dreimal kurz hintereinander, fast als hätte sie Schmerzen. Dann entspannt sie sich genauso schnell und dreht sich lachend zu ihm um.

»Oh …« Sie streckt sich, lacht weiter. »Vielleicht sollten wir langsam nach unten gehen«, sagt sie.

Er rechnet damit, dass sie ihn in ihre Kabine mitnimmt, aber sie zeigt auf eine andere Tür.

»Die letzte Kabine auf der linken Seite ist deine.«

Er weiß nicht, ob er darauf bestehen soll, sie zu begleiten, hat sich nicht überlegt, was Tom White in dieser Situation tun würde, kommt aber rasch zu dem Schluss, dass es merkwürdig wäre, es nicht wenigstens zu versuchen. Er legt ihr die Hände auf die Hüften und zieht sie an sich.

»Schlafen wir nicht in einem Bett?«

»Nächstes Mal vielleicht.« Sie gibt ihm einen Kuss. »In ein paar Wochen besuchen mich Wille und Ricky in New York. Du musst unbedingt mitkommen, das wird super.«

Elias hat keine Ahnung, ob sie es ernst meint oder ihn nur abwimmeln will.

»Klar, ich komme auf jeden Fall«, antwortet er im gleichen scherzhaften Ton.

Mit drückenden Kopfschmerzen hinter der Stirn wacht er früh auf. Hinter der ovalen Luke das tiefblaue Mittelmeer. Die Côte d'Azur macht ihrem Namen alle Ehre. Er kann die Häuser in der Bucht und die Zuckergussfassade des Carlton erkennen.

Er ist froh, dass er alleine aufwacht. Höchstwahrscheinlich bereut Ulrika den spontanen Alkoholsex.

Seine Kabine ist klein, hat aber gehobenen Hotelstandard. Die Decke war so straff um die Matratze gespannt gewesen, dass er fast mit Gewalt daran zerren musste, um darunterzuschlüpfen. Er hat ein eigenes Bad mit eingeschweißter Zahnbürste neben dem Waschbecken.

Er füllt ein Glas mit Leitungswasser und nimmt zwei Paracetamol. Obwohl er nur wenige Stunden geschlafen hat, kann er nicht wieder einschlafen. Er zieht Jeans und Hemd an und geht barfuß auf den Gang.

Die Grundrisse der drei Decks hat er im Kopf. Ganz hinten auf der Ebene, auf der er sich befindet, führen drei Stufen hinauf zu Eric Hands' Privaträumen, einer Schlafkabine und einem Arbeitszimmer. In der turbulentesten Phase des Atlas-Konzerns, vom Tod von Elias' Vater bei dem Bombenanschlag auf das Hotel Europe in Sarajevo bis zu dem Moment, als ihm ein Auftragsmörder in Ylvas Villa in Farsta Strand das halbe Gesicht weggeschossen hat, soll sich Eric Hands auf die Jacht zurückgezogen und sein gigantisches Unternehmen von hier aus regiert haben.

Fünf Menschen sind innerhalb weniger Wochen ums Leben gekommen, die Mörder selbst mitgezählt, sieben. Darunter Elias' Vater, Elias' Stiefmutter und Elias' Stiefbruder. Sie waren zwar nie auf einer Wellenlänge, aber Markus war das letzte bisschen Familie, das Elias noch geblieben war, bis er im Flur der elterlichen Wohnung im Karlbergsväg kaltblütig hingerichtet wurde, während sich Elias im Schlafzimmer versteckt hielt.

Er hat noch eine Großmutter mütterlicherseits, aber die lebt in Ligurien. Mit seinem Italienisch ist es nicht weit her, und außerdem hat er sie nur selten gesehen, seit seine Mutter vor fast sieben Jahren gestorben ist.

Und jetzt ist er hier. Er steht auf und wischt sich den Schweiß von der Stirn, während ihm durch den Kopf geht, was gestern passiert ist. Es ist fast zu glatt gelaufen: Wille, Richard, Ulrika, die Jacht. Er brauchte sich gar nicht anzustrengen, hat sich einfach treiben lassen und ist von Richard freundlich und großzügig aufgenommen worden. Und Ulrika hat sich aus irgendeinem Grund sofort auf ihn eingeschossen, sobald sie an Bord war. Es war, als wüssten sie alle Bescheid und spielten ein Spiel mit ihm.

Er weiß, dass das nicht sein kann, aber völlig ausgeschlossen ist es nicht, schließlich ist nichts unmöglich. Wenn Örjan, Karolina oder jemand anders aus einem sehr kleinen Personenkreis ihn verraten hätten, dann vielleicht, aber das ist extrem unwahrscheinlich. Darauf muss er vertrauen. Etwas anderes bleibt ihm gar nicht übrig.

Jetzt nur keine Hirngespinste. Er darf sich nicht verunsichern lassen, um sich nicht früher oder später zu verraten. Er holt tief Luft, stellt beide Füße fest auf den weichen Teppich, verankert sich in Tom White, er ist Tom White.

Er geht weiter Richtung Heck. Es kann nicht schaden, sich ein bisschen umzusehen. Dort sind die drei Stufen, das stimmt, aber dahinter gibt es eine Tür, die aus der Skizze nicht hervorgegangen ist. Er befühlt den blanken Messingknauf. Zu seinem Erstaunen ist die Tür nicht abgeschlossen. Er wartet und horcht, aber an Bord ist es still. Vorsichtig stößt er die schwere Tür auf, hinter deren Teakdekor sich ein Eisenkern verbirgt. Dahinter führt der Gang ein kleines Stück weiter, eine Tür links und eine geradeaus.

Elias geht rasch bis ans Ende des Flurs, wo das Arbeitszimmer liegt. Es würde ihn wundern, wenn auch sie nicht abgeschlossen wäre, aber wenn er es schon mal so weit geschafft hat, sollte er es wenigstens versuchen. Er hat keine Überwachungskameras gesehen, aber die können auch versteckt sein. Falls er bereits beobachtet wird, darf es nicht so aussehen, als ob er herumschnüffelt.

Sanft, aber bestimmt drückt er die Klinke hinunter. Augenblicklich setzt der Alarm ein, schrill und ohrenbetäubend laut. Instinktiv geht er in die Hocke, hält sich die Ohren zu und bewegt sich rückwärts auf die Eisentür zu, hat sie aber noch nicht erreicht, als sie von einem schwarz-weiß gekleideten Wachmann mit Pistole in der Hand aufgerissen wird.

Sechs Monate zuvor geht Elias verkleidet als er selbst auf die Beerdigung seines Vaters und seiner Stiefmutter. Markus hätte dem gemeinsamen Begräbnis niemals zugestimmt, aber da er auch tot ist, kann Elias allein entscheiden. Markus ist zwar so kurz nach seiner Mutter gestorben, dass sein Sarg gut neben den beiden anderen in der Kapelle des Heiligen Kreuzes hätte stehen können, aber es war naheliegender, seinen Freunden die Gelegenheit zu geben, separat von ihm Abschied zu nehmen.

Dank eines erfahrenen Maskenbildners und des Kopfverbands, den Elias eigentlich nicht mehr braucht, erkennen ihn die entfernten Verwandten wieder. In dieser Hinsicht ist es von Vorteil, dass er keine nahen Verwandten mehr hat. Andererseits sind seine Augen und die Stimme unverändert, das hilft.

Aufgrund der Umstände, unter denen Elias' Vater und Mari-Louise zu Tode gekommen sind, hat sich die Beerdigung verzögert. Wegen der polizeilichen Ermittlungen in Sarajevo hat es eine ganze Weile gedauert, bis die Leiche seines Vaters heimgeflogen wurde, wo sie dann gleich noch einmal von der schwedischen Polizei obduziert worden ist. Elias hätte Einspruch erhoben, wenn er die Kraft gehabt hätte, aber ihm war gerade ein Hirntumor herausoperiert worden, und aus dem Spiegel starrte ihn ein fremder Mensch an.

Die sterblichen Überreste von Mari-Louise sind ebenfalls einer medizinischen Untersuchung unterzogen worden, aber offiziell heißt es immer noch, sie habe sich, umnachtet von Trauer und Beruhigungsmitteln, im Schneesturm verirrt, sei auf den Klippen der Küste vor Åland ausgerutscht, mit dem Kopf aufgeschlagen, bewusstlos geworden und erfroren.

Elias gehörte zu der Handvoll Personen, die wussten, dass das nicht stimmte. In der Blockhütte hatte er ihre Haarspange mit einem Haarbüschel an einem blutigen Stück Haut unter dem Sofa gefunden. Und kurz darauf hatte er an der zerklüfteten Küste ihre steifgefrorene Leiche gefunden, die vereisten Wimpern abgebrochen und der Blick stumpf unter einer Eisschicht. Er hatte sie dort liegen lassen und war durch den Schneesturm geflüchtet, um seine eigene Haut zu retten.

Die Glocken läuten. In der Kapelle wird es still, und der Trauerredner leitet die Bestattungszeremonie ein. Es ist eine weltliche Trauerfeier, die von einem Kollegen aus dem Außenministerium geleitet wird und mit einer Ansprache über Individuum und Welt beginnt – die kleine Welt von Familie und Freunden und die große Welt, deren Grenzen wir mit unserem Willen und unserer Neugier definieren. Anders und Mari-Louise hätten beides in sich vereint, sagt er, einen starken Willen und große Neugier.

Elias blickt zur Seite. Vom Büro ist niemand gekommen, aber in der dritten Bank auf der linken Seite sitzt Ylva in einem schwarzen Kostüm, zu dem ihr helles Haar, das ihr leicht gelockt über die Schultern fällt, einen scharfen Kontrast bildet. Er selbst sitzt auf der rechten Seite, ganz vorn zwischen zwei von Papas Cousins. Seine Großmutter hatte unter großem Wehklagen verkündet, dass die Reise nach Schweden zu anstrengend für sie wäre. Er wünschte, er könnte neben Ylva sitzen. Sie ist die Einzige, mit der er sich austauschen kann, die Einzige, die wirklich Bescheid weiß und die das Gleiche durchgemacht hat wie er.

Sie war es, die ihn aus dem Schneesturm gerettet und bei sich versteckt hat, und sie war bei ihm, als auf ihn geschossen wurde. Sie hat seine Hand gehalten, als er in der Nähe ihres brennenden Hauses bewusstlos wurde, und saß an seinem Bett, als er wieder aufwachte.

Ylva ist die Einzige, die ihn versteht, sonst niemand.

Er stellt sich vor, ihre warme Hand zu halten, die leichte Berührung, so lebendig. Er wünscht sie sich so sehr an seine Seite. Wahrscheinlich würde sich niemand darüber wundern, dass die Chefin seines Vaters neben ihm sitzt und ihm Beistand leistet.

Allein, dass sie da drüben auf der anderen Seite des Mittelgangs sitzt, löst eine innere Ruhe und Wärme in ihm aus, die sich im Körper ausbreitet und allmählich zu intensiver Freude steigert. Bis jetzt hat sie auf den Liederzettel in ihren Händen gestarrt, nun bewegt sie ihre rechte Hand zur Stirn und streicht eine Strähne aus dem Gesicht. Sie legt den Kopf ein wenig in den Nacken, lässt ihren Blick über die Trauergemeinde schweifen, und als ihre Blicke sich kreuzen, verzieht sich ihr rot geschminkter Mund zu einem sanften Lächeln. Ein heißer Schauer schießt ihm bis in die Zehenspitzen.

Beim anschließenden Empfang geht er mit seinem grotesken Kopfverband herum und erzählt Verwandten und Bekannten von seinen Zukunftsplänen. Wenn er sich nähert, verstummen die Gespräche, und die Leute mustern ihn mit einer Mischung aus Mitleid und Abscheu. Letzteres versuchen sie erfolglos zu überspielen.

Sobald die letzten Details rund um Wohnungsauflösung und Testament abgehakt sind, will Elias nach Washington ziehen, um seinen Master zu machen und im Herbst an der Elliott School of International Affairs der George Washington University ein Promotionsstudium im Fach Security Studies zu beginnen.

Er muss Fragen zum Thema seiner Dissertation beantworten und warum ausgerechnet Washington, aber auch die praktischen Dinge, das Finanzielle und seine Beziehungen zur Heimat interessieren die Leute. Er antwortet gewissenhaft auf jede Frage und bewegt sich durch den mit weiß übermalter Textiltapete, Landschaftsaquarellen und kaltem Licht aus viel zu hellen Energiesparlampen neutral und ziemlich trostlos eingerichteten Raum und wiederholt in Endlosschleife dieselbe Geschichte.

Offenbar tritt er in die Fußstapfen seines Vaters, sagen die Leute, bevor ihnen schlagartig die weniger reizvolle Seite der Medaille einfällt und sich betretenes Schweigen breitmacht.

Ja, denkt er, in vielerlei Hinsicht.

Sie wünschen ihm Glück *over there* und fordern ihn auf, sich zu melden, falls sie irgendetwas für ihn tun können. Ein Freund seines Vaters, der Jurist ist, bietet ihm an, sich um den Nachlass zu kümmern, so was geht ja schnell ins Geld, die Bestattungsunternehmen kassieren munter für die Übermittlung der Daten ans Finanzamt, die letztendlich die Angehörigen selbst zusammensuchen müssen. Elias bedankt sich, aber das ist bereits alles geregelt, und arm wird er dabei nicht.

Kjell Nyman ist da, Papas Freund aus Uppsala und Kollege bei Sida. Er hat, zumindest bis auf Weiteres, Papas Aufgaben übernommen. Des einen Schaden … Aber Elias mag Kjell, die Trauerfeier ist ihm nahegegangen, das merkt man. Er bekommt dieselbe Geschichte erzählt. Washington, Promotion und so weiter.

Ylva gesellt sich zu ihnen, ganz selbstverständlich, sie sind schließlich Kollegen.

»Wusstest du, dass Elias in Washington promovieren will?«, fragt Kjell.

»Nein, bis jetzt noch nicht.« Sie sieht Elias überrascht an und wirkt dabei sehr überzeugend. »Das ist ja toll. Herzlichen Glückwunsch!«

»Danke.«

Elias muss sich beherrschen, um ihr nicht verschwörerisch zuzublinzeln. Er ist sehr froh, dass er nicht für vier Jahre in die USA ziehen wird.

Das Heulen der Sirene im Ohr starrt Elias in den Pistolenlauf einer Sig Sauer, nimmt er an.

Während der Mann die Waffe auf ihn richtet, kommt ein anderer in den Gang gerannt, ist mit wenigen Schritten bei Elias, dreht ihm den Arm auf den Rücken und drückt ihn an die Wand. Elias stößt mit dem Kopf gegen ein Scharnier und stöhnt laut auf.

»Ich wollte rauf an Deck«, ächzt er.

Seine Worte gehen im Alarm unter.

»Ich wollte rauf an Deck«, wiederholt er, diesmal lauter.

»Schnauze.«

Er wird fester an die Wand gedrückt. Es fühlt sich an, als würde ihm die Schulter ausgekugelt. Dann verstummt die Sirene, und er ist auf unbegreifliche Art frei und ganz allein in dem Gang. Der Schmerz ist weg. Vorsichtig bewegt er die unsanft behandelte Schulter…

Weiter kommt er nicht, als die Sirene wieder einsetzt. Die Tür wird aufgerissen, und er starrt direkt in den Pistolenlauf einer Sig Sauer, wie er glaubt. Ein zweiter

Mann kommt angerannt und packt ihn am Arm, aber da er weiß, was kommt, macht er mit. Es tut weh, aber nicht so weh wie beim letzten Mal, und als er einen Augenblick später an die Wand gedrückt wird, schafft er es, dem Scharnier auszuweichen.

»Ich wollte rauf an Deck«, sagt er ohne großen Nachdruck, mit den Gedanken woanders.

Ihm ist schwindlig. Was ist los? Hat er den ersten Teil geträumt? Träumt er immer noch? Es ist, als wäre die Zeit ein Stück zurückgesprungen. Oder als würde sie sich wiederholen. Es geschehen Dinge in seinem Kopf und nirgendwo sonst, so viel hat er verstanden. Eine Art Déjà-vu, so muss es sein, nur viel intensiver, als man es normalerweise erlebt. Er kann die Zeit weder anhalten noch dazu bringen, sich zu wiederholen.

Der Alarm verstummt. Der Mann, der ihn festhält, schiebt ihn zurück in die Richtung, aus der er gekommen ist, der andere lässt die Pistole sinken.

»Was haben Sie hier verloren?«

»Ich wollte rauf an Deck«, wiederholt er.

Je mehr seine Verwirrung sich legt, desto klarer wird ihm der Ernst der Lage. Warum konnte er nicht abwarten, den Dingen ihren Lauf lassen, mittrinken und den netten Kerl spielen, bis er sich eingelebt hat. Warten, bis Eric Hands den ersten Zug macht. Jetzt war vielleicht alles vergebens, die gründliche Vorbereitung und zwei Wochen Abhängen mit William Retzius.

Als Elias die drei Stufen hinuntergeht, hört er eine verschlafene Stimme vom anderen Ende des Korridors.

»Mein Gott, was ist denn das für ein Krach?«

Ulrika.

»Was macht ihr da? Würdet ihr ihn bitte loslassen?«

Sie kommt näher. Hinter seinem Rücken findet eine kurze Auseinandersetzung auf Französisch statt, ehe der Wachmann ihn loslässt. Er tritt einen Schritt zur Seite. Ulrika steht in einem weißen Frotteebademantel da, auf der Brust ist »Capricorn« eingestickt.

»Dieser Bereich ist tabu, wenn Papa nicht an Bord ist. Das hätte mein lieber Bruder dir aber sagen sollen.«

»Hat er bestimmt nur vergessen.« Elias lässt die schmerzende Schulter kreisen.

»Typisch. Tut mir leid. Geht es?«

»Klar. Normalerweise beginne ich den Tag mit Müsli und Joghurt, aber das hier war viel spannender.«

Er zuckt mit den Achseln, und sie grinst über seinen Aufzug, barfuß und im zerknitterten Hemd. Er hat geahnt, dass die nackten Füße eine gute Idee waren. Ulrika nickt den beiden Männern zu, die sich daraufhin zurückziehen.

»Ich wollte an die frische Luft«, sagt er.

»Da musst du in die Richtung.«

Sie hält ihm die Tür auf, durch die kurz vorher die Wachmänner verschwunden sind, und geht mit ihm an Deck. Die Luft ist mild und frisch, riecht nach Meer, und die Wasseroberfläche erstreckt sich spiegelglatt bis zum Horizont.

Sie sieht ihn an. »Sorry.«

»Nicht so schlimm«, sagt er.

»Wie spät ist es? Viel können wir nicht geschlafen haben.«

»Höchstens vier Stunden«, sagt er. »Ich weiß nicht, wann wir ins Bett gegangen sind.«

Eine Weile stehen sie schweigend da. Die Morgensonne vergoldet die Fassaden der Croisette.

»Es war ein schöner Abend«, sagt er.

»Ja.«

Sie wendet sich ihm erneut zu. Lächelnd fängt er ihren Blick auf. Es ist ein merkwürdiges Gefühl, aber was soll er machen? Sie streicht ihm flüchtig über den Arm.

»Jetzt muss ich mich aber wieder hinlegen.« Sie gähnt. »Wir sehen uns später.«

Während die Kopfschmerzen allmählich nachlassen und er wegdämmert, grübelt er noch immer darüber nach, was im Gang passiert ist, als der Alarm losging. Hat seine Panik dieses ungewöhnliche Déjà-vu ausgelöst? Hat das mit dem Tumor zu tun, der Operation?

Zweimaliges lautes Klopfen gegen seine Kabinentür reißt ihn aus dem Schlaf. Eine energische Stimme auf dem Gang. Elias setzt sich benommen im Bett auf, versteht nicht, was gesagt wird, hört aber hastig hin und her eilende Schritte, das Klopfen an weitere Türen und laute Rufe auf Französisch und Englisch.

Er schlüpft rasch in seine Hose und öffnet seine Tür einen Spaltbreit. Der Wachmann, der ihn an die Wand gedrückt hat, geht in dem Gang auf und ab und weckt alle an Bord. Er sieht Klas, der eher auf dem Weg zurück zu seiner Kabine zu sein scheint, als von dort zu kommen.

»Was ist los?«, fragt Elias.

»Ich weiß nicht genau. Der Affe da ist nicht besonders gesprächig.« Er zeigt mit dem Daumen hinter sich. »Wir müssen alle von Bord, aber er weigert sich, einen Grund zu nennen. Alle müssen gehen, mehr sagt er nicht.«

»Es ist also nichts passiert?«

»Keine Ahnung. Ich habe Richard gesucht, aber …« Klas dreht sich zum anderen Ende des Gangs um.

»Heißt das, wir sollen jetzt alle hier weg?«

»Sieht so aus. Zieh dich lieber an.«

Ein paar Minuten später ist Elias in derselben Kleidung, in der er gekommen ist, inklusive Unterwäsche, oben an Deck. Er fühlt sich nicht ganz frisch, ungeduscht, zerzaust und hungrig. Klas ist schon da, und die anderen trudeln auch nach und nach ein, alle mehr oder weniger verschlafen. Außer den Geschwistern Hands sind bald alle an der Leiter versammelt.

»Ist was passiert?«, fragt Elias Wille.

»Könnte sein, dass Eric im Anmarsch ist«, sagt er. »Ganz schön brutal, deswegen alle zu wecken.«

Eingehüllt in eine Jacke, die viel zu warm scheint, taucht Ulrika mit einer Reisetasche in der Hand an Deck auf. Kurz darauf kommen auch Richard und ein Besatzungsmitglied, das Elias bislang nicht zu Gesicht bekommen hat. Dem Gold an den Schulterklappen nach zu urteilen, ist es der Kapitän. Richard diskutiert auf Englisch mit ihm, scheint aber auf Granit zu beißen. Der Mann schüttelt immer wieder den Kopf.

»Order deines Vaters«, sagt er schließlich. »Außer der Besatzung sollen alle das Schiff verlassen.«

Richard murmelt eine Antwort, gibt aber nach. Stützende Hände werden gereicht, als sie in die Zodiac steigen. Elias und Åsa bekommen die Plätze vor dem Steuerstand. Die beiden Wachmänner steigen mit in das Schlauchboot. Ohne Zeit zu verschwenden, lösen sie die Vertäuung und nehmen Kurs auf den Hafen. Das Dröhnen der Motoren macht Gespräche in normaler Lautstärke unmöglich, und Elias hat keine Lust, Åsa seinen Tag-danach-Atem ins Gesicht zu brüllen. Der Einzige, der spricht, ist Richard. Was genau er zu seiner Schwester sagt, geht im Motorenlärm unter, aber Elias bekommt mit, dass er sich beklagt, weil sie von Bord müssen.

Sie werden an der gleichen Stelle am Kai abgesetzt, wo Wille und Elias am Tag zuvor abgeholt worden sind. Im Gegensatz zu gestern ist auf den anderen Booten einiges los. Es wird gefrühstückt oder die Abfahrt vorbereitet, und manche Segler holen die Spinnakersäcke heraus, um auf Vorwindkurs vielleicht ein kleines Lüftchen einzufangen.

Elias geht schneller, um Ulrika einzuholen. Sie hält den Blick gesenkt und scheint ihn gar nicht zu bemerken. Geht jetzt alles den Bach runter? Bereut sie, zurück in der Wirklichkeit, den gestrigen Abend?

»Nächstes Mal vielleicht in New York?«, sagt er, um herauszufinden, wie die Stimmung ist.

»Hm.«

Sie schaut kurz zur Seite. Anscheinend hat sie schlechte Laune. Vielleicht ist etwas vorgefallen, vielleicht hat er etwas nicht mitbekommen. Er geht schweigend neben ihr her, bis er sich die Frage nicht länger verkneifen kann.

»Ist etwas passiert?«

»Ich weiß nicht«, sagt sie. »Irgendwas bestimmt, aber ich weiß nicht, was.«

Er versteht nicht, was sie meint.

»Manchmal ist es so.«

Auf der Croisette gehen Richard, Jennifer und Ulrika zu einem schwarzen Mercedes am Straßenrand. Ein Chauffeur im Anzug öffnet den Kofferraum und nimmt ihnen das Gepäck ab. In weniger als einer Minute werden sie wegfahren, und er kann nicht viel dagegen tun.

Richard verabschiedet sich hastig und entschuldigt sich für den plötzlichen Aufbruch, den er leider nicht verhindern konnte. Ulrika öffnet eine der hinteren Türen, macht dann aber mit dem Smartphone in der Hand einen Schritt auf Elias zu.

»Deine Nummer?«

Er ist auf die Frage so unvorbereitet, dass er kaum versteht, was sie meint, schafft es dann aber, seine Handynummer zu stammeln.

Sie berührt ihn an der Hand und streicht mit den Fingerkuppen über seine Handfläche, bevor sie sich umdreht und ins Auto steigt. Jennifer winkt zum Abschied, Richard steigt ebenfalls ein, und dann fährt der Wagen los.

Wille und er verabschieden sich müde von Helene, Åsa und Klas und gehen schweigend ins Martinez. Elias ist mit seinen Gedanken weit weg, das Déjà-vu-Erlebnis lässt ihn nicht los. Etwas so Merkwürdiges hat er noch nie erlebt, als würde sich ein Zeitabschnitt wiederholen. Nicht nur gefühlt, sondern ganz real.

Als sein Handy ein *Pling* von sich gibt, nestelt er es aus der Hosentasche.

Wir sehen uns in New York!

Das Hotel Europe ist saniert und wiedereröffnet, als ob nichts passiert wäre. Ylva ist seit der Bombenexplosion nicht in Sarajevo gewesen. Sie wohnt nur eine Straße entfernt, und als sie auf dem Weg in die Altstadt am Hotel vorbeikommt, prasseln die Erinnerungen wie Fausthiebe auf sie ein. An die Erschütterung, bei der sie beinahe das Gleichgewicht verliert, aber nicht weiß, was los ist, bis sie den Rauch vor den Fenstern sieht. Dann die Evakuierung, die schnell vonstattengeht, aber nicht schnell genug, als dass sie nicht einen Blick in die zerstörte Rezeption erhascht. Warum ist Anders nicht bei den anderen im Restaurant gewesen? Was hat ihn aufgehalten? Anders auf der Trage, das Gesicht abgedeckt, damit man die Verletzungen nicht sieht. Anders, mit dem sie weniger als eine Stunde vor der Explosion noch in ihrem Hotelzimmer zusammen war, der seit Monaten ihr Liebhaber war. Oder, besser gesagt, sie seit Monaten seine Geliebte. Zurück in Stockholm, wie sie seiner Frau ihr Beileid aussprechen musste.

Sie geht schneller, flüchtet sich in die von Restaurants, Bars und Souvenirläden gesäumten engen Gassen. Es ist kurz nach achtzehn Uhr, ein heißer Tag, die Luft ist stickig, stinkt aber nicht nach Rauch wie letzten Winter, als der Smog wie eine Glocke über Sarajevo lag.

Sie ist Elias zuliebe hier. Nein, das stimmt nicht ganz, auch für sich selbst, aber vor allem für Elias. Es war seine Idee, und offensichtlich hatte er recht.

Nur für ein Treffen mit dem Informanten aus dem Finanzministerium nach Sarajevo zu fliegen hätte sie sich zeitlich nicht erlauben können. Darum ist sie zusammen mit Kjell Nyman, seit Anders' Tod stellvertretender Balkanchef, und ihrer Assistentin Maria Olivares hier, die alle Termine im Auge hat und wie und wann sie sich am besten darauf vorbereitet. Gerade hat sie die beiden aber abgeschüttelt, um jemanden zu treffen, der in ihrem offiziellen Terminkalender nicht vorkommt.

Es war eine vollkommen neue Erfahrung, den eigenen Namen fettgedruckt auf Bildschirmen und Zeitungsseiten zu lesen: »Ylva Grey tritt Tillbergs Nachfolge als Generaldirektorin von Sida an.« Dazu ein mehr oder weniger schmeichelhaftes Foto.

Schuld an ihrer Prominenz ist der Anschlag, bei dem sie und Elias mit dem Haus verbrennen sollten. Letzteres ist ein gut gehütetes Geheimnis, aber dass es in ihrem Haus gebrannt hat, während sie sich darin befand, war für die Medien eine große Sache. Dass sie wenige Wochen zuvor bei einer Bombenexplosion in einem Sarajevoer Hotel anwesend war, hat die Spekulationen nur angeheizt.

Ylva findet das Café, in dem sie verabredet ist, und sucht sich einen Platz in Türnähe. Sie ist zehn Minuten zu früh dran und bestellt sich ein Glas Rotwein. Der Wein stammt aus Mostar, einen Versuch ist es wert. Das Lokal füllt sich mit Leuten, die für heute Feierabend haben, auf den Tischen stehen Weingläser, Longdrinks, Kaffeetassen und einfache Gerichte.

Der Kellner bringt den Wein und stellt ein Glas Wasser dazu. Ohne die Tür aus den Augen zu lassen, kostet Ylva den großzügig eingeschenkten Wein. Als die lauwarme Flüssigkeit über ihre Zunge läuft, verzieht sie unfreiwillig das Gesicht. Eine blöde Idee von ihr, bei dieser Hitze Rotwein zu bestellen.

Sie schaut hinaus auf die Straße, erkennt den kleinen, dunkelhaarigen Mann, der sich zwischen den Tischen auf dem Gehweg hindurchschlängelt. Er trägt einen grauen Anzug mit etwas zu langen Ärmeln und einer dezenten Krawatte und lächelt freundlich. Inzwischen kennt sie seinen Namen, Mario Filipović, aber letzten Winter, als er und die Botschafterin sie aus den Fängen der bosnischen Terror- und Korruptionspolizei SIPA gerettet haben, hat er sich nicht vorgestellt. Die Botschafterin und Ylva haben ihn deshalb nur *den Fahrer* genannt, als er sie einen chaotischen Tag lang kreuz und quer durch Sarajevo kutschierte.

Offenbar erkennt er sie auch wieder, denn er kommt geradewegs auf sie zu.

»Schön, Sie wiederzusehen«, sagt er.

Sie steht auf und gibt ihm die Hand.

»Bleiben Sie doch sitzen.«

»Hoffentlich mache ich Ihnen keine allzu großen Umstände«, sagt sie.

»Das weiß man immer erst, wenn's zu spät ist.«

Das soll vermutlich ein Scherz sein, aber Ylva findet seine Bemerkung nicht witzig. Sie hat erlebt, was es heißt, wenn es zu spät ist.

Er setzt sich, stellt seine Aktentasche auf einen Stuhl und bestellt ein Glas Weißwein. Dann holt er einen DIN-A4-Umschlag aus der Aktentasche.

»Wie gesagt, ich habe etwas für Sie. In diesem Umschlag sind Bilder der beiden Personen, die hinter dem Anschlag auf das Hotel Europe stecken.«

Ylva stellt ihr Glas auf die Marmorplatte. »Fotos der Attentäter, meinen Sie?«

»Ja.«

Sie wirft einen Blick auf den braunen Umschlag mit dem Papprücken.

»Wissen Sie, wer die Personen sind?«

»Der eine ist Schwede, der andere Serbe, aber Namen habe ich keine.«

»Woher haben Sie die Bilder?«

»Mir ist klar geworden, dass die SIPA Anders Ferreira Krantz beschattet hat, als er in Sarajevo war. Man hat Ihnen doch ein Foto gezeigt, erinnern Sie sich?«

»Natürlich.«

Anders an einer Straßenecke mit einem Whistleblower, der vor ein paar Wochen im Parc du Cinquantenaire in Brüssel erschossen wurde. Ylva war dabei, sie hat von einem der Schüsse ein Loch im Mantel zurückbehalten.

»Sie haben uns nicht genau gesagt, warum sie ihn beschattet haben. Vielleicht sind sie dafür bezahlt worden, aber wie gesagt, wir wissen es nicht genau.«

»Das entbehrt nicht einer gewissen Ironie.«

»Weil die SIPA gegen Korruption vorgeht, stimmt.«

Er hat sein Glas noch nicht angerührt, Kondenswasser tropft daran hinunter.

»Ich habe von Anfang an vermutet, dass sie noch mehr Material haben, was sich als richtig erwies, als ich endlich ihre Ermittlungsakten zu Gesicht bekam.«

»Diese Fotos?« Mit einem fast unmerklichen Nicken deutet sie auf den Umschlag.

»Unter anderem. Sie wurden wenige Minuten, wenn nicht Sekunden, vor der Detonation aufgenommen.«

Ylva lässt seine Worte in sich nachhallen. Die Sekunden, die über Anders' Schicksal entschieden und ihr eigenes Leben verändert haben. Und das von Elias.

»Sind Sie sich da ganz sicher?«

»Ja. Ich habe das gesamte Ermittlungsmaterial gesichtet.« Er runzelt die Stirn. »Oder zumindest einen großen Teil davon. Diese Männer befanden sich zum Zeitpunkt der Explosion vor dem Hotel. Einer von ihnen war kurz davor im Hotel. Beim Hineingehen hatte er eine kleine Tasche bei sich, die er nicht wieder mit rausgebracht hat. Unmittelbar nach der Explosion sind sie weggefahren. Ich bin fest davon überzeugt, dass sie es waren.«

»Und die Fotos im Umschlag …«

»Zwei Stück. Auf diesen Bildern sind sie am besten zu erkennen.«

Wie sahen sie aus? Böse? Abgebrüht? Oder ganz normal? Sie weiß, sie wird irgendetwas tun müssen, wenn sie sie gesehen hat, aber was?

»Die Frage ist, wie ich jetzt weitermache«, sagt sie.

»Das kann ich Ihnen nicht beantworten, aber ich würde Ihnen raten, nicht zur schwedischen Polizei zu gehen.«

»Wieso nicht?«

Mario Filipović streckt den Rücken durch und schiebt das Weinglas, das er noch immer nicht angerührt hat, ein Stück zur Seite.

»Eigentlich hätte ich oder irgendjemand sonst diese Bilder gar nicht sehen sollen«, sagt er. »Wenn Sie sie an die Polizei in Schweden weiterleiten, verschwinden sie womöglich.«

Ylva will Einspruch erheben, wird aber von ihm unterbrochen.

»Sind nicht schon andere Dinge verschwunden?«

Er sieht sie prüfend an. Ylva weiß nicht, worauf er anspielt, und nicht, wie viel sie sagen darf. Meint er die Tonaufnahme, die den sozialdemokratischen Parteisekretär Henning Eriksson und Eric Hands mit einem schweren Fall von Korruption in Verbindung bringt? Zweimal hat sie sie in der Hand gehabt, zweimal ist sie ihr weggenommen worden. Zuletzt am sechsten Februar von Karolina Möller. Seitdem wurde die Aufnahme in ihrem Beisein nicht mehr erwähnt. Einige Beamte haben aus unspektakulären Gründen den Dienst quittiert, aber ansonsten ist wenig an die Öffentlichkeit durchgedrungen, weder über die Medien noch musste sich jemand vor Gericht verantworten.

Sie will nicht, dass mit den Fotos von Anders' Mördern das Gleiche passiert.

Elias bezahlt das Taxi und steigt in der flirrenden Nachmittagshitze vor dem pistaziengrünen Haus in der Sibyllegata 59 aus, wo er seit einem halben Jahr wohnt. Der Taxifahrer wuchtet den Koffer auf den Gehweg. Normalerweise reist er mit leichtem Gepäck, aber Tom White wechselt öfter die Garderobe.

Im Erdgeschoss sind ein Klamottenladen und ein Schmuckgeschäft. Elias gibt den Türcode ein, und mit einem Summen geht die Tür auf. Er kann es sich nicht verkneifen, einen Blick auf die Tafel im Hauseingang zu werfen. Ganz oben steht »T. White«. Er hat den Namen geübt, bis er ihm in Fleisch und Blut übergegangen ist, aber merkwürdig fühlt es sich trotzdem an.

Das Haus liegt an einer Straßenecke und hat einen zweiten Ausgang am Karlaväg. Dann gibt es noch einen abenteuerlichen Weg über die Mauer zum Nachbarhof auf die Tyskbagargata.

Ein solches Fluchtmanöver hat ihm vor sieben Monaten im Karlbergsväg, wo sein Vater wohnte, das Leben gerettet. Ohne diesen Hinterausgang hätte nicht sein Stiefbruder Markus mit einer Kugel im Kopf und einer im Herzen tot im Flur gelegen, sondern er selbst.

Der Aufzug hält im oberen Stock. Er steigt aus und schickt den Fahrstuhl wieder nach unten, um die Nachbarn nicht zu verärgern, und schließt die Tür zu der Wohnung auf, in die er seit über sechs Wochen keinen Fuß gesetzt hat. Drinnen ist es warm und stickig. Er öffnet ein paar Fenster, um den Geruch von Staub und Jahrhundertwende zu vertreiben, der zwischen den Dielen hervorkriecht, sobald die Temperatur auf dreißig Grad steigt, ein gut hundert Jahre alter Duftmix aus Welpenpisse, feuchtfröhlichen Weihnachtsabenden und dem ein oder anderen leidenschaftlichen Moment.

Es ist eine Zweieinhalbzimmerwohnung mit großem Schlafzimmer und einem riesigen Wohnzimmer, das sowohl Fenster zur Sibyllegata als auch zum Karlaväg hat, eingerichtet in einer guten Mischung aus schwedischen und französischen Antiquitäten und ein paar neuen Designermöbeln. Die ehemalige Dienstmädchenkammer neben der Küche benutzt er als Arbeitszimmer.

Die Lage ist eine strategische Wahl. Der Fluchtweg zur Tyskbagargata war Voraussetzung, der U-Bahnhof im Viertel ein Vorteil, aber mindestens so wichtig, dass Richard Hands nur einen Katzensprung entfernt wohnt, in der Eriksbergsgata hinter dem Humlegården. Zufälligerweise wohnt Wille auch in der Nähe.

Elias legt sich aufs Bett, streckt die Arme zu den Seiten aus und sieht an die Decke. Er ist aus dem Urlaub zurück,

Urlaub in Anführungsstrichen. Er hat Urlauber gespielt, seine Persona an Fremden ausprobiert und ist zwar nicht ganz bis zu seinem Zielobjekt vorgedrungen, aber so nah wie nur möglich herangekommen, ohne den Betreffenden selbst zu treffen. Er ist nur noch einen Schritt von ihm entfernt.

Falls es nicht die einzige und beste Gelegenheit war, die er je bekommen würde.

Er holt tief Luft, atmet aus und wieder ein.

Als auf Hands' Jacht der Alarm losging, dachte er, es wäre vorbei. Dass er alles verbockt hat und mit ein bisschen Glück von den Männern der Crew nur Prügel beziehen, im schlimmsten Fall von ihnen getötet würde. Stattdessen konnte er sich mit einem Hilferuf aus der Situation retten.

Und dann dieses Phänomen. Der Sprung in der Zeit. Schon vor der Operation hat er seltsame Dinge erlebt, ohne sagen zu können, ob vom Tumor ausgelöst oder stressbedingt. Das hier war anders. So überwältigend und nah, dass er es nicht einfach als Fehlschaltung in seinem Gehirn abtun konnte, aber auch zu merkwürdig, um es anders einzuordnen.

Sosehr er sich auch den Kopf zerbricht, kann er sich das, was an Bord passiert ist, einfach nicht erklären. Er hat einen Artikel über Zeiterleben gelesen. Wie das Gehirn Zeit verarbeitet, hat die Wissenschaft noch nicht vollständig entschlüsselt, aber man weiß, dass Zeit, Ort und Ereignisse miteinander verknüpft werden. Je mehr er darüber liest, desto stärker hat er das Gefühl, das Gehirn würde Zeit nicht chronologisch, sondern als zusammenhängende Erzählung einsortieren.

Er stößt nicht zum ersten Mal auf diesen Gedanken. Das Gehirn verwendet unsere Erlebnisse und Handlungen als Rohmaterial und stellt daraus zusammenhängende Geschichten her. Daher können wir nie sicher sein, ob das, woran wir uns erinnern, oder auch das, was wir gerade erleben, real ist.

Monotone und sich wiederholende Ereignisse, so anstrengend sie auch gewesen sein mögen, verschmelzen im Rückblick oft zu einem kurzen Augenblick, weil das Gehirn sie nicht zu unterscheiden vermag. Beim Fahren einer uns vertrauten Strecke entfernen wir uns innerlich vom Jetzt und bewegen uns in einem Bereich der Zeitlosigkeit.

Ist unser Gehirn in Wirklichkeit ein Erzähler, der uns Märchen über unser eigenes Leben erzählt?

Wahrheit und Lüge.

Er wünschte, er könnte sich vollkommen entspannen und für einen Moment er selbst sein, aber wohin er auch sieht, erinnert ihn nichts an sein altes Ich. Alles gehört Tom, sogar das Aftershave. Wenn er die Augen schließt, gehen ihm Toms Gedanken und Toms Ausdrucksweise durch den Kopf, die er wie eine Fremdsprache zwar immer besser beherrscht, die umgekehrt aber auch ihn beherrscht und Besitz von seiner Muttersprache ergriffen hat.

Er ist nicht mehr vorhanden. Jedenfalls nicht ganz. Vermutlich ist das gut so. Zumindest für seinen Auftrag.

Er steht auf, geht sein Handy holen, wählt Ylvas Nummer. Alle Telefonate mit ihr und dem Büro laufen über eine verschlüsselte Internetverbindung. Anfangs war das Büro strikt gegen seinen Kontakt zu Ylva, sie hätten am liebsten eine Kontaktsperre angeordnet, bis sein Auftrag abgeschlossen ist.

»Hallo?«

Die plötzlich so nahe Stimme überrumpelt ihn. Er muss sich setzen.

»Hallo«, sagt er. »Ich bin wieder da.«

»In der Stadt?«

»Ja.«

»Ich bin in Sarajevo«, sagt sie.

Elias erstarrt.

»Bist du noch da?«

»Ja.« Er schluckt. Räuspert sich. »Zwischendurch denke ich, ich sollte auch hinfahren«, sagt er heiser. »Was meinst du?«

Sie zögert.

»Wenn du meinst. Warum nicht?«

»Momentan geht es sowieso nicht.«

Und vermutlich ist es ohnehin besser, sich nicht zu sehr in Elias' Angelegenheiten zu vertiefen, solange er versucht, Tom zu sein.

»Wie ist es gelaufen?«

»Gut«, sagt sie. »Ich muss dir was zeigen.«

Er fragt instinktiv nicht nach.

»Wann kommst du zurück?«

»Morgen, aber ich habe zwei Konferenztage vor mir. Danach fahre ich für drei Tage nach Härnösand und anschließend zwei Tage nach Kopenhagen.«

»Okay.« Er lacht. »Klingt nach drei Wochen Arbeit.«

»Wie wahr«, sagt sie. »Es sind aber nur sieben Tage. In einer Woche also.«

»Dann sehen wir uns, sobald du aus Kopenhagen zurück bist. Am selben Abend?«

»Ja. Ich muss dir unbedingt was zeigen. Was Wichtiges.«

Elias geht davon aus, dass es etwas mit seinem Vater und dem Bombenanschlag in Sarajevo zu tun hat. Er hat Ylva gedrängt, ihre Kontakte und ihre Position zu nutzen, um mehr herauszufinden, und anscheinend hat es etwas gebracht.

Er legt das Handy weg und geht auf den Balkon, beugt sich über das Geländer und sieht hinunter auf den Karlaväg. Es fahren nicht viele Autos in der Straße, in der es mehrere Kliniken für kosmetische Chirurgie gibt.

Die Wohnung in Vasastan ist verkauft. Und weil Elias Ferreira Krantz in Washington promoviert, hat er sich keine neue Wohnung in Stockholm gesucht. Es gibt hier kein Zuhause mehr für ihn. Wie lange er Tom White sein wird, weiß er nicht, und in diesem Moment wird ihm erstmals bewusst, dass er vielleicht nie wieder Elias Ferreira Krantz sein wird. Der Balkon neigt sich beunruhigend, und er weicht schnell an die Fassade zurück. Wenn er seinen Auftrag ausgeführt hat, kann er vielleicht nicht einmal mehr Tom sein, sondern muss, um zu überleben, noch einmal die Identität wechseln und unter einem Deckmantel aus Lügen und erfundenen Geschichten immer auf der Flucht vor sich selbst sein.

Dieses Wochenende in New York. Kommst du?

Als die SMS von Ulrika kommt, ist Elias seit fünf Tagen zu Hause. Die beiden kurzen Zeilen wecken nervöse Erwartung.

Er hatte ihr sofort, als er wieder in Stockholm war, eine Nachricht geschickt, aber keine Antwort bekommen und schon daran gezweifelt, ob sie überhaupt antworten würde. Infiltration erfordert Geduld, haben Karolina und Vendela immer wieder betont, aber während man auf Resultate wartet, wächst man weiter in seine Persona hinein. Die meiste Zeit würde dafür draufgehen, einfach Tom White zu sein, das ist ihm bewusst. Trotzdem hat er den Auftrag nicht angenommen, um mit Wille beim Après-Ski in den Alpen zu Avicii zu tanzen, sondern weil er an Eric Hands herankommen will.

Er schreibt zurück, um sicherzugehen, dass sie auch tatsächlich das kommende Wochenende meint, was sie bestätigt. Wenn er Donnerstag fliegt, muss er seine Verabredung mit Ylva absagen. Und Briefwahl beantragen.

Er geht die Treppe hinunter und auf dem Valhallaväg in Richtung Verteidigungshochschule, wo er sich mit Karolina treffen wird. Zeit und Ort vereinbaren sie mithilfe einfacher Codes, die in triviale, scheinbar von einem Freund verschickte Textnachrichten eingebettet sind. Das ist trotz sicherer Datenverbindung Routine.

Das Handy hat er vom Büro bekommen. Er weiß nicht, ob sie alles, was er damit macht, verfolgen können und ob sie die SMS von Ulrika schon gesehen haben.

Die Anna-Lindh-Bibliothek ist ein geeigneter Treffpunkt, weil sie dort frei reden können. Tom White hat dort einen eigenen Arbeitsraum, den Karolina von den Personalräumen aus durch einen Hintereingang erreicht. Da Tom fast jeden Tag in der Bibliothek ist, fällt die Prozedur nicht weiter auf.

Der Raum bietet Platz für einen schmalen Schreibtisch, zwei Stühle und ein Bücherregal. Elias kommt absichtlich zu früh und liest eine halbe Stunde, bevor die hintere Tür ohne vorheriges Klopfen oder eine andere Vorwarnung aufgeht. Das lange rote Haar zum Pferdeschwanz zusammengebunden steht Karolina vor ihm.

»Wie geht es dir?«

»Gut.«

Karolina setzt sich auf den zweiten Stuhl. Sie trägt eine langärmlige schwarze Bluse und keine Jacke darüber, hat also keinen Platz, um eine Waffe zu verstecken. Vielleicht bewahrt sie sie in der Handtasche auf, die sie sich umgehängt hat. Er kann sich kaum vorstellen, dass sie unbewaffnet ist.

»Ich habe die Kinder kennengelernt«, sagt er.

»Kinder?«, echot Karolina mit Betonung auf der letzten Silbe.

»Ja, beide.«

Sie sitzt dicht neben ihm. Der lange sonnige Sommer hat ihrer Blässe einen dezenten goldenen Schimmer verliehen.

»Ich war auf der Motorjacht, der Capricorn.«

Karolinas Augen weiten sich ein wenig.

»Nein«, sagt er. »Hands war nicht da. Nur die Kinder und ein paar Freunde von ihnen, etwa zwanzig Personen insgesamt, aber nur vier oder fünf davon waren enge Freunde. Mit der Tochter hatte ich den engsten Kontakt. Sie hat mich nach New York eingeladen. Ich habe heute Morgen eine SMS bekommen.«

Elias erzählt kurz von dem bevorstehenden Wochenende in New York.

»Du konzentrierst dich also jetzt auf die Tochter?«

»Richard kommt ja auch«, sagt er.

»War es, wie soll ich sagen, romantisch?« Sie grinst schief.

Elias würde gerne fragen, ob dieser Begriff im Büro Standard ist, ein gebräuchliches Codewort.

»Es war nichts zwischen uns, aber …« Er sucht nach den passenden Worten. »… wir waren auf einer Wellenlänge.«

Sie muss ja nicht alles wissen. Ein bisschen Privatsphäre braucht sogar ein Tom White.

»Sie hat mich eingeladen, wollte meine Nummer haben«, hebt er hervor. »Ich denke schon, dass sie im

Moment der sicherste Anknüpfungspunkt ist. Es wäre doch dumm, die Gelegenheit nicht zu nutzen, oder siehst du das anders?«

»Hast du ihre auch bekommen?«, fragt Karolina.

»Ihre Nummer? Ja, habe ich.«

Karolinas Blick schweift durch den Raum.

»Wahrscheinlich hast du recht. Geh der Sache nach und warte ab, wo sie dich hinführt, aber versuch nicht, etwas zu erzwingen. Weder Romantik noch etwas anderes.«

Er unterdrückt ein Lachen. Noch nie hat er von einem Vorgesetzten Flirttipps bekommen.

»Sag Bescheid, wenn du etwas Bestimmtes brauchst, um am Ball zu bleiben.«

»Mach ich.«

Aus Eitelkeit verschweigt er den Alarm und die Wachmänner an Bord. Vermutlich ist das dumm von ihm, aber da der Vorfall keine Konsequenzen hatte, wird er ja wohl keine Rolle spielen.

Drei Tage nachdem Elias in der Kapelle des Heiligen Kreuzes Abschied von seinem Vater und Mari-Louise genommen hat, fliegt er wieder zum Studieren nach Washington. Er ist als Elias unterwegs, trägt das gleiche Make-up und denselben Kopfverband wie bei der Beerdigung und hat ein ärztliches Attest von der Uniklinik Uppsala dabei.

Elias bezweifelt, dass die Homeland Security am Dulles International Airport sich damit zufriedengeben wird, aber nachdem der Beamte seinen Pass gescannt und auf einen Bildschirm geschaut hat, lächelt er freundlich und heißt ihn in den Vereinigten Staaten willkommen.

»Das lief ja wie geschmiert«, sagt er, nachdem Vendela genauso mühelos wie er durch die Kontrolle gekommen ist.

»Klar«, sagt sie. »Man darf eben nichts dem Zufall überlassen.«

Elias bleibt nicht lange in Washington. Er bekommt eine kurze Campusführung, damit er die E-Mails an seine schwedischen Freunde mit glaubwürdigen Details spicken kann. Ab jetzt existiert von seinem Leben als Elias Ferreira Krantz nicht mehr als ein studentischer Mailaccount der Washington University, den er so wenig wie möglich nutzen soll.

Sie fahren mit dem Taxi die wenigen Kilometer von der Universität bis zu dem unpersönlichen Best-Western-Hotel mit der George-Washington-Büste in der Lobby. Im Zimmer kann Elias endlich den Verband abnehmen und die Schminke abwaschen.

Im riesigen Spiegel im Bad betrachtet er sein neues Gesicht. Er ist dankbar für das schmeichelhafte Licht, das ihn mit der Aura eines alten Schwarz-Weiß-Fotos umgibt, andererseits löst der Retroeffekt ein mulmiges Gefühl in ihm aus. Was ihm aus dem Spiegel entgegenblickt, ist nicht die Vergangenheit, sondern die Zukunft.

Er hatte nicht viel Zeit, um sich an den Anblick zu gewöhnen. Jedes Mal wenn er sein Spiegelbild sieht, bekommt er einen Schreck.

Um nicht mit sich selbst allein zu sein, geht er zu Vendela. Sie sitzt am Kopfende des Bettes. Elias setzt sich ans Fußende.

Bei ihrer ersten Begegnung haben sie im Sommerhaus ihrer Eltern die Nacht zusammen verbracht. Das mit den Eltern war eine Lüge, aber die Nacht war real, auch wenn er sich nicht ganz sicher ist, was wirklich passiert ist. Er hatte einiges getrunken, Rotwein und billigen spanischen Brandy. Sie haben nackt zusammen im Bett gelegen, und er kann sich an gewisse sexuelle Aktivitäten erinnern. Sie haben nie darüber gesprochen, und dies scheint auch nicht der richtige Zeitpunkt zu sein.

»Was machen wir jetzt?«, fragt er.

»Ein Maskenbildner wird sich um deine Frisur kümmern«, sagt sie. »Wenn er fertig ist, fliegst du als Tom White allein zurück nach Schweden. In diesem Frühjahr besteht dein Auftrag darin, Tom White zu sein. Du bist neu an der Verteidigungshochschule und schließt deinen Master ab. Dann bewirbst du dich um ein Promotionsstipendium, ungefähr so, wie Elias es getan hätte.«

»Und wenn ich nicht genommen werde?«

»Das wirst du. Dafür sorgen wir.«

»Ist das so einfach?«

Vendela blickt lächelnd auf die Tagesdecke. »Versteh mich nicht falsch. Wir verschaffen dir nicht den Platz, wir sorgen dafür, dass du es schaffst.«

Elias legt sich ein Kissen unter den Kopf. »Ich soll also jemand anders sein, aber genau das tun, was ich sowieso gemacht hätte? Ist das alles?«

»Nein. Neben dem Studium wirst du auf deinen Auftrag vorbereitet. Stell dich darauf ein, dass es anstrengend wird. Wie ein duales Studium. Im Sommer, wenn du dich an dein neues Leben gewöhnt hast, beginnt Tom Whites eigentliche Mission. Dein Deckname wird dann *Der Prophet* sein.«

»Eric Hands auszuspionieren.«

»Du sollst an ihn herankommen, indem du dich mit seinen Kindern anfreundest. Dein erstes strategisches Ziel, eine Spionagesoftware auf seinem Handy oder seinem Computer zu installieren, ist einfach. Komplizierter ist der Weg dahin.«

Und gefährlich obendrein, denkt er.

»Du sollst alles festhalten und protokollieren, was du beobachtest oder mithörst. Orte, Produkte, Personen, Firmen, Treffen und Zeiten. Verstanden?«

»Geht das überhaupt? Den Computer des Chefs eines weltweit führenden Hightechunternehmens, das zivile und militärische Überwachungssysteme entwickelt, auszuspionieren? Ich verstehe ja nicht viel davon, aber ist er nicht besonders gut geschützt?«

Vendela wirft ihm einen kühlen Blick zu. »Jetzt beleidigst du mich. Ich war siebenundzwanzig, als mich der schwedische Nachrichtendienst FRA angeworben hat, und da hatten wir Zugriff auf die Produkte von Atlas.«

»Und das Ziel ist, Hands vor Gericht zu bringen? Wegen Bestechung und Mord?«

»Ja…«, sagt sie gedehnt.

»Ja oder nein?«

»Ja, aber nicht nur. Damit wir Anklage gegen ihn erheben können, müssen wir wissen, was er macht. Aber auch aus anderen Gründen.«

Dreimaliges festes Klopfen. Vendela eilt zur Tür und sieht durch das Guckloch. »Das ist er.«

Sie lässt einen großen schlanken Mann mit einem Koffer in der Hand herein. Der Koffer ist so groß wie ein kleines Bordcase und erinnert an einem Arztkoffer. Der Mann stellt sich als Stephen vor. Wie Vendela ist er dunkelhäutig, und Elias fühlt sich sofort ausgeschlossen.

Im geräumigen Bad wird es gnadenlos hell, Elias wird vor den Spiegel gesetzt und bekommt einen schwarzen Umhang umgehängt.

Stephen holt drei Fläschchen aus seinem Koffer und stellt sie ans Waschbecken.

»Du wirst bezaubernd aussehen«, sagt er augenzwinkernd.

Dann zieht er Einweghandschuhe an und verteilt die Flüssigkeit aus der einen Flasche in seinem Haar, ohne Elias nach seiner Meinung zu fragen. Vier Wochen sind seit der Operation vergangen, die Möglichkeiten sind begrenzt.

Während der Metamorphose verfolgt er Stephens Handgriffe im Spiegel und stellt sich vor, wie das Wasserstoffperoxid in die Narbe sickert und sein altes Ich bleicht, bis nur noch eine weiße Fläche übrig ist, auf die seine neue Persönlichkeit projiziert werden kann.

Nachdem sein Haar mit zwei weiteren Chemikalien behandelt, gewaschen und trockengeföhnt worden ist, begutachtet er das Ergebnis. Es sieht überraschend gut aus. Nicht bezaubernd, aber okay, und die Farbe wirkt natürlich.

Er streicht sich über den Kopf und fragt sich, was er machen soll, wenn die neue Haarfarbe rauswächst.

»Okay, Mr White«, sagt Vendela. »Es ist so weit.«

Vendela packt seine Tom-White-Sachen aus und hält einen knisternden schwarzen Müllsack für seine alten Kleidungsstücke auf. Elias sucht sich eine Jeans, ein Hemd und einen Blazer aus dem Stapel auf dem Bett aus und packt den Rest in die Tumi-Reisetasche, die sie beim Zwischenstopp in Amsterdam gekauft haben. Er zieht Pulli und T-Shirt aus und stopft sie in den Müllsack, den Vendela zu einem nahe gelegenen Family Store der Heilsarmee bringen wird.

»Alles ausziehen«, sagt Vendela, als er nach der Jeans greift. »Wir überlassen nichts dem Zufall.«

Im ersten Augenblick erscheint es ihm lächerlich, aber dann erkennt er, wie folgerichtig es ist, dass er splitternackt dastehen muss, bevor er sich als Tom White neu einkleidet. Zumindest emotional folgerichtig.

»Ich guck nicht hin.«

Demonstrativ hält sie sich die Hand vor die Augen. Elias erahnt ein Grinsen auf ihrem Gesicht, bevor sie sich abwendet.

»Der Anblick ist dir ja nicht neu«, sagt er, zieht die Unterhose aus und wirft sie in den Müllsack.

Fertig angezogen bindet er sich die Schuhe zu und schlüpft in einen Wollmantel. Er ist mit den Tickets für den Rückflug, einem Pass und einem schwedischen Führerschein ausgerüstet, alles ausgestellt auf Tom Karl Jonathan White, und hat außerdem Ausweise der Stockholmer Stadtbibliothek, der Königlichen Bibliothek und der Anna-Lindh-Bibliothek, einen Studentenausweis der Verteidigungshochschule und die neueste Ausgabe des Economist mit Tom Whites Namen und Adresse auf der Rückseite.

Er verabschiedet sich von Vendela, lässt sich ein Taxi rufen und fährt damit bis zur Union Station und von dort aus mit Amtrak bis Newark. Es ist warm im Zug, er schwitzt in den neuen Sachen und schaut immer wieder zwanghaft zu dem neuen Koffer auf der Gepäckablage, weil er Angst hat zu vergessen, welcher seiner ist.

Drei Stunden und zehn Minuten später steigt er in Newark aus. Er rollt den neuen Koffer zum Air-France-Schalter und fragt nach Patrick Morgan. Nach einem kurzen Telefonat erscheint ein Mann, dessen Anzug den gleichen Braunton wie sein Haar hat. Er lotst Elias zum Gate und geleitet ihn ins Flugzeug, ohne dass er irgendeinem Flughafenmitarbeiter seinen Pass zeigen müsste. Als er nach einem achtstündigen Flug in Paris landet, wiederholt sich das Ganze.

Tom White ist nie in den USA gewesen. Elias fragt sich, was solche Dienstleistungen kosten. Genießt im Gegenzug irgendein Amerikaner, der aus Schweden ausreist, den gleichen Service? Oder wird jemand vom Stockholmer Flughafen Arlanda aus direkt nach Guantanamo transportiert?

Er nimmt ein Taxi zu seiner neuen Wohnung in Östermalm. Jetzt ist er Tom White alias der Prophet.

Vendela steht früh auf. Mit einem Teebecher in der einen und einem Brot in der anderen Hand, immer Schwarzbrot mit Västerbottenkäse, läuft sie ungeniert in T-Shirt und Unterhose durch die Wohnung. Irgendwann zieht sie ins Wohnzimmer um, verbringt viel Zeit mit Onlinenachrichten, geht zurück in die Küche, trinkt ein großes Glas Grapefruitsaft, verschwindet mit einem weiteren Becher Tee und dem Smartphone in ihrem Zimmer, kommt, immer noch nicht angezogen, wieder heraus, schaltet den Fernseher ein und guckt Nachrichten.

Karolina ist nicht prüde, Vendelas halb nackter Körper ist ein schöner Anblick, sie fühlt sich aber durch deren übertrieben lässige Art bedrängt. Nicht einmal in ihrem eigenen Zimmer kann sie sich entspannen. Vendela nimmt die gesamte Wohnung in Beschlag.

Karolina mag Vendela, aber mit ihr zusammenzuwohnen … Sie hat gewusst, dass es schwierig werden würde.

»Örjan kommt bald«, sagt sie.

Was Vendela außerhalb ihrer Arbeitszeit macht, geht Karolina nichts an, aber sie kann es trotzdem nicht lassen.

»Ich weiß«, antwortet Vendela, ohne den Blick vom Fernseher abzuwenden.

Immerhin geht sie endlich ins Bad. Als Örjan zwanzig Minuten später auftaucht, ist Vendela geduscht, angezogen und dezent geschminkt.

»Guten Morgen, ich hoffe, das Exil ist erträglich«, begrüßt Örjan die beiden Frauen.

Sie erwidern die Begrüßung, ohne auf die unterschwellige Frage einzugehen. Örjan scheint froh zu sein, das Thema nicht zu vertiefen.

Das Wohnzimmer hat sich seit ihrem nächtlichen Einzug verändert. Schreibtische, zwei bequeme Stühle, Bildschirme und Computer mit sicheren Internetverbindungen sind dazugekommen. An der Wand wurde ein Tresor montiert. Bis jetzt hatten sie keine Verwendung für ihn, aber er gehört zur Standardausstattung.

»Wir haben ihn identifiziert«, fährt er fort.

Dass er von dem Mann spricht, der Karolina attackiert hat, braucht er nicht zu sagen. Die meisten Gespräche kreisen um ihn. Örjan holt sich einen Stuhl und setzt sich an den Schreibtisch. Karolina öffnet ein Fenster zum Hof. In den kleinen Räumen wird es schnell stickig und warm.

»Das ging aber schnell. Hat ihn jemand vermisst?«, fragt Vendela.

Örjan grinst in sich hinein.

»Er hatte vor dem alten Gefängnis geparkt.«

»Sein eigenes Auto?«

»Ja.«

Für eine Weile herrscht einvernehmliches Schweigen.

»Ein echter Amateur«, sagt Karolina.

»Ekin Gürel, zweiundvierzig Jahre alt, vor sechzehn Jahren aus der Türkei eingewandert, geschieden und … vermisst, wie sich herausstellte, nachdem wir seine Identität überprüft haben. Seine Schwester hat versucht, die Polizei zu einer Personenfahndung zu bewegen.«

»Warum schickt man einen Amateur, der mit dem eigenen Auto kommt und der Situation trotz hervorragender Waffe nicht gewachsen ist?«, fragt Karolina. »Dass irgendjemand ihn beauftragt hat, da sind wir uns doch wohl einig?«

»Ja. Dass er aus eigener Initiative gehandelt hat, ist ausgeschlossen«, sagt Örjan. »Unmöglich. Wir haben die Schwester und die Mutter vernommen, die beide recht gesprächig waren, bis ein Bruder auftauchte, da war Schluss.«

Vendela rollt mit dem Stuhl ein Stück vom Tisch weg. Aus dem Hof sind Kinderstimmen zu hören, eine davon trällert Bruchstücke einer Melodie aus einem Astrid-Lindgren-Film.

»Was habt ihr erfahren?«

»Die Mutter und die Schwester machen sich schon lange Sorgen. Er hat einen Radikalisierungsprozess durchlaufen, der von der politischen Entwicklung in der Türkei inspiriert war und schließlich zum Kontakt mit Extremistenmilieus geführt hat. Weiter sind wir leider nicht gekommen, sie haben keine Namen genannt.«

»Die Türkei«, sagt Karolina.

»Es untermauert die Annahme, dass das Ganze auf die Aktivitäten von Atlas und Henning Eriksson zurückzuführen ist«, sagt Örjan. »Aber es gibt viele offene Fragen.«

»War dem Ministerpräsidenten klar, worauf er sich einlässt, oder hat Eriksson ihn hinters Licht geführt?«, fragt Vendela.

Angestrengtes Schweigen, doch Örjan spinnt den Faden weiter.

»Ich vermute, der Ministerpräsident und seine Berater haben sich von den unmittelbaren Vorteilen blenden lassen. Dass Henning Eriksson auf diese Weise ein gefährliches Gleichgewicht des Schreckens erzeugt, haben sie zu spät begriffen. Atlas Schield durfte der Türkei sein militärisches Überwachungssystem verkaufen trotz der Bedenken der Franzosen, weil sie dasselbe Verschlüsselungssystem für ihre zivile Flugüberwachung nutzen. Als Entschädigung bekommen die Franzosen über eine Hintertür Zugang zum türkischen System und eine aktualisierte Version. Im Gegenzug versprechen die Franzosen, über Henning Erikssons illegale Machenschaften Stillschweigen zu bewahren.«

»Und Eric Hands ist fein raus. Er ist immun.«

»Exakt«, sagt Örjan. »Genau das haben sie übersehen. Am Ende können sie ihn nicht mehr belangen, ohne sich selbst abzusetzen und einen internationalen Skandal auszulösen.«

Vendela massiert sich die Kopfhaut, bläst die Backen auf und atmet schnaufend aus. »Super.«

»Und jetzt sind diese Absprachen deiner Ansicht nach durchgesickert?«, fragt Karolina.

»In der Türkei muss jemand von dem Deal erfahren haben, schätzungsweise eine Gruppe von Fundamentalisten oder ein Netzwerk, das beschlossen hat, die eigene Nation zu verteidigen oder schlicht und einfach Rache zu üben. Sie haben die Sache irgendwie mit uns in Verbindung gebracht und aus bislang unerfindlichem Grund dich ins Visier genommen.«

Er sieht Karolina an und vollführt eine kippelnde Bewegung mit der rechten Hand.

»Das ist alles noch ein wenig vage, aber falls es zutrifft, kommen wir weiter, indem wir den verschiedenen Verbindungen zu Atlas nachgehen.«

Das klingt nicht so, als ob in absehbarer Zukunft die Sicherheitsvorkehrungen reduziert werden können. Karolina vermisst Långholm, ihr Zuhause und die Laufrunden um den Riddarfjärd. Sie sind hier nicht eingesperrt, können jederzeit rausgehen, sie war mit Vendela im Kristallen in der Blekingegata und hat dort ein Bier mit ihr getrunken und Köttbullar gegessen. Aber sie kommt sich trotzdem vor wie im Gefängnis.

»Um auf ein anderes und auch erfreulicheres Thema zu sprechen zu kommen«, sagt Örjan. »Ich kann euch berichten, dass der Prophet Erfolge zu verzeichnen hat. Bei Ulrika Hands. Hätte ich nicht gedacht.«

Er wischt sich mit dem Handrücken über die Stirn.

»Ja, solche Dinge sind schwer zu steuern«, sagt Karolina. »Man muss die Gelegenheiten beim Schopf packen.«

Örjan nickt zustimmend, sieht aber nicht zufrieden aus.

»Ich dachte, du fändest das positiv?«, bohrt Karolina nach.

»Doch, doch. Aber ich sehe auch mögliche Komplikationen.«

»Wir oder, besser gesagt, der Prophet muss die günstigen Entwicklungen nutzen. Wenn er jetzt nicht aktiv wird, kommt vielleicht nie wieder so eine Gelegenheit.«

Örjan blickt nachdenklich zur Seite. Er sitzt im weißen Oberhemd da, die Ärmel hat er hochgekrempelt.

»Wir müssen uns aber der Risiken bewusst sein. Wenn es schiefgeht, ist er raus, vielleicht reißt sogar der Kontakt zu Richard ab. Und abgesehen davon lebt Ulrika in New York, wer weiß, wann sie ihren Vater das nächste Mal besucht.«

»So lange wird es schon nicht dauern. Außerdem ist das Ganze weniger offensichtlich, solange sich Ulrika auf einem anderen Kontinent als der Rest der Familie befindet. Und der Sohn scheint ohnehin kein besonders gutes Verhältnis zu seinem Vater zu haben, es ist also fraglich, wie Erfolg versprechend diese Verbindung ist.«

Örjan brummelt etwas Unverständliches und sieht Vendela an. »Was sagst du dazu?«

Vendela dreht ihren Bürostuhl in seine Richtung.

»Ich muss Karolina recht geben. Eine so günstige Gelegenheit darf man sich nicht entgehen lassen. Wir bezwecken ja gar keinen dauerhaften Kontakt. Er soll an das Objekt herankommen und seinen Auftrag ausführen. Was dann passiert, kann uns egal sein.«

»Es schadet aber auch nicht, wenn er dranbleibt«, sagt Örjan. »Vielleicht verschafft uns das noch mehr Vorteile.«

Er wendet sich wieder Karolina zu.

»Schafft er das? Er ist jung und unerfahren. Wenn Gefühle im Spiel sind, kann einiges schiefgehen.«

»Da es um den Mörder seines Vaters geht, glaube ich nicht, dass es ihm schwerfallen wird, die nötigen Prioritäten zu setzen.«

Örjan ballt die Hände langsam zu Fäusten, dann streckt er die Finger wieder aus.

»Und wie geht es seinem Kopf? Abgesehen von dem psychischen Druck habe ich den Eindruck, dass es eine körperliche Herausforderung ist, viel Zeit mit diesen jungen Leuten zu verbringen. Durchfeierte Nächte, Alkohol und möglicherweise noch andere Substanzen.«

»Er hält das aus, er ist jung. Die Ärzte haben grünes Licht gegeben. Seine seelische und körperliche Gesundheit ist vollkommen wiederhergestellt. Außerdem wird er das selbst am besten einschätzen können.«

»Ja«, sagt Örjan. »Wahrscheinlich müssen wir das Risiko eingehen. Dann setzen wir also auf Ulrika.«

Während sie auf die Landeerlaubnis warten, drehen sie eine Runde über Long Island. Glitzernde Lichtbänder durchziehen Brooklyn, Queens und Manhattan, erstrecken sich bis nach New Jersey, verschwinden aus seinem Blickfeld, als sich das Flugzeug in die Kurve legt, und weichen der schwarzen Leere des Atlantiks.

Elias fliegt Businessclass und landet nach acht Stunden Flug erholt und gut gelaunt. Während der Mann auf der anderen Seite des Mittelgangs diskret die Stützstrümpfe herunterrollt, packt er die Zeitschriften und Bücher zusammen, die er um sich herum ausgebreitet hat.

Tom White passiert nicht ganz so mühelos wie Elias Ferreira Krantz in Washington, aber doch ohne Probleme die Passkontrolle. Er gibt an, Tourist zu sein. Das stimmt natürlich nicht, weil von jetzt an jede Sekunde Arbeit ist und alles, was er von sich gibt, eine Lüge oder zumindest nur die halbe Wahrheit. Vermutlich ist er sogar im Dienst, wenn er schläft.

Er tritt hinaus in eine feuchte Hitze, die das Atmen schwer macht, erwischt ein klimatisiertes Taxi und sinkt erleichtert auf die Rückbank. Die Fahrt nach Manhattan dauert ewig, zeitweise geht es überhaupt nicht voran, bis der Taxifahrer die Geduld verliert und von der Autobahn abfährt.

Als sie schließlich vor dem Bowery Hotel halten, ist es nicht mehr ganz so heiß. Elias checkt als Tom White ein und nimmt den Fahrstuhl in den sechsten Stock. Das Zimmer ist für Manhattan recht geräumig und dementsprechend teuer.

Er schenkt sich ein Glas Leitungswasser ein und schaut durch das große Sprossenfenster auf die Kreuzung von Bowery und Great Jones Street hinaus. Dann zieht er das Handy aus der Hosentasche und schreibt Ulrika eine SMS.

Hi. Hab im Hotel eingecheckt. Freue mich, dich zu sehen.

Während er auf eine Antwort wartet, hängt er seine Sachen auf, aber es kommt keine. Er schickt eine SMS an einen von Toms neuen Freunden aus der Friedens- und Konfliktforschung, die in Wirklichkeit Karolina empfängt. Sie tauschen sich kurz über seinen Flug aus. Wenn Elias in seinen Text die Worte nice, super oder okay einstreut, heißt das, dass alles in Ordnung ist. Kommen sie nicht vor, stimmt etwas nicht. Vom Hotelzimmer aus müsste er auch telefonieren können, die Gefahr, hier abgehört zu werden, geht im Prinzip gegen null, aber so sind die Vorschriften.

Immer noch kein Lebenszeichen von Ulrika. Er zieht ein frisches Hemd an und legt sich aufs Bett. Sie hat ihn ermuntert zu kommen, aber vielleicht hat ein Flug nach New York auch keine große Bedeutung für Ulrika. Vielleicht hat sie genauso wenig Skrupel, jemanden zu versetzen, der extra über den Atlantik geflogen ist, wie wenn diese Person in derselben Stadt wohnt wie sie.

Soll er sich noch mal melden, oder wirkt das zu unsicher?

Er versucht, die neurotischen Fragen aus dem Kopf zu verbannen. Tom White würde nicht im Hotelzimmer sitzen und auf eine SMS warten. Tom White würde erst einmal etwas trinken gehen. Elias steht schwungvoll vom Bett auf und zieht seinen Blazer über, erinnert sich dann aber daran, dass es draußen zehn Grad wärmer als drinnen ist, und hängt ihn wieder über den Bügel.

Er nimmt den Fahrstuhl. Die Lobby verströmt eine altehrwürdige Aura, großer Kamin, blankgesessene Ledersessel, Holzvertäfelung und dicke Teppiche, ist aber, wie so vieles in New York, inszeniert. Die gefakte Identität eines gefakten Hotels.

Ein paar Straßen weiter südlich entdeckt er eine Weinbar, wo er einen Pinot noir aus dem Santa Ynez Valley bestellt. Als er bezahlt, vibriert in seiner Hosentasche das Handy. Eine Nachricht von Ulrika. *Wo wohnst du?*

Er überlegt kurz, ob er sich mit der Antwort Zeit lassen soll, aber es erscheint ihm lächerlich. *Bowery*, schreibt er.

Ulrikas Antwort kommt sofort: *Cool, aber weit weg.*

Was bedeutet das? Hätte sie sich heute Abend mit ihm getroffen, wenn er nicht so weit weg wäre? Vielleicht war es übertrieben, sich ein Hotel am anderen Ende von Manhattan zu suchen, aber er wollte nicht unselbstständig wirken. Das Bowery Hotel bringt auch Individualität zum Ausdruck und nicht nur, dass er genug Geld hat.

Es kommt noch eine Nachricht: *Gehen wir morgen was trinken?*

Ulrika hat die Initiative ergriffen, während er gezaudert hat. Tom würde nicht zaudern. Rasch tippt er eine Antwort. *Gerne. Wo?* Wie ungeschickt. Er hätte einen Ort vorschlagen sollen, anstatt die Wahl ihr zu überlassen. Bevor sie antworten kann, schickt er noch eine SMS hinterher: *Campbell Apartment?*

Die Antwort lässt nicht auf sich warten: *Jaaa! 3 Uhr?* Er schickt noch ein *Ja*, dann kommen keine Nachrichten mehr. Er trinkt seinen Wein aus und geht mit einem merkwürdigen Schwanken unter den Füßen, das nicht vom Alkohol herrührt, zurück ins Hotel.

Die Hitze ist brutal, achtunddreißig Grad im Schatten. Als Elias die Tür zum Campbell Apartment öffnet, verbrennt er sich fast die Hand an der Messingklinke. Obwohl er ein Taxi genommen hat, ist er schweißgebadet. Besorgt nimmt er sein Hemd in Augenschein, aber es sind noch keine Flecken zu sehen. Falls sich das ändert, hat er einen Blazer dabei, den er überziehen kann. Das mag bei diesen tropischen Temperaturen überflüssig erscheinen, aber nach einer Weile in einem auf achtzehn Grad abgekühlten Raum bereut man es, keine Jacke mitgenommen zu haben.

An der Treppe, die zur Bar hinunterführt, bleibt Elias stehen. Die kühle Luft und die Dunkelheit sind eine Wohltat. Die Größe des Raums ist imposant: fünf, sechs Meter über ihm kunstvoll verzierte Holzbalken und hinter den aufgereihten Flaschen große Bleiglasfenster.

Er ist früh dran und sinkt hinten in der Ecke beim großen Kamin in einen dunkelgrünen Ledersessel. Von hier aus hat er den gesamten Raum und alle Türen im Blick.

Es gibt nur einen Eingang für Gäste, aber an der Längsseite des Raums eine Tür, die wohl zur Küche oder irgendwelchen Personalräumen führt. Vermutlich gelangt man von dort nach draußen. Trotz all der Pracht ist das Lokal kein guter Treffpunkt. Andererseits wird er bei einem Treffen mit Ulrika wohl kaum einen Fluchtweg brauchen.

Er ist schon einmal als Elias hier gewesen und beschließt, ihn zu einem von Toms Lieblingsorten in New York zu machen. Nachdem er der Rückseite der Cocktailkarte entnommen hat, dass die Räume als Arrestzelle für randalierende Reisende und Büro des Eisenbahndirektors gedient haben, kommt Ulrika. Selbstbewusst und energiegeladen schreitet sie in ihren Ballerinas über den blanken Fußboden, winkt mit einer großen Sonnenbrille in der Hand und formt mit den Lippen ein Hallo. Nach einer kurzen Umarmung setzt sie sich neben ihn.

»Ich liebe diesen Ort«, sagt sie und kramt in ihrer großen Handtasche.

Die flüchtige Umarmung macht ihn nachdenklich. Sie freut sich, hier zu sein, kein Zweifel, aber das leidenschaftliche Wiedersehen, das er sich erhofft hat, ist es nicht.

Sie findet eine Brillendose, setzt eine Pilotenbrille auf und packt die Sonnenbrille weg.

»Ohne die bin ich blind«, sagt sie.

»Wie geht es dir?«

»Gut. Ich muss im Moment viel für die Uni tun und habe kaum Zeit für andere Dinge, aber das macht nichts.« Sie zwinkert ihm zu und deutet auf die Karte. »Hast du schon bestellt?«

»Nein, ich habe auf dich gewartet.«

»Es gibt hier fantastische Cocktails.«

»Ich weiß«, sagt er.

»Was Alkohol angeht, bin ich langweilig. Ich trinke immer Gin Tonic, Daiquiri oder Martini. Hast du schon mal den Martini hier probiert? Der ist gut.«

»Nein, aber dann tue ich es jetzt.«

Ulrika bestellt einen Daiquiri. Die Hitze scheint ihr nichts auszumachen, sie trägt ein lachsfarbenes Kleid und ein geblümtes Jäckchen, beides aus seidigem Material.

»Ich hätte dich vorwarnen sollen«, sagt sie, als der Kellner die Getränke bringt. »Der Martini hier ist praktisch eine Wanne voller Alkohol.«

Behutsam wird das Glas vor ihm abgestellt. Auf gut hundert Milliliter Flüssigkeit schaukelt eine in sich verdrehte Zitronenscheibe.

Ulrika hebt sofort ihr Glas und prostet ihm zu. »Okay, Mr Bond, bottoms up.«

Elias verschluckt sich beinahe, begreift aber, während er reflexartig hustet, dass beides nur ein Witz war. Weder ist er aufgeflogen, noch wird von ihm erwartet, dass er sein Glas in einem Zug leert.

»Oje, alles in Ordnung?«

»Muss an der Zitrone liegen«, versucht er zu scherzen. »Normalerweise ziehe ich Oliven vor.« Er stellt das Glas auf den Tisch, zum Glück schwappt trotz des Muskelrisses nichts über. »Die Auswahl verwirrt mich.« Er macht eine Handbewegung, die sowohl die Bar als auch das ganze Land umfasst. »Zuerst soll man sich für eine Martinisorte entscheiden, dann zwischen Olive, Zitrone oder Silberzwiebel und schließlich, ob man ihn gerührt oder geschüttelt will. Irgendwann im Laufe dieser vielen Entscheidungen hört ein trockener Martini auf, ein trockener Martini zu sein.«

»Aber das ist er ja auch nicht.« Selbstsicher lässt sie ihre Hand durch den Raum schweifen. »Die Leute hier denken nicht trockener Martini, sondern Martini Cocktail, und den kann man eben auf verschiedene Weisen zubereiten. Gin Martini mit Olive ist nur eine davon. Welcome to the land of the free.«

Elias' tendenziell linkes Bewusstsein veranlasst ihn zu einem skeptischen Blick, den Tom White in letzter Sekunde in eine Art überhebliches Grinsen hinüberrettet.

»Hast du was gegen Wahlfreiheit?«, fragt Ulrika lachend. »Oder fällt es dir nur schwer, Entscheidungen zu treffen?«

»In Restaurants bin ich definitiv gegen Wahlfreiheit«, antwortet er. »Ich will eine überschaubare Speisekarte, komponiert von einem Koch, der geschmackliche und haptische Qualitäten in ein ausgewogenes Verhältnis bringt. Ich will mich nicht zwischen fünf verschiedenen Soßen und fünfzehn Beilagen entscheiden müssen. Sonst könnte ich ja gleich zu McDonalds gehen.«

»Jetzt bist du aber ein bisschen zu streng, finde ich.«

»Es ist großartig hier«, versichert er. »Das sind eher allgemeine Überlegungen.« Erneut hebt er sein Glas, diesmal, ohne zu husten. »Und es ist toll, mit dir hier zu sein.«

Ulrika strahlt. »Ganz meinerseits.«

Sie trinkt einen großen Schluck und sieht ihn über den Rand ihres Glases an.

»Kommen Richard und Wille heute Abend?«, fragt er.

»Ja, aber wahrscheinlich erst spät. JFK am Freitagabend eben. Ricky hat sich Papas Wohnung ausgeliehen, Wille übernachtet auch dort, und ich werde wohl ebenfalls dort schlafen, solange die beiden hier sind.«

»Richard hat also kein Problem damit, sich die Wohnung eures Vaters auszuleihen?«

»Nein, wieso sollte er?«

Zwei kleine Falten zwischen den Augenbrauen und ein Aufrichten der Wirbelsäule.

»Er hat in Cannes etwas in der Art gesagt. Ich hatte den Eindruck, die beiden würden sich nicht gut verstehen.«

Die Falten glätten sich, sie lacht kurz.

»Nein, nein, das tun sie auch nicht wirklich, aber ein endgültiger Bruch wäre zu kostspielig. Und mein Vater würde ihm nie einen Wunsch abschlagen, weil er die Hoffnung nicht aufgibt, dass Richard die Kurve kriegt, sein Studium wenigstens halbherzig zu Ende bringt und dann bei Atlas einsteigt. So schlecht ist ihr Verhältnis also auch wieder nicht.«

»Er hat gesagt, wenn euer Vater da sei, dürfte er gar nicht an Bord.«

Ulrika wirkt verlegen. »Das ist reine Projektion. Ricky ist derjenige, der sich fernhält, solange Papa da ist.«

»Vielleicht hat er ja das gemeint.«

»Bestimmt. Und wie ist dein Verhältnis zu deinem Vater?«

Da schwingt plötzlich eine gewisse Schärfe in ihrem Ton mit. Ist das Misstrauen? Oder hat er sie verärgert?

»Kompliziert. Er ist tot.«

»Oh, entschuldige. Sind deine Eltern beide tot?«

»Ja.«

»Sind sie beide bei dem Autounfall ums Leben gekommen?«

»Nein, nur meine Mutter. Mein Vater ist vor drei … oder vor fast vier Jahren an Krebs gestorben. Komisch, dass man sich solche Dinge nicht besser merken kann.«

»Tut mir leid. Jetzt komme ich mir blöd vor.«

Er winkt ab. Sie setzen das Gespräch über ihre Studiengänge fort, wissen noch nicht viel voneinander. Das heißt, er weiß eigentlich eine ganze Menge über sie. Er wünschte, es wäre nicht so, weil er so darauf achten muss, sich seine Kenntnisse über sie nicht anmerken zu lassen und Interesse und Überraschung zu heucheln, wenn sie ihm Dinge erzählt, die er längst weiß.

Ulrika beugt sich über den Tisch, und ihre große Handtasche, die sie neben sich auf dem Sessel platziert hat, fällt auf den Boden. Ein schmales Taschenbuch rutscht heraus. Elias hebt es auf. Als er es ihr gibt, berühren sich kurz ihre Finger. Auf den Schauer, der ihn durchläuft, ist er vollkommen unvorbereitet.

»Hamlet«, sagt er.

Sie wedelt mit dem Buch, klingt plötzlich nervös.

»Wir haben heute einen Gastvortrag über Hamlet gehört. Stell dir vor …« Sie hält inne. »Hast du Hamlet gelesen?«

Sie fächelt wieder mit dem Buch.

»Doch«, sagt er. »Ich lese zwar vor allem Fachbücher, aber Hamlet kenne ich.«

Sie lacht schüchtern.

»Dachte ich mir, ich wollte … Wie auch immer. Stell dir vor, Hamlet wäre wirklich verrückt gewesen, psychotisch vor Trauer. Andeutungen gibt es in dem Stück. Er spielt den Verrückten. Aber spielt er wirklich? Was, wenn der Vater gar nicht ermordet wurde, sondern eines natürlichen Todes gestorben ist? Wenn das Ganze nur eine Verschwörungstheorie ist, ersonnen von einem paranoiden Gehirn, das den natürlichen Lauf der Zeit und die Unausweichlichkeit des Todes nicht akzeptieren will?« Ulrika hält das Buch mit beiden Händen fest. »Ist das nicht ein faszinierender Gedanke?«

Elias nickt.

»Ja. Er stellt die ganze Geschichte auf den Kopf.«

Früh am Morgen ist es am kühlsten. Karolina hat eine neue Laufrunde entdeckt, einmal im Uhrzeigersinn um den Årstavik. Das ist ungefähr so weit wie einmal um den Riddarfjärd.

Bei den Stegen der Seenotrettungsgesellschaft kurz vorm Eriksdalsbad legt sie einen Sprint ein. Die Johanneshovsbrücke, die zur Hammarbyschleuse hinüberführt, hebt sich scharf vor der tief stehenden Sonne ab. Als sie sich in gemäßigterem Tempo der Backsteinschwimmhalle nähert, sieht sie eine bekannte Silhouette an einem schwarzen Volvo lehnen. Sie ist schlagartig auf der Hut.

»Hallo«, keucht sie. »Was machst du denn hier?«

Dass ihr Chef ihr beim Sport auflauert, verheißt nichts Gutes.

»Vendela hat gesagt, du seist laufen gegangen.«

Gehört das zum Schutzprogramm? Hat sie jetzt gar kein Privatleben mehr?

»Ist etwas passiert?«

»Lass uns ein Stück gehen.«

Örjan zeigt auf das Café in dem gelben Holzhaus, an dem sie gerade vorbeigekommen ist.

»Klar.«

Karolina wischt sich den Schweiß aus dem geröteten Gesicht. In gemächlichem Tempo spazieren sie zurück zur Landzunge, eine Frau in bunten Leggings und mit Wassergürtel um die Taille kommt ihnen entgegen. Wahrscheinlich Marathon. So früh am Morgen sind nur die ganz Ehrgeizigen unterwegs.

»Ich brauche einen Gesprächspartner«, sagt Örjan.

»Ich höre.«

»Es geht um die parlamentarische Lage und unsere Verpflichtungen.«

Ihre anfängliche Besorgnis weicht Neugier. Es schmeichelt ihr, dass er diese Dinge mit ihr diskutieren möchte, trotzdem nimmt sie sich vor, wachsam zu bleiben. Ein zu gut gelauntes Ego kann blind und taub machen.

»Das Büro existiert erst seit ein paar Jahren, es ist unter der rot-grünen Regierung entstanden, im Grunde unter sozialdemokratischer Führung. Ich glaube nicht, dass die Minister der Umweltpartei informiert sind, jedenfalls nicht in allen Einzelheiten, und sie werden schon gar nicht in die Absprachen zwischen Atlas und dem Parteisekretär der Sozis eingeweiht sein.«

»Ganz sicher nicht«, sagt sie.

Die Tonaufnahme des Gesprächs zwischen dem sozialdemokratischen Parteisekretär Henning Eriksson und Eric Hands, dem Haupteigner des Atlas-Konzerns, ist politischer Sprengstoff, der die gesamte parlamentarische Landkarte verändern könnte.

»Was passiert im Falle eines Regierungswechsels? Was ist, wenn nach der Wahl plötzlich eine große Koalition oder die Christdemokraten mit den Liberalen regieren? Wir sind zwar zur Loyalität gegenüber der jetzigen Regierung verpflichtet, aber welche Verpflichtungen gelten im Nachhinein? Wie offen können wir uns über unsere Arbeit in zurückliegenden Legislaturperioden äußern?«

Karolina ahnt langsam, worauf Örjan hinauswill.

»Du willst wissen, wie wir uns schützen können?«

Örjan macht ein gequältes Gesicht und streicht mit beiden Händen über die Tischplatte.

»Die Frage hängt natürlich damit zusammen. Ich glaube an unsere Arbeit, und ich möchte sie nicht nur fortsetzen, ich will auch meinen Job behalten. Der springende Punkt ist Loyalität. Wem gegenüber sind wir zu welchem Zeitpunkt loyal?«

»Sprichst du von flexibler Loyalität?«

»Genau das ist die Frage. Sollte sie flexibel sein, oder ist sie sozusagen an einen bestimmten Kontext und eine bestimmte Zeitspanne gebunden?«

»Ja«, sagt Karolina, der in den feuchten Laufsachen allmählich kalt wird. »Wir erhalten unweigerlich Einblicke in die strategische Arbeit und auch in die Geheimnisse der Regierungspartei. In gewisser Weise wäre es also sinnvoll, wenn wir unsere Kenntnisse im Falle eines Regierungswechsels unter Verschluss halten würden.«

In den Baumkronen über ihnen raschelt es nervös.

»Genau. Denn sonst könnte uns die Regierung nicht vertrauen, und unsere Arbeit würde ihre Existenzberechtigung verlieren. Dafür sind wir schließlich da. Mit uns können sie offen reden.«

»Ich stimme dir voll und ganz zu«, sagt Karolina. »Aber…«

Örjan verzieht das Gesicht, als wäre er auf das Schlimmste gefasst.

»Hör auf. Du wolltest eine Gesprächspartnerin und kein Echo.«

Er entspannt seine Gesichtszüge.

»In diesem Fall«, fährt sie fort, »geht es um schwere Verbrechen, und zwar Korruption und Mord, und nicht um Dinge, die im Interesse der Nation geschehen sind. Beim besten Willen nicht.«

Örjan legt die Handflächen aneinander wie ein Yogi und berührt mit den Fingerkuppen seine Lippen. Ein rostiger Lastkahn voll Sand bewegt sich langsam auf die Schleuse zu.

»Die Umfragen lassen momentan nicht erkennen, welche Regierung wir als Nächstes bekommen«, sagt er. »Ich vermute, die Regierungsbildung wird eine Weile dauern, sodass wir genug Zeit haben, unsere Ausgangsposition anzupassen.«

Jetzt kann Karolina nicht mehr ganz folgen. Sie findet es auch gut, dass sie ein wenig Zeit zum Nachdenken gewinnen, aber wie sollen sie ihre Position anpassen? Was passiert ist, ist passiert.

»Nimm mal an, wir bekommen eine neue Regierung«,

erläutert Örjan. »Für einen politischen Gegner wäre die Begünstigung von Hands natürlich ein gefundenes Fressen. Doch da Frankreich und die Türkei ebenfalls involviert sind, halte ich es für unwahrscheinlich, dass er Gebrauch davon machen würde. Stattdessen geraten womöglich wir ins Visier. Ich gehe davon aus, dass sie unseren Laden sofort dichtmachen. Servieren wir ihnen Hands jedoch auf einem Silbertablett und weisen ihm die Morde, die Zahlungen und die Gefälligkeiten gegenüber Henning Eriksson nach …«

»Wäre eine neue Regierungskoalition denn überhaupt an Eric Hands interessiert?«, fällt Karolina ihm ins Wort. »Würde sie nicht eher Henning Eriksson an den Kragen wollen?«

»Natürlich, aber je schlechter das Licht, in das wir Eric Hands rücken, desto größer der Schatten, der auf Henning Eriksson fällt. Und umso größer die Sprengkraft. Sie würden sie vermutlich nicht sofort, sondern erst vor den nächsten Wahlen nutzen. Nach vier Jahren haben die Leute so was vergessen, aber stell dir vor, sie lassen die Bombe ein paar Monate vor der Wahl platzen.«

»Du willst also die nächste Wahl nutzen, um die Existenz des Büros zu retten.«

»Was soll denn das, Karolina?« Er bleibt stehen und sieht sie mit weit aufgerissenen Augen an.

Karolina zuckt mit den Schultern. »Du wolltest eine Gesprächspartnerin.«

»Ja, ja«, seufzt er. »Schon gut. Ich meine, wenn wir den Propheten bei Hands eingeschleust haben …«

»Haben wir nicht.«

»Es sieht aber vielversprechend aus.«

»Abwarten«, sagt sie neutral.

»Es wäre jedenfalls gut, wenn wir die Sache schon unter Dach und Fach hätten, wenn wir eine neue Regierung bekommen. Sollte diese auf die eine oder andere Weise von der Hands-Affäre und unserem Anteil daran erfahren, stehen wir nämlich sehr viel besser da. Und außerdem haben wir dann günstigstenfalls die Möglichkeit, die Verstrickungen mit Frankreich und der Türkei aufzulösen.«

»Aber dann muss es schnell gehen.«

»Ja«, sagt Örjan. »Wir müssen den Propheten unter Druck setzen. Er muss liefern.«

Richard bestellt noch eine Runde. Der Kellner mit den Ärmelhaltern und der Pomade im Haar kritzelt etwas auf seinen Block, lässt aber die leeren Gläser stehen. Das Abräumen übernimmt ein Hilfskellner, der leicht gebückt mit einer grauen Plastikwanne durchs Lokal eilt.

Er ist der einzige Mitarbeiter, der nicht wie in einem Gangsterfilm aus der Zeit der Prohibition ausstaffiert ist. Stehkragen und fein gestreifte Hemden wie vor hundert Jahren, die Frauen tragen Stirnbänder, der Barkeeper eine Schirmmütze. Das alles vor der passenden Kulisse. Der einzige Stilbruch, abgesehen von dem Geschirrparia, der von allen geflissentlich ignoriert wird, sind die üppigen Tätowierungen, die unter hochgekrempelten Ärmeln und steifem Kragen hervorranken.

Elias weiß nicht genau, ob er sich in einer Bar oder in einem Club oder möglicherweise in einem Theater befindet und ob sowohl Angestellte als auch Gäste Schauspieler sind. Die Musik ist laut und nicht tanzbar, aber es gibt zumindest eine Tanzfläche, auf der jedoch niemand ist.

Andererseits ist es auch erst zehn Uhr. Für das Clubleben noch zu früh.

Wille gähnt hinter vorgehaltener Hand. In Schweden wäre es jetzt Zeit, nach Hause zu gehen. Ulrika sitzt Elias gegenüber, sie trägt einen kurzen schwarzen Rock, ein fast durchsichtiges Top und hohe Absätze.

Sie sitzen zu siebt um die beiden runden Tische herum, die der Kellner für sie zusammengeschoben hat. Außer Elias, Ulrika, Wille, Richard und Jennifer sind noch Jeff und Jonoun dabei, die mit Ulrika an der Columbia studieren. Jeff, der ein geborener New Yorker ist, würde besser in eine Rudermannschaft der Universität Harvard passen: fast zwei Meter groß, randlose Brille und eine Nase, die Blicke auf sich zieht, seinem guten Aussehen aber keinen Abbruch tut. Jonoun stammt aus dem Iran, sie ist zierlich und ihr schulterlanges schwarzes Haar zu einer witzigen Sturmfrisur erstarrt.

Anfangs hält Elias Jeff und Jonoun für ein Paar, aber ihm wird bald klar, dass er einen Konkurrenten hat. Jeff legt sich ganz schön ins Zeug, um Ulrikas Aufmerksamkeit auf sich zu lenken.

Ulrika scheint das zu gefallen, wenn nicht gar zu schmeicheln. Jeff ist witzig und zuvorkommend, und er hat keine Hemmungen, das Gespräch an sich zu reißen. Er sieht aus, als hätte er sein Selbstvertrauen mit der Muttermilch aufgesogen. Vielleicht ist das auch seine Schwäche. Er erzählt etwas langatmig und bekommt nicht richtig mit, wann er das Thema wechseln oder mal jemand anderen zu Wort kommen lassen sollte.

Es ist doch eigentlich klar, dass es einen Rivalen gibt. Was hat er denn erwartet? Bislang war der Zufall auf seiner Seite, ab jetzt muss er sich anstrengen.

Weiter kommt er mit seinen Überlegungen nicht, als Jonoun ihn von der Seite mit neugierigen Fragen bombardiert. Studiert er? Wo? Warum nicht in den Vereinigten Staaten? Was machen seine Eltern? Tritt er in die Fußstapfen seines Vaters, oder geht er seinen eigenen Weg? Fühlt er sich wohl in Schweden? Sie hat gehört, es sei schön dort, und möchte Ulrika irgendwann mal dort besuchen.

Es ist die erste eingehende Befragung, er muss es fast so nennen, zu seinem neuen Leben und seinem familiären Hintergrund. Jonoun bohrt mit klarer Stimme hartnäckig weiter. Es ist schwer, ihren Fragen auszuweichen. Er wirft Blicke in Ulrikas Richtung, während er von seiner unsteten Kindheit in Europa und zuletzt in Frankreich erzählt, von seinem Vater, Bauingenieur und später Immobilienbesitzer, und seiner Mutter, die Psychologin war und bei einem Autounfall ums Leben gekommen ist.

»Hast du daher die Narbe?« Jonoun betrachtet sein Gesicht.

»Ja.«

»Oh, wie schrecklich. Warst du schwer verletzt? Musstest du lange im Krankenhaus bleiben?«

»Nein, ich hatte Glück im Unglück. Meine Verletzungen waren nicht so schlimm.«

»Stammen deine Eltern beide aus Schweden?«

»Ja, aber sie haben sich im Ausland kennengelernt, und

wir haben nie in Schweden gelebt. Wir waren dort nur im Urlaub und so.«

»Dann bist du nie in deine Heimat zurückgegangen.«

»Nein, eigentlich nicht, aber irgendwie fühle ich mich trotzdem als Schwede.«

Ulrika lächelt ihn von der gegenüberliegenden Seite des Tisches an, er lächelt zurück. Ihre Augen lachen, vermutlich kennt sie Jonouns Verhörtechnik.

Drei Stunden später. Ein anderes Lokal. Laute rhythmische Musik. Der Bass wummert in der Brust. Die Tanzfläche ist voll, die Leute stehen dicht gedrängt, jeder bewegt sich für sich und ist doch Teil einer Bewegung im selben Takt.

Sie sind gerade aus dem Gedränge gekommen, sie schwitzen. Ulrika stolpert über eine Stufe, er packt sie am Arm, damit sie nicht fällt.

Richard geht vor ihnen ein paar Stufen hinauf. Oben ist ein Seil gespannt, das von einem Mann in einem Jackett mit glänzendem Revers kurz zur Seite gezogen wird. Eine halbe Etage über den anderen Gästen gehen sie an einem Messinggeländer entlang. Richard hat im VIP-Bereich reserviert. Läuft so was über Beziehungen oder über Trinkgeld? Vielleicht ist beides wichtig.

Sie gelangen in ein Séparée, wo ein rotes Ledersofa einen Tisch fast vollständig umrundet. Richard zieht einen Vorhang zu, und dann sind sie ganz für sich. Elias versteht nicht, wieso man in einen Club geht, wenn man sich dort von allen anderen absondert. Ist es das Gefühl von Exklusivität, oder sind diese Räumlichkeiten eigentlich für Prominente gedacht, die auch mal ihre Ruhe haben möchten?

Gleich darauf fällt der Groschen. Er kommt sich naiv vor. Ein kleines schwarzes Tablett wird auf den Tisch gestellt, ähnlich wie die, auf denen normalerweise die Rechnung kommt, aber auf diesem sind vier weiße Linien. Daneben liegt ein schwarzes Röhrchen.

Was soll er tun? Dankend ablehnen? Ein Nein würde natürlich respektiert werden. Soll er das Angebot annehmen, um nicht zum Außenseiter zu werden? Er will Richard und Ulrika schließlich näherkommen. Außer Alkohol und Marihuana hat er noch nie Drogen genommen. Okay, einmal hat er E ausprobiert, aber wahrscheinlich war es nur ein Fake, weil er überhaupt nichts gespürt hat.

Kokain ist eine harte Droge. Was würde sie mit ihm machen? Wie würde sein Kopf reagieren, wo er sogar mit Alkohol vorsichtig sein soll? Ist es verrückt, es auch nur in Erwägung zu ziehen? Was, wenn er alles durcheinanderbringt und plötzlich wieder Elias ist?

All das geht ihm durch den Kopf, während die erste Linie in Richards Nase und die zweite in Jeffs beachtlichem Rüssel verschwindet. Jonoun passt. Niemand zieht eine Augenbraue hoch.

Er sieht sich über das schwarz lackierte Tablett beugen, das Röhrchen in das eine Nasenloch stecken, das andere mit dem Zeigefinger zuhalten und dann hastig einatmen.

Es erinnert ihn an den merkwürdigen Vorfall unter

Deck, die beiden Männer der Crew auf Repeat. Heißt das, seine Entscheidung ist bereits gefallen? Hat er das Kokain schon genommen?

Doch diesmal ist es anders. Er sieht sich selbst von außen, und auf dem Tablett, das an ihn weitergereicht wird, liegen immer noch zwei Linien. Er muss sich vor Ulrika entscheiden. Wäre es ein Fehler abzulehnen, wenn sie anschließend Ja sagt? Vielleicht, aber wahrscheinlich wäre es ein größerer Fehler, das Kokain zu nehmen, wenn sie es nicht tut.

Er gibt das Tablett weiter an Ulrika, die es, ohne zu zögern, Wille in die Hand drückt. Ein Schauer der Erleichterung durchrieselt ihn, als ihm klar wird, dass er sich richtig entschieden hat. Eine Linie Kokain ist noch übrig, sie ist für Jennifer. Als ob Richard es von Anfang an gewusst hätte.

Ulrika sieht ihn an und lächelt. Er spürt eine Art von Übereinstimmung. Sind sie jetzt das Team der vorbildlichen, drogenfreien Studenten? Egal, Hauptsache, es funktioniert.

Drei weitere Stunden später. Sie stehen in der lauen Dunkelheit an der Thirteenth Street im Meatpacking District. Soll man noch tanzen gehen, in Papas Wohnung in der Madison weiterfeiern oder die Nacht in einem Café ausklingen lassen? Das Kokain ist längst alle. Die Stimmung ist unentschlossen.

Elias schlägt einen After-Hour-Club in Bedford vor, ganz beiläufig lässt er den Namen fallen, den er nur dank gründlicher Recherche kennt. Richard und Jennifer haben keine Lust, Manhattan zu verlassen, Ulrika und Wille sind etwas aufgeschlossener, können sich aber nicht recht aufraffen, so weit zu fahren. Die Einzigen, die den Vorschlag hundertprozentig bejahen, sind Jeff und Jonoun.

Irgendwie muss er sich aus der Sache herausmanövrieren. Um fünf Uhr morgens mit Jeff und Jonoun in Brooklyn zu landen entspricht wirklich nicht seinen Wunschvorstellungen.

Jennifer gähnt hinter vorgehaltener Hand. »Ich denke, ich sollte langsam nach Hause gehen«, sagt sie höflich. »Ich habe seit fast zwei Tagen nicht geschlafen.«

Wille klopft eine Zigarette aus seinem Päckchen. Ein Hauch von Benzin weht vorüber, als er sie mit seinem glänzenden Feuerzeug anzündet. »Ich auch.«

Elias berührt Ulrika am Arm. »Was meinst du?«

»Ich auch, glaube ich. Lass uns lieber morgen hart feiern.«

Er hält Ausschau nach Ansätzen von Distanzierung oder Fluchttendenzen, aber sie scheint wirklich einfach nur müde zu sein.

»Oder, besser gesagt, heute«, fügt sie lachend hinzu.

In den Augenwinkeln erahnt er Jeffs und Jonouns fragende Blicke, aber er vermeidet es, sie zu erwidern.

»Kommt, wir gehen rüber zum Standard Hotel und nehmen dort ein Taxi.«

Jeff und Jonoun halten zu seiner Linken leise Beratungen ab. Es klingt, als wollten sie mitkommen und ein Taxi zur Upper West Side beziehungsweise zur Columbia Universität nehmen.

Im orangen Licht der Straßenlaternen bewegen sie sich auf der leeren Straße nach Westen, ihre Schritte hallen nicht im Takt. Elias und Ulrika bekommen den Rauch ins Gesicht, den Wille hinter sich herzieht.

Vor dem Standard stehen tatsächlich Taxis, sogar eins, das groß genug für alle fünf ist. Ein kurzer Abschied von Jonoun und Jeff, dann steigen sie ein.

Das Taxi fährt auf der Fourteenth Street quer durch Manhattan, Ziel ist die Madison Avenue.

»Sollen wir dich zuerst ins Hotel bringen?«, fragt Richard von hinten.

»Nicht nötig. Ich kann vom Union Square zu Fuß gehen. Es ist nicht weit.«

»Stimmt, es ist nicht weit«, sagt Richard. Er beugt sich über ihre Bank und ruft dem Taxifahrer zu, er soll am Bowery Hotel vorbeifahren. »Wie konntest du nur in diesem Slum absteigen?«, fragt Richard.

Elias lächelt ein von Richard unbemerktes Lächeln.

»Hier stehen schon lange keine Obdachlosen mehr an den Ecken und machen Feuer in Ölfässern«, sagt er. »Das ist so lange her, dass man glauben könnte, es wäre nur in Filmen passiert.«

»Ich weiß«, sagt Richard, »aber trotzdem ...«

Am Union Square fährt das Taxi auf den Broadway, wo die letzte Nachhut von Nachtleben die Bürgersteige entlangschleicht, biegt scharf rechts ab und hält vor dem Hotel.

Er verabschiedet sich von den dreien auf der hinteren Bank und dann von Ulrika, die nach seinem Unterarm greift und mit ihm aussteigt.

»Es war ein schöner Abend.«

Sie küsst ihn flüchtig auf den Mund.

»Finde ich auch.«

»Bis morgen.«

Schlichte Worte, aber der Tonfall ist vielversprechend.

»Ja, bis morgen.«

Sie lässt ihn los, aber er zieht sie noch einmal an sich und küsst sie richtig. Kühl und lebendig schiebt sich ihre Zunge zwischen seine Lippen.

Kurz nach zehn wacht Elias auf, von einem Moment auf den anderen hellwach, als hätte jemand einen Schalter umgelegt. Obwohl er höchstens sechs Stunden geschlafen hat, geht es ihm überraschend gut. Keine Kopfschmerzen, keine Übelkeit, keine Müdigkeit.

Da er das Hotelfrühstück verpasst hat, bestellt er beim Zimmerservice einen Kaffee und einen Lachsbagel. Für Elias ist es eine Premiere, aber Tom White nutzt den Zimmerservice ständig.

Er geht unter die Dusche, lässt sich warmes Wasser über den Kopf laufen, blickt auf und hinaus auf das südliche Manhattan. Hundert Jahre alte Mietskasernen mit Wassertanks auf den Dächern, etwas verschwommen im Hintergrund die Wolkenkratzer des Financial District.

Als er im Bademantel zurück ins Zimmer kommt, stehen Kaffee und Bagel auf dem ovalen Tisch am Fenster. Er hat weder ein Klopfen noch die Person gehört, die mit dem Tablett hereingekommen ist. Das war unvorsichtig von ihm. Ein Fehler. Sich niemals angreifbar zu machen ist eine Grundregel. Er darf sich weder wie Elias Ferreira Krantz noch wie Tom White verhalten. Er muss zwar handeln wie Tom White, aber eigentlich jemand anders sein.

Nach dem Frühstück und einer dezent flirtigen Textnachricht an Ulrika schickt er auch Wille eine SMS, in der er ihn bittet, die anderen zu grüßen, mit abschließender *Nice-super-okay*-Nachricht.

Danach geht er in die Stadt, raus aus der künstlichen Atmosphäre des Hotels in die brutale Hitze, die ihn überrollt und jeden Elan, den seine Schritte anfangs hatten, sofort ausbremst.

Er geht in Richtung Westen, bekommt eine Antwort von Ulrika. Sie schlägt vor, sich um acht zum Essen zu treffen, schreibt, dass sie gerne mit ihm allein ausgehen würde, es aber Wille gegenüber unfair wäre. Richard und Jennifer haben bereits einen romantischen Abend zu zweit angekündigt, Wille kann also nichts mit ihnen unternehmen. Elias schreibt zurück, sie könnten ins Lucien gehen und ob er einen Tisch reservieren soll. *Buch einen Tisch für drei Personen, dann sehen wir weiter*, antwortet Ulrika.

Als er am Three Lives & Company vorbeikommt, erinnert er sich an das, was ihm Ulrika über Shakespeare erzählt hat, und geht hinein.

Die knarrende Tür ist gerade hinter ihm ins Schloss gefallen, er steuert den von grünen Leselampen schummrig beleuchteten Raum an, da klingelt sein Handy. Er wirft dem schlaksigen jungen Mann hinter dem Tresen einen entschuldigenden Blick zu und geht zurück auf die Straße. Auf dem Display steht »Jenny«.

»Hi, ich muss gleich mein Handy ausschalten. Wie lange bleibst du in New York?«

»Bis Dienstag, glaube ich.«

Im Hintergrund ist eine Lautsprecherdurchsage zu hören.

»Ich habe von Montag bis Dienstag Sitzungen im UNDP, aber ich lande schon heute Abend.«

»In New York?«

»Ja, das Boarding hat gerade begonnen.«

Warum hat sie das nicht früher erwähnt? Kommt sie, um ihn im Auge zu behalten? Sicher nicht, aber es fühlt sich so an.

»Ich möchte, dass du diese Fotos siehst.«

»Die du in Sarajevo bekommen hast?«

»Ja.«

Er würde sie gerne fragen, was darauf zu sehen ist, aber ihm ist klar, dass das keine gute Idee ist.

»Wann können wir uns sehen?«, fragt er.

»Es hätte auch Zeit, bis wir beide wieder in Stockholm sind…«

»Ich sehe sie mir gerne vorher an«, fällt er ihr ins Wort.

Langsam geht er am Schaufenster der Buchhandlung entlang. Es riecht ganz leicht nach Putzmittel und Schweiß, aber auch nach Asphalt und uraltem, festgetretenem Schmutz, als würden sich die Straßenbeläge und die Häuser ringsum in der Hitze auflösen.

»Wie wäre es mit morgen früh, halb neun bei den Vereinten Nationen?«

»Klar.«

Nachdem beide aufgelegt haben, geht Elias in den Buchladen. Er weiß viel zu wenig über Ulrikas Interessengebiete. Das muss sich ändern. Allerdings ist sie ein wenig geheimnistuerisch und lässt sich nicht ohne Weiteres ausfragen. Er könnte es bei Wille oder Richard versuchen, wenn er es geschickt anstellt.

Er geht zum Regal mit den Theaterstücken. Es kann nicht schaden, sich ein bisschen einzulesen. Und er wird sich ihre Lektüreliste von der Columbia Universität besorgen.

Elias ist früh dran, Ulrika und Wille kommen zu spät. Das Eis in seinem Moscow Mule ist bereits geschmolzen, als sie ihn in dem Gedränge vor der Bar entdecken. Ulrika trägt, wie am Abend zuvor, hohe Absätze, aber diesmal eine schwarze Hose statt Rock. Er lässt seinen Cocktail stehen, hat kaum daran genippt, und geht ihnen entgegen.

Sie bekommen einen Tisch im hinteren Teil des länglichen Lokals, das sich bald bis auf den letzten Platz füllt. Es herrscht lautes Stimmengewirr, irgendwo außer Sichtweite scheppert Geschirr. Abschätzig betrachtet Wille die einfachen Lampen und die Lichterketten über den Flaschen an der Bar, ihm missfällt der Hauch von Subkultur, den die Einrichtung vermittelt, aber was soll's, Elias hat das Lucien nicht ihm zuliebe ausgesucht.

Die Speisekarte ist französisch. Elias schlägt vor, erst einmal Champagner und Austern zu bestellen. Die Weinkarte hat mit Subkultur nicht das Geringste zu tun. Die Speisekarte auch nicht.

»Tut mir leid, aber ich kann keine Austern essen«, sagt Ulrika. »Ich bin letzten Sommer sterbenskrank davon geworden.«

»Ich nehme gerne Austern«, sagt Wille und fügt, an Ulrika gewandt, hinzu: »Wenn es dich nicht stört. Oder wird dir schon beim Anblick übel?«

»Nein, nein«, lacht sie, »keine Sorge. Du kannst so viele Austern essen, wie du willst, Hauptsache, du wendest dich ab.«

Wille wirkt verunsichert.

»Das war ein Witz. Es ist schon okay. Wirklich.«

Wille grinst, wirkt aber nicht ganz überzeugt. Sie bestellen erst einmal eine Flasche Champagner und überlegen weiter, was sie essen könnten. Ohne mit der Wimper zu zucken, ordert Elias eine Flasche Dom Ruinart für vierhundert Dollar. Die beiden anderen verziehen auch keine Miene.

Während er an dem fruchtigen, aber trockenen Champagner nippt, wandern seine Gedanken zu Ylva, die wie er in New York ist, nicht weit weg von ihm, aber an einem anderen Ort, irgendwo da draußen in dieser großen Stadt.

Er versucht, sich das Liebesleben einer Generaldirektorin vorzustellen. Flirtet sie mit anderen Behördenchefs, Botschaftern oder Ministern? Oder hin und wieder auch mal mit einem Staatssekretär oder Ausschussvorsitzenden?

Er sieht sie von Männern in dunklen Anzügen umschwärmt vor sich. Kompetente und erfahrene Männer mit Kontakten auf der ganzen Welt. Erwachsene Männer im Alter seines Vaters.

Wille und Elias sind bei der Crème brûlée angelangt, als Richard anruft. Ulrika lässt das Dessert aus und gönnt sich stattdessen einen Cocktail. Richard schlägt vor, dass sie sich um halb zwölf im Marquee treffen, aber Ulrika gelingt das Kunststück, nur Wille dorthin zu lotsen. Sie und Elias bleiben im Lucien.

Die Reservierung ihres Tisches ist abgelaufen, aber sie finden noch eine Lücke an der Bar.

»Den musst du probieren.«

Sie hält ihm ihren Daiquiri hin, der irrsinnig gut schmeckt.

Elias nimmt jedoch ein Glas Wein. Er fühlt sich bedrängt, Ulrika hat ihn den ganzen Abend zum Trinken ermuntert. *Skål, Tom. Bestellen wir noch eine Runde, Tom!* Er hat getrickst, so gut es ging, aber der Rausch war unvermeidbar. Er hat alles unter Kontrolle, aber er ist definitiv angetrunken.

»Wie geht es Hamlet?«, fragt er.

»Der hat am Wochenende frei.«

»Schön für ihn. Ich habe mir übrigens das Buch gekauft... das Stück, meine ich«, korrigiert er sich. »Könnte es sein, dass die ödipale Eifersucht erst richtig aus dem Ruder läuft, als sie sich gegen den Bruder des Vaters richtet?«

»Nice try«, sagt Ulrika. »Aber kann man ein Stück, das dreihundert Jahre vor Freud verfasst wurde, auf die Analysecouch legen?«

»Ich finde schon.«

»Wie auch immer, Hamlet hat jedenfalls frei.«

Okay. Über Literatur wird also nicht geredet. Auch gut. Auf diesem Gebiet kann er ihr sowieso nicht das Wasser reichen.

»War das, was du auf der Jacht über Sigrid Rausing gesagt hast – Kabbeleien unter Geschwistern hin oder her – ernst gemeint? Könntest du dir tatsächlich vorstellen, einen eigenen Verlag zu gründen?«

»Sigrid ist eine Bekannte meiner Mutter, wahrscheinlich zieht Ricky mich deswegen damit auf. Sie ist auf jeden Fall inspirierend, ja. Aber wie meine Pläne im Einzelnen aussehen, ist vorerst geheim.«

»Ist die Buchbranche denn nicht eine unsichere Branche?«, fragt er. »Um nicht zu sagen, im Untergang begriffen?«

»Die Branche steht vor großen Herausforderungen, aber gerade das ist so spannend daran. Wo Veränderungen stattfinden, gibt es mehr Möglichkeiten als dort, wo alles stabil ist.« Sie kommt ihm so nah, dass sich ihre Körper berühren. »Wie gesagt, genug davon. Ich will mir zuerst ganz sicher sein und nicht eine von denen werden, die immer über Dinge reden, aus denen dann doch nichts wird.«

»Stimmt, das ist nicht schön«, sagt er. »Andererseits kann Kontra durchaus förderlich sein. Widerspruch tut Ideen gut.«

»Hm.« Sie drückt sich an ihn. »Wollen wir gehen?«

»Ja.«

Draußen in der warmen Nacht geraten sie sofort ins Schwitzen. Ein Stück entfernt vom Restaurant zieht Ulrika ihn an sich. Er schiebt ihr seine Hand zwischen die Beine, ohne Widerstand ihrerseits. Wärme. Er fühlt ein richtiges Brennen. Sie atmet an seinem Hals, leckt an ihm. Er will. Jeder Teil von ihm ist erregt. Sogar Elias.

Sie taumeln ins Hotelzimmer. Nein, das stimmt nicht. Elias schließt die Tür mit einem Schlüssel auf, der an einem Messingring mit roten Fransen hängt.

»Total unpraktisch«, murmelt er.

Sie schweben ins Zimmer, ohne den Boden zu berühren. Es geht zu leicht, denkt er. Das kommt hin und wieder vor, sogar öfter. An sich hat er nichts dagegen, aber diesmal beunruhigt es ihn, weil die Verführung nicht das eigentliche Ziel ist, er will doch mehr erreichen, weiter vordringen …

Er darf nicht nachdenken, sonst verliert er die Lust und wird unkonzentriert. Beides gleichzeitig geht nicht. Er kann auch kein falscher Tom sein, sondern muss voll und ganz da sein, jenseits von allen Namen und Hintergedanken. Einfach nur Fleisch. Dann kann nichts schiefgehen. Er will das hier mit Ulrika, aber er darf nicht nachdenken.

Sie dreht sich zu ihm um, schmiegt sich an ihn, stellt sich auf die Zehenspitzen, küsst ihn mit emsiger Zunge. Ihre Bluse gleitet von ihren Schultern und fällt zu Boden. Er streicht mit den Fingerspitzen über ihre Oberarme und wieder hinauf zum Hals. Sie öffnet den BH, er zieht sie rückwärts aufs Bett. Sie liegt auf ihm. Ihre Brüste sind klein und fest. Ihre Brustwarzen auf seinem nackten Oberkörper fühlen sich kühl an. Sie presst die Lippen auf sein Schlüsselbein und seitlich auf seinen Brustkorb, öffnet seine Hose und zieht sie hinunter.

Der Raum ist dunkel, nur die Straßenbeleuchtung wirft ein bläuliches Schachbrettmuster an die Decke, und in der Ecke brennt eine Stehlampe. Er fährt ihr durch das kurze flaumige Haar, würde sie gern deutlicher sehen, mag aber auch die Dunkelheit, die sie umschließt.

»Du Hübscher«, seufzt sie. Sein Ego rauscht durch die Decke. Er fingert an ihrem Hosenbund herum und findet an der Seite einen Knopf und einen Reißverschluss. Sie streift die Hose selbst ab, trägt nichts darunter, *im Sommer nie*, erklärt sie ungefragt, setzt sich vor ihn und schaut ihn an. Lüstern? Er kann ihren Blick nicht genau deuten. Das Schimmern in ihren Augen kommt von der gelblichen Lampe. Blut schießt ihm in die Lenden, was vorher schon hart war, spannt und pocht jetzt schmerzhaft. Er streckt die Hände aus, und feine, kurze Härchen kitzeln in seinen Handflächen, als er ihre Arme umfasst.

Ulrika drückt ihn aufs Bett, beugt sich hinunter und nimmt ihn in den Mund. Ein glühender Speer durchbohrt seine schmerzende Erektion und fährt durch seinen ganzen Körper. Ein schöner Schmerz. Schreck und Jubel zugleich, wie wenn die Achterbahn den ersten Gipfel erreicht. Schreit er?

Das wird sein Tod sein. Nicht sofort. Aber all das, Ulrika, wird ihn sein Leben kosten. Wie sollte es anders enden?

Elias kämpft sich aus dem Schlaf, ohne zu wissen, warum. Er muss schlafen, weiß ungefähr, wann sie ins Hotel gekommen sind, hat aber keine Ahnung, wann er eingeschlafen ist. Es war eine lange Nacht, hinter der Stirn schmerzt es, seine Sicht ist verschwommen. Macht sich jetzt der Jetlag bemerkbar?

Er tastet auf dem Nachttisch nach seinem Handy. Da liegt es nicht, wahrscheinlich ist es noch in seiner Hosentasche. Langsam steht er auf, hebt die Hose vom Boden auf, erweckt das Display zum Leben. Es ist fünf vor acht.

Erschreckenderweise erinnert er sich jetzt erst. Die Kopfschmerzen werden stärker. An der Wand leuchten die blaugrünen Ziffern der Klimaanlage. Alles unter Kontrolle, neunundsechzig Grad Fahrenheit, die Luft ist ausgewechselt worden, die nächtlichen Gerüche sind weg. Er selbst hingegen hat nichts unter Kontrolle.

Ylva. Sie sind in einer halben Stunde im UN-Gebäude verabredet. Er muss ihr eine SMS schreiben und das Treffen auf Stockholm verschieben.

Er schaut zum Bett hinüber. Ulrika scheint tief zu schlafen. Nur ein blondes Haarbüschel und ein Schienbein ragen unter der Decke hervor.

Sekundenlang steht er da wie versteinert und starrt Ulrika an, die mit einer klebrigen und geröteten Stelle zwischen den Beinen im Bett liegt, seine Gedanken finden keinen richtigen Halt. Ulrika würde es vermutlich gar nicht merken, wenn er jetzt geht, und weiterschlafen, bis er wiederkommt. Eine Minute voller schwankender Unschlüssigkeit, dann zieht er sich leise an.

Elias geht rasch durch die Sicherheitskontrolle, lässt Metalldetektor und Taschenscanner über sich ergehen, den Besucherausweis hat er am nassgeschwitzten Hemd befestigt. Auf dem unscharfen Schwarz-Weiß-Foto ist er nicht gut zu erkennen, aber die Passnummer stimmt.

Im UN-Hauptgebäude angekommen geht er direkt in die Cafeteria hinunter, eine Art Bunker, in dem sich Beauftragte und Verwaltungsbeamte mit zivilen Besuchern wie ihm und einer Gruppe von uniformierten Militärangehörigen aus Argentinien mischen.

Ylva hat in der Buchhandlung auf ihn gewartet, sie strahlt, als sie ihn bemerkt.

»Ungewöhnlicher Treffpunkt«, sagt er.

»Ja, für uns jedenfalls.« Ylva zeigt auf einen Edelstahltresen. »Wollen wir einen Kaffee trinken?«

Sie bestellen zwei doppelte Espressi und gehen mit den kleinen roten Pappbechern zu einem laminierten Tisch ganz hinten an der Wand.

»Hast du die Zahlen gesehen?«, fragt sie.

Die Zahlen? Sein müder Kopf braucht ungefähr fünf Sekunden, um zu begreifen, dass sie die schwedische Parlamentswahl meint.

»Nein, das hätte ich fast vergessen. Wie ist es gelaufen?«

»Schwer zu sagen. Sieht so aus, als wollten alle Parteien regieren. Die Schwedendemokraten könnten mehr denn je das Zünglein an der Wange sein, zumindest sofern die anderen Parteien ihrer Linie treu bleiben.«

Er sieht sie an, würde am liebsten in ihren ruhigen blauen Augen versinken, aber nach dem, was zwischen ihm und Ulrika passiert ist, fühlt es sich anders an, ihr gegenüberzusitzen. Wie ein Geheimnis, von dem sie auf keinen Fall erfahren darf.

Auftragssex ist eine seltsame Sache. Nicht direkt unangenehm oder körperlich abstoßend. Auch das wäre natürlich denkbar, aber auf Ulrika ist er ja tatsächlich scharf. Die tiefere emotionale Motivation hingegen, die Verliebte zum Leuchten bringt und den Liebesobjekten klarmacht, dass sie wirklich, wirklich begehrt werden, die fehlt ihm. Wie weit kommt man ohne sie?

Elias' Antrieb wird aus denselben dunklen Quellen gespeist wie der Wille, seinem ermordeten Vater Gerechtigkeit zu verschaffen. Der Wille, sich an einem mächtigen und unerreichbaren Mann zu rächen. Notfalls dessen Kinder dafür zu benutzen. Mittels einer im Grunde perversen Umkehrung gelingt es ihm, sein eigentliches Ziel, den Wunsch nach Rache, der vielleicht nichts anderes als ein Todeswunsch ist, in Lust und Verliebtheit umzuwandeln.

»Alles okay bei dir?«, fragt Ylva.

»Was?«

»Du machst so ein gequältes Gesicht. Ist etwas?«

Er muss sich zusammenreißen, darf nicht einfach die Maske fallen lassen. Ylva gegenüber möglicherweise schon, aber sonst nirgendwo.

»Soweit alles okay, aber es ist wirklich nicht einfach«, sagt er.

Sie streicht über seine linke Hand, die gekrümmt neben dem Pappbecher liegt.

Wenn nur nicht alles so unendlich kompliziert wäre. Ylva hatte eine Affäre mit seinem Vater. Als die Bombe explodierte, war sie im selben Hotel. Vielleicht hatten sie kurz zuvor noch …

Er schiebt den Gedanken beiseite, zieht seine Hand weg.

Sollte er Ylva eine Zeit lang nicht sehen? Er muss seine Gefühle sammeln und fokussieren. Nichts anderes zulassen als die dunklen Kräfte, die Rache in Liebe und Tod in Verliebtheit verwandeln.

»Du wolltest mir doch Fotos zeigen.«

Er muss es hinter sich bringen, bevor Ulrika aufwacht.

Ylva zieht einen Umschlag aus der Handtasche. Sie beugt sich zu ihm hinüber und schiebt das Kuvert über den Tisch, lässt ihn aber nicht los.

»Da drin sind Fotos von den beiden Männern, die die Bombe im Hotel Europe gezündet haben.«

Alle Gespräche im Raum scheinen zu verstummen. Elias sieht sich um, um sich zu vergewissern, dass er es sich nicht nur eingebildet hat. Münder bewegen sich, lächeln, lachen, Hände greifen nach Pappbechern und Muffins. Aber keine Geräusche.

Er sieht erst den Umschlag an, dann Ylva.

»Ich dachte, dass du das wissen willst, bevor du sie siehst.«

Plötzlich sind die Geräusche wieder da, allerdings weit weg. Mit einem tiefen Atemzug nimmt er den Umschlag in die Hand und öffnet ihn, hält inne.

»Darf ich ihn hier aufmachen?«

»Klar.«

Er schiebt Daumen und Zeigefinger hinein und fummelt die Fotos heraus, die sich nur schwer von der Pappe lösen.

Es sind zwei Farbbilder im Format 18 x 24. Elias legt sie neben den Umschlag auf den Tisch und beugt sich darüber, um sie besser zu sehen und um allen, die am Tisch vorbeigehen, die Sicht zu versperren.

Auf dem oberen Foto ist ein blonder Mann um die dreißig zu sehen, blaue Augen, hohe Wangenknochen. Er kneift die Augen ein wenig zusammen, seine Lippen wirken auffällig dunkel, aber das kann auch an der Bildqualität liegen. An der einen Wange hat er eine kleine Narbe, eine Vertiefung, die von einer Verletzung oder starker Akne stammen könnte. Elias' Herz macht einen beunruhigenden Sprung. Er schließt die Augen, kalter Schweiß bricht ihm aus.

»Alles okay?«

Er muss sich räuspern, bevor er ein Ja herausbringt. Er

zwingt sich, das Bild noch einmal zu betrachten. Es fällt ihm schwer, etwas anderes zu sehen als einen Mörder, der nur darauf wartet zuzuschlagen, der nach seinem Opfer Ausschau hält und Sorge hat, dass etwas schiefgeht, die Bombe nicht tötet, der Auftrag misslingt. Wenn Elias durch seinen vorgeschobenen Filter schaut oder, besser gesagt, nicht hindurchschaut, dann kann er erkennen, dass der Mann gut aussieht. Ein Mörder mit einem vorteilhaften Aussehen.

Er legt das andere Bild nach oben. Der andere Mann ist älter, etwa vierzig, und hat dunkle Haare, sein Kinn ist teilweise von einer Spiegelung auf der Windschutzscheibe verdeckt. Sein Blick wirkt dunkel und konzentriert, kräftige Augenbrauen, in Falten gelegte Stirn.

Elias ertappt sich dabei, dass er die Luft anhält. Er atmet aus und inhaliert die mit leisen Gesprächen in fremden Sprachen angereicherte Cafeterialuft. Er legt die beiden Fotos nebeneinander und sieht Ylva an.

»Was machen wir damit?«

»Da bin ich mir unsicher.«

»Sollen wir sie dem Büro geben?«, fragt er.

Sie saugt die Lippen ein, runzelt die Stirn. »Wäre das wirklich eine gute Idee?«

»Wieso nicht?«

Sie verschränkt die Arme locker vor der Brust, stützt sich mit den Ellbogen auf den Tisch. »Was haben die denn gemacht, seit sie die Aufnahme des Gesprächs von Hands und Henning Eriksson haben? Ein paar Beamte mussten gehen, offiziell haben sie freiwillig den Hut genommen.

Niemand wurde zur Rechenschaft gezogen. Weder diese Leute noch Hands oder Eriksson.«

»Weil die Ermittlungen noch laufen. Es ist doch besser, zuerst stichhaltige Beweise gegen Hands zu sammeln, damit er wirklich verurteilt wird«, er spricht im Flüsterton weiter. »Möglichst auch wegen Mordes.« Nach einer kurzen Pause fährt er in normaler Lautstärke fort. »Anstatt ihm wegen Bestechung einen Prozess zu machen, aus dem ihn seine Anwaltsriege rausboxt. Und da komme ich ins Spiel.«

»Was ist überhaupt mit dieser Tonaufnahme passiert? Das Büro wollte sie doch aus demselben Grund wie Hands haben. Um sie zu vernichten.«

»Was hätte denn deiner Ansicht nach passieren sollen? Mit solchen Zwischenergebnissen geht man während der Ermittlungen nicht an die Öffentlichkeit. Sie unterliegen der Schweigepflicht.«

»Bist du jetzt nicht etwas zu loyal?«

Was soll die Frage? Elias starrt sie an und beißt die Zähne so fest zusammen, dass ihm der Kiefer wehtut.

»Das musst du zugeben.«

Er beugt sich nach vorn, jetzt flüstert er wieder. »Ich gehe ein hohes Risiko ein, um an denjenigen heranzukommen…«, er muss sich innerlich wappnen, »…der meinen Vater getötet hat. Ein extrem hohes Risiko. Wenn ich kein Vertrauen zu meinen Auftraggebern hätte, würde ich das niemals tun.«

Ylva flüstert ebenfalls. »Selbst wenn du darauf vertraust, dass sie dich bei dem, was du vorhast, unterstützen, solltest du ihnen vielleicht nicht in jeder Hinsicht vertrauen.«

»Ich kann mir kaum vorstellen, dass sie vorhaben, vier Morde unter den Teppich zu kehren.«

»Ich glaube auch nicht, dass sie das vorhaben, jedenfalls nicht Karolina und ihre Bürokollegen, aber vielleicht bleibt ihnen nichts anderes übrig. Wer weiß, welche strategischen Interessen in Wirklichkeit dahinterstecken und auf wen sie Rücksicht nehmen müssen? Obgleich die Morde und alles, was damit zusammenhängt, ein Skandal historischen Ausmaßes sind, haben sie kaum Wellen geschlagen. Ist das nicht ein bisschen merkwürdig?«

Wieder verstummt Elias, diesmal, um nachzudenken. Er muss zugeben, dass ihm solche Überlegungen auch schon durch den Kopf gegangen sind, allerdings hat er andere Schlüsse daraus gezogen.

»Wir haben die Tonaufnahme beide nicht gehört. Vielleicht schadet sie nur Henning Erikssons Ansehen. Man macht sich schließlich nicht automatisch strafbar, weil einem gegen Bestechung Gefälligkeiten angeboten werden.«

»Die Beschlüsse stehen fest. Welche Summen geflossen sind, wurde zwar nicht protokolliert, aber … du solltest trotzdem aufpassen, dass die Früchte deiner ganzen Arbeit nicht am Ende in irgendeinem Ministerium unter Verschluss landen.«

Es juckt ihn erst am Hals, dann fast unerträglich an den Schläfen. Er rutscht bis an die Rückenlehne, streicht sein Hemd glatt.

»Die Leute im Büro sind keine echten Polizisten. Wir wissen beide nicht genau, wem sie unterstellt sind. Nicht einmal du, obwohl du für sie arbeitest.«

»Ich weiß genug, um ihnen zu vertrauen.«

»Sei auf der Hut, mehr sage ich gar nicht.«

Elias berührt die Fotos der Mörder. »Was machen wir nun mit denen hier? Nichts?«

»Du weißt jetzt, wie sie aussehen. Das ist doch ein Anfang.«

»Kann sein.« Er steckt die Bilder wieder in den Umschlag. »Aber ich will sie nicht haben. Behalt du sie.«

»Bist du sicher, dass du sie nicht brauchst?«

»Wenn sie jemand bei mir findet, wäre das nicht gut. Außerdem habe ich sie ja jetzt gesehen.«

Wie könnte er die Männer, die seinen Vater getötet haben, jemals vergessen?

Als Elias zurückkommt, liegt Ulrika im Hotelbademantel auf dem Bett und ist mit ihrem Handy beschäftigt. Neben ihr steht ein großes Frühstückstablett, das der Zimmerservice gebracht hat, aber sie scheint nur ein-, zweimal von einem dreieckigen Toast abgebissen zu haben.

»Guten Morgen«, sagt er.

Sie blickt vom Display auf. Er versucht, ihren Blick zu deuten. Prüfend? Skeptisch.

»Wo warst du?«

»Ich bin aufgewacht und konnte nicht wieder einschlafen.« Er legt die zerfledderte Zeitung weg, die er auf dem Rückweg gekauft hat.

»Du warst lange weg.«

Wann ist sie aufgewacht? Als er die Tür zugemacht hat?

»Ich war eine Runde spazieren, habe mir einen Kaffee gekauft und Zeitung gelesen.«

Zum Glück konnte er im Spiegel im Fahrstuhl zumindest einen Blick auf die Seiten erhaschen.

Wortlos greift sie zur Kaffeetasse, trinkt einen Schluck und kleckert ein wenig, als sie die Tasse wieder auf den Nachttisch stellt.

Verdacht dürfte sie eigentlich nicht geschöpft haben. Was soll er abgesehen von den aufgezählten Dingen schon gemacht haben? Sich mit der Generaldirektorin einer schwedischen Behörde im UN-Hauptgebäude treffen? Lächerlich.

Aber sie ahnt etwas. Sie wittert die Lüge, das Adrenalin, dessen Ausschüttung nicht allein vom doppelten Espresso kommt.

Er sinkt neben ihr aufs Bett, streift die Schuhe ab, streicht ihr am Oberschenkel hinauf und lässt seine Hand auf der Innenseite liegen.

»Ich wollte dich nicht wecken.«

»Ah, okay. Es ist aber nicht so toll, allein in einem fremden Hotelzimmer aufzuwachen.«

Er hat das Gefühl, dass ihr das nicht zum ersten Mal passiert.

»Sorry. Ich dachte, du würdest weiterschlafen.«

»Die Leere hat mich geweckt. Du weißt schon, man spürt so was.«

»Entschuldige, ich hätte dir einen Zettel hinlegen sollen.«

Er beugt sich zu ihr hinüber. Sie kommt ihm nicht entgegen, zieht sich aber auch nicht zurück. Er küsst sie auf die Stirn, bewegt seine Finger.

»Es hat nichts mit dir zu tun. Ich konnte einfach nicht schlafen.«

Sie zeigt den Anflug eines Lächelns.

»Ich freue mich über das hier«, sagt er.

Das Lächeln breitet sich auf ihrem Gesicht aus, aber sie schweigt noch immer.

Elias streckt die Hand nach der Kaffeekanne aus. »Krieg ich auch was ab?«

»Na klar, du hast mich eingeladen.«

Er schenkt die zweite Tasse auf dem Tablett voll. Sie hat Frühstück für zwei bestellt. Er gießt ein wenig Milch dazu. Der lauwarme Kaffee ist stark. »Ich fand den Abend richtig schön«, sagt er. »Vor allem am Ende.«

»Kann ich mir vorstellen.«

Sie blinzelt amüsiert. Er wartet. Sie sagt nicht, wie sie sich nach dem gestrigen Abend fühlt, aber sie kneift die Augen zu noch schmaleren Schlitzen zusammen, lächelt zufrieden und zieht ihn an sich.

»Was denkst du eigentlich über mich?«

»Wie meinst du das? Du bist wundervoll.«

Er öffnet die Arme, als ob sie eine Offenbarung wäre.

»Du denkst, ich wäre unkompliziert. Aber das bist du.«

Zuerst weiß er nicht, was er darauf erwidern soll, dann löst er das Problem mit einem Scherz.

»Unkompliziert?«

»Nein. Du bist, wie du bist.«

Er küsst sie. Sie schmeckt nach Kaffee und riecht dezent nach Parfüm und der vergangenen Nacht. Er zieht ihr den Bademantel aus. Sie fühlt sich leicht und lebendig unter ihm an, küsst ihn gierig, schiebt ihn jedoch sanft, aber entschieden von sich.

»Nein, das geht nicht.« Ihre Stimme hat jetzt einen müden Unterton.

»Das geht doch hervorragend.«

Er streckt die Hand nach ihr aus, lässt sie über ihre eine Brust gleiten. Sie lässt es geschehen und küsst ihn, doch dann setzt sie sich auf.

»Nein.« Ihr Lächeln wirkt alles andere als distanziert.

»Lass uns stattdessen frühstücken«, sagt er.

Sie nickt, streicht Himbeermarmelade auf ein neues Toastdreieck und beißt hinein.

Vielleicht hat sie einen Kater, vielleicht mag sie ihn, will aber keinen Sex mit ihm, vielleicht hat sie nur Sex, wenn sie betrunken ist. Ihm ist alles egal, Hauptsache, sie will ihn wiedersehen. Das ist das Wichtigste.

»Ich habe Ricky versprochen, mit ihm brunchen zu gehen.« Sie krabbelt vom Bett.

»So früh?«

Sie schüttelt den Kopf und trinkt das Glas Orangensaft in einem Zug aus.

»Ich muss vorher nach Hause, um mich umzuziehen.«

Er fragt nicht nach, will sie nicht unter Druck setzen. Vielleicht braucht sie ein bisschen Zeit für sich.

Sie hebt ihre Unterwäsche vom Boden auf und verschwindet im Bad.

Während er sie duschen hört, isst er ein wenig von dem geschnittenen Obst. Die Männer auf den Bildern, konzentriert und nervös, kurz bevor sie im Hotel die Bombe zünden, gehen ihm wieder durch den Kopf. Das ernüchtert ihn und katapultiert ihn zurück zu seinem Auftrag.

Ulrika ist Mittel zum Zweck, eine Methode, um an Eric Hands heranzukommen.

Sie kommt in BH und Höschen aus dem Bad, zieht sich fertig an und nimmt ihre Handtasche. Elias steht auf. Sie drückt ihm einen hastigen Kuss auf die Wange, fragt aber nicht, ob er mit zum Brunchen kommen möchte.

»Wie lange bleibst du?«

»Bis Dienstag oder Mittwoch.«

»Mittwoch kommt mein Vater.«

Es durchfährt ihn wie ein Stromstoß. Er ringt um Worte, Mimik, Gesten, hat einen Moment lang das Gefühl, vollkommen durchsichtig zu sein.

»Davon hast du gar nichts gesagt.«

»Er hat gestern erst Bescheid gesagt. Es war nicht geplant. Mein Vater macht selten Pläne. Jedenfalls nicht lange im Voraus.«

»Verstehe.«

Sie hängt sich die Tasche über die Schulter, scheint sich über irgendetwas den Kopf zu zerbrechen.

»Wir werden in seinem Club zusammen Mittag essen. Vielleicht sollte ich dich mitnehmen.«

Elias zwingt sich, die Mundwinkel hochzuziehen.

»Klingt nicht wirklich nach einer Einladung.«

Sie wirft lachend den Kopf in den Nacken. »Mal sehen«, sagt sie. »Ich melde mich.«

Ohne ihm noch einmal zuzuwinken, verschwindet sie aus dem Zimmer. Elias setzt sich wieder aufs Bett.

Mittagessen mit Eric Hands am Mittwoch. Vielleicht.

Er ist am ganzen Körper nassgeschwitzt.

Elias wartet vor der Vanderbuilt Avenue Nr. 50. Er ist früh dran. Das hat er sich angewöhnt: Immer zu früh kommen, nie zu spät. Manchmal lohnt es sich sogar, mehrere Stunden zu früh zu kommen. Zu spät zu kommen kann einen hingegen das Leben kosten.

Der New York Yale Club liegt mitten in einem Cluster von Ivy-League-Clubs: Princeton, Cornell, Harvard. Eine zerknitterte blaue, an einer Ecke ausgefranste Synthetikfahne mit weißem Y drauf hängt reglos und nur bedingt standesgemäß in der drückenden Hitze.

Eric Hands ist schon drinnen, er hat einen Termin. Elias hat sich die wenigen im Netz verfügbaren Fotos von Hands angesehen. Passfotos aus verschiedenen Jahrzehnten, die offiziellen Bilder auf der Homepage des Atlas-Konzerns, ein paar Schnappschüsse von Beerdigungen und Hochzeiten so prominenter oder wichtiger Personen, dass Pressefotografen anwesend waren, und einige Bilder von Jahreshauptversammlungen.

Er ist blond, aber nicht so hell wie Ulrika, seine entschlossenen Züge verströmen Zufriedenheit, haben aber auch etwas Verlebtes an sich. Er lächelt, als wäre er gerade eben mit dem Leben davongekommen. Elias hat nur eine leise Ahnung davon, sein Eindruck ist widersprüchlich. Hands ist groß, der eher schlanke Typ.

Es ist eine Feuerprobe. Wenn Elias es schafft, Eric Hands' Hand zu schütteln und anschließend während des gesamten Mittagessens so nett und sympathisch wie möglich rüberzukommen, dann kann er fast alles schaffen. Ihm ist zu heiß, aber irgendetwas sagt ihm, dass er bei dreißig Grad minus genauso geschwitzt hätte wie bei dreißig Plusgraden.

Er weiß nicht viel über Eric Hands als Privatperson. Auf der Shoppingtour am Dienstag hat er versucht, Wille verwertbare Informationen zu entlocken, aber obwohl Wille Rickys Vater schon öfter begegnet ist, konnte er nur sehr allgemeine Dinge über ihn sagen. Routiniert freundlich, ein wenig zerstreut, immer auf dem Sprung. Freundlichkeit kann Elias sich nur schwer vorstellen, das andere könnte erklären, warum Willes Beschreibung so oberflächlich ist.

Ein Taxi hält vor dem Eingang, Ulrika steigt aus. Sie strahlt übers ganze Gesicht, aber er hat nicht das Gefühl, dass sie es seinetwegen tut.

»Hallo.«

Sie wirft einen Blick auf ihr Handy, umarmt ihn kurz und drückt ihm einen Kuss auf die Wange. Sie scheint es eilig zu haben. Möglicherweise, weil sie zehn Minuten zu spät gekommen ist.

Sie gehen unter der blauen Markise hindurch und gelangen durch die Schwingtür zu der cremefarbenen Rezeption, wo hinter drei großen Computerbildschirmen eine junge Frau postiert ist. Elias hat das Büro gebeten, den Dresscode zu ermitteln. Dass er Jeans, Turnschuhe und Basecap besser zu Hause lässt, hat er sich selbst denken oder der Website entnehmen können, die Frage war nur, was stattdessen erwartet wurde. Die Hitze erlaubt natürlich Zugeständnisse. Es ist Hochsommer, und sie sind in New York, nicht in London. Er hat sich für einen blauen Sommeranzug mit offenem Hemd darunter entschieden.

»Die Frage kommt ein bisschen spät, aber… hast du einen bestimmten Grund, mich zu diesem Mittagessen mitzunehmen?«, fragt er, nachdem Ulrika sie bei der Frau an der Rezeption angemeldet hat.

»Ja. Ich möchte Papa von unserer Verlobung erzählen.«

Als sie sein Gesicht sieht, bricht sie in schallendes Gelächter aus. Er hat wirklich geglaubt, sie würde es ernst meinen. Nicht dass sie sich mit ihm verloben will, sondern ihn für ein Spielchen braucht, um ihrem Vater einen Schreck einzujagen.

»Prima.« Er lacht erleichtert.

»Es war eine spontane Idee, dich mitzunehmen.«

Er weiß nicht, ob er ihr glauben soll.

»Bei Treffen mit Papa sind Ablenkungsmanöver manchmal ganz angenehm.«

Es gibt also doch einen Grund.

»Wieso?«

»Du weißt doch, wie Eltern sind. Mach dir keinen Kopf.«

Die Frau an der Rezeption teilt ihnen mit, dass in Kürze jemand kommt, der sie zu Mr Hands bringt.

»Nichtmitglieder dürfen hier nicht allein herumlaufen«, flüstert Ulrika, obwohl sie Schwedisch spricht.

Nach einer guten Minute erscheint ein Mann in weißem Hemd und Weste, der ihnen den Weg zeigt. Sie durchqueren eine dunkle Lounge, die genauso aussieht, wie man sich einen Club dieser Art vorstellt: schwere Chesterfield-Sessel aus braunem Leder, in denen vereinzelt Männer sitzen, die aussehen, als gehöre ihnen die Welt. Durchaus möglich, dass es tatsächlich so ist.

»Dein Vater hat also in Yale studiert?«, fragt Elias, während sie eine Treppe hinaufgehen.

»Nein, aber er sitzt im Leitungsgremium.«

Was Elias bereits bekannt war.

Das helle Restaurant mit den großen Fenstern wirkt eleganter als der maskuline Clubraum eine Etage tiefer. Ihr Guide steuert einen Fenstertisch an. In wenigen Augenblicken wird Elias Eric Hands gegenüberstehen. Er atmet tief ein und aus, versucht, alle Gefühle auszublenden, nur seine Umgebung wahrzunehmen und Eric Hands als einen Fremden zu betrachten, mit dem ihn nichts verbindet.

Der Mann in der blauen Weste biegt leicht links ab.

Jetzt.

Er sieht ihn, bevor Hands ihn und Ulrika bemerkt, er studiert gerade die Speisekarte. Als er Ulrika erblickt, breitet sich ein warmherziges Lächeln auf seinem Gesicht aus. Er steht auf. Er ist kräftiger, als Elias ihn sich vorgestellt hat, seine Größe täuscht über eine gewisse Körperfülle hinweg. Er nimmt Ulrika in den Arm und küsst sie auf die Wange, dann gibt er Elias lächelnd die Hand.

»Sie müssen …«

Ein kurzes Zögern, aber nur eine winzige Pause, Blick und Körpersprache bleiben unverändert. Was hat Ulrika gesagt? Ist Hands besser informiert, als er sich anmerken lässt? Um einen harmloseren und menschlicheren Eindruck zu machen?

»… Tom sein.«

»Ja. Freut mich, Sie kennenzulernen.«

Elias' Hand in der von Hands. Ein kräftiger Händedruck.

»Ganz meinerseits. Eric.«

Die Intimität ist schwer zu ertragen, sie kommt ihm wie Verrat vor. Eine Eisfaust in der Brust, sein Mund ist trocken. Sind seine Hände feucht? Nein, aber kalt und steif. Er hat das Gefühl, Schüttelfrost zu haben.

Es wäre so einfach. Eine Gabel in die Halsschlagader stoßen und einmal umdrehen. Niemand könnte ihn mehr retten. In einem kurzen Moment wäre das Werk vollbracht. Und Elias säße auf Rikers Island, bevor er bis zehn zählen kann. Selbst das Büro könnte ihn da nicht rausholen.

Er ist kein Gabelmörder. Aber die Vorstellung ist tröstlich.

Eric Hands lässt Elias' Hand los und rückt Ulrika den

Stuhl zurecht. Elias nimmt neben Ulrika und direkt gegenüber von Hands Platz.

»Ich habe uns schon mal drei ordentliche T-Bone-Steaks bestellt.« Hands spreizt die Finger über der Speisekarte.

»Papa! Ich werde nicht drei Kilo Fleisch essen!«

Eine Weile streiten sich Ulrika und Hands gut gelaunt über das Fleisch. Elias kann nicht ganz folgen, vermutet aber einen Insiderwitz und dass auch die angebliche Bestellung ein Scherz war.

»Leider«, sagt Hands, als die vermeintliche Kabbelei verebbt ist, »hat sich bei mir eine Terminänderung ergeben, ich kann nicht lange bleiben.«

»Ach, Papa! Das ist echt typisch.«

Ulrika wirft Elias einen resignierten Blick zu.

»So ist es nun mal, ich habe eine halbe Stunde Zeit. Das reicht, um zu essen und sich zu unterhalten.«

Eine halbe Stunde, das ist nicht viel. Wenn er in der kurzen Zeit etwas erreichen will, muss er sich wirklich am Riemen reißen. Andererseits ist er erleichtert. Dreißig Minuten an einem Tisch mit jemandem, dem er am liebsten die Halsschlagader aufschneiden würde, sind genug.

Hands macht den Kellner auf sich aufmerksam. Sie bestellen keine kiloschweren Steaks, die im Übrigen gar nicht auf der Karte stehen, und Hands mustert Elias mit freundlichem Interesse.

Seinem Blick standzuhalten ist einfach und schwierig zugleich. Einfach, weil es keine Alternative gibt. Schwierig, weil er das Gefühl hat, Hands könne in ihm lesen wie in einem offenen Buch, dass er statt Tom Elias mit all seinen unterdrückten Gefühlen sieht, seiner Trauer und Wut, seiner Verzweiflung und dem Ekel, den es in ihm auslöst, hier mit ihm sitzen und Small Talk halten zu müssen. Gleichzeitig ist der Gedanke befriedigend, dass er dank der Bekanntschaft mit seiner Tochter so weit gekommen ist.

»Ulrika hat mir erzählt, dass Sie an der Verteidigungshochschule promovieren. Was ist das Thema Ihrer Dissertation?«

Elias trägt die Kurzfassung über offensive Strategien militärischer Kriegsführung im Hinblick auf qualitative und quantitative Rüstung vor, weil er ihn nicht mit einer langen Antwort auf eine Frage langweilen will, die vermutlich nur höflich gemeint war. Er betont, dass er ganz am Anfang einer vierjährigen Forschungsarbeit steht und die Fragestellung daher möglicherweise noch einmal umformuliert werden muss.

»Die Frage könnte ich sofort beantworten«, sagt Hands.

Elias muss grinsen, wie Wissenschaftler eben grinsen, wenn normale Menschen ihnen etwas von gesundem Menschenverstand erzählen oder meinen, sich in jedem Bereich auszukennen. Er hat das Grinsen nicht bewusst eingesetzt, es war purer Instinkt.

»Natürlich weiß ich, dass es in der Wissenschaft anders läuft, ich bin ja kein Idiot«, sagt Hands schnell.

Elias wird schwindlig. Hands hat einen scharfen Verstand. Hat er ihn versehentlich beleidigt?

»Könnten Sie sich vielleicht vorstellen, sich für ein

Interview für meine Doktorarbeit zur Verfügung zu stellen? Ihr Blickwinkel wäre eine große Bereicherung.«

»Wie gesagt, ich könnte Ihnen die Frage sofort beantworten.« Er wirkt ein wenig besänftigt, hat aber immer noch etwas Kantiges in der Stimme.

»Um Ihre Antwort in meiner Arbeit zu verwenden, müsste ich mich allerdings ein wenig vorbereiten.«

Hands bricht sich ein Stück von der Brotscheibe ab, die auf dem kleinen Teller neben ihm liegt.

»Darüber muss ich nachdenken.« Es klingt nicht nur diplomatisch.

»Ich meine es ernst«, sagt Elias. »Ich könnte tatsächlich etwas damit anfangen.«

Hands nickt und fegt ein paar Krümel vom Tisch.

Das Essen wird gebracht. Gegrillter Thunfisch für Ulrika und Elias, Meerforelle auf frittiertem Schwarzkohl mit Pommes frites für Ulrikas Vater.

»Was machen Sie in New York?«, fragt Hands, während er den ersten Bissen von seinem Fisch abschneidet.

»Ihre Tochter hat mich hergelockt.«

»Das kann ich mir vorstellen.« Er zwinkert Ulrika zu.

Ulrika verzieht das Gesicht zu einem Grinsen.

»Falls meine Tochter Ihnen mal frei gibt, solange Sie hier sind, sollten Sie mit Reuben Brigety von der George Washington University sprechen. Grüßen Sie ihn von mir.«

Eric Hands legt eine Pause ein, um zu essen, kündigt aber mit leicht nach oben gerichteten Gabelzinken eine Fortsetzung an.

»Dort sollten Sie promovieren, wenn Sie mich fragen. Auf dem Gebiet der Security Studies sind das die Besten.«

Er hat das Gefühl, ein Eigentor geschossen zu haben. Wenn es irgendeinen Ort gibt, um den er unter allen Umständen einen Bogen machen will, dann die Universität in Washington. Ahnt Hands irgendetwas? Will er ihn provozieren?

»Der Gedanke ist mir auch schon gekommen. Ich habe Brigetys Artikel über Marschflugkörper und den Einfluss der technischen Möglichkeiten auf die Tendenz zum Einsatz militärischer Gewalt gelesen. Aber die Verteidigungshochschule ist für meine Ausrichtung auch gut geeignet.«

»Sie könnten ein Auslandsjahr machen.«

»Das wäre eine Möglichkeit.«

Sie wechseln das Thema. Hands erkundigt sich nach Toms Jugend in Frankreich. Tom erzählt vom Nomadenleben seiner Familie und lenkt das Gespräch rasch auf Hands' Spezialgebiet, militärische und zivile Überwachungssysteme.

Ulrika entschuldigt sich und lässt die beiden allein. Eine Chance, die aber leichte Panik in ihm auslöst.

Als Ulrika sie nicht mehr hören kann, beugt sich Eric Hands vertraulich in Elias' Richtung.

»Lassen Sie mich Ihnen eins sagen ...«

Elias kommt ihm ein Stück entgegen und beendet den Satz: »Wenn Sie meiner Tochter auch nur ein Haar krümmen, werden Sie sich wünschen, Sie wären nie geboren.«

Hands starrt ihn stumm und mit geweiteten Augen an.

Die Zeit steht still, Elias ist in einem Vakuum gefangen, er hört nichts, fühlt nichts, und sein Kopf ist leer.

Dann fängt Hands an zu lachen. Nicht so laut und anerkennend, wie Elias gehofft hat, aber amüsiert und aufrichtig.

»Das ist zwar nicht ganz das, worauf ich hinauswollte, aber wer weiß … unterbewusst vielleicht schon.«

»Ulrika ist ein großartiger Mensch, eine großartige Freundin«, sagt Elias und schiebt die Erinnerung an ihre gemeinsame Nacht beiseite.

»Freundin …«, sagt Hands nachdenklich. »Interessante Neuigkeit.«

»Möglicherweise greife ich den Ereignissen ein wenig vor«, gibt Elias ehrlich zu.

»Ich weiß nicht, ob ich wissen will, was das zu bedeuten hat.«

»Ich hoffe, dass sie mich als ihren Freund betrachtet, aber ganz sicher bin ich mir nicht.«

Ulrika kommt von der Toilette zurück und beendet somit eine Situation, die kompliziert werden könnte. Hands sieht auf seine Armbanduhr, er muss gehen.

»Bleibt bitte noch sitzen und trinkt einen Kaffee. Es wird dem Management zwar nicht gefallen, wenn ihr hier ohne Legitimation sitzt, aber rausschmeißen wird man euch nicht.« Er umarmt Ulrika und gibt Elias die Hand. »Was das Interview betrifft … Tja, warum eigentlich nicht? Wenn mir die Fragen gefallen, beantworte ich sie. Ulrika weiß, wie Sie mich erreichen.«

»Danke, ich freue mich darauf. Ich melde mich.«

Hands wendet sich wieder an Ulrika.

»Wenn du bis dahin nicht die Nase voll von ihm hast, kannst du ihn ja mit nach Gotland bringen.« Mit einem letzten Blick in Elias' Richtung sagt er: »Dann machen wir das Interview dort.«

Es ist eine Befreiung und eine Enttäuschung zugleich, ihn den Raum verlassen zu sehen.

Kurz vor sieben Uhr morgens beginnt das Boarding des Air-France-Flugs AF1562 vom Pariser Flughafen Charles de Gaulle nach Arlanda, Stockholm. Vor dem Gate 46 im Terminal 2F wartet ein Airbus A320 mit den typischen blau-weiß-roten Streifen an der Heckflosse. Die Morgensonne verleiht den vor der Glaswand aufgereihten Flugzeugen goldene Aureolen. Die Abflughalle F ist ein düsterer Kasten, der sich bei Weitem nicht mit den organischen Formen von Terminal 1 oder der Leichtigkeit von Terminal 2 messen kann.

Die Passagiere halten ihre Smartphones mit den elektronischen Bordkarten ans Lesegerät. So früh sind vor allem Geschäftsreisende unterwegs, Franzosen, die zu Verhandlungen nach Schweden fliegen, Schweden mit Rotweinschädel auf dem Heimweg und einige ältere Touristen, die ihr Ticket noch ausgedruckt haben.

Um 07:02 Uhr, dreizehn Minuten vor Abflugzeit, zeigen die letzten Reisenden ihre Bordkarten vor. Der Flug ist ausgebucht, aber als das Flughafenpersonal das Gate schließt und der Besatzung mitteilt, dass das Boarding abgeschlossen ist, sind drei Passagiere mit demselben Nachnamen aus der Businessclass nicht erschienen.

Mit zehn Minuten Verspätung verlässt das Flugzeug seine Parkposition. Vor der Startbahn hat sich eine Schlange gebildet, aber der Flieger hat seinen Slot nicht verpasst und hebt wie geplant ab. Kaum sind die Anschnallzeichen erloschen, werden die Rollwagen durch den Mittelgang geschoben, und die Passagiere bekommen das Frühstück serviert.

Der Flug dauert zweieinhalb Stunden. Als der Pilot zum Anflug auf Stockholm ansetzt, sind alle Pappbecher und Baguetteverpackungen eingesammelt und die von den Flugbegleiterinnen über Lautsprecher verkündeten Tax-free-Angebote wie immer auf taube Ohren gestoßen. Das Flugzeug befindet sich direkt über den uppländischen Dörfern Sälna und Kimsta. Wer aus dem Fenster schaut, sieht Äcker, Wälder und glitzernde Seen. Vom Cockpit aus kann man den Flughafen und die Anfluglichter mit bloßem Auge erkennen.

Die Flamme, die hinten aus der soeben abgefeuerten, selbstständig Ziel suchenden Rakete schießt, fällt in der gleißenden Vormittagssonne niemandem auf, allein der Copilot bemerkt das Objekt, einen Augenblick bevor der Kollisionsalarm ausgelöst wird, auf dem Radar. Ungefähr gleichzeitig geht von der Flugverkehrskontrolle in Arlanda die Warnung vor einem nicht identifizierten Gegenstand raus, der direkt auf sie zukommt. Sie werden zu einem sofortigen Ausweichmanöver aufgefordert, gefolgt vom Vorschlag einer alternativen Route. Der Chefpilot lenkt das Flugzeug scharf nach Westen und gibt Gas, um an Höhe zu gewinnen.

Einigen Passagieren fällt das für ein gewöhnliches Verkehrsflugzeug jähe Manöver auf, aber um weitere Dinge wahrzunehmen, fehlt die Zeit, denn im nächsten Augenblick hören sie alle auf zu existieren, und Wrackteile und Leichen stürzen zu Boden.

Elias' Norwegian-Flug vom JFK nach Stockholm ist seit sechs Stunden in der Luft, als es in den Lautsprechern knistert und der Flugkapitän eine außerplanmäßige Zwischenlandung in Oslo ankündigt. Ein Raunen geht durch die Kabine. Kein Grund zur Beunruhigung, fährt der Pilot fort, sie sind von der Flugverkehrskontrolle in Schweden umgeleitet worden, und das hat nicht das Geringste mit diesem Flug zu tun.

Wieder Gemurmel, diesmal entspannter. Elias wendet sich wieder dem Artikel zu, den er sich von der Anna-Lindh-Bibliothek heruntergeladen hat, und markiert Passagen, die er verwenden könnte. Ungefähr zu dem Zeitpunkt, an dem sie in Arlanda hätten landen sollen, kommen sie am Flughafen Gardermoen an. Erst als sie auf das Gate zurollen, erfahren sie, dass das Flugzeug leider nicht nach Stockholm weiterfliegen kann. Aufgrund eines Unglücksfalls ist der gesamte Flugverkehr im schwedischen Luftraum bis auf Weiteres eingestellt.

Lautes Seufzen, Stöhnen und Fluchen. Abgesehen von

den konkreten Konsequenzen, nämlich der Verspätung, von der alle betroffen sind, scheint sich niemand klarzumachen, was das eigentlich bedeutet. Dass etwas nicht stimmt. Wegen eines Flugzeugabsturzes wird vielleicht ein Flughafen gesperrt, aber nicht der gesamte Flugverkehr eines Landes eingestellt. Es muss etwas anderes vorgefallen sein. Etwas akut Bedrohliches. Vielleicht ein Anschlag.

»Informationen über alternative Reisemöglichkeiten nach Stockholm erhalten Sie an den Norwegian-Schaltern in der Transit- und Ankunftshalle.«

Seine Mitreisenden aktivieren die Handys, um Familienmitgliedern oder Kollegen die Verspätung mitzuteilen oder sich schnell noch ein Bahnticket zu sichern, bevor alle Züge ausgebucht sind. Kurz darauf wechselt die Stimmung im Flugzeug erneut. Nachdem genügend Passagiere die Nachrichten gelesen oder von Angehörigen in Schweden erfahren haben, was passiert ist, breitet sich eine gedämpfte Anspannung aus angesichts des Ernstes der Lage.

Elias liest auf seinem Handy, dass kurz vor Arlanda ein aus Paris kommendes Flugzeug mit einhundertsiebenundvierzig Personen an Bord abgestürzt ist. Möglicherweise ist es abgeschossen worden. Ein zu dem Vorfall befragter Militärexperte sagt, dass der Flieger, falls er tatsächlich einem Anschlag zum Opfer gefallen ist, wahrscheinlich von einem MANPADS, einem Man Portable Air Defense System, also einer Ein-Mann-Boden-Luft-Rakete wie zum Beispiel dem schwedischen RBS 70, angegriffen wurde. Ein Angriff aus der Luft ist ausgeschlossen, der wäre längst bekannt.

Abgeschossen. Das war der Grund. Er liest den gesamten Artikel noch einmal. Es klingt vollkommen absurd, und an und für sich ist es bisher nur eine Vermutung. Hundertprozentig sicher ist er sich nicht, aber so etwas ist seines Wissens in einem friedlichen Land des Westens noch nie vorgekommen. Flugzeuge wurden in der Luft und am Boden gesprengt und sind in Gebäude hineingeflogen, aber es ist noch nie eins abgeschossen worden.

Sein erster Impuls ist, in Schweden bei Karolina und seinen Kommilitonen anzurufen, aber vermutlich wird er erst in ein paar Stunden mehr erfahren.

Sie erreichen das Gate und dürfen aussteigen. Er wartet an der Gepäckausgabe auf seinen Koffer, die Idee, sich mit den anderen Passagieren am Transitschalter anzustellen, hat er bereits verworfen. Dort müsste er nur stundenlang warten. Er versucht stattdessen, ein Zugticket zu buchen, aber er kommt zu spät. In den nächsten vierundzwanzig Stunden gibt es keine freien Plätze mehr. Schließlich findet er einen Mietwagen, einen sauteuren Mustang, den er in Stockholm abgeben kann.

Abholen muss er ihn im Stadtzentrum von Oslo. Wundersamerweise muss er nur zwanzig Minuten für ein Taxi anstehen. Er überlegt, ob er Ulrika anrufen und ihr erzählen soll, was passiert ist, aber in New York ist es erst fünf Uhr morgens. Das muss warten.

Auf der Rückbank des Taxis, das ihn nach Oslo bringt, fällt ihm plötzlich ein, dass die elektronische Steuerung des Robotsystems RBS 70 von Atlas Schield stammt. Falls sich Eric Hands noch in den Vereinigten Staaten aufhält, ist er garantiert schon geweckt worden.

Karolina fällt keine bessere Bezeichnung als kollektives Trauma ein, wenn die gesamte Einwohnerschaft eines Landes alles stehen und liegen lässt, um jede Neuigkeit über den Flugzeugabsturz zu verfolgen. War es ein Unfall? Ein Attentat? Oder ist es wirklich abgeschossen worden?

In ständig aktualisierten Newsblogs und Extrasendungen spekulieren und schwadronieren Politiker, Journalisten und Experten über Flugsicherheit und Terrorismus. Abgesehen von den Schwedendemokraten, die angeblich genau wissen, was passiert ist, und das auch ungeniert in ihren Äußerungen über die Regierungsbildung und die Einwanderungspolitik zu nutzen verstehen.

Örjan Mardell hat in der Blekingegata einen eigenen Schreibtisch und einen eigenen Monitor bekommen, damit sie zu dritt dort arbeiten können. Obwohl seit dem Absturz der AF1562 erst drei Stunden vergangen sind, wirkt er hohläugig und ausgelaugt, als ob er die ganze Nacht durchgearbeitet hätte. Streng genommen fällt der

Anschlag nicht in ihren Zuständigkeitsbereich, aber in Wahrheit steht ihnen das Wasser bis zum Hals.

Ein Klicken an der Wohnungstür, Vendela kommt mit drei Kaffeebechern von der kleinen Espressobar am Skanstull herein.

»Gibt's was Neues?«, fragt sie, noch bevor sie im Zimmer ist.

»Ja und nein«, sagt Örjan, ohne den Blick vom Bildschirm zu nehmen. Er verfolgt die Entwicklung sowohl in den Medien als auch auf den internen Kanälen.

»Nichts Neues über den Absturz«, sagt Karolina, »aber was anderes.«

Vendela hängt an ihren Lippen.

»Laut Passagierliste der Fluggesellschaft hatten Eric, Richard und Ulrika Hands diesen Flug gebucht.«

»Wie bitte? Was sagst du da? Waren sie an Bord?«

Örjan zuckt bei Vendelas lautem Ausruf vor Schreck zusammen und wendet sich nun tatsächlich vom Bildschirm ab.

»Nein. Beruhige dich, ich erkläre es dir«, sagt Karolina.

Vendela funkelt sie wütend an, ohne etwas zu sagen. Sie ist vollkommen sprachlos.

»Alle drei waren auf den Flug gebucht, haben aber nicht eingecheckt. Das Flugzeug ist mit einhunderteinundvierzig Passagieren und drei leeren Sitzen gestartet.«

Vendela versucht zu begreifen, was Karolina gesagt hat.

»Ist das wirklich wahr?« ist alles, was sie herausbekommt.

»Die Buchungen gibt es wirklich, es fragt sich nur, ob sie die Tickets selbst gebucht haben.«

Mit den drei Kaffeebechern in den Händen sackt Vendela auf einen Stuhl. Es wird still im Raum. Örjan ist derjenige, der schließlich das Wort ergreift.

»Ein französisches Flugzeug, das nach Stockholm fliegt, angeblich mit Eric Hands und seinen Kindern an Bord.« Er steht auf, entfernt sich ein paar Schritte vom Schreibtisch und dreht sich wieder um. »Schweden, Frankreich, Eric Hands und Flugverkehr. Da fällt mir nur eins ein.«

»Atlas Schield«, sagt Vendela, »und das militärische Flugüberwachungssystem der Türkei.«

Die Assoziation liegt nah.

»Verflucht, was für eine totale …« Karolina stöhnt laut.

»… Katastrophe, ja«, vervollständigt Örjan den Satz.

Örjan atmet hörbar aus, Vendela fährt sich mit den Fingern durchs Haar, und Karolina betrachtet einen stumm geschalteten Ministerpräsidenten, der sich live zu den Ereignissen äußert.

»Was sagt er?«, fragt sie.

»Bisher gar nichts«, sagt Örjan. »Aber ich bin um vierzehn Uhr zu einer Krisensitzung einbestellt worden.«

»Ich als Ministerpräsidentin würde mich unterm Tisch zusammenrollen«, sagt Vendela.

»Er aber nicht.« Karolina deutet auf den Bildschirm. »Er ist gerade live in den Nachrichten.«

»Eric Hands und die Kinder hatten also Tickets für diesen Flug, sind aber nicht am Flughafen erschienen.« Vendela scheint es immer noch nicht glauben zu können.

»Ja«, sagt Örjan, »und das kann meiner Ansicht nur zwei mögliche Gründe haben. Entweder haben diejenigen, die das Flugzeug abgeschossen oder gesprengt haben, die Tickets auf diese Namen gebucht, um deutlich zu machen, worum es bei dem Anschlag geht. Oder die drei wollten wirklich fliegen, sind aber gewarnt worden.«

»Rein logisch betrachtet gibt es noch eine dritte Möglichkeit«, sagt Vendela. »Sie könnten den Flug selbst gebucht, aber aus irgendeinem Grund beschlossen haben, ihn nicht anzutreten, und dann ist zufällig der Anschlag passiert …« Sie breitet die Arme aus. »Aber das ist natürlich extrem unwahrscheinlich.«

»Solange nicht eindeutig das Gegenteil bewiesen ist«, sagt Örjan mit Nachdruck, »müssen wir davon ausgehen, dass es ein Terrorangriff gegen Schweden und Frankreich war, der in direktem Zusammenhang mit den Vereinbarungen zwischen diesen beiden Ländern und Atlas Schield steht. Es würde mich nicht wundern, wenn es derselbe Täter war, der auch den Einbruch und den Anschlag auf Långholm verübt hat.«

Mit anderen Worten: derselbe Täter, der auch versucht hat, mich umzubringen, denkt Karolina.

Örjan legt die linke Hand auf den Tisch und zeigt mit der rechten auf Karolina.

»Du triffst dich mit Emmanuel Lambert und hörst dir an, was die Franzosen zu sagen haben. Und du …« Er sieht Vendela an. »Der Prophet kann uns helfen herauszufinden, wie es sich mit diesen Ticketbuchungen genau verhält. Ich bin mir zwar ziemlich sicher, dass ich mit meiner Vermutung richtigliege, aber das muss natürlich überprüft werden – ohne dass Eric Hands etwas davon bemerkt. Wenn er erfährt, dass für ihn und seine Kinder Tickets für diesen Flug gebucht waren, wird er die Schotten dichtmachen, und dann kann der Prophet seine erfolgreich angelaufene Mission nicht mehr ausführen.«

Örjan geht ins Büro hinüber, um sich auf die Krisensitzung in der Regierungskanzlei vorzubereiten. Karolina klickt Lamberts E-Mail-Adresse an, beschließt dann aber, ihm lieber eine SMS zu schicken.

Einhunderteinundvierzig Passagiere und die sechsköpfige Besatzung sind ums Leben gekommen. Ist ihr Tod eine Folge der dunklen Machenschaften, mit denen Henning Eriksson seine eigene Haut und angeblich auch die seiner Partei und seines Landes retten wollte?

Tom Whites Wohnung in der Sibyllegata ist kein echtes Zuhause. Elias liegt wie erschlagen zwischen den Sofakissen und starrt durchs Zimmer. Er hat seine Persona seit Monaten gepaukt und sogar versucht, sie mit Leben zu füllen, muss sich aber eingestehen, dass Tom White nur in der Fiktion existiert. Wie eine Romanfigur endet er mit dem Text. Er hat keine Zukunft, keine Gedanken außer den gedruckten, keine Freunde, keine Vorlieben, keine Beweggründe außer denen, die ihm der Autor zuschreibt. Der Rest ist Interpretation und Fantasie.

Es wurde alles minutiös vorbereitet. Er kann erzählen, wie er am Strand von Camaret-sur-Mer in Tränen aufgelöst war, weil er auf ein Petermännchen getreten war und sein Vater ihn zwang, sich auf den Fuß zu pinkeln, um den Schmerz zu lindern. Zum ersten Mal ein Mädchen geküsst hat er mit dreizehn nachts auf einer Dachterrasse in Madrid und wäre um ein Haar vom Dach gefallen. Nicht wegen des Kusses, sondern weil er beinahe die schachtartige Vertiefung übersehen hätte, die zum winzigen Innenhof hinunterführte.

Er kann den Geruch in dem Pariser Klassenraum beschreiben, in dem er von der siebten bis zur neunten Klasse gesessen hat: eine Mischung aus staubigen Büchern, chlorhaltigem Putzmittel und *Heliotrope*, dem Parfüm der Lehrerin. Falls es jemanden interessiert, kann er auch von seinem ersten selbst ausgelösten Samenerguss berichten (von einer Strandkabine aus hatte er dabei eine barbusige Freundin seiner Mutter beobachtet), dem ersten Beischlaf, seinem Freundeskreis an der Uni, der Beerdigung seines Vaters, dem Autounfall, der ihm seine Mutter entrissen und die mittlerweile verblasste Narbe auf seiner Wange hinterlassen hat, von Gutenachtgeschichten, Kindermädchen und dem Geschmack der Zahnpasta in Beirut.

Was Tom White aktuell auf Netflix gucken würde, weiß er allerdings nicht. Er kann von den Serien erzählen, die er sich angesehen *hat*, aber er wusste nicht, welche ihn jetzt interessierte. Er ist eine Geschichte und zugleich ein unbeschriebenes Blatt. Er erfindet sich selbst, und während er das tut, wird ihm klar, dass ein echter Mensch eine ganze Bibliothek ist und Tom White nur ein Roman.

Eingesperrt in Tom Whites dürftiges Dasein geht er hinunter ins Sture, wo er draußen mit Wille verabredet ist. Warme Septembersonne ergießt sich auf den Fassaden, als wollte der Sommer niemals enden, und die Flüssigkeit in den Gläsern auf den Tischen schimmert rosa. Obwohl alle über die Flugzeugkatastrophe reden, den mutmaßlichen Abschuss der AF1562, geht das Leben weiter wie immer.

»Richard kommt nicht«, sagt Wille, nachdem er sich gesetzt und etwas zu trinken bestellt hat. »Es geht ihm beschissen.«

Elias will gerade Bedauern ausdrücken, als sich zwei junge Frauen an den Nachbartisch setzen. Dem Sprachzentrum in seinem Gehirn entfährt ein unaufhaltbares »Hallo!«, das er gerade noch von einem erfreut wiedererkennenden in ein allgemeineres Hallo umbiegen kann. Die restliche Begeisterung in seiner Stimme wird hoffentlich als Flirt aufgefasst.

Amanda grüßt zurück und wirft ihm ein herzliches Lächeln zu. Er kann sich nicht einfach wegdrehen, muss irgendetwas sagen.

»Schicke Sonnenbrille«, sagt er, um von sich selbst abzulenken. Zum Glück ist die Brille tatsächlich schick.

»Danke, hab ich secondhand gekauft.« Sie nimmt sie kurz ab, sodass er ihre Augen sieht. Dann setzt sie die Brille wieder auf, behält aber den einen Bügel in der Hand und mustert ihn durch die dunklen Gläser. »Kennen wir uns nicht?«, fragt sie ernst. Dann lacht sie verlegen und beugt sich über den Tisch. Ihre Freundin verfolgt das Geschehen amüsiert. »Entschuldige«, fährt Amanda fort, »das klang jetzt wie die banalste Anmache der Welt, aber du erinnerst mich wirklich an jemanden.«

Elias bemüht sich, charmant zu lächeln, während in seinem Innern alles zum Stillstand kommt. Die Sache läuft direkt auf den Abgrund zu.

»Bist du nicht…« Amanda beäugt ihn kritisch.

Wenigstens ist Richard nicht dabei, sagt er sich im Versuch, sich selbst zu beruhigen.

»Oh, Mann, es liegt mir auf der Zunge«, sagt sie.

»Kein Problem«, sagt er, »ich werde ständig von Frauen angesprochen…« Mit lässiger Geste deutet er in Richtung Kungsgata. »Du kommst mir so bekannt vor«, sagt er mit verstellter Stimme, »dein Name liegt mir auf der Zunge«, sagt er heiser und gedehnt. Das bringt alle zum Lachen. Hauptsache, er hält sie davon ab, die richtigen Schlüsse zu ziehen, Hauptsache, sie behält für sich, dass er sie an einen Freund namens Elias erinnert. Sollen sie ihn ruhig peinlich oder eingebildet finden, das nimmt er gerne in Kauf.

Jetzt mischt sich Wille ein.

»Er fantasiert. Das passiert, wenn er sich nicht an die Dosierung hält. Ich habe ihn gewarnt, nicht mehr als zwanzig Milligramm zu nehmen.«

Wieder Gelächter, und dann gibt Wille ihr die Hand. Das war ja klar. Immer so verdammt höflich und gewandt.

»Amanda.«

»Tom.«

Amandas Hand in seiner. Eine Hand, die fast jeden Winkel seines Körpers kennt. Ihre Beziehung hat zwar nur ein paar Monate gehalten, aber sie sind Freunde geblieben. Wille dreht jetzt richtig auf und erntet gut gelaunten Beifall. Bald werden sie an einem Tisch sitzen. Er muss unter irgendeinem Vorwand verschwinden. Egal ob mit oder ohne Wille, Hauptsache, ohne Amanda und ihre Freundin.

Dabei würde er nichts lieber tun, als hier mit ihr zu sitzen und zu reden. Wirklich zu reden. Als Elias Krantz. Er vermisst sie, er vermisst Uppsala, er vermisst sein Leben.

Nach fünf bis zehn Minuten erlahmt das Gespräch, und Elias nutzt die Gelegenheit, um sich auf die Toilette zu verziehen. Er braucht Zeit, um sich einen Vorwand auszudenken. Tom hat nur wenige Freunde in Schweden. Soll er eine SMS von einem Kommilitonen vorschieben, der in der Klemme steckt? Eigentlich braucht er sich ja nicht zu rechtfertigen, sondern könnte einfach private Gründe anführen. Klingt nicht besonders überzeugend, aber etwas Besseres fällt ihm auf die Schnelle nicht ein.

Das Risiko, zufällig auf Bekannte von Elias zu stoßen, hat er einkalkuliert, aber Amanda ist von allen möglichen Kandidaten die schlechteste Option. Sie ist diejenige, mit der er als Letztes Kontakt hatte, ihre Erinnerungen an ihn sind am frischesten, sie kennt Elias seit Jahren.

Sie wird schon nicht merken, dass er Elias ist, das ist eigentlich ausgeschlossen, aber wenn ihr in Willes Anwesenheit sein Name einfällt und dieser auf irgendeine Weise Eric Hands zugetragen wird, sähe es übel aus. Der Gedanke ist weit hergeholt, aber … Er bereut, die anderen allein gelassen zu haben. Jetzt weiß er nicht, worüber sie reden. Er eilt zurück, um ihnen eine Lüge aufzutischen, die im Grunde keine größere Lüge ist als alles andere in Tom Whites fiktivem Leben. Warum nicht in die Vollen gehen und Sympathie statt Misstrauen wecken? Die Freundin eines Freundes von ihm ist angefahren worden, und er hat angeboten, auf das gemeinsame Kleinkind aufzupassen, während er sie ins Krankenhaus bringt. Zweifel wären unpassend, Nachfragen verbieten sich von selbst. Nur die Fortsetzung der Geschichte könnte knifflig werden.

Die Rettung kommt jedoch von ganz anderer Seite. Richard hat sich umentschieden und will sich im Riche mit ihnen treffen, und da Richard nun einmal Richard ist, wird es so gemacht. Zu Elias' Verzweiflung versucht Wille, Amanda und Emma zum Mitkommen zu überreden, muss sich aber wohl oder übel damit begnügen, dass die beiden eventuell später vorbeischauen.

Als sie im Riche ankommen, steht Richard bereits mit einem Bier an der Bar. Drinnen ist noch nicht viel los, der Abend ist jung. Die Leute sitzen so lange wie möglich draußen und genießen den außergewöhnlich warmen Herbst.

»Aha!« Richard blinzelt Tom an. »Du hast also was mit meiner Schwester?«

Ihm wird heiß. Fällt die Tür, in die er einen Fuß geschoben hat, jetzt doch zu?

»Sagt sie das?«, fragt er.

»Hast du ein Problem damit?«, gibt Richard zurück.

Elias antwortet ausweichend. »Das müsste ich eigentlich dich fragen.«

»Wieso das?«

Das Gespräch entwickelt sich nicht in seinem Sinne.

»Na ja, es muss nicht so sein, aber du bist schließlich ihr Bruder. Man weiß ja nie.«

Richard dreht sein Bierglas. »Ich habe wirklich überhaupt kein Problem damit. Ich bin ja kein Taliban.«

Tom lächelt zaghaft, und Richard grinst zurück.

»Aber eines solltest du wissen …« Er macht eine kurze Pause, sieht ihn von der Seite an und reibt demonstrativ seine Hände, als wollte er sie in Unschuld waschen. »Ich will mich nicht einmischen, aber meistens halten diese Geschichten nicht lange.«

Wenn du bis dahin nicht die Nase voll von ihm hast, kannst du ihn ja mit nach Gotland bringen. Er nimmt sich vor, so lange durchzuhalten. Wenn sie ihn dort hingebracht hat, ist er drin.

Erst um kurz vor drei Uhr morgens ist er wieder zu Hause in der Sibyllegata. Er klappt das Notebook auf und loggt sich in Elias Krantz' studentischen E-Mail-Account an der Uni in Washington ein. Er gibt Amandas Adresse ein und schreibt ihr, auf der Bettkante sitzend, eine lange Mail. Es ist dunkel in der Wohnung, nur im Flur brennt das Licht, das er beim Hereinkommen eingeschaltet hat.

In seinem angetrunkenen Zustand schildert er ausführlich, was alles seit ihrer letzten Begegnung passiert ist. Eine Umarmung und ein viel zu kurzes Gespräch auf der Beerdigung. Er starrt die Zeilen vor dem hellen Hintergrund an. Abschicken kann er die Mail nicht. Zu gefährlich. Schlechtes Timing. Was, wenn bei ihr aufgrund der Mail von Elias der Groschen fällt und ihr klar wird, wem Tom ähnlich sieht? Ausgeschlossen. Elias muss warten.

Er löscht die Mail, stellt das Notebook zur Seite, legt sich hin und schläft in seinen Sachen ein.

Dem heißen Sommer in Europa folgt ein warmer Herbst. Wo die Welt nicht aufgrund von Kriegen in Flammen steht, brennt sie wegen der von Menschen verursachten Erderwärmung. Der Mensch ist ein Sieger, aber vielleicht kein Survivor. Mit jedem Sieg treibt die Menschheit ihren eigenen Untergang voran. Eine klassische Tragödie, wenn man so will.

Karolina schiebt die negativen Gedanken beiseite, als sie mit Emmanuel Lambert über das Champ de Mars spaziert. Das Champ de Mars, das Marsfeld, ist nach dem römischen Kriegsgott benannt. Die gesamte Stadt scheint entlang der Koordinaten des Krieges aufgebaut zu sein. Knotenpunkte, Alleen und Plätze sind nach Generälen, siegreichen Schlachten und berühmt-berüchtigten Kriegsschauplätzen benannt. Der Krieg ist überall präsent.

Der sonst so gefasste Lambert sieht nervös, blass und getrieben aus. Er zeigt auf den Eiffelturm, der vor ihnen aufragt.

»Mein schlimmster Albtraum wäre, dass sie hier zuschlagen.«

Eins der bekanntesten Bauwerke der Welt und das französische Wahrzeichen schlechthin stürzt wie einhundertdreißig Jahre alter Eisenschrott zu Boden.

»9/11 in Paris«, sagt Karolina.

»Ja.«

»Keine Sorge, das wird nicht passieren. Viel zu zeitaufwendig und kostspielig. Und was die Zahl der Todesopfer angeht, Verzeihung, auch ineffektiv.«

»Sie meinen, da ist es einfacher, in Schweden eine Air-France-Maschine abzuschießen?«, fragt Lambert.

»Diese Frage muss ich wohl mit Ja beantworten.«

Sie bewegen sich auf den Eiffelturm zu, der mit Sicherheit von einem halben Dutzend von Lamberts Kollegen überwacht wird. Karolina ist überrascht, dass sie nicht irgendwo in einem gepanzerten Raum eingeschlossen sind. Vielleicht soll der symbolische Ort ihrem Treffen besonderes Gewicht verleihen. Sie erzählt Lambert, was sie über die Ticketbuchungen für Eric Hands und seine Kinder weiß.

»Eine eindeutige Botschaft«, sagt Lambert.

»Ja, so sehen wir es auch.«

Lambert sieht hinauf zum Himmel. »Das könnte unüberschaubare Konsequenzen nach sich ziehen, Regierungen zu Fall bringen und Rechtsextremisten Triumphe bescheren, unsere Gesellschaft völlig verändern. Verfluchte Scheiße, es ist eine Katastrophe.«

Das letzte Wort kommt ihm mit einem Zischen über

die Lippen. Noch eine selbst verursachte Katastrophe. Noch eine Tragödie. Zum ersten Mal hat sich ein Schimpfwort in sein geschliffenes École-normale-supérieure-Vokabular eingeschlichen.

»Ja, die Botschaft ist für denjenigen, der eins und eins zusammenzählen kann, ziemlich eindeutig«, sagt sie. »Schweden, Atlas Schield, die Zugeständnisse an Frankreich, damit es schweigt, und der Preis, den eine andere Nation unwissentlich dafür bezahlen muss. Die Frage ist nur, wer die Botschaft gesendet hat und wie derjenige und diejenigen überhaupt von den Zusammenhängen erfahren haben. Können Sie mir das sagen?«

Es widerstrebt ihr, es unter freiem Himmel laut auszusprechen. Sie gehen weiter, Lambert ist wortkarg geworden.

»Ich denke an den vierzehnten April«, fährt Karolina fort. »Vier russische Kampfflugzeuge samt Eskorte passieren auf dem Weg nach Syrien türkischen Luftraum. Die Türkei schickt Jagdflieger, um sie zu vertreiben, eins der türkischen Flugzeuge wird abgeschossen, bevor es Kontakt aufgenommen hat, das andere zieht sich zurück.«

Sie verstummt und wartet auf irgendeine Reaktion. Nach langem Schweigen bleibt Lambert stehen und dreht sich mit fragender Miene zu ihr um.

»Was soll ich denn Ihrer Ansicht nach dazu sagen? Ich bin kein Experte für türkische Kampfjets, aber es hört sich an, als wären sie mit mangelhafter Ausrüstung auf einen übermächtigen Feind gestoßen.«

»Oder die Russen wussten, was sie taten.«

»Es war ein Scharmützel, das eine unglückliche Wendung genommen hat. Keine der beiden Seiten wird gewollt haben, dass es so endet.«

»Darauf wollte ich nicht hinaus.«

Sie gehen weiter, suchen Schutz im Schatten der Bäume.

»Atlas hat Ihnen eine Hintertür zur türkischen Flugüberwachung geöffnet, um Sie dafür zu entschädigen, dass …«

»Ich weiß, wofür«, fällt er ihr mürrisch ins Wort.

»Ich glaube, der Schlüssel zu dieser Hintertür ist in die falschen Hände geraten«, sagt Karolina.

Schweigend geht er neun Schritte. Sie zählt mit.

»Sie wissen, wie solche Dinge laufen. Leute wie Sie und ich führen nur die Verhandlungen. Wir fällen keine Entscheidungen. Für das, was mit den Informationen passiert, die ich weitergebe, bin ich nicht verantwortlich.«

»Das verstehe ich«, sagt sie. »Aber ich muss wissen, was passiert ist. Und deswegen frage ich Sie ganz direkt: Haben Sie die Hintertür als Verhandlungsmasse genutzt?«

Touristen, die sich den Eiffelturm aus größerer Entfernung anschauen wollen, kommen ihnen entgegen.

»Was hätten wir denn sonst für einen Nutzen davon gehabt? Ihnen muss doch bewusst gewesen sein, dass wir mit dem Zugang zur militärischen Flugüberwachung der Türkei operativ wenig anfangen können. Als Tauschware hingegen …«

»Es stimmt also?«

»Es könnte sein, und Sie haben es uns ermöglicht. Ich finde nicht, dass Sie uns das zum Vorwurf machen sollten. Sollten wir die Russen an unserem Wissen teilhaben lassen, haben wir es sicher nicht zu unserem Vergnügen getan, sondern um im Austausch dafür etwas Wertvolles von ihnen zu erhalten. Etwas, das unter anderem dafür sorgt, dass der hier noch steht.« Lamberts Hand zeigt nach oben.

»Sie scherzen.«

»Nein, wirklich nicht. Es ist ein symbolisches, aber realitätsnahes Beispiel.«

Der feine Sand knirscht unter ihren Sohlen. Sie gehen unter dem Turm hindurch und über die Brücke zum Trocadéro hinüber. Es ist Dienstagvormittag, und in Anbetracht der Tatsache, dass sie sich in der Nähe eines der größten Touristenmagnete der westlichen Welt befinden, sind nicht viele Leute unterwegs.

»Wir sollten uns nicht gegenseitig beschuldigen«, sagt Lambert. »Überlassen wir das denjenigen, die die Entscheidungen fällen. Fliegen Sie zurück nach Stockholm, und erzählen Sie, dass wir den Russen Informationen haben zukommen lassen, um den Eiffelturm zu retten oder was immer Sie für geeignet halten, aber unsere Zusammenarbeit muss das nicht beeinträchtigen.«

Gegenseitig beschuldigen? Er stellt es so dar, als ob sie quitt wären, obwohl er ihr gar nichts vorwerfen kann.

»Wir haben auf Ihren Wunsch ein Gleichgewicht wiederhergestellt«, sagt sie, »und Sie haben es zerstört.«

»Ihren Politikern war sehr daran gelegen, sich unser Schweigen zu erkaufen. Das war kein Waffenhandel und keine militärische Strategie, das war Politik.«

Obwohl ihr schmerzhaft bewusst ist, dass er recht hat, würde sie ihm am liebsten eine knallen.

»Es ist, wie es ist«, sagt Lambert. »Wir sollten uns damit arrangieren.«

»Die Information ist nicht wie vereinbart vertraulich behandelt worden, sondern den Russen und von diesen weiteren, mir unbekannten Akteuren zugetragen worden. Das Ergebnis ist die AF1562.«

»Ganz offensichtlich«, sagt er.

»Ich wollte mich nur vergewissern, ob wir uns so weit einig sind. Sind wir das?«

»Wenn es mir möglich wäre, die Frage zu beantworten, könnte ich es Ihnen bestätigen.«

Good enough, denkt sie. Wenn sie ohnehin nur dieses Strategiespiel miteinander spielen, ist eine Scheinantwort genauso viel wert wie eine richtige.

Er lebt wie in einem gläsernen Bunker und lässt den Feind hinter dem Panzerglas nie aus den Augen.«

Elias legt den Zeitungsartikel auf den Schreibtisch in seinem kleinen Arbeitsraum in der Bibliothek. Das Porträt ist in Dagens Industri veröffentlicht worden, aber Eric Hands selbst hat nicht daran mitgewirkt. Der Journalist hat Hands' Zurückgezogenheit als Aufhänger genutzt. Der mythenumwobene Gutshof mit der zwei Meter hohen Mauer drumherum wird genauso erwähnt wie die weißen Schäferhunde, die ihn angeblich bewachen.

»Hier.« Karolina zieht einen Stapel Grundstücksskizzen aus ihrer Tasche. »Das ist Hands' Landsitz auf Gotland.« Sie legt die DIN-A3-Blätter auf den Tisch. »Er hat einen alten unterirdischen Bunker zum Sommerhaus umbauen lassen. Ursprünglich war es das Fundament von zwei Geschützen mit Munitionsvorrat und Mannschaftsunterkunft.«

»An den Legenden ist also doch etwas dran.« Elias zeigt auf den Zeitungsartikel.

»In gewisser Weise, ja.«

Elias denkt an den Hands, den er in New York getroffen hat. Das war kein Mann, der sich in einem Bunker verschanzt oder sich ängstlich über die Schulter schaut. Aber vielleicht hat er Leute, die das für ihn tun, die Art von Leuten, die keinen Zutritt zum Restaurant des Yale-Clubs haben.

»Es gibt ein Atrium, das Licht hereinlässt.« Sie sucht eine der kreisrunden Skizzen heraus. »Auf der Ebene minus eins befinden sich die Schlafzimmer und Hands' Arbeitszimmer. Diese Skizze stammt aus dem Bauantrag, entspricht also den Angaben des Architekten.«

»Und wenn sie aus Sicherheitsgründen ganz anders gebaut haben?«, fragt Elias.

»Gut möglich. Nur weil es im Grundriss so angegeben ist, können wir nicht davon ausgehen, dass ein Schlafzimmer wirklich als Schlafzimmer genutzt wird. Aber Wände, Treppen und Installationen sind höchstwahrscheinlich dort, wo sie eingezeichnet sind. Im Erdgeschoss gibt es eine Küche, Wohnräume und eine Garage, aus der er direkt ins Gebäude gelangt. Auf der mittleren Ebene, also minus eins, befinden sich die Schlafzimmer, das Arbeitszimmer und Räume für formellere Besprechungen, und ganz unten …« Sie blättert in dem Stapel, sucht eine bestimmte Skizze heraus und fährt fort: »Lagerräume und ein unterirdischer Gang zu einem ehemaligen Munitionsdepot. Gerüchten zufolge hat er sich dort den größten Weinkeller Europas eingerichtet, aber über Hands werden viele seltsame Dinge erzählt, die nicht stimmen.«

Elias sieht sich den Gang genauer an, der von dem runden Gebäude bis zur nördlichen Seite der Landzunge führt.

»Warum ein Bunker? Wovor hat er Angst?«

»Ich würde sagen, da paart sich ein grundsätzlich hohes Sicherheitsbedürfnis mit seinem Hang zur Exzentrik.« Karolina faltet die Skizzen zusammen und gibt sie Elias. »Nimm sie mit nach Hause, präge sie dir ein und vernichte sie anschließend. Wir wollen nicht, dass sie jemand bei dir findet.«

Elias steckt den Stapel in seine Tasche.

»Wie geht's dir sonst?«, fragt Karolina. »Alles in Ordnung?«

»Es geht in die richtige Richtung. Und selbst?« Er sieht Karolina fragend an.

»Wie meinst du das?«

»Die Air-France-Maschine. Ich halte es für unwahrscheinlich, dass einer der drei diesen Flug von Paris nach Stockholm gebucht hat. Keiner von ihnen hätte ihn erreicht. Ulrika war in New York, Eric Hands vermutlich auch oder möglicherweise in einem Flieger auf dem Weg nach Europa, und Richard war gerade wieder in Stockholm angekommen.«

»Ja«, sagt Karolina, »ich weiß. Das hast du berichtet.«

»Ich frage mich, ob es etwas zu bedeuten hat, dass es ein französisches Flugzeug war. Und dass für Ulrika, Richard und Eric Hands Tickets gebucht waren. Steckt dahinter irgendeine geheime Botschaft?«

»An deiner Stelle würde ich mich auf Atlas und Eric Hands konzentrieren, damit hast du genug zu tun.«

»Das tue ich ja. Was ist eigentlich mit dem USB-Stick passiert, auf dem die Tonaufnahme war, und warum wollte dieser Franzose sie unbedingt haben?«

»Der USB-Stick ist an einem sicheren Ort. Mach dir keine Sorgen.«

»Vor wem ist er da sicher?«

Karolina wirft ihm einen kühlen Blick zu. »Du hast gesagt, es geht in die richtige Richtung. Wollen wir so weitermachen?«

Er kommt sich vor wie auf dem Kasernenhof. Befehle befolgen. Nicht nachdenken. Keine Fragen stellen. Er zählt stumm bis zehn, um sie nicht anzuschnauzen, und versucht, irgendwie die Kraft zu mobilisieren, um weiterhin das zu tun, was sie will.

»Falls ich nach Gotland fahre…«, sagt er ohne große Begeisterung.

»Bitte sorg dafür, dass es klappt. Wie gesagt, du sollst nichts forcieren, aber alle Chancen ergreifen. Es wäre äußerst hilfreich, wenn wir bis zum Herbst Ergebnisse hätten.«

»Ich soll es also doch forcieren«, kann er es sich nicht verkneifen.

»Bis jetzt ist alles viel schneller gegangen als erwartet, keine Sorge. Aber es gibt da den ausdrücklichen Wunsch nach… Ergebnissen noch in diesem Herbst.«

Ihr plötzliches Drängen bringt ihn aus dem Konzept. Ist es nun schnell gegangen, oder nicht? Das Ganze erscheint ihm widersprüchlich.

»Habe ich eine Deadline?«

»Nein, keine Deadline, aber es gibt Wünsche an dich.«

Elias hat keine Lust, weiter nachzubohren und wieder die gleiche Antwort zu bekommen. Stattdessen erzählt er, dass Eric Hands ihm empfohlen hat, einen Professor in Washington zu kontaktieren und am besten bei ihm zu studieren.

»Etwas merkwürdig, dass er Washington erwähnt hat, oder?«

»Aber auch naheliegend«, sagt Karolina. »Immerhin ist das nicht nur die renommierteste Uni für Security Studies, sondern auch die teuerste.« Sie lächelt versöhnlich. »In welchem Zusammenhang hat er dir den Rat gegeben?«

»Als ich ihm von meinem Studium hier an der Verteidigungshochschule erzählt habe. Darauf hat er mir von dem Professor dort erzählt, den er gut kennt. Er schlug mir vor, ihn zu besuchen.«

»Klingt organisch, finde ich. Etwas zu glatt eingebettet ins Gespräch, als dass es noch eine zweite Ebene haben könnte.«

»Da war noch etwas. Als ich Ulrika in New York getroffen habe, haben wir über eine bestimmte Hamlet-Interpretation gesprochen. Dass er womöglich richtig verrückt war, vor Trauer und weil er sich den Mord an seinem Vater in seinem kranken Hirn nur eingebildet hat.«

»Wie seid ihr auf das Thema gekommen?«

»Ihre Handtasche kippte um, und das Buch fiel auf den Boden.«

Während er das sagt, wird ihm bewusst, dass er sich wie

ein Verschwörungstheoretiker anhört. Trotzdem kann er es nicht lassen.

»Ich habe mir in New York gleich ein Exemplar von Hamlet gekauft, weil ich dachte, es würde uns einander näherbringen.«

»Willst du damit sagen, dass du Hamlet nicht gelesen hast? Das ist ja unerhört.«

Nimmt sie ihn auf den Arm?

»Ich habe das Stück in der Schule gelesen, und ich habe es auch auf der Bühne gesehen, aber ich habe es nicht auswendig gelernt.« Nicht einmal den Sein-oder-Nichtsein-Monolog, den einige seiner nerdigen Mitschüler rezitieren konnten. »Es ist alles drin. Der tote Vater, der Wunsch nach Gerechtigkeit oder Rache, wenn man so will, die Verstellung, Ophelia, der König. Ich meine, Hamlet, das bin doch ich. Jedenfalls fast. Ist es nicht irgendwie komisch, dass ihr das Buch bei unserem ersten Treffen aus der Tasche fällt?«

Auf Karolinas blasser Stirn bildet sich eine Furche. »Hast du dir ihre Lektüreliste angesehen?«, fragt sie nüchtern.

»Im Netz findet man keine detaillierte Liste. Im Vorlesungsverzeichnis stehen Massen von Kursen, aber bei denen ist nicht immer die Lektüreliste dabei.«

»Ich besorge sie«, verspricht sie. »Aber ich würde mir darüber keine Gedanken machen.«

Ist er zu weit gegangen? Hätte er seine Befürchtungen für sich behalten sollen?

»Erstens«, sagt sie, »wie sollten sie eine Verbindung zwischen Tom und Elias herstellen? Und selbst wenn sie es könnten, rein hypothetisch, warum sollten sie dann mit Shakespeares Hilfe kryptische Anspielungen machen?«

Hinter ihren beschwichtigenden Worten erahnt er Beunruhigung.

»Denkst du, ich bin derjenige, der allmählich verrückt wird?«

Karolina reckt sich. »Paranoia lauert überall. Das gehört in unserem Job dazu. Du musst Augen und Ohren aufsperren und immer wachsam sein, aber du darfst auch nicht zu viel in die Dinge hineininterpretieren, sonst verrennst du dich und verrätst dich womöglich, weil deine Gedanken und Reaktionen nicht mehr natürlich wirken. Du musst immer hinterfragen, wie plausibel etwas ist. Welche Absicht die andere Person verfolgt, kannst du, genau wie im normalen Leben, nie mit hundertprozentiger Sicherheit wissen, aber du kannst beurteilen, was wahrscheinlich und plausibel ist. Und wo es möglich ist, kannst du die Fakten überprüfen. Ich besorge dir diese Lektüreliste, dann hast du es schwarz auf weiß, dass sie Hamlet gerade an der Uni liest.«

Ob, geht ihm unweigerlich durch den Kopf. *Ob* sie an der Uni gerade Hamlet liest.

Es ist halb zwei, die grellweißen Kacheln auf der Toilette im Riche blenden ihn, und sein Herz rattert wie eine Nähmaschine. Elias weiß zwar nicht, ob es klug war, sich auf die Herrentoilette zurückzuziehen, aber er brauchte eine Pause von der ewigen Sauferei und dem Gelaber.

Diese Geschichte wird ihn umbringen, davon ist er zunehmend überzeugt. Er ist kurz vorm Anschlag. Trotzdem schließt er seine Kabine auf und gibt sie frei. An der Schlange, die sich davor gebildet hat, geht er mit gesenktem Kopf vorüber. Sein Puls ist unnatürlich hoch. Nicht dran denken, sonst wird es unweigerlich schlimmer.

Er sieht hinüber zu Wille, Richard und Jennifer, die mit ein paar Leuten am anderen Ende des Lokals sitzen. Sinnvollerweise sollte er diese Freundschaft weiterhin pflegen. Wenn er mit Ulrika zusammenbleibt, sollte er auch bei Richard einen guten Stand haben. Und wenn mit Ulrika Schluss ist, wäre ein guter Stand bei ihm umso wichtiger.

Er irrt durch eine schwarz-weiße Skizze von Eric Hands' umgebautem Geschützturm. Wer baut für fast hundert Millionen Kronen einen Bunker in einen Landsitz um? Muss man dafür paranoid sein? Oder nur genug Geld haben?

Weiße Schäferhunde jagen hinter den Mauern auf und ab. Er muss innerlich zur Ruhe kommen, sonst bringt ihn die Sache wirklich um. Er geht zurück an den Tisch. Trotz seines vom Alkohol vernebelten Hirns sieht er sich selbst von außen. Er ist eine Spielfigur, und das Leben ist ein Schachbrett. Zwei Felder vor und eins zur Seite, oder soll er diagonal springen? Vielleicht eine kleine Rochade machen?

An seinem Platz erwartet ihn ein schaler Longdrink. Maddy, eine zierliche Freundin von Jennifer, der das glatte dunkle Haar fast bis zur Taille geht, fragt ihn über Paris aus. Sie sprechen Englisch. Er antwortet ausweichend.

»Du wirst immer so geheimnisvoll, wenn es um Paris geht«, sagt Wille.

Elias trommelt mit den Fingern an sein Glas und guckt gequält, als wäre er bei einer Peinlichkeit ertappt worden.

»Was ist das Problem?«

In Maddys Augen blitzt Neugier auf.

»Es gibt kein Problem«, sagt er.

»Komm schon«, sagt Wille.

»Ja«, sagt die längst nicht mehr nüchterne Maddy aufgekratzt. »Lass uns an deinem geheimnisvollen Leben teilhaben.«

Elias nickt nachdenklich. Nach einer langen Pause sagt

er: »Es war nichts Großes, aber es ist irgendwie nicht gut ausgegangen.«

»Mehr Details«, sagt Maddy.

»Was ist denn passiert? Bist du von der Schule geflogen, weil du geschummelt hast?«

Er lacht erleichtert. »Das hatte ich zum Glück nicht nötig. Nein, mich hat mein ausschweifender Lebenswandel in Schwierigkeiten gebracht.«

Sofort bestürmen sie ihn mit Fragen und bohren weiter, aber er weigert sich standhaft, ihnen zu verraten, was wirklich vorgefallen ist.

Das traurige kleine Geheimnis, hinter dem sich das große verbirgt.

Ein paar Stunden später liegt er auf dem Bett und starrt hinein in das, was jetzt sein Leben sein soll. Er weiß kaum, wo, noch weniger wer er ist. Wessen Wohnung ist das hier? Wem gehören die Möbel, die Dinge im Regal, die Gläser im Schrank, die Teller, von denen er isst?

Dieser Ort fühlt sich nicht an wie ein Zuhause, denn das hat er nicht mehr. Er ist immer unterwegs, rund um die Uhr im Dienst. Selbst im Schlaf muss er seine Gedanken im Zaum halten, um sich nicht zu verraten. Er weiß nicht, ob er es noch lange aushält, diese Spielfigur zu sein. Jedenfalls nicht, wenn es so ist wie heute Abend. Er weiß, dass es auf Dauer nur zu ertragen ist, wenn er loslässt, die Tür hinter Elias Krantz zumacht und ganz zu Tom White wird. Da muss er hin.

Ich habe eine Mail von der Universität Washington bekommen.«

Karolina blickt auf und sieht Vendela an, die fast vollständig von ihrem Bildschirm verdeckt wird. Nur Stirn und Augen ragen über die Kante.

»Und?«

»Es hat sich jemand nach Elias erkundigt.«

Karolina springt auf und geht um die Schreibtische herum. »Was schreiben sie?«

Die Sache gefällt ihr gar nicht. Vor allem nicht im Hinblick auf das, was Elias ihr von dem Treffen mit Eric Hands erzählt hat.

»Ein Mann, der sich als Verwandter ausgab, kam ins Sekretariat des Instituts und sagte, er würde Elias Ferreira Krantz suchen. Sie haben ihn aufgefordert, ihm eine Nachricht zu schreiben. Er bestand darauf, ihn persönlich zu sprechen, aber da sie ihm nicht weiterhelfen konnten, hat er schließlich doch einen kurzen Gruß dagelassen.«

»Könnte es wirklich ein Verwandter gewesen sein?«,

fragt Karolina, ohne den Blick vom Bildschirm abzuwenden.

»Die Nachricht ist nur mit *Fredrik* unterschrieben. Elias hat einen Verwandten, der Fredrik Sköld heißt, aber leider kann die Sekretärin sich nicht an den Nachnamen erinnern. Sie weiß nur noch, dass er ausländisch klang.«

»Es könnte also stimmen.«

»Oder jemand anders hat den Namen benutzt. Da steht noch mehr.«

Vendela zeigt auf den Monitor. Karolina beugt sich nach vorn und liest laut vor.

»Ein Unbekannter hat das Campusgelände betreten und nach Elias Ferreira Krantz gefragt. Er hat mehreren Studenten ein Foto gezeigt und sie gefragt, ob sie die abgebildete Person kennen. Die Vermutung liegt nahe, dass es sich um dieselbe Person handelt, die sich im Sekretariat nach ihm erkundigt hat, aber bestätigen konnte es niemand.«

Vermutlich war es ein Foto von Elias.

»Was machen wir?«, fragt Vendela. »Sollen wir den Propheten informieren?«

Karolina streckt sich. »Nein. Streng genommen muss es den Propheten nicht interessieren. Das stresst ihn nur unnötig, und das sollten wir vermeiden, solange es nicht unbedingt notwendig ist.«

Sollte jemand feststellen, dass Elias gar nicht in Washington ist, ist es immer noch ein weiter Schritt, ihn mit Tom White in Verbindung zu bringen.

»Wer auch immer die Person war, tatsächlich ein Verwandter von ihm oder nicht, wollte wahrscheinlich Elias sprechen. Versuche, mehr über denjenigen herauszufinden. Auf dem Campus und in der Uni müsste es Überwachungskameras geben. Überprüfe auch, ob Fredrik Sköld kürzlich in den Staaten war, aber geh diskret vor und halt den Propheten da raus.«

Karolina geht zurück an ihren Platz.

»Wie läuft es eigentlich bei ihm?«, fragt Vendela. »Ich meine, wie geht es ihm?«

»Ganz okay. Er beißt sich an Kleinigkeiten fest, aber das ist in diesem Stadium normal. Er steht auf der Schwelle, aber er ist noch nicht drin. Hat viel Zeit zum Nachdenken. Wenn er das geschafft hat, erledigt sich das von selbst, dann muss er Gas geben und sich auf das verlassen, was er gelernt hat.«

Karolina räumt einige Papiere zusammen und schiebt einen leeren Kaffeebecher zur Seite. Dann sieht sie Vendela sorgenvoll an.

»Als ich ihn das letzte Mal gesehen habe, hat er nach der Air-France-Maschine gefragt. Er überlegte, ob es etwas zu bedeuten haben könnte, dass es ein französisches Flugzeug war und Eric Hands und seine Kinder angeblich Tickets für den Flug hatten. Er vermutet einen Zusammenhang zwischen Atlas und Frankreich.«

»Kluger Junge«, sagt Vendela, »und das nötige Hintergrundwissen hat er auch. Dank der Tonaufnahme weiß er sogar von Henning Eriksson.«

»Ja. Nur von dem Deal zwischen Atlas und Frankreich, den Eriksson ermöglicht hat, weiß er nicht.«

»Stimmt, von dem weiß er nichts.«

»Aber er ahnt etwas.«

»Er soll bloß aufpassen.« Vendela holt tief Luft. »Damit wollte ich nicht sagen, dass … Aber er sollte gut auf sich achtgeben.«

»Ich verstehe schon.«

Sie verstummen und vermeiden es, einander anzusehen.

»Ich habe die Lektüreliste von der Columbia«, sagt Vendela schließlich. »Hamlet steht drauf. Soll ich ihm das mitteilen?«

»Ja, tu das. Dann braucht er sich wenigstens darüber nicht mehr den Kopf zu zerbrechen.«

An Bord von Papa Hands' Jacht liegen Tom und Ulrika nackt in der Kajüte. Es ist nicht die Capricorn, sondern ein sehr viel kleineres, aber nagelneues Schiff. Papa Hands selber fliegt, aber da er die Jacht mit nach Gotland nehmen wollte, hat er vorgeschlagen, dass Tom und Ulrika mitfahren.

Sie haben bereits die Hälfte der Überfahrt geschafft.

Das Büro erwartet Ergebnisse. Nachdem sie ihm lange Geduld und langfristiges Denken gepredigt haben, wollen sie nun, dass er jede Gelegenheit nutzt, um an Eric Hands heranzukommen und ihnen einen Zugang zu seinem Computer zu verschaffen. Karolinas Herumgeeiere, als sie vorgab, ihn nicht unter Druck setzen zu wollen, obwohl sie genau das tat, war beinahe zum Lachen. Aber auch beängstigend. Der plötzliche Kurswechsel kann nur bedeuten, dass etwas vorgefallen ist. Etwas, das sie ihm verschweigen.

Sie ankern in der Meerenge zwischen der nördlich von Gotland gelegenen Insel Fårö und Bungenäs, wo sich auch Hands' gut versteckter Bunker befindet. Sanfte Spätsommerwellen umgeben das Boot. Mithilfe des Büros hat sich Elias minutiös auf das Interview mit Eric Hands vorbereitet. Er ist sich nicht sicher, ob er es wirklich in seiner Doktorarbeit verwenden kann, aber das spielt keine Rolle. Wichtig ist nur, dass seine Fragen Eric Hands' Interesse wecken und Tom kompetent und intelligent erscheinen lassen. Sie sollen sich ganz einfach näherkommen.

Mit ihren Reisetaschen gehen sie an Land und biegen auf dem Weg aus grobem Kalksteinkies rechts ab. Bei jedem Schritt wirbelt Staub auf. Der Weg verläuft einige Hundert Meter an der Küste entlang, dann müssen sie eine etwa drei, vier Meter hohe Klippe hinaufsteigen.

»Autos sind hier nicht erlaubt«, sagt Ulrika, als Tom die Stille erwähnt. »Nur Fahrräder und Golfcarts.«

»Golfcarts?«

Sie hebt schwungvoll die Hand. »Es muss eben alles superexklusiv sein.«

Tom legt ihr den Arm um die Hüfte, zieht sie an sich und küsst sie auf die Wange. Zu seiner eigenen Verwunderung fühlt es sich echt an.

Nach einem kurzen Spaziergang stehen sie vor dem runden Gebäude, in dem Tom sich mittlerweile mit verbundenen Augen zurechtfinden müsste. Die Grundrisse hat er im Kachelofen in der Sibyllegata verbrannt. Anschließend hat er mit dem Feuerhaken die Reste zerkleinert, weil sich bedrucktes Papier, das nicht pulverisiert wird, rekonstruieren lässt.

Eine schlicht gekleidete Mittdreißigerin, die Ulrika Annika nennt, macht ihnen die Tür auf.

»Ist Papa da?«, fragt sie.

»Noch nicht.« Annika hat die Hände vor dem Schoß gefaltet.

Tom gibt Annika die Hand. In Griechenland hatten sie ein Kindermädchen und in Spanien eine Haushaltshilfe, aber ansonsten hat er wenig Erfahrung mit Hausangestellten. Hier wohnen die Bediensteten in einem eigenen Gebäude und betreten den Bunker nur zum Arbeiten. Hands hat nicht nur den Bunker, sondern auch die beiden angrenzenden Grundstücke gekauft, um sich Nachbarn vom Leib zu halten und damit ihm niemand den Meerblick verbaut.

Dieser in eine Festung verwandelte Geschützturm des Mannes, der mit Überwachungssystemen ein Vermögen verdient hat, ist ein merkwürdiges Gebäude. Die großen Wohnräume im Erdgeschoss haben sowohl zur Wasserseite als auch zum runden Innenhof bodentiefe Fenster, die mit Rollläden aus Metall gesichert werden können. Im Zimmer rechts vom Eingang sind drei Sofas in typisch skandinavischen Nudefarben um einen tropfenförmigen Kamin gruppiert, der unter der Decke zu schweben scheint. An den Wänden hängen Gemälde schwedischer Künstler: Sigrid Hjertén, August Strindberg, Ola Billgren und Karin Mamma Andersson.

Sie gehen eine Treppe hinunter. Tom bemüht sich, einigermaßen desorientiert zu wirken.

»Hier schlafen *wir*.«

Ulrika öffnet die Tür zu einem tortenstückförmigen Zimmer mit Fenster zum großen Lichtschacht. Tom stellt seine Reisetasche ab und blickt ein Stockwerk tiefer in den gepflasterten Innenhof. In der Mitte steht eine flache Skulptur aus Beton.

»Hübscher Betongreis«, sagt er. »Ist das ein Picasso?«

»Ja. Papa hat ein Tauschgeschäft mit dem Sohn des Gießers gemacht.«

»Picasso hat die Skulptur nicht selbst gegossen?«

»Nein. Die Gießerei hat sie fotografiert und die Bilder nach Spanien geschickt. Picasso hat diejenigen signiert, die er für gut befunden hat. Die anderen mussten vernichtet werden.«

»Klingt nach einem komfortablen Künstlerdasein. Was hat der Gießer dafür bekommen?«

»Von meinem Vater, meinst du?«

»Ja.«

»Ein ausrangiertes russisches Kampfflugzeug.«

»Was? Du machst Witze.«

»Nein, das ist wahr.«

»Wie ist er denn da rangekommen?«

»Keine Ahnung, Papa kann alles beschaffen. Jedenfalls alles, was mit Waffen zu tun hat.« Ulrika zieht ihre Bluse aus, wirft sie auf das Bett und nimmt einen hellblauen Kaschmirpulli aus ihrer Tasche. »Hast du Hunger?« Sie zupft den leichten Pullover vor dem Spiegel zurecht und fährt sich ein paarmal mit der Bürste durchs Haar. »Wir können ja mal gucken, ob die Kneipe im Ort geöffnet hat.«

Sie verlassen das Haus und spazieren auf die andere Seite der Landzunge. Am Weg liegen einige exklusive Sommerhäuser und umgebaute Bunker, aber keins der Gebäude kann sich mit Hands' Festung messen. Ulrika zeigt ihm, wo bekannte Schauspieler und Musiker wohnen.

»Klingt, als würde dein Vater nicht so recht hierherpassen, oder irre ich mich?«

»Er ist als Financier wesentlich an dem Projekt beteiligt«, sagt sie, »den Streitkräften die Landzunge abzukaufen. Außerdem hat ihn der Bunker irgendwie angemacht. Wenn der nicht gewesen wäre, hätten sie es wahrscheinlich nie geschafft, ihn ins Boot zu holen.«

Hinter zwei alten Kalköfen liegt eine zu einem Restaurant umgebaute alte Scheune mit rostigem Blechdach, in der es dunkel aussieht. Ulrika liest, was auf dem Zettel neben der geschlossenen Tür steht.

»Sie haben nur freitags und samstags geöffnet«, ruft sie. »Wir können also morgen hingehen.«

Sie gehen zum Wasser.

»Ich sage Annika, dass wir heute Abend zu Hause essen.«

»Ja, vielleicht hat sie noch irgendwo eine Dose Tomaten, die wir uns warm machen können«, sagt er.

Weit draußen rackern sich zwei Surfer in schwarzen Neoprenanzügen ab. Tom und Ulrika erreichen einen nassgespritzten Pier. Der Wind ist nicht stark, aber aufgrund der Form der Bucht und des Meeresgrunds sind die Wellen hier höher und locken Surfer an, erzählt Ulrika, während sie über den nassen Beton spazieren.

»Das Wasser ist noch warm«, sagt sie.

Tom hat seine Badehose dabei. Er hatte eigentlich gedacht, sie würden mitten auf der Ostsee haltmachen und baden gehen, aber dann kamen der Champagner und die Lust dazwischen, und auf einmal war schon Land in Sicht.

Eric Hands trifft um kurz nach sieben ein. Sobald er seine Aktentasche ins Arbeitszimmer gebracht und ein paar Worte mit Annika gewechselt hat, will er Tom die beiden oberen Stockwerke zeigen.

»Falls ihr schon einen Spaziergang gemacht habt, ist dir sicher aufgefallen, dass die gesamte Halbinsel militärisches Sperrgebiet war.«

»Das ist ja kaum zu übersehen.«

»Die Befestigungsanlagen sollten den Ort, an dem wir uns gerade befinden, und die beiden Geschütze hier vorn sichern. Wenn man so will, waren das Schwedens Kanonen von Navarone. Sie sind von der Firma Bofors hergestellt worden und haben einen Durchmesser von 15,2 Zentimetern und eine Reichweite von mehr als zwanzig Kilometern. Die fünfundzwanzig stationierten Soldaten waren hier im Geschützturm untergebracht.« Er zeigt nach unten. »Wenn du willst, zeige ich dir vor dem Abendessen die Quartiere.«

»Wohnen die immer noch hier?«

Hands gibt ein polterndes Lachen von sich, das eher anerkennend als amüsiert klingt.

»Du wirst schon sehen. Nein, Spaß beiseite… dieser

Teil des Gebäudes, also die beiden runden Stockwerke, ist vollkommen neu. Eigentlich wollte ich das vorhandene Fundament und den Bunker renovieren, aber … das war aus verschiedenen technischen Gründen nicht möglich. Wir mussten alles sprengen, den Schutt abtransportieren, das Gelände ausbaggern und ein neues Fundament gießen.«

Das extravagante Sommerhaus hätte also überall errichtet werden können. Die Kanonen dienen nur noch dazu, die Legendenbildung militärhistorisch aufzupeppen. Und möglicherweise, den ganzen Wahnsinn hier zu rechtfertigen.

»Unten in dem unterirdischen Gang«, fährt Hands fort, »der früher zur Lagerung von Munition und Vorräten genutzt wurde, gibt es noch Mannschaftsräume. Ich lagere dort jetzt meinen Wein. Irgendjemand hat behauptet, es sei der größte Weinkeller Nordeuropas, und ich glaube, das stimmt tatsächlich. In Porto gibt es ein Weinlager in einem alten Eisenbahntunnel. Wenn der nicht wäre, hätte ich den größten Weinkeller von ganz Europa. Beim Bau dieses Eisenbahntunnels haben sie sich aus zwei Richtungen in den Berg hineingesprengt, aber in der Mitte leider verpasst.« Breit grinsend bewegt er seine Hände aneinander vorbei. »Ein Tunnelstumpf blieb übrig, in dem nun angeblich Portwein gelagert wird. Ich habe es ja nicht mit eigenen Augen gesehen, aber die Geschichte ist gut.«

Während der Hausbesichtigung stellt sich heraus, dass sich unter nahezu jeder Holzdiele eine amüsante oder faszinierende Geschichte verbirgt. Kunstwerke, die Hands von einem dankbaren Diktator geschenkt bekommen hat, Türklinken, die ein selbstgerechter französischer General aus dem Schloss Versailles herausgeschmuggelt hat, eine Bar, gebaut aus der mittlerweile pechschwarzen Eiche eines Kriegsschiffs, das älter als die Vasa war. Am Ende ahnt Tom, dass all diese Geschichten, die auf ein weitverzweigtes Netzwerk und einen nicht nur exklusiven, sondern auch exzentrischen Geschmack hindeuten, das Projekt über die reinen Baukosten hinaus aufwerten sollen. Es ist keine Kunst, für achtzig Millionen Kronen eine alte Militäranlage auf der gotländischen Halbinsel aufzumotzen, aber das hier ist ein Kunstwerk, das kreative Statement einer Person, die größer und origineller denkt als die meisten Menschen, die steinreichen mitgerechnet.

Bevor Eric Hands Tom allein lässt, um vor dem Abendessen noch ein paar Telefonate zu führen, fragt er ihn, wie viel Zeit das Interview in Anspruch nehmen wird.

»Anderthalb Stunden wären gut, aber falls Ihre Zeit knapp ist, können wir es auch kürzer machen.«

»Nein, neunzig Minuten sind völlig in Ordnung. Morgen Mittag um eins?«

Nachdem sie sich darauf geeinigt haben, gehen Tom und Ulrika schwimmen und trinken am Steinstrand ein Bier. Ulrika legt den Kopf auf Toms Bauch. Auf dem Wasser glitzert die Abendsonne.

Alles, was er braucht, hat er auf dem Smartphone, das er mithilfe von zwei kurzen Kabeln an Hands' Computer oder sein Handy anschließen kann. Sofern sich eine Gelegenheit dazu ergibt. Den Computer eines Mannes anzuzapfen, der ein weltweit führendes Hightechunternehmen besitzt, scheint ihm ein Himmelfahrtskommando zu sein, aber Vendela hat ihm versichert, dass er sich keine Sorgen zu machen braucht.

Ylva hätte beinahe den Termin in der französischen Botschaft vergessen. Dank Maria Olivares, die sie zuverlässig an jeden Termin erinnert, kann sie sich diesen Luxus der Vergesslichkeit leisten. Maria ist eindeutig arbeitssüchtig und vermutlich auch sportsüchtig, hat einen perfekten Körper, perfekte Fingernägel und ist immer wie aus dem Ei gepellt und dezent geschminkt. Sie ist so perfekt, dass es fast schon langweilig ist, aber Ylva beschwert sich nicht. Es kann nicht leicht sein, perfekt und originell zugleich zu sein.

Sie gehen an Sveriges Television vorbei und biegen in den Karlaväg ab.

»Das Foto aus dem Metropolitan Museum hat unglaublich viele Likes abgesahnt«, sagt Maria. »Hübsches Bild von dir.«

»Ich bin immer so unsicher, ob ich solche Sachen posten soll, aber andererseits ist es so öde, Leute immer nur in Meetings sitzen zu sehen.«

»Klar kannst du das posten.«

Am liebsten würde sie ganz darauf verzichten, aber Twitter ist mittlerweile Teil des Jobs.

Am Karlaplan biegen sie in Richtung Kommendörsgata ab und stehen kurz darauf unter der Trikolore, die sich sanft im lauen Wind wiegt. Sich in der französischen Botschaft in Stockholm zu treffen, um über ein gemeinsames Entwicklungshilfeprojekt zu sprechen, ist ein wenig unkonventionell. Naheliegender war ein Treffen im Empfängerland oder in den Räumlichkeiten von Sida, der schwedischen Behörde für internationale Entwicklungszusammenarbeit.

Sie passieren die Sicherheitskontrolle und müssen ihre Handys abgeben. Das war es dann mit Tweets aus der französischen Botschaft. Eine Frau in dunkelgrauem Kostüm und mit eleganter Hochsteckfrisur nimmt sie in Empfang und wendet sich dann in rücksichtsvoll gedämpftem Ton an Ylva: »Könnten Sie während des Gesprächs eventuell auf Ihre Assistentin verzichten?«

»Wenn es Ihnen lieber ist, kann ich das natürlich«, antwortet Ylva, »aber ich verstehe nicht ganz, warum.«

»Gut, vielen Dank.«

Die Taktik der Frau, Ylvas diplomatische Frage zu übergehen, löst in ihr das Gefühl aus, hereingelegt worden zu sein.

»Ich gehe allein rein«, sagt sie auf Schwedisch zu Maria.

Maria wirft ihr einen erstaunten Blick zu, bevor sie hinausbegleitet wird. Ylva geht in die entgegengesetzte Richtung eine Treppe hinauf. Unbehagen befällt sie. Mit jeder Stufe wächst ihre Überzeugung, dass hier etwas nicht stimmt. Sie starrt auf die Hochsteckfrisur und den Stab mit dem Schildpattmuster, der sie an Ort und Stelle hält.

Im ersten Stock passieren sie eine weitere Sicherheitsschleuse. Die unförmige Stahltür und der Detektorbogen wirken in dem behutsam renovierten Jahrhundertwendegebäude wie Fremdkörper. Ylva bekommt einen Besucherausweis um den Hals gehängt, und nachdem sie noch einige weitere Gänge durchquert haben, hält ihr ihre Begleiterin eine Tür auf.

»Bitte sehr.«

Sie bekommt einen kleinen Schreck, als sie den Mann mit dem kurz geschnittenen Haar im dunkelblauen Anzug mit weißem Hemd und diagonal gestreifter Krawatte sieht.

Sie ist tatsächlich nach Strich und Faden hereingelegt worden.

»Madame Grey«, sagt er herzlich und streckt ihr die Hand entgegen. »So sieht man sich wieder.«

Sie gibt ihm die Hand. Die niedrige Decke und die gedämpfte Akustik lassen vermuten, dass der Raum abhörsicher ist.

»Monsieur Lambert«, antwortet sie höflich. »Endlich habe ich die Gelegenheit, Ihnen dafür zu danken, dass Sie mir das Leben gerettet haben.«

Emmanuel Lambert sieht sie ernst an.

»Eine unschöne Geschichte, und in Ihrem Fall war sie damit auch noch nicht ausgestanden, wenn ich es richtig verstanden habe.«

»Ich hatte Glück«, sagt sie.

»Sie sind eine Überlebenskünstlerin.«

»Das hoffe ich.«

Lambert deutet auf den ovalen Tisch. »Setzen Sie sich doch.«

Lamberts Namensschild knallt gegen die Tischplatte, und er schiebt es routiniert zur Seite, wie man sich, ohne darüber nachzudenken, das Jackett aufknöpft.

»Ich nehme an, Sie waren nicht in erster Linie in diesem Park, um mir das Leben zu retten.«

»An dieser Stelle kommt wohl das Glück ins Spiel«, sagt er.

»Haben Sie den USB-Stick aus meiner Tasche genommen?«

Er sieht sie an, als könnte er kaum glauben, dass sie ihm so etwas zutraut.

»Da diese Tonaufnahme eine ganze Reihe von Problemen verursacht hat, sollten wir vielleicht den Mantel des Schweigens darüber ausbreiten.«

Keine wirkliche Antwort auf ihre Frage, aber die hat sie auch nicht erwartet.

»Da wir uns hier eingeschlossen haben, nehme ich an, Sie haben mir etwas Wichtiges zu sagen.« Sie zeigt mit beiden Händen auf die Wände, die jedes Geräusch schlucken.

»Wäre Ihnen eine Parkbank am Djurgårdskanal lieber gewesen?«, fragt er belustigt.

»Das wäre nett gewesen.«

»Nett … na ja. Gerade Sie müssten doch wissen, wie solche Verabredungen im Grünen enden können.«

Ylva verstummt. Er hat sie in die Falle gelockt, die sie selbst ausgelegt hat. Sie streicht sich ein unsichtbares Staubkorn vom Rock.

»Darf ich fragen, wer Sie sind, bevor wir fortfahren?«

»Sie meinen, welche Funktion ich habe?«

»Ja.«

Er denkt eine Weile nach und sieht dabei aus, als müsste er wirklich überlegen.

»Ich bin Teil einer Einheit, die nach den Pariser Terroranschlägen im Jahr 2015 ins Leben gerufen wurde. Streng genommen sind wir dem Innenministerium unterstellt und für Frankreichs innere Sicherheit zuständig, wobei unser Schwerpunkt auf der Terrorbekämpfung liegt und wir, was unseren Auftrag angeht, eine Art Sicherheitsdienst sind. Aber wir arbeiten nicht nur mit dem DCRI, sondern auch mit dem DSGE zusammen.«

»Dem Auslandsnachrichtendienst?«, fragt Ylva.

»Ja.«

»Und was heißt das konkret? Keine Vorschriften?«

»Die gibt es immer.«

»Aber ansonsten sind Sie an keine Regeln gebunden?«

Er lächelt in sich hinein, beantwortet ihre Frage aber nicht.

»Okay«, sagt sie. »Warum bin ich hier?«

»Man hat Ihnen kürzlich Bilder von zwei Personen zukommen lassen, die vermutlich für den Bombenanschlag auf das Hotel Europe in Sarajevo verantwortlich sind oder zumindest eine Mitschuld tragen.«

Es ist nicht wahr, denkt sie und schließt die Augen.

Nicht schon wieder. Bin ich jetzt an der Reihe? Habe ich in dieser Geschichte die Rolle von Anders übernommen?

»Auf den Bildern sind ein Serbe und ein Schwede zu sehen …«

»Woher wissen Sie das?«, fällt sie ihm ins Wort.

»Dass es ein Serbe und …«

»Nein, dass ich die Bilder gesehen habe«, unterbricht sie ihn erneut, diesmal mit unüberhörbarer Verärgerung.

Der Raum ist nicht nur schallgedämpft, sondern auch dunkel. Sie hört das Blut in ihren Ohren rauschen. Lambert beugt sich nach vorn, zupft an seiner Krawatte.

»Das kann ich Ihnen nicht sagen.«

»Hat Ihnen das …«

Sie ist kurz davor, seinen Namen zu nennen, besinnt sich aber eines Besseren. Wenn er ein Freund ist, sollte sie ihn schützen, wenn nicht, ist es auch egal. Eine Antwort wird sie wahrscheinlich sowieso nicht bekommen.

Lambert wartet ab, er will nicht noch einmal unterbrochen werden.

»Wir interessieren uns für den Schweden. Auch darüber kann ich Ihnen nicht viel sagen, außer dass einiges auf dem Spiel steht. Menschenleben. Terroropfer auf französischem Boden.«

»Was wollen Sie von mir?«

»Nichts.«

Ylva starrt ihn an, sie versteht kein Wort. »Nichts?«

»Richtig. Ich weiß nicht genau, warum Sie sich diese Bilder beschafft haben. Was Sie dazu getrieben hat, kann ich mir vorstellen, aber ich weiß nicht, was Sie damit bezwecken. Was immer es ist, bitte lassen Sie die Sache auf sich beruhen und uns in Ruhe unsere Arbeit machen. Falls Sie oder eine andere Person, mit der Sie kooperieren, sich in die Angelegenheit einmischen, könnte das unsere Arbeit nicht nur behindern, sondern vielleicht sogar zunichtemachen.«

Wenn es ihm wirklich so schwerfällt zu verstehen, was sie bezweckt, muss er in einem vollkommen anderen Kosmos leben als sie, aber möglicherweise soll die Behauptung sie auch nur dazu verleiten, ihre Absichten preiszugeben. Sie schweigt.

»Haben Sie die Fotos jemandem gezeigt?«

»Nein.«

»Gut, das macht das Ganze einfacher. Denn falls Sie es getan hätten, wäre es wichtig, dass diese Person oder Personen unseren Appell auch erhalten.«

»Nicht aktiv zu werden?«

»Richtig.«

Wie soll sie ihm vertrauen? Einem Mann, der in dunklen Parks tötet, ohne zu zögern, und unbemerkt einen Gegenstand aus ihrer Manteltasche stiehlt. Sie ist froh, dass er da war, aber wieso sollte sie ihm glauben? Er behauptet, dass Menschenleben auf dem Spiel stehen, sagt aber nicht, wessen. Ist auch Ylvas Leben in Gefahr, wenn sie sich nicht raushält?

Vielleicht dient dieses ganze Treffen nur dazu, sie einzuschüchtern, damit sie keinen Staub aufwirbelt. Warum sonst dieser von der Außenwelt abgeschlossene Raum, wo niemand mitbekommt, wie er ihr droht?

Karolina massiert kräftig ihre linke Schulter. Es tut auf angenehme Weise weh. Sie hat viel zu lange am Schreibtisch gesessen und braucht Bewegung. Ihre fast täglichen Runden um die Årstavik können gegen den steifen Nacken nicht viel ausrichten. Eher im Gegenteil.

Die Informationen auf dem Bildschirm verwirren sie. Vor zwei Stunden hat sie ein Bild bekommen, das von einer der Überwachungskameras der Universität Washington aufgenommen wurde. Laut der E-Mail, der das Foto beigefügt war, handelt es sich um den Mann, der im Sekretariat nach Elias gefragt und sich Fredrik genannt hat.

Kurz nachdem sie das Bild im Intranet hochgeladen hat, erhält sie seine persönlichen Daten. Simon Brinkman ist ein einschlägig bekannter schwedischer Rechtsextremist. Das heißt, dass er dem Büro und einigen wenigen Behörden bekannt ist. Seine Gruppierung agiert vor allem im Untergrund, hat keine Partei gegründet, stellt sich nicht zur Wahl, jedenfalls noch nicht, investiert aber viel Zeit und Energie in Propaganda auf der eigenen Website und in den sozialen Medien, über die sie sich ein lockeres Netzwerk aufgebaut hat, das sich über die gesamte westliche Welt erstreckt. Sie unterstützt rechtsextreme Parteien, betreibt Lobbyarbeit in Bezug auf die Einwanderungsthematik und widmet sich teilweise subversiven und umstürzlerischen Aktivitäten, auch das in der Absicht, die öffentliche Meinung zu beeinflussen. Mehrere Mitglieder der Gruppierung haben wegen schwerer Gewaltdelikte Haftstrafen abgesessen oder stehen zumindest unter Verdacht, sich schwerer Gewaltdelikte oder anderer Form von Kriminalität schuldig gemacht zu haben. Und diejenigen, die weder verurteilt noch verdächtigt worden sind, tauchen zumindest im Fahndungsregister auf. Zu Letzteren gehört Brinkman.

Die Mitglieder der Gruppierung sind keine Idioten. Einige von ihnen sind überdurchschnittlich intelligent. Ihr Weltbild basiert vielleicht auf einer aus wissenschaftlicher Sicht wackeligen Grundlage, aber wenn man an das Recht des Stärkeren glaubt, Stärke und Macht mit Muskeln und Geld gleichsetzt und sich selbst als Teil einer weißen westlichen Gemeinschaft betrachtet, dann ist ihr Handeln logisch und konsequent.

Warum hat Brinkman in Washington nach Elias gesucht? Es muss eine Verbindung geben. Der Mann, der Elias' Stiefmutter auf den Klippen in Grissleholm erschlagen, Elias' Stiefbruder im Karlbergsväg hingerichtet und bei Ylva Grey zu Hause in Farsta Strand eine Kugel in Ylva Greys Schutzweste gejagt hat, gehörte demselben

Netzwerk an. Es wird schon lange vermutet, dass die Aktivitäten der Gruppierung mithilfe von Verbrechen finanziert werden, und es spricht viel für die Annahme, dass Mitglieder für Hands als Auftragsmörder tätig waren.

Die Verbindung ist da, aber was hat sie zu bedeuten? Was wollen sie von Elias? Könnte er in Gefahr sein, wenn sie ihn finden? Ist Brinkman im Auftrag von Eric Hands unterwegs, oder geht es um etwas anderes? Karolina hätte jetzt gerne ein Brainstorming mit Vendela gemacht, aber die ist nicht da. Sie dreht sich zu Örjan um, der fast am Bildschirm klebt und ein Gesicht macht, als ob er Schmerzen hätte.

»Anscheinend betrachten sie sich alle als Wahlsieger«, sagt er. »Der Ministerpräsident, weil Rot-Grün mehr Mandate hat als die Allianz, die Schwedendemokraten, weil sie die drittmeisten Stimmen haben und das Zünglein an der Waage sind. Und die Allianz, weil … tja, das ist nicht ganz so klar, aber vermutlich kalkulieren sie mit ein, dass sie indirekte Unterstützung von den Schwedendemokraten bekommen werden, was sie natürlich nicht laut sagen.«

»Wir tappen also immer noch im Dunkeln.«

»Ja. Der Ministerpräsident ist vermutlich weg vom Fenster, sobald das Parlament morgen früh eröffnet wird, aber was kommt dann?«

Sie wundert sich, dass er die Zeit hat, sich so intensiv mit internen Strategien zu befassen. Sie haben wahrlich genug zu tun, aber wahrscheinlich ist er genau deswegen Chef, weil er diese Dinge immer im Auge behält.

»Ich habe eine Mail aus Washington bekommen.« Karolina erzählt von dem Foto, der Verbindung zu den Rechtsextremisten und der möglichen Verbindung zu Hands. »Es gefällt mir nicht, dass Brinkman dort aufgetaucht ist und sie acht Monate nach den Morden an Elias' Verwandten immer noch nicht lockerlassen. Hands müsste doch wissen, dass Elias keine Bedrohung für ihn darstellt. Das ist doch alles Geschichte.«

»Zum Propheten gibt es aber keine Verbindung, und an Elias werden sie nie herankommen. Wieso machst du dir also Sorgen?«

»Genau aus diesem Grund. Was, wenn doch jemand Elias mit dem Propheten in Verbindung bringt?«

Bis jetzt hat Örjan mit einem Auge auf den Bildschirm gesehen, als wollte er so schnell wie möglich fortsetzen, womit er beschäftigt war, aber jetzt wendet er sich ihr ganz zu und sieht sie völlig unbeeindruckt an.

»Ich kann dir nicht ganz folgen. Wieso sollte das jemand tun?«

»Wenn Hands merkt, dass Elias Ferreira Krantz nur ein Name und sein Studium in Washington ein Deckmantel ist…«

»Dann wird er daraus schließen, dass Elias eine geschützte Identität hat, was angesichts der Ereignisse im vergangenen Winter auch einleuchtet.«

»Du glaubst nicht, es könnte die Gefahr bestehen…«

»Ich verstehe, worauf du hinauswillst, aber nun betrachtest du die Sache von innen und nicht von außen.«

»Mag sein, aber wenn ich sie von zwei Seiten betrachten kann, kann Eric Hands es auch. Ich befürchte langsam, wir haben es uns zu leicht gemacht.«

»Karolina«, sagt Örjan mit einer Härte in der Stimme, die vorher nicht da gewesen ist. »Du warst selbst dabei, als wir den Propheten entwickelt haben. Wir waren uns einig, dass seine Legende sicher ist, jedenfalls so sicher wie unter solchen Umständen möglich. Wer paranoid genug ist, kommt auf die abstrusesten Ideen, davor sind wir nie gefeit, aber es gibt keine Verbindung. Er kann nicht herausfinden, dass der Prophet Elias ist, ausgeschlossen.«

Sie muss sich beherrschen, um ihm nicht noch einmal zu widersprechen. Andererseits ist an dem, was er sagt, etwas dran.

»Hoffentlich hast du recht.«

»Da brauchst du nicht zu hoffen. Ich habe recht.«

Ist sie persönlich zu involviert, um einen kühlen Kopf zu bewahren? Oder hat sie unbewusst irgendetwas registriert, das ihr Kopf noch nicht richtig einordnen konnte?

»Und was machen wir jetzt?«

»Wir behalten Brinkman im Auge, aber wir sagen dem Propheten nichts davon. Er hat damit nichts zu tun. Wir würden ihn nur verunsichern, wenn wir ihn informieren. Und das Risiko erhöhen, dass er auffliegt.«

Genauso hat sie vor ein paar Tagen auch noch gedacht. Wieso hat sie ihre Meinung geändert?

Eric Hands drückt mit dem Rücken zu Tom seine Fingerkuppen auf eine glänzende schwarze Oberfläche rechts neben der Tür. Im Schloss klickt es, Hands geht als Erster hinein und hält Tom die massive Sicherheitstür auf.

Die Etage Minus Zwei ist eine ganz andere Nummer. Wenn hier Hands' Arbeitszimmer ist und nicht in minus eins, wird es schwierig, wenn nicht gar unmöglich, den Auftrag auszuführen. Vorausgesetzt natürlich, dass er nicht auf anderem Wege an Computer und Handy herankommt.

Eric Hands angelt sein Smartphone aus der Jackentasche und legt es in eine Kiste hinter der Tür.

»Wir benutzen hier unten keine Handys. Du musst deins also auch hier abgeben.«

Hands geht durch die nächste Tür, die anscheinend nicht gesichert ist, sofern sie nicht automatisch mit der ersten Tür entriegelt wurde. Beim Blick in die Holzkiste hat Tom eine schwindelerregende Eingebung. Es würde nur einen Augenblick dauern, das zehn Zentimeter lange Kabel mit dem Handy aus der Tasche zu ziehen und es an das von Hands anzuschließen. Der Rest ginge von allein. Hands würde nichts merken. Er hält das Smartphone in der Hand, das Kabel drückt er mit dem Mittelfinger an die Rückseite.

Problematisch würde es werden, wenn sie zurückkommen. Tom müsste sein Handy zuerst aus der Box nehmen und sichergehen, dass Hands nicht sieht, wie er das Kabel herauszieht. Und in der Zwischenzeit darf niemand durch diese Tür gehen. Annika ist die einzige Person, die er bisher im Haus gesehen hat, aber er bezweifelt, dass Hands allein gekommen ist. Er könnte einen oder mehrere Mitarbeiter mitgebracht haben, die direkt in die Personalwohnungen gegangen sind. Und dann wäre da noch die Besatzung der Jacht. Er hat keine Ahnung, ob die Männer Zugang zu diesem Stockwerk haben, aber er muss davon ausgehen. Außerdem könnte es natürlich sein, dass Ulrika ihre Meinung ändert und sich doch zu ihnen gesellt.

Die Chance, dass es klappt, ist fifty-fifty. Zu wenig.

»Probleme?«, fragt Hands.

»Nein.«

Er legt das Handy in die Noisebox und steckt das Kabel unauffällig wieder ein.

»Wieso keine Handys?«

»Better safe than sorry.«

Eine leere Floskel. Zügig durchquert Eric Hands Etage Minus Zwei. Es gibt einen Saunabereich mit Bar, Teeküche und Ausgängen zum Innenhof. Sie treten hinaus in das runde Atrium, dessen Boden mit glattgeschliffenem Kalkstein gepflastert ist. Tom stellt sich vor, dass es sich um Kriegsbeute aus der Altstadt von Dubrovnik handelt, bekommt aber keine Anekdote über den Fußboden zu hören. Über die Skulptur von Picasso hingegen sagt Hands, er sei sich nicht hundertprozentig sicher, ob Picasso diesen Guss für gut befunden habe oder ob der Gießer ihn heimlich vor der Vernichtung bewahrt habe.

»Es wäre eigentlich noch witziger, wenn es eine inoffizielle Picassoskulptur wäre«, sagt er. »Sie wurde jedenfalls vom selben Künstler entworfen und von derselben Zementgießerei hergestellt wie ›Frühstück im Grünen‹ im Moderna Museet in Stockholm und die ›Büste von Sylvette‹ in Manhattan, eine Fälschung ist es also nicht.«

Hands zieht die Glastür zum Hof zu und führt Tom weiter in den unterirdischen Teil der Anlage. Nachdem er erneut einen Code eingegeben hat, diesmal ohne Fingerabdrucksensor, gelangen sie in eine Kaverne, einen in den Untergrund gesprengten Tunnel mit feuchten Felswänden. Auf dem nackten Betonboden verlaufen Gleise. Wo sie enden, ist im Dunkeln nicht zu erkennen.

»Hier wurde die Munition angeliefert«, sagt Hands. »Sie haben Loren benutzt. Eine Granate wog sechsundvierzig Kilo.«

Er sieht die Soldaten, die zu der Zeit, als der Zweite Weltkrieg wie eine dunkle Wolke über Europa lag, die Granaten durch den Gang schieben, vor sich, gestochen scharf, in Farbe und Breitbildformat. Nachdem er alles gebührend bestaunt hat, breitet Tom fragend die Arme aus: »Aber wo ist der Wein?«

Hands winkt ihn hinter sich her. Vor einer Eisentür, die er mit einem gewöhnlichen Schlüssel öffnet, bleibt er stehen.

»Hier.«

Er streckt die Hand nach dem Schalter aus und macht Licht, lässt Tom aber den Vortritt. Ein knappes Dutzend Glühbirnen erleuchtet den Raum, dessen Wände mit Weinregalen bedeckt sind, mit einem schummrig warmen Licht. In der Mitte steht ein robuster Eichentisch, über dem eine schlichte Lampe hängt.

»Dies war einer der Mannschaftsräume. Hier wurde gegessen, was ja gut passt.«

Toms Blick schweift über die Flaschenhälse, er schätzt, dass es einige Tausend sind. Ziemlich beeindruckend für einen privaten Weinkeller in einem Sommerhaus, aber Nordeuropas größter ist es bestimmt nicht.

»Ich weiß«, sagt Hands, als hätte er seine Gedanken gelesen. »Es ist ein wenig geschummelt, aber ich habe mir die Geschichte vom größten Weinkeller Nordeuropas ja nicht selbst ausgedacht. Ich habe lediglich darauf verzichtet, sie zu korrigieren.«

»Die Geschichte ist gut.«

»Alles, was den Leuten in Erinnerung bleibt, ist gut. Ob sie nun erzählen, dass man böse, gut oder verrückt ist. Oder den größten Weinkeller Nordeuropas hat.«

Er nimmt zwei Flaschen aus dem Regal und stellt sie auf den Tisch. »Lieber eine reizvolle Legende als eine traurige Wahrheit, stimmt's?« Er sieht Tom eindringlich an.

»Ja. Dem stimme ich hundertprozentig zu.«

»Ich konzentriere mich vor allem auf französische Weine«, sagt Eric Hands. »Man muss ja nicht ständig das Rad neu erfinden. Was bist du für ein Typ? Bordeaux oder Burgunder?«

»Eher Piemont, würde ich sagen.«

»Oh, ein Rebell.« Hands reißt theatralisch die Augen auf und legt die Flaschen wieder ins Regal. »Wir haben hier bestimmt noch irgendwo einen reifen Barolo.« Er wedelt mit der Hand vor den oberen Brettern herum und stellt sich auf einen Hocker. »Wir müssen aufpassen, dass wir ihn nicht kaputtmachen.« Wie ein rohes Ei zieht er die Flasche aus dem Regal und legt sie in einen Dekantierkorb. »Einen Barolo sollte man nach einer gewissen Zeit umdrehen, aber so geht es natürlich auch.«

Er macht das Licht aus, und dann gehen sie mit dem Korb nach oben. Annika hat für sie gekocht. Sie entschuldigt sich, weil es noch kein Lamm gibt. Stattdessen serviert sie eine Wildgans, die Eric Hands beim letzten Besuch seines sagenhaften Bunkers selbst geschossen hat.

»Vorsichtig kauen«, sagt Hands. »Es könnten noch Schrotkörner drin sein.«

Der Barolo passt ausgezeichnet zu der Gans, und der Ton wird lockerer. Eric Hands lobt Tom für die Wahl des Weins, obwohl es ja eigentlich keine bewusste Auswahl war, da er nicht wusste, was es zu essen geben würde. Tom erzählt Anekdoten von dem Haus in Spanien, das seine

Familie für ein paar Jahre gemietet hat. Es hatte zwölf Bäder, und Tom machte sich einen Spaß daraus, an jedem Wochentag nur ein bestimmtes zu benutzen, bis seine Mutter der Sache ein Ende machte. Erst am Ende der Geschichte wird ihm bewusst, dass sie vielleicht während einer Mahlzeit als unpassend empfunden werden könnte, aber er ist klug genug, nicht auch noch auf den Fauxpas hinzuweisen, indem er sich entschuldigt. Irgendetwas sagt ihm, dass Hands ihn wahrscheinlich mit glühenden Augen ansehen und etwas in der Art von »Entschuldige dich nie für eine gute Geschichte« sagen würde.

Nach dem Essen fragt Hands, ob er ihnen einen Armagnac anbieten dürfe, schenkt sich, als sie das Angebot dankend ablehnen, selbst einen ein und zieht sich mit seinem Glas wortlos zurück. Tom legt sofort seine Hand auf Ulrikas Oberschenkel und drückt mit den Fingern ein wenig zu. Er sehnt sich nach ihr und würde am liebsten vergessen, was gerade gewesen ist. Die ungezwungenen Gespräche mit Hands setzen ihm zu und trüben seine Sinne. Mit jedem Lächeln und jeder freundlichen Replik werden sie schwarz und schwärzer, verdickt sich das Blut in seinen Adern zu zähflüssigem Teer.

Er braucht sie, um für eine Weile zu vergessen, wo er ist und mit wem er es zu tun hat. Er hat Angst, sich nicht mehr lange beherrschen zu können, spürt das wachsende Bedürfnis, etwas kaputtzuschlagen, zu handeln, die Sache in die eigenen Hände zu nehmen, auf das Büro und seinen Auftrag zu scheißen und einfach … ja, einfach zu töten, nimmt er an.

Am Tag darauf ist Eric Hands nirgendwo zu sehen. Tom und Ulrika frühstücken mit gedruckten Zeitungen und frisch gepresstem Grapefruitsaft gemütlich auf den nudefarbenen Sofas.

Nach dem Frühstück geht Tom als Erster unter die Dusche und nutzt, während Ulrika duscht, die Gelegenheit, sich Etage minus eins genauer anzuschauen. Er begibt sich direkt zu der Tür, hinter der sich Hands' Arbeitszimmer verbergen soll, klopft unbekümmert an und hat sich eine Frage zu dem bevorstehenden Interview zurechtgelegt. Als er keine Reaktion erntet, drückt er entschlossen die Klinke hinunter. Die Tür geht auf, und dahinter befindet sich tatsächlich ein Arbeitszimmer. Vor den Fenstern steht ein nierenförmiger Schreibtisch aus Teakholz mit integrierten Schubladen und Fächern.

»Eric?«, ruft er laut und etwas albern in den offensichtlich leeren Raum.

Auf dem Tisch steht ein Monitor, aber er sieht keinen Computer und keine Aktentasche. Als er zu dem Unterschrank mit den Schubladen geht, bemerkt er mit einer gewissen Besorgnis die Spiegelung in den Fenstern auf der gegenüberliegenden Seite des Hofs. Vermutlich sieht man von dort aus genauso wenig wie er, was in dem Raum vor sich geht. Trotzdem zögert er. Wenn es eine versteckte Kamera gibt, ist er verloren. War es ein Fehler, gestern nicht die Gelegenheit beim Schopf zu packen, als er vor der Noisebox stand? Nein, es war die richtige Entscheidung. Und dies ist auch nicht der geeignete Moment, beschließt er. Er will nichts überstürzen.

Er verlässt den Raum und schließt die Tür. Ulrika ist immer noch im Bad. Er macht achtlos das Bett, streckt sich darauf aus und wartet auf sie.

»Was möchtest du machen?«, fragt er, als sie, eingewickelt in ein türkisfarbenes Handtuch, zurückkommt.

»Ich muss ein, zwei Stunden lesen.« Sie öffnet den Kleiderschrank und sucht sich in Ruhe ein Kleid aus. »Ist das okay für dich?«

»Na klar.« Vielleicht ist das seine Chance.

»Ich kann es auch machen, während du Papa interviewst.«

»Wie es für dich am besten ist.«

»Eigentlich kann ich vormittags am besten arbeiten.«

In ihrem Ton schwingt ein eher wohlerzogenes als rücksichtsvolles Bedauern mit.

»Ich komme schon zurecht.«

»Schön, dann trinken wir einen Apéro, wenn du mit Papa fertig bist, und gehen anschließend in der Scheune essen.«

»Guter Plan.«

Ulrika sieht alle Kleidungsstücke auf den Bügeln noch einmal durch, entscheidet sich dann aber doch für etwas aus dem Koffer. Jeansshorts und einen weiten Strickpullover.

»Du hast einen irrsinnig hübschen Po«, sagt er.

»Bring jetzt nicht meinen Plan durcheinander.«

»Bedankt man sich so für ein Kompliment?«

Sie streckt ihm den Po entgegen und nimmt ihre Sandalen aus dem Koffer.

»Was macht dein Vater?«, fragt er.

»Weiß nicht. Arbeiten. Wie immer.«

Tom lässt sie mit dem britischen Renaissancedrama allein. Oben im Eingangsbereich entdeckt er ein kleines Fernglas von Nikon, das er sich gut sichtbar um den Hals hängt. Durch alte Schützengräben und Maschinengewehrnester spaziert er einmal um die auf drei Seiten von Meer umgebene Halbinsel herum. Er probiert das Fernglas aus und stellt eine kleine Insel im Südwesten scharf. Sanfte Wellen umspielen die glattgeschliffenen Klippen. Die Sonne blendet.

Er schlendert weiter und sieht ein Stück entfernt ein Motorboot, das zwischen dem eigenen Anker und einem kurzen robusten Holzsteg vertäut ist. Er hält inne. Die Eisentür zum größten Weinkeller Nordeuropas steht offen. Tom geht langsam darauf zu. Er versucht, einen Blick durch den Gang bis in die Kaverne zu erhaschen, sieht aber von seinem Versteck hinter einigen Wacholderbüschen nur einen Teil des Gewölbes.

Er richtet das Fernglas auf drei große Holzkisten in dem dunklen Gang, die teilweise vom linken Türflügel verdeckt werden. Es ist schwer, Details auszumachen, und unmöglich zu erkennen, was sie enthalten, aber gestern waren sie auf jeden Fall noch nicht da. Nach fünf Minuten in der Hocke kniet er sich in das trockene Gestrüpp und glaubt, Stimmen zu hören, aber es könnte auch das Plätschern der Wellen gewesen sein, das ihm einen Streich gespielt hat.

Plötzlich verändern sich in dem Gang die Lichtverhältnisse. Zwei Personen kommen zum Vorschein. Der Größe und der Haarfarbe nach zu urteilen, ist die eine Eric Hands. Aber wer ist der andere? Tom stellt die Schärfe neu ein, als die Männer näher kommen. Der andere ist ebenfalls blond, aber einen halben Kopf kleiner als der, bei dem es sich vermutlich um Hands handelt. Er hört sie gut genug, um einen Eindruck von ihrem Gespräch zu bekommen, schnappt aber nur Wortfetzen auf. Sie scheinen sich nicht ganz einig zu sein.

Der Wert des Ganzen, niemand sonst, naiv. Aus dem Zusammenhang gerissen ergeben die Worte keinen Sinn.

Eric Hands deutet zum Ausgang, und beide gehen in schnellem Tempo darauf zu. Allmählich treten ihre Gesichtszüge hervor. Augen und Lippen bekommen Farbe, die Kleidung besteht nicht mehr nur aus dunklen Flächen. Tom justiert mehrmals das Fernglas, um sie scharf zu sehen. Irgendetwas hat sich dort drinnen und zwischen den beiden abgespielt, etwas, das er nicht auf dem Plan hatte und das die Spionagesoftware des Büros selbst dann nicht aufgezeichnet hätte, wenn es ihm gelungen wäre, sie zu installieren.

Kurz vor dem Ausgang bleiben sie stehen. Als der Mann hinausschaut, versteht Tom zumindest einen halben Satz.

»Montag sind sie weg. Mach dir keine Sorgen.«

»Wenn ich mir Sorgen machen würde, wäre ich nicht hier«, erwidert Hands, dessen kräftige Stimme weiter trägt.

Der andere geht noch einen Schritt auf den Ausgang zu und kneift die Augen zusammen, als das grelle Licht auf sein Gesicht fällt.

Toms Magen zieht sich zusammen, ihm wird auf einen Schlag eiskalt. Nein, nicht Toms Magen zieht sich zusammen, es ist der von Elias. Elias ist derjenige, der trotz der Hitze plötzlich friert. Er sackt in sich zusammen, als der Mann aus dem Sichtfeld des Fernglases verschwindet. Unter ihm knackt ein Ast, aber die beiden Männer scheinen nichts zu merken.

Mit zittrigen Händen hantiert er am Fernglas herum und fängt den Mann, nachdem er es einige Male nervös hin und her geschwenkt hat, wieder ein. Er schaut auf das Wasser hinaus, sein Gesicht ist beleuchtet. Er ist sich hundertprozentig sicher. Das ist der Mann auf dem Foto aus Sarajevo. Die kleine Vertiefung oder Narbe am Wangenknochen ist deutlich zu sehen. Das ist der Mörder seines Vaters.

Er hat sowohl den Mann vor sich, der letztendlich für den Tod seines Vaters verantwortlich ist, als auch denjenigen, der die tödliche Bombe gelegt und gezündet hat. Er wünschte, er wäre nicht nur ein zahnloser Agent, sondern bewaffnet und sein Auftrag bestünde darin, diese beiden Männer zu vernichten.

Sie kommen heraus und schließen mit vereinten Kräften die beiden Türflügel, die Hands anschließend abschließt. Tom zieht eilig sein Handy aus der Tasche. Beinahe hätte er den Moment verpasst, so perplex ist er. Er zoomt die beiden heran und knipst so viele Bilder wie möglich, während die beiden nach rechts gehen und sich von ihm entfernen. Zum Glück ist der andere – der Mann, der Mörder – von ihm aus betrachtet hinter Hands, was Tom ein paar richtig gute Fotos beschert, als er Hands das Gesicht zuwendet.

Als er die beiden nicht mehr sehen kann, merkt er, wie stark sein Herz hämmert. Er sammelt Spucke im Mund, schluckt sie hinunter und steht auf. Nachdem er ein paar Minuten im Schatten gewartet hat, geht er weiter.

Die unerwartete Begegnung in der französischen Botschaft hat Ylva bis spät in die Nacht wach gehalten. Der Vormittag war trotzdem kein Problem. Angefangen hat es am Morgen mit dem einmal im Monat stattfindenden Spaziergang mit dem Afrikachef. Beim ersten Mal hat er sich zufällig ergeben, weil sie beide Dinge im Regierungsviertel zu erledigen hatten, und seitdem haben sie die angenehme Abwechslung von den üblichen Sitzungen beibehalten. Sie treffen sich am Strömkaj, gehen den Strandväg entlang und dann hinauf zu Sida.

Um zehn hat sie zwei Mitarbeitergespräche geführt und fühlt sich allmählich etwas benebelt. Ihr Handy klingelt. Es ist ein interner Anruf, Agneta Feldt, die Chefin der Öffentlichkeitsabteilung, ist dran.

»Du musst dir unbedingt etwas ansehen«, sagt Agneta ohne Umschweife. »Ich habe dir einen Link gemailt.«

Ylva öffnet die Mail und klickt den Link an. Ein Artikel von einer ihr unbekannten Website wird hochgeladen. Die Überschrift ist ein Schlag ins Gesicht und raubt ihr das letzte bisschen Kraft. »Sida-Chefin beutet Asylbewerber als kostenlose Arbeitskräfte aus.« Daneben ein unvorteilhaftes Foto, auf dem sie wie eine dicke Spinne in ihrem Netz aussieht. Sie sackt auf dem Bürostuhl in sich zusammen, kann nicht mehr, will den Text nicht lesen.

»Ich habe den Artikel eben entdeckt«, sagt Agneta.

»Hat sich schon jemand gemeldet?«

»Noch nicht, er ist erst vor wenigen Minuten ins Netz gestellt worden, aber es wird wohl nicht lange dauern. Sie haben ihn in den sozialen Medien verlinkt und bekommen strategischen Rückhalt von Journalisten in traditionellen Medien.«

»Worum geht es? Kannst du es für mich zusammenfassen?«

Sie scrollt nach unten, damit niemand der Vorbeikommenden die Überschrift sieht, was natürlich sinnlos ist, weil innerhalb kürzester Zeit ohnehin die ganze Behörde davon wissen wird.

»Sie haben zwei afghanische Asylbewerber ausfindig gemacht, die behaupten, bei dir gewohnt und in deinem Haushalt unentgeltlich Tätigkeiten ausgeübt zu haben.«

Ylva gibt einen so tiefen Seufzer von sich, dass die Chefin der Öffentlichkeitsarbeit ihn vermutlich auch ohne Mobiltelefon hören könnte.

»Gibt es für die Sache irgendeinen Grund?«, fragt Agneta.

Ylva schließt die Augen, um sich zu sammeln, während die Erniedrigung sich wie ein Gift in ihrem System ausbreitet. Allein, dass sie hier sitzen und einer ihrer Mitarbeiterinnen gegenüber ihre Unschuld erklären muss, übersteigt ihre Kräfte, aber ihr ist klar, dass es nicht anders geht.

»Es gibt einen Hintergrund, aber keinen Grund«, sagt sie. »In meinem Gästehaus hat zwei Jahre lang ein Ehepaar aus Afghanistan gewohnt. Im Februar sind sie ausgezogen.« Dass sie sich nicht mehr sicher gefühlt haben, nachdem sie von einem Auftragsmörder bedroht worden sind, erwähnt sie nicht. »Sie haben keine Miete bezahlt. Es war vereinbart, dass sie etwas zahlen, sobald einer von ihnen einen Job findet. Sie haben das Haus im Auge behalten, wenn ich weg war. Ich habe sie nie darum gebeten, aber da sie mein Haus von ihrem Fenster sehen konnten, ergab es sich einfach. Sie haben die Post reingeholt und Kleinigkeiten erledigt, die Nachbarn eben füreinander tun. Einige Male hat Najide meine Küche geputzt, obwohl ich ihr gesagt hatte, das sei nicht nötig.«

»Okay.«

Lähmendes Schweigen am anderen Ende. Denkt Agneta, sie lügt?

»Das ist alles. Was sagen die beiden? Sind sie interviewt worden?«

»Ja, aber ihre Aussagen werden hauptsächlich paraphrasiert. In einem der wörtlichen Zitate…« Um den Gesprächsfaden nicht abreißen zu lassen, summt Agneta leise vor sich hin, während sie die Stelle sucht. »Hier zum Beispiel: *Wir sind nicht über unsere Rechte informiert worden*, und etwas weiter unten: *Nein, wir haben nie eine Bezahlung erhalten*.«

Obwohl Ylva klar ist, dass die beiden manipuliert wurden, fühlt sie sich hintergangen. Sie hat ihnen ein Haus zur Verfügung gestellt, das sie sicher für zehntausend Kronen im Monat hätte vermieten können, wenn sie gewollt hätte. Sie hat sie im Rahmen ihrer Möglichkeiten beraten und ihnen Kontakte verschafft, sie durch das Bürokratielabyrinth der Einwanderungsbehörde gelotst und sich viele Stunden Zeit genommen, mit ihnen die Fragen zu klären, die gehetzte Rechtsanwälte und Dolmetscher offengelassen haben. Und jetzt dieser Mist hier. Das tut weh.

Es würde ihr guttun, ihre Wut rauszulassen und ihren Zorn auf die Personen zu richten, die das Gift gebraut haben, aber es ist schwer, sich über eine anonyme Website zu ärgern. Sie ahnt, wohin diese Geschichte führen kann. Ein Felsbrocken hängt über ihrem Kopf, und wenn sie jetzt nicht besonnen handelt, reißt das Seil, an dem er befestigt ist.

»Was machen wir?«

»Gib mir fünf Minuten Zeit, darüber nachzudenken. Ich wollte dich erst einmal informieren.«

»Danke.«

»Ich rufe gleich zurück. Nimm in der Zwischenzeit keine Anrufe entgegen und gib keinen Kommentar dazu ab, egal, wer dich fragt.«

Agnetas strikte Anordnung ist alles andere als beruhigend. Es fühlt sich an, als würde bereits an ihrem Posten gerüttelt.

»Findest du, ich sollte mit ihnen reden?«

»Mit wem?«

»Hossin und Najide.«

»Auf keinen Fall.«

Wieder eine Anweisung, als hätte sie selbst nicht die geringste Kontrolle mehr über ihr Leben.

»Jedenfalls nicht jetzt«, relativiert Agneta, nachdem ihr vermutlich selbst aufgefallen ist, dass sie vielleicht etwas zu streng war. »Wir müssen uns in Ruhe etwas überlegen. Wenn du es tust, sollte jemand von der Presse dabei sein, damit es nicht so aussieht, als wolltest du sie zum Schweigen bringen. Wenn es aber bei diesem einen Artikel bleibt, halte ich es nicht für nötig.«

»Okay«, sagt Ylva. »Ich verkrieche mich unterm Schreibtisch und warte ab, bis du mich zurückrufst.«

Die Chefin der Öffentlichkeitsabteilung und sie wissen beide, dass es nicht dabei bleiben wird.

Im spätsommerlichen Abendlicht, das die Haut liebkost wie eine sanfte Berührung, gehen Tom und Ulrika zum Restaurant in der Kalkscheune. Die Stimmung ist so romantisch, dass Tom nach Ulrikas Hand tastet. Sie nimmt seine Hand, lässt sie aber schon nach zehn Metern wieder los.

Die meisten Häuser auf der Halbinsel Bungenäs stehen leer, aber das Lokal lockt genügend Gäste aus Fårösund und dem Rest der Insel an, um zumindest halb voll zu sein.

Ulrika sitzt schweigend und in sich gekehrt am Tisch. Tom fragt sie, was mit ihr los ist, bekommt aber versichert, es sei alles in Ordnung.

Das Interview mit Eric Hands hat Kraft gekostet, und nach dem, was er eine Stunde zuvor gesehen hatte, fiel es ihm schwer, wieder einen freundschaftlichen Ton an den Tag zu legen. Zum Glück war der Fragenkatalog gut vorbereitet und das Thema akademisch. Eric Hands ist kein unkomplizierter Interviewpartner, er schweift gerne ab.

Das Gespräch war nicht uninteressant, aber aus wissenschaftlicher Sicht nicht übermäßig erhellend.

»Für mich sind Waffen einfach eine Ware«, hat er gesagt. »Ich halte das Internet für eine größere Bedrohung für die Demokratie. Waffen töten, das stimmt, aber sie lösen keine Kriege aus. Dafür reicht heutzutage Twitter.«

»Der Einwand ist vielleicht banal«, antwortete Tom, »aber wenn man keine Waffen hat, fängt man auch keinen Krieg an.«

»Banal oder nicht banal ist hier nicht die Frage«, verkündete Hands daraufhin mit seiner kräftigen Stimme. »Der Ansatz ist falsch. Oft werden Kriege mit viel zu wenig Waffen begonnen, und dann verliert man und stirbt.«

Nach einem Glas Wein taut Ulrika ein wenig auf, aber ihr Blick bleibt distanziert und ihre Gesten reserviert. Sie ist nicht wie sonst. Tom kann nicht umhin, sich zu fragen, ob es mit ihm zu tun hat. Hat sie jetzt schon die Nase voll von ihm? Oder hat Eric Hands im Laufe des Tages eine kritische Bemerkung über ihn fallen lassen, die ihr nicht aus dem Kopf geht? Verliert sie womöglich immer dann das Interesse, wenn ihr Vater sich abfällig über ihre Liebschaften äußert?

Sie bestellt ein zweites Glas Wein, rührt aber ihren gebackenen Sellerie mit der gebräunten Butter kaum an und steckt sich nur hin und wieder mit gleichgültiger Miene Mandelkartoffelchips in den Mund.

Auf dem Rückweg zum Bunker umfasst sie mit beiden Händen seinen Oberarm und schmiegt sich an ihn.

»Bist du sicher, dass alles in Ordnung ist?«

»Muss denn immer was sein?«, gibt sie zurück. »Ich meine, etwas, das einem bewusst ist. Manchmal ist man einfach …«

»Absolut«, sagt Tom, »aber falls dich etwas bedrückt, kannst du es mir ruhig erzählen.«

Sie lächelt zurückhaltend, sagt aber nichts. Als sie später auf dem Bett liegen, fährt er mit dem Finger die markanten Linien auf ihrer Stirn entlang und fragt sich, ob sie sich aus einem bestimmten Grund gebildet haben oder vererbt sind.

Sie fliegen zurück nach Stockholm, ein Hausangestellter bringt sie zum Flughafen in Visby. Was mit dem Boot passiert ist, weiß er nicht. Der Flug ist ohne sein Zutun beschlossen worden.

Ulrika wirkt bedrückt und schaut die meiste Zeit auf die Ostsee hinunter. Kurz vor der Landung in Bromma sagt sie, sie überlege, eine Zeit lang zu Hause zu bleiben.

»Ich muss sowieso nur meine Hausarbeit schreiben, Vorlesungen finden im Moment nicht statt. Wir könnten ans Mittelmeer fahren und ein paar Wochen auf der Jacht verbringen, ich habe Papa gefragt. Du könntest dort deine Doktorarbeit weiterschreiben. Was meinst du, könntest du das einrichten?«

Ganz unabhängig von seinem Auftrag durchfährt ihn ein erfreutes Zucken. Er hat wirklich geglaubt, sie hätte genug von ihm und würde Schluss machen, sobald sie gelandet sind.

»Das wäre wunderbar«, sagt er begeistert und fügt dann etwas gedämpfter hinzu, um nicht zu gefügig zu erscheinen: »Ich leite zwar einen Grundkurs, aber der müsste sich eigentlich verschieben lassen.«

»Meinst du?«

»Ja. Ich muss vorher mit dem Institutsleiter sprechen, aber ein paar Wochen sind bestimmt kein Problem.«

Bei Tom White ist alles möglich.

»Zwei Wochen nur lesen und schreiben und ab und zu in der Sonne liegen.«

»Ja.« Er greift nach ihrer Hand. »Ich will. Mit dir zusammen.«

Sie drückt seine Finger, und in ihren Augen blitzt etwas Hoffnungsvolles auf. Sie sieht … glücklich aus, und er fühlt sich plötzlich moralisch verantwortlich dafür.

Während sie rumpelnd auf der Landebahn aufsetzen, denkt er über ihre Beziehung nach. Sie entscheidet eigenhändig Dinge, ohne vorher mit ihm zu verhandeln. In seiner Branche würde man die Beziehung als asymmetrisch bezeichnen. Ist das der eigentliche Grund, weshalb sie so schnell gelangweilt ist? Kann sie keinen Widerspruch ertragen, oder haben schlicht und einfach ihre Exfreunde die Lust verloren, sich von ihr dominieren zu lassen? Unter diesem Gesichtspunkt könnte Tom und Ulrika eine glückliche Zukunft bevorstehen, denn Tom White wird niemals die Lust verlieren und sich mit Freude dominieren lassen.

Jedenfalls bis sein Auftrag abgeschlossen ist.

Windstöße drücken den Regen gegen den verwitterten Erker, Wasser dringt durch die Ritzen und bildet kleine Lachen auf dem Fensterbrett. Hinter der spärlich beleuchteten Promenade sieht Ylva die Wellen ans Ufer des Magelungen schlagen und Wasserkaskaden sich auf dem Uferstreifen ergießen.

Der starke Wind hält jetzt schon fast vierundzwanzig Stunden an. In der Nacht ist sie mehrmals aufgewacht, weil Äste abbrachen und das Deckengebälk knarrte. Elias simst, dass er da ist. Sie geht in den Keller.

Es ist unklar, wofür der unterirdische Gang ursprünglich gedacht war, der in ihrem Keller beginnt und wenige Meter vom See entfernt endet. Es kursieren Gerüchte, die aber eher Legenden als Erklärungen sind. Das eine sagt, der Gang habe der wissenschaftlichen Forschung gedient, andere behaupten, ein Exzentriker hätte ihn erbaut. So oder so ist er praktisch, wenn man unauffällig Besuch empfangen möchte.

Die Geräusche hallen durch den Gang, als sie die

Riegel zur Seite schiebt und die schwere Eisentür aufdrückt.

»Komm rein.«

Sie nimmt seine Hand und zieht ihn herein. Wasser trieft in Strömen von seiner Regenjacke und seinem Gesicht auf den nackten Beton.

»Du hast eiskalte Hände.«

Es ist ungewohnt, Tom White gegenüberzustehen, aber sie muss zugeben, dass ihm das maßgeschneiderte Hemd und das elegante Jackett, das unter der Regenjacke hervorblitzt, stehen. Nur die teure Armbanduhr ist für ihren Geschmack etwas zu protzig.

Er sieht so anders aus als der Elias, den sie damals kennengelernt hat. Da war er auf der Flucht und hatte nur das, was er am Leib trug, und ein paar Sachen, die Ylva von ihrem afghanischen Untermieter ausgeliehen hatte, die aber überhaupt nicht passten.

Kleidungsstücke sind schnell gewechselt, beim Gesicht ist das schon schwieriger. Die Schussverletzung und Operation haben einen anderen Menschen aus ihm gemacht. Die neue Frisur und das jetzt blonde Haar tragen das Ihre dazu bei. Es ist fraglich, ob sie ihn erkannt hätte, wenn sie nicht von seiner Verwandlung gewusst hätte. Für sie ist er Elias, sobald er den Mund aufmacht und sich bewegt, aber wenn er still dasitzt, ist er ihr seltsam fremd. Sie nimmt an, dass seine Veränderung noch deutlicher zutage tritt, wenn er mit anderen zusammen ist und sozusagen arbeitet. Mit ihr zusammen kann er er selbst sein.

»Was für ein Sauwetter.«

»Irgendwann muss es ja mal aufhören«, sagt er.

Sie haben eine unnatürliche Hitzewelle hinter sich, die wochenlang nicht aufhören wollte, Waldbrände entfacht und Gärten und Ernten hat verdorren lassen.

Die Küche ist eine einzige Baustelle. Elias zieht die durchnässte Jacke aus. Es hat lange gedauert, das Haus nach dem Brand zu sanieren, und die Küche ist noch immer nicht fertig. Die Deckenbalken sind ausgetauscht und die Wände neu verputzt worden, aber die Einrichtung fehlt noch.

»Warte«, sagt sie, »ich hole dir ein Handtuch.«

Sie eilt die knarrende Treppe hinauf und kehrt mit einem hellrosa Handtuch zurück. Elias ist in den Flur gekommen und rubbelt sich Gesicht, Hals und Haar ab. Das Hemd klebt nass an seiner Brust.

»Willst du es nicht lieber ausziehen?«, fragt sie. »Ich kann dir ein T-Shirt leihen.«

Er zögert kurz, aber dann überlegt er es sich anders. Er knöpft sein Hemd auf und steht mit nacktem Oberkörper da, als Ylva zum zweiten Mal die Treppe herunterkommt.

»Ich glaube, es gehört sogar dir.«

Sie hält ihm ein T-Shirt in undefinierbarem Graubeige hin, das sich beim Waschen verfärbt hat.

»Danke.« Er zieht es sich über den Kopf, schließt die Augen und seufzt hörbar.

»Was ist?«

»Alles okay, aber ...«

Ylva streckt die Hand nach ihm aus, kurz davor, ihn zu berühren, aber dann hält sie inne.

»Ich erzähle es dir … Gib mir fünf Minuten.«

Er schließt sich im Badezimmer ein und bleibt länger als fünf Minuten dort drinnen.

»Ich habe den Mann gesehen. Den auf dem Foto«, sagt er, als sie schließlich auf dem Sofa sitzen.

Ylva starrt ihn mit offenem Mund an.

»Den Schweden«, fügt er hinzu. »In Eric Hands' Haus auf Gotland.«

»Du hast ihn getroffen?«

Er schüttelt den Kopf. »Nur gesehen. Ich weiß nicht, was er dort gemacht hat, und ich glaube auch nicht, dass irgendjemand wollte, dass ich ihn sehe.«

»Aber du bist sicher, dass er es war?«

»Ja.«

Ylva umschließt ihren Teebecher mit beiden Händen, als ob ihr kalt wäre. Elias erzählt das Wenige, was er weiß.

Draußen hat der Regen nachgelassen, der Wind sprüht jetzt sanftere Tropfen an die Fensterscheiben des Erkers, zwei Monate zu spät, um die Pflanzen im Garten zu retten.

»Ich hatte letzte Woche einen Termin in der französischen Botschaft, der sich ganz anders entwickelte als erwartet. Als ich ankam, wurde ich von Emmanuel Lambert empfangen.«

»Emmanuel Lambert aus Brüssel?«

»Genau der.«

»Was wollte er von dir?«

»Er wollte über das Foto aus Sarajevo oder, besser gesagt, über den Mann aus Sarajevo sprechen. Den Schweden.«

Es ist, als wäre in der Zwischenzeit nichts passiert. Der Regen, der in unregelmäßigen Böen über die Scheiben fegt, könnte auch Schnee sein, und sie tappen noch genauso im Dunkeln wie im Januar.

»Und?« Selbst dieses eine Wort kommt ihm nur schwer über die Lippen.

»Sie wollen, dass ich mich raushalte. Ich soll nichts unternehmen und du auch nicht.«

»Ich?«

»Er weiß nicht, dass ich dir die Bilder gezeigt habe, aber er hat mich gebeten, die Botschaft an dich weiterzuleiten.«

»Wieso sollen wir uns raushalten?«

»Sie interessieren sich für den Schweden. Wir würden ihnen nur in die Quere kommen. So habe ich es zumindest verstanden.«

»Hat er gesagt, wer dieser Mann ist?«

»Ein Rechtsextremist mit Verbindungen zu terroristischen Gruppierungen.«

»Kein Name?«

»Nein.«

Elias blickt auf seine Hände. Ylva sieht, dass sie zittern. Er faltet sie, um es zu überspielen, aber es gelingt ihm nicht. Das Zittern wird immer stärker. Etwas tropft auf seine Hände.

»Elias?«

Dicke Tropfen fallen in seine zitternden Handflächen. Seine Wangen sind nass.

Behutsam streicht sie ihm über den Rücken.

»Mach dir keine Sorgen«, sagt sie, »hier bist du sicher.« Sein Brustkorb bewegt sich stoßweise. »Du musst es nicht machen, das weißt du, oder? Niemand kann dich dazu zwingen. Du kannst einfach Nein sagen. Niemand würde dir einen Vorwurf machen.«

»Alles in Ordnung«, sagt er.

»Da bin ich mir nicht so sicher.«

Er rückt ein Stück von ihr ab.

»Ich weiß nicht, was das gerade war. Wenn ich mittendrin stecke, ist es nicht so schlimm. Ehrlich. Aber hinterher, so wie jetzt, wenn ich darüber nachdenke. Wenn mir bewusst wird, was das für Leute sind.«

»Hauptsache, du vergisst nicht, dass es deine Entscheidung ist«, sagt sie. »Niemand zwingt dich.«

Er seufzt tief. Sie sieht ihn fragend an, dann versteht sie. Sie erkennt es in seinen Augen.

»Ich muss es tun.«

Er könnte es sich nie verzeihen, wenn er jetzt einen Rückzieher macht. Ylva möchte ihm sagen, dass es das vielleicht nicht wert ist, der Preis möglicherweise zu hoch, aber ihr ist klar, dass er nicht auf sie hören würde.

Ihre rechte Hand streichelt noch immer über seinen Rücken. Wie lange sitzen sie schon so da? Der Regen auf den Scheiben, ein kalter Luftzug von den undichten Fenstern. Vorsichtig berührt sie sein Gesicht und fährt mit den Fingerspitzen über die blasse Narbe. Sie weiß nicht, wie es dazu kommt, aber von einem Moment auf den anderen trinkt sie gierig von seinen Lippen. Elias schließt die Augen, verschwindet irgendwo und löst sich vollständig auf. Dann reißt er sich los, sieht einen Augenblick lang den Hunger in ihrem Blick und wendet sich ab.

»Elias.« Sie tastet nach seiner Hand, aber er entzieht sich.

»Ich muss gehen.« Er hastet in die Küche, um seine durchnässte Jacke zu holen.

»Nein, musst du nicht. Elias, beruhige dich.«

Aber er läuft bereits die Treppe hinunter. Sie ruft ihm hinterher, doch er bleibt nicht stehen.

Langsam lässt sich Ylva zwischen die Sofakissen sinken. Sie will sich nicht selbst verurteilen, sich nicht schämen. Hinter ihr peitscht der Regen ans Fenster und zerrt an den Pflanzen im Garten. Sie schließt die Augen und sieht vor sich, wie Elias geduckt durch das Unwetter rennt und in Richtung See verschwindet.

Sie ist wieder in dem Hotelzimmer in Sarajevo und wimmert vor Wut über die Bilder, die sich ihr aufdrängen, und vor Sehnsucht. Wer ist Anders jetzt für sie? Sie hat geglaubt zu wissen, was er damals für sie war: ihr Liebhaber, ein emotionaler Rettungsanker, eine Atempause von einem Dasein, das unbemerkt immer monotoner geworden war. Aber stimmt das auch? Wie sich herausstellte, war er ein völlig anderer Mensch als der, den sie zu sehen glaubte, ein Mann mit geheimer Agenda, die vielleicht auch sie betraf, wer weiß. Ganz sicher wird sie sich nie sein.

Seit acht Monaten tot. Noch immer überkommt sie ohne Vorwarnung diese brennende Sehnsucht, eine Fieberwelle, die sich schnell verflüchtigt und sie allein in einem großen leeren Haus zurücklässt. Nach acht Monaten will sie endlich fertig mit ihm sein. Liebhaber, aber mehr nicht, vielleicht ein Spion. Warum leidet sie so?

Und das mit Elias? Ist es falsch? In ihren Augen nicht. Sie spürt das Tabu an seinen Reaktionen, das kann sie nicht leugnen, aber sie empfindet keine Scham. Reizt sie das Verbotene? Wie auch immer, das Gefühl ist stark. Sie hat es bei dem Kuss gemerkt, als eine Kraft von ihr Besitz ergriff, gegen die sie wehrlos war.

Anfangs war es umgekehrt. Zuerst hat sie gar nicht gemerkt, dass diese Anziehungskraft da war, dann hat sie dagegen angekämpft und schließlich kapituliert.

Sie wird wach, weil irgendwo der Wind heult. Elias hat unten im Keller die Tür offen gelassen.

Karolina und Vendela stehen zusammen vor Karolinas Schreibtisch und sehen sich die Fotos an, die der Prophet geschickt hat. Draußen hat sich der Wind gelegt, aber es regnet immer noch. Karolinas Trainingsmontur hängt zum Trocknen im Badezimmer. Die Luft ist feucht im DDR-Quartier, wie sie es mittlerweile nennen.

»Das ist der Mann aus Washington, eindeutig«, sagt Karolina.

Brinkmans Mund steht offen, gleich sagt er etwas zu Eric Hands, der dem Fotografen den Rücken zuwendet.

»Zuerst in Washington und jetzt in Hands' Bunker auf Gotland.«

»Falls er Elias im Auftrag von Eric Hands ausspioniert, ist das nicht weiter verwunderlich«, sagt Vendela.

»Örjan ist der Meinung, ich würde die Sache nicht objektiv genug betrachten, aber bei mir schrillen einfach alle Alarmglocken, wenn die Person, die vor ein paar Tagen in Washington nach Elias gefragt hat, auf einmal dort auftaucht, wo sich der Prophet gerade aufhält.«

Vendela sieht Karolina von der Seite an, wendet sich wieder dem Bildschirm zu und legt sich die Hand vor den Mund, als wollte sie sich selbst daran hindern auszusprechen, was sie denkt.

»Was ist?«, fragt Karolina.

Vendela brummt etwas, dann nimmt sie die Hand vom Mund und verschränkt stattdessen die Arme vor der Brust.

»In diesem Fall muss ich Örjan recht geben. Da streifen sich zwei verschiedene Welten, nicht unbedingt zufällig, aber es besteht auch kein unmittelbarer Zusammenhang zwischen ihnen.«

»Zwei Motten, die vom Feuer angezogen werden?«

»Die Metapher ist mir etwas zu unheilschwanger.«

»Du denkst also, es folgt alles einer inneren Logik, und der Prophet ist nicht in Gefahr?«

»Wie gesagt, ich stimme Örjan zu«, wiederholt Vendela, ohne Karolina anzusehen. »Und es gibt keinen Grund, den Propheten zu informieren. Wir könnten ihm mitteilen, wer Brinkman ist, aber Washington sollten wir nicht erwähnen.«

»Dann muss ich mich wohl als überstimmt betrachten.«

»In einer demokratisch gegliederten Gruppe könnte man es so ausdrücken.«

Karolina lacht auf. »Dann sollte ich es mir wohl aus dem Kopf schlagen.« Oder zumindest die Klappe halten, denkt sie.

»Allerdings sollten wir uns schon fragen, was Brinkman dort macht«, sagt Vendela. »Er wird nicht extra gekommen sein, um Hands zu berichten, dass er Elias in Washington nicht angetroffen hat.«

»Hands' letzter Deal mit diesen Typen ist nicht gut ausgegangen.«

Sie kann jederzeit abrufen, wie es sich anfühlte, als die Kugel auf ihre Schutzweste traf und die Wucht des Aufpralls sie umwarf. Sie hatte Glück. Bei einer Handfeuerwaffe hat man die Wahl zwischen einem Geschoss, das den größtmöglichen Schaden anrichtet, wenn es auf einen ungeschützten Menschen trifft, und einem, das den größten Schaden anrichtet, wenn das Opfer eine schusssichere Weste trägt. Derjenige, der auf sie geschossen hat, hatte sich für Letzteres entschieden. Karolina beugt sich über die Tastatur und klickt ein anderes Foto an. Es ist dunkel und unscharf, und ohne die Erklärung des Propheten wäre kaum zu erkennen, was darauf abgebildet ist.

»Haben diese Kisten etwas mit Brinkman zu tun?«

»›*Montag sind sie weg. Mach dir keine Sorgen*‹«, zitiert Vendela aus der Nachricht des Propheten. »Vielleicht hat er damit die Kisten gemeint.«

»Wenn Eric Hands Brinkman engagiert, damit er ihm einen Gefallen tut, könnte es mit dem Inhalt der Kisten zu tun haben«, fährt Karolina fort.

»Und mit Gefallen meinst du was?«

»Eine unbequeme Person aus dem Weg schaffen, ein Sabotageakt gegen einen Konkurrenten. Solche Dinge hat er in der Vergangenheit von Brinkmans Kollegen erledigen lassen.«

»Wenn in den Kisten Waffen sind, dürften sie für einen kleinen Guerillakrieg reichen.«

Stumm betrachten sie das Foto und die im Dunkeln kaum zu erkennenden Holzbretter der Kisten.

»Wir haben den Propheten jetzt eingeschleust«, fährt Vendela. »Das könnten wir uns zunutze machen.«

»Du meinst, wir sollten seinen Auftrag ausweiten?«

»Selbstverständlich. Es nicht zu tun wäre fahrlässig. In den zwei Wochen auf der Jacht wird Eric Hands höchstwahrscheinlich auch mal vorbeischauen, zumindest für einen Besuch. So nah kommt er wahrscheinlich nie wieder an ihn heran, falls er Ulrika Hands nicht heiratet.«

Vendela hat recht. Sie haben ihr Ziel erreicht, den Propheten ins engste Umfeld von Eric Hands einzuschleusen. Jetzt wird es Zeit, dass er an die Arbeit geht.

Spätnachts verabschiedet sich Tom vor der Taverna Brillo von Wille und geht allein die Sturegata entlang. Einzelne Tropfen fallen auf die Straße. Er knöpft seinen Mantel zu und klappt den Kragen hoch, obwohl er hochgeklappte Kragen total affig findet.

Tom White zu sein fällt ihm zunehmend leichter, dafür wird das, was Tom tun soll, immer schwieriger. Eric Hands näherkommen, an seinen Computer und sein Handy herankommen, der Freund seiner Tochter sein, mit ihr schlafen, ihr zärtliche Dinge ins Ohr flüstern und sie anlügen. Und dann ist da noch der Mörder aus Sarajevo. Das Foto hat sich ihm eingebrannt. Und Ylva. Er fühlt den Kuss noch auf seinen Lippen.

Seine Reaktion erstaunt ihn selbst. Da wird ein heimlicher Wunschtraum beinahe wahr, und er ergreift die Flucht. Oder soll dieser Traum vielleicht gar nicht in Erfüllung gehen? Ist es überhaupt ein Traum? Die Sache hat zudem eine dunkle und undurchsichtige Seite, die so verlockend wie beängstigend ist. Ein Tabu. Oder hat es etwas mit Ulrika zu tun? Auch wenn das Ganze nur gespielt ist, empfindet er etwas für sie.

Ein Mann in einem dünnen beigen Mantel holt ihn ein. Tom geht ein Stück zur Seite, um ihn vorbeizulassen, aber der Mann geht neben ihm her. Er ist irgendwas zwischen vierzig und fünfzig, trägt eine sehr energische und von grauen Strähnen durchzogene Kurzhaarfrisur, eine dunkle Hose und ordentlich geputzte schwarze Schuhe. Nicht unbedingt der Typ Mensch, den man nachts um zwei in der Gegend rund um den Stureplan erwartet.

»Verzeihen Sie«, sagt er auf Französisch, »ich möchte mich nicht aufdrängen, aber ich glaube, wir haben einen gemeinsamen Bekannten.«

Tom spürt ein inneres Zittern. Er hat keine Angst, aber die Situation ist brenzlig und diese Begegnung eine Herausforderung.

»Wen meinen Sie?«, fragt Tom, ebenfalls auf Französisch. Er spricht fließend Französisch, das war eine Voraussetzung für Toms Lebensgeschichte, aber mit leichtem schwedischem Akzent. Elias hat ein Jahr Französisch an der Sorbonne studiert und sich im zweiten Halbjahr typische Pariser Ausdrücke und den entsprechenden Tonfall angeeignet. Außerdem hat er die französischen Fachbegriffe der Friedens- und Konfliktforschung gepaukt.

»Ich heiße Emmanuel Lambert und habe Ylva Grey im Zuge meiner Arbeit kennengelernt«, sagt der Mann, der neben ihm hergeht. »Ich glaube, Sie kennen sie auch.«

Tom bleibt abrupt stehen, worauf Emmanuel Lambert ihm eine Hand auf die Schulter legt und mit sanftem

Druck die Richtung vorgibt. Er riecht nach Tabak und Kopfzerbrechen. Er ist ein Beamter, kein Auftragsmörder, aber wenn es sein muss, kann er auch töten.

»Wir bleiben besser in Bewegung.«

Tom versteht nicht, was los ist. Wie hat Lambert ihn mit Ylva in Verbindung gebracht? Er scheint zu wissen, wer er ist. Oder hat er Tom White gemeint, als er sagte, er würde Ylva auch kennen?

»Geht es um Ylva Grey?«

»Nein, ganz und gar nicht. Ich habe sie nur als Referenz erwähnt.«

»Woher wissen Sie, dass Ylva Grey und ich uns kennen?«

Wie unprofessionell. Damit gibt er es praktisch zu, aber er muss Bescheid wissen. Er betrachtet den Mann von der Seite, die tief liegenden Augen, seine bläulichen Lippen. Er bewegt sich schnell.

»Sie haben sich kürzlich in einem Kontext bewegt, für den wir uns interessieren«, sagt Lambert. »Und wir sind Ihnen gefolgt, nachdem Sie kürzlich bei ihr waren. Als es so geregnet hat, wissen Sie noch?«

Er hat niemanden bemerkt, hat sich in der Dunkelheit und dem strömenden Regen völlig sicher gefühlt. Trotz der Demütigung ist er erleichtert. Der Mann meint Tom.

Hin und wieder fahren Taxis vorüber, aber auf dem Gehweg sind sie allein.

»Welcher Kontext war das?«

»Eric Hands«, sagt Lambert und verstummt, als würde er auf eine Reaktion warten, aber Tom ist vorsichtiger geworden.

»Das müssen Sie mir genauer erklären.«

»Gerne«, sagt Lambert.

Sie gehen am ehemaligen Kino vorbei, mittlerweile im Gleichschritt, stellt Tom fest.

»Sie sind mit Ulrika Hands liiert.« Ohne Toms Bestätigung abzuwarten, fährt er fort: »Durch sie sind Sie auch mit Eric Hands, ihrem Vater, in Kontakt gekommen.«

»Wollen Sie, dass ich den Vater meiner Freundin ausspioniere?« Tom schafft es, richtig beleidigt zu klingen.

Lambert hebt besänftigend die Hand. »Moment.«

Nachdem er sich umgesehen hat, zieht er ein Foto aus der Manteltasche und gibt es Tom. Tom wirft einen Blick darauf und wird langsamer, als er den Schweden aus Sarajevo sieht, den Mörder seines Vaters. Er muss sich beherrschen.

»Wer ist das?«, fragt er.

»Wissen Sie das nicht? Sie sind ihm schon mal begegnet.«

»Möglich, dass ich den Mann schon mal kurz gesehen habe, aber ich weiß nicht, wer er ist.«

Lambert nimmt ihm das Foto wieder aus der Hand. Woher weiß er das alles über ihn?

»Der Mann auf dem Foto ist ein schwedischer Rechtsextremist. Für ihn interessieren wir uns, nicht für Hands. Und da er, genau wie Sie, in engem Kontakt zu Eric Hands steht… Sie verstehen schon. Er ist gefährlich, hat mit Terroristen zusammengearbeitet und mehrere Menschenleben auf dem Gewissen. Wir dachten, das müsste für Sie Grund genug sein, uns zu helfen.«

Wenn Lambert weiß, dass der Mann auf dem Bild ein Mörder ist, weiß er vielleicht auch, dass eins seiner Opfer Anders Krantz ist. Weiß er auch, dass dessen Sohn neben ihm hergeht?

»Was garantiert mir, dass Sie derjenige sind, für den Sie sich ausgeben?«, fragt Tom, um den Spieß umzudrehen.

»Wenn Sie möchten, arrangiere ich ein Treffen in der französischen Botschaft.«

»Und warum sollte ich dort hingehen?«

»Sie haben Grundbesitz in Frankreich. Sie sind aufgefordert worden, eine Grundbucheintragung vornehmen zu lassen. Das ist auch in der Botschaft möglich.«

Jetzt spricht er eindeutig von Tom.

»Ihr Schweden glaubt, in einem bürokratischen Land zu leben…« Er lächelt verhalten. »Ihr habt ja keine Ahnung. Es gibt viele Möglichkeiten, die wir uns zunutze machen können.«

Sie erreichen den Karlaväg und biegen rechts ab.

»Wir wollen wissen, was dieser Mann und Eric Hands miteinander zu tun haben. Wir bezahlen gut. Wenn Sie wollen, überweisen wir Ihnen das Geld auf ein französisches Konto, damit niemand fragt, wo diese Eurobeträge herkommen. Und wenn ich gut sage, kalkuliere ich durchaus Ihren finanziellen Hintergrund mit ein.«

»Was kümmert Sie überhaupt ein schwedischer Rechtsextremist? Warum geben Sie das, was Sie über ihn wissen, nicht einfach an die schwedischen Behörden weiter?«

Emmanuel Lambert steckt die Hände in die Manteltaschen und macht größere Schritte.

»Ich kann verstehen, dass Ihnen das merkwürdig erscheint.« Die rechte Hand kommt wieder zum Vorschein. »Sie können sicher nachvollziehen, dass wir momentan unter Druck stehen.«

Seine Antwort ist genauso nichtssagend, wie die Frage rhetorisch war.

»Wie gesagt«, fährt Lambert fort, »der Mann ist gefährlich. Er hat ein weitverzweigtes Netzwerk und war in die Vorbereitung eines Terroranschlags in Frankreich involviert, den wir zum Glück verhindern konnten.«

»Wenn Sie Beweise dafür haben, könnten ja die französischen oder die schwedischen Behörden …«

»Darum geht es nicht«, unterbricht ihn Lambert. »Jedenfalls im Moment nicht. Wichtiger ist die Frage, ob er wieder etwas plant. Was wir im Frühjahr aufgedeckt haben, hätte weitreichende Konsequenzen haben können. Es wäre mit dem November 2015 vergleichbar gewesen.«

»Sie meinen, ein rechtsextremistischer Terroranschlag in Frankreich?«

Dass sich in Europa früher oder später rechtsextremistische Terroranschläge ereignen, hält er ebenfalls für wahrscheinlich, aber einen so schweren Anschlag, wie Lambert ihn andeutet, kann er sich trotzdem kaum vorstellen.

»Die Dinge sind ein wenig komplizierter, auch darauf kann ich nicht näher eingehen. Entscheidend ist, dass diesem Mann eine Schlüsselrolle zukommt. Ihr Einsatz wäre von höchster Bedeutung.«

Tom denkt an die Holzkisten in der dunklen Kaverne.

Die *am Montag weg* sein sollten. Lambert wäre sicherlich an dieser Information interessiert, aber es ist zu früh, ihm entgegenzukommen. Wenn dies der Emmanuel Lambert ist, von dem Ylva ihm erzählt hat, braucht er keine große Angst zu haben, aber noch ist er sich nicht ganz sicher.

»Ich weiß nicht, ob ich ihn jemals wiedersehe.«

»Dann müssen wir uns halt mit dem begnügen, was uns zur Verfügung steht.«

»Sie haben mir immer noch nicht die Frage beantwortet, warum Sie nicht mit den schwedischen Behörden kooperieren«, sagt Tom.

»Das tun wir«, sagt Lambert entschieden. »Wir tauschen uns in dieser Angelegenheit regelmäßig aus, aber wir möchten die Sache nicht ganz aus der Hand geben. Dafür steht zu viel auf dem Spiel. Unsere nachrichtendienstliche Arbeit müssen wir schon selbst machen. Auch auf schwedischem Boden. Ist das ein Problem für Sie?«

»Könnte es eventuell werden«, sagt Tom. »Ich habe nichts gegen Ihre Aktivitäten einzuwenden, und ich kann verstehen, dass Sie die Kontrolle behalten möchten, aber ich möchte nicht in etwas Illegales verwickelt werden. Ich habe keine Ahnung von diesen Dingen und kann daher nur Vermutungen anstellen, aber ist es nicht ein Gesetzesverstoß, einer fremden Macht gegenüber Angaben über einen schwedischen Mitbürger zu machen? Selbst wenn es sich um einen rechtsextremistischen Mörder handelt?«

Lambert bleibt stehen und sieht Tom ernst an. »Glauben Sie mir, darüber brauchen Sie sich nun wirklich keine Sorgen zu machen. Rein formal betrachtet ist da natürlich etwas dran, aber angesichts von AF1562 und gerade bei diesem Mann …« Er macht eine Kunstpause und streckt beschwichtigend die Hände aus. »Das wird kein Problem sein.«

Etwas an dem, was Emmanuel Lambert sagt, macht ihn skeptisch. Entweder ist die Zusammenarbeit mit Schweden doch nicht so gut, wie er vorgibt, oder er ist geschickt darin, Dinge zu verschleiern. Im Falle einer ernsthaften Zusammenarbeit mit dem schwedischen Geheimdienst bräuchten sie hier nicht zusammen spazieren zu gehen, weil Lambert sich seine Informationen direkt dort beschaffen könnte. Oder er hat den Verdacht, dass ihm Informationen vorenthalten werden, und daher beschlossen, sich einen eigenen Informanten zu suchen. Nicht ahnend, dass Tom dem schwedischen Geheimdienst zuarbeitet.

Er kann daraus nur schlussfolgern, dass die Zusammenarbeit begrenzt ist, dass Lambert höchstens Kontakt zur Säpo oder eventuell noch zum Außenministerium hat und diese beiden Institutionen nichts von Tom White wissen. Und Lambert weiß nicht mehr über Tom White, als er wissen darf. Für ihn ist Tom der Typ, der mit Eric Hands' Tochter zusammen ist.

»Wer ist der Mann?«, fragt er. »Ich will wissen, wie er heißt.«

»Die Frage kann ich Ihnen nicht beantworten.«

»Das ist meine Bedingung«, sagt Tom.

Nachdenkliches Schweigen bei Lambert.

»Okay«, sagt er dann. »Ich werde sehen, was ich machen kann, aber die Entscheidung liegt nicht bei mir.«

An der Sibyllegata angekommen bleiben sie stehen. Tom ist fast zu Hause. Weiß Lambert das auch?

»Wenn Sie ein Treffen in der Botschaft arrangieren und mir den Namen sagen, überlege ich mir, ob ich Ihnen helfe.«

»Wenn Sie den Namen bekommen, dann helfen Sie uns. Das ist *unsere* Bedingung«, sagt Lambert kühl. »Das Grundbuchamt wird sich in Kürze bei Ihnen melden.«

In schnellem Tempo verschwindet er in Richtung Innenstadt. Tom geht auf die andere Straßenseite des Karlavägs hinüber und zieht seinen Schlüsselbund aus der Tasche. Mit leicht zitternder Hand schließt er die Haustür auf.

Das Ganze kommt ihm vor wie ein schlechter Scherz. Er als Doppelagent?

Agneta hat Ylva geraten, nicht zu lesen, was im Netz geschrieben wird, und stattdessen angeboten, sie auf dem Laufenden zu halten, aber Ylva kann es nicht lassen. Jetzt sitzt sie mit ihrem morgendlichen Kaffee vor dem aufgeklappten Notebook.

Drei Tage lang kamen die Postings und Kommentare aus einer bestimmten politischen Ecke, alle mehr oder weniger mit derselben vorhersagbaren Rhetorik. Bis jetzt.

Agneta hat gestern Abend noch spät angerufen. Das Aftonbladet hatte sich gemeldet. Ylva dürfe den Artikel gerne kommentieren, aber veröffentlichen würden sie ihn auf jeden Fall. Ylva hat mit Agneta überlegt, und sie haben entschieden, dass Ylva sich äußern muss. Den Kopf in den Sand zu stecken würde keinen guten Eindruck machen.

Die Überschrift auf Aftonbladet Online erinnert an die Schlagzeilen in den rechtsextremen Medien, allerdings mit vertauschtem Subjekt und Objekt: »Asylbewerber arbeiteten unentgeltlich für Sida-Chefin.« Wenigstens ist das Foto nicht so schrecklich.

»Laut Agneta Feldt, der Öffentlichkeitsbeauftragten von Sida, hat Ylva Grey sich folgendermaßen geäußert: ›*Najide und Hossin haben in meinem Gästehaus gewohnt. Wie alle Nachbarn haben wir uns gegenseitig kleine Gefallen getan, zum Beispiel die Post des anderen reingeholt, aber von unbezahlter Arbeit kann keine Rede sein. Diese rufschädigende Behauptung haben Gruppierungen aufgestellt, die etwas gegen die Arbeit von Sida haben.*‹«

Als sie ihre eigenen Worte auf Aftonbladet Online liest, kommen ihr Zweifel. Der letzte Satz war unnötig, sie hätte besser sachlich bleiben sollen. Und im einleitenden Kommentar kommt sie, ehrlich gesagt, auch wie eine machtbesessene Zicke rüber. Was ist in dieser Situation das Beste? Die Wahrheit oder strategisches Vorgehen?

Sie klappt das Notebook zu und starrt den vertrockneten Efeu vor dem Fenster an. Auf dem Tisch vibriert ihr Handy. Da sie die Nummer nicht kennt, drückt sie den Anruf weg. Kurz darauf klingelt es wieder, dieselbe Nummer.

Sie geht die Treppe hinauf, um zu duschen. Das Handy lässt sie auf dem Tisch liegen. Während sie sich anzieht, sieht sie sich selbst in Weiß gekleidet und mit einer roten Rose in der Hand auf einer Pressekonferenz ihren Rücktritt erklären. Sie betrachtet sich im Spiegel und fragt sich, ob sie überhaupt eine Chance hat, sich richtig zu verhalten. An den Seiten des roten Spitzen-BHs bildet sich eine unattraktive Speckfalte. Sie richtet sich auf, bis sich die Falte glättet, denkt, dass diese alte Frau mit der schlaffen Haut mit einem Fünfundzwanzigjährigen geknutscht hat. Was hat sie sich nur dabei gedacht? Ist sie jetzt völlig übergeschnappt?

Ylva schlüpft in eine Bluse aus schimmerndem rotem Stoff und knöpft sie hastig zu. Sie muss die negativen Gedanken ausblenden, sonst steht sie diese Sache niemals durch. Sie hat sich nichts vorzuwerfen. Der Gruppierung, die Najide und Hossin manipuliert hat, stinkt es, dass Steuergelder für Entwicklungszusammenarbeit ausgegeben werden, sie wollen der Arbeit von Sida einen Riegel vorschieben. Sie darf nicht zulassen, dass sie gewinnen.

Bevor sie nach unten geht, sieht sie sicherheitshalber aus dem Fenster. Noch stehen keine Reporter vor ihrer Haustür. Sie beschließt, das Auto zu nehmen und sich weitere anklagende Schlagzeilen in der U-Bahn zu ersparen. Agnetas Idee, in Anwesenheit eines Journalisten mit Najide und Hossin zu sprechen, ist vielleicht gar nicht so schlecht. So kann sie die Dinge richtigstellen, bevor es zu spät ist. Sie muss jetzt aktiv werden.

Als sie in den Nynäsväg einbiegt, ist sie fest entschlossen, der Geschichte heute ein Ende zu machen. Sie will nicht, dass noch einmal in ihrem Privatleben gewühlt wird. Da sie jetzt Generaldirektorin ist, würde alles wieder aufgewärmt werden: die Bombe in Sarajevo, Anders' Tod, der Brand in ihrem Haus. Alles, nur das nicht. Nie wieder.

»Wir haben ihn noch nicht identifiziert«, sagt Karolina.

Tom hört ein leises, unprofessionelles Seufzen. Oder war das Absicht? Will sie betonen, wie leid es ihr tut?

»Bist du sicher, dass du nicht noch mehr mitbekommen hast? Vielleicht einen Spitznamen? Irgendeinen Hinweis auf eine berufliche Tätigkeit oder einen Ort?«

»Ich habe jede Silbe an euch weitergegeben.«

»Wenn du noch mehr herausfindest, kommen wir vielleicht weiter«, sagt Karolina. »Es ist nicht so einfach, mit einem Halbprofil aus so großer Entfernung zu arbeiten.«

»Ich kann ja schlecht Eric Hands fragen.«

Der Arbeitsraum in der Verteidigungshochschule ist eigentlich zu klein für mehr als eine Person.

»Nein, natürlich nicht, aber…«

Sie sollten gemeinsam auf dasselbe Ziel hinarbeiten, an Eric Hands heranzukommen, was im vergangenen

Winter nicht gelungen ist, obwohl er in drei verschiedenen Ländern Tote zu verantworten hatte. Aber im Moment scheint es ihm eher ein Kampf als eine Kooperation zu sein. Zwischen den Zeilen spürt er eine unausgesprochene Enttäuschung, dass er es in den Tagen auf Gotland nicht geschafft hat, sich in Hands' Computer einzuloggen. Die Fotos des Sarajevo-Mannes sind zwar auch was wert, aber man hat mehr von ihm erwartet.

»Vielleicht spricht Hands mit ihm oder über ihn«, sagt Karolina. »Merk dir alle Namen und Orte, die er nennt, egal was. Alles könnte ein Querverweis sein, der auf die Identität des Mannes schließen lässt.«

Tom nickt und schiebt ein paar lose Blätter zusammen, als ob er gerne weiterarbeiten würde. Vielleicht hat das Gefühl von Kampf auch mit seinem schlechten Gewissen zu tun. Das Treffen mit Emmanuel Lambert hat er nicht angesprochen und auch nicht, was er über den Mörder seines Vaters weiß oder, besser gesagt, was Emmanuel Lambert und Ylvas Kontaktperson in Sarajevo erzählt haben.

Er weiß nicht, ob es richtig ist, aber irgendetwas sagt ihm, dass er die Begegnung mit Lambert vorerst für sich behalten sollte. Zumindest bis er mit Ylva darüber gesprochen hat. Er kann ja schwerlich weitergeben, was er über den Mörder weiß, ohne zu sagen, woher er es weiß.

»Was ist mit den Holzkisten?«, sagt Karolina. »Ich nehme an, du hast mehr gesehen, als auf den Bildern zu erkennen ist.«

»Was ich dazu zu sagen habe, steht im Bericht.«

»Ich frage dich trotzdem.«

Er muss sich entspannen, darf nicht so widerborstig sein. Sonst merkt sie, dass etwas nicht stimmt.

»Könnten darin Waffen sein?«

»Es könnte alles Mögliche darin sein. Zum Beispiel eine Betonskulptur von Picasso.«

Er sieht ihr die Verärgerung an. Ihre linke Hand ist zur Faust geballt.

»Er hat wirklich eine. Ich nehme dich nicht auf den Arm.«

»Eine Skulptur von Picasso?«

»Ja. Ein ziemlich großes Teil im Innenhof, bestimmt drei Meter hoch. Leute wie Hands haben wahrscheinlich solche Sachen zu Hause.«

Die linke Hand öffnet sich, ein Hauch von einem Lächeln überzieht ihr Gesicht.

»Können wir uns wieder den Kisten zuwenden?«

»Wie gesagt, da könnte alles Mögliche drin sein. In die größte Kiste hätte eine große Betonskulptur gepasst. Drei, vier Meter lang, zwei Meter breit und ungefähr so hoch. Kein Hinweis auf den Inhalt.«

»Kein Paketschein, Firmenlogo oder irgendwelche anderen Beschriftungen?«

»Doch, da klebte was dran, aber ich konnte die Schrift nicht lesen.«

»Und die anderen Kisten waren kleiner?«

»Ja, deutlich. Schätzungsweise anderthalb Meter lang, einen Meter breit und einen halben Meter hoch. Die eine etwas größer als die andere.«

Genau diese Angaben standen auch in dem Bericht, den er den Fotos beigefügt hatte.

Karolina wirkt unzufrieden, muss aber einsehen, dass er nicht mehr zu bieten hat. Sie schlägt ein Bein über das andere und lehnt sich zurück.

»Du weißt, dass wir dir für das, was du tust, sehr dankbar sind, oder?«

Mit aufmunternden Worten, die an seine Arbeitsmoral appellieren, hat er nicht gerechnet. Spürt sie seine Reserviertheit?

»Noch ist dabei nicht viel herausgekommen, ich weiß.«

»Wir haben es in kurzer Zeit weit gebracht. Du hast keine Ahnung, wie lange man an manchen Sachen arbeitet und trotzdem kein Ergebnis erzielt. Die Arbeit kann ereignislos und eintönig sein, manchmal anstrengend und sogar demütigend. Dann muss man sich ins Gedächtnis rufen, was man langfristig erreichen will.«

»Sagt diejenige, die sich vor Kurzem noch Ergebnisse schon im Herbst gewünscht hat.« Er konnte es sich einfach nicht verkneifen.

»Wünsche zu äußern ist erlaubt«, sagt sie nüchtern.

»In meinen Ohren klingt es widersprüchlich.«

Sie holt tief Luft, bevor sie antwortet. »Es gibt Wünsche an dich, das habe ich dir ja schon erklärt, aber wir haben natürlich trotzdem Verständnis für die Schwierigkeiten, die die Arbeit mit sich bringt.«

Ihre Worte hallen in ihm nach. *Es gibt Wünsche an dich*. So hölzern hat sie es beim letzten Mal auch ausgedrückt. Bedeutet es, dass es nicht ihre Wünsche sind? Dass sie diejenige ist, die Verständnis für die Schwierigkeiten hat, während jemand anders Druck macht? Das kann sie natürlich nicht offen sagen.

Sie sieht ihn fragend an, wartet auf eine Bestätigung seinerseits. Er erwidert ihren Blick und nickt kaum merklich.

Wieder zu Hause, in Rückenlage auf dem Bett, ruft er Ylva an. Dort verbringt er die meiste Zeit, wenn er in der Wohnung ist, nicht nur zum Schlafen. Er fühlt sich nicht wohl hier. Es ist kein Zuhause, es ist ein Museum, ein Konstrukt.

»Kann ich vorbeikommen?«, fragt er.

»Ich glaube, das ist keine gute Idee«, sagt sie müde. »Es könnten jeden Augenblick Reporter hier auftauchen.«

»Waren schon welche da?«

»Noch nicht. Ich hoffe weiterhin, dass eine Sida-Chefin kein geeignetes Opfer ist.«

»Was sagen deine Kollegen?«, fragt er.

»Nicht viel. Wir stellen uns der Situation.«

Er dreht sich auf die Seite, konzentriert sich wieder auf sein Anliegen. Dann muss er es eben am Telefon mit ihr besprechen und hoffen, dass das Büro nicht mithört.

»Kann man Lambert vertrauen?«

Am anderen Ende ist es lange still. Er hört eine laute, männliche Stimme draußen auf der Straße. In dieser Gegend wird selten herumgebrüllt, wahrscheinlich ist es einer der Bauarbeiter, die ein paar Häuser weiter die Fassade renovieren.

»Ich glaube, man kann niemandem von diesen Leuten vertrauen«, sagt Ylva. »Egal, ob Lambert, dem Büro oder wem auch immer. Sie sind nicht an die üblichen Gesetze gebunden.«

»Und denkst du, er hat die Wahrheit gesagt?«

»Vermutlich schon, aber er weiß mit Sicherheit mehr, als er sagt.«

»Was soll ich also deiner Ansicht nach tun?«

»Er hat mir das Leben gerettet, immerhin. Ich glaube nicht, dass er böse ist, aber ihm blind zu vertrauen wäre dumm.«

»Du meinst, ich sollte wenigstens hingehen?«

»Ja, aber geh seinetwegen kein Risiko ein.«

Er steht vom Bett auf und geht mit dem Handy am Ohr ins Wohnzimmer. »Karolina behauptet, sie hätten den Schweden nicht identifizieren können, aber das kann ich mir kaum vorstellen. Müssten sie ihn nicht eigentlich kennen?«

»Stimmt, das ist merkwürdig.«

»Wenn sie mir also Informationen vorenthalten, sollen sie ruhig glauben, ich wüsste auch nichts.«

Ylva am anderen Ende der Verbindung summt nachdenklich. Er wandert zwischen Sofa und Kachelofen hin und her, während sie schweigt.

»Oder?«, drängt er sie.

»Das solltest du dir genau überlegen. Einen besseren Rat kann ich dir nicht geben. Wenn du Lambert erst einmal etwas erzählt hast, ist es zu spät, das Büro einzuweihen. Sie würden dir nicht mehr vertrauen.«

»Und was soll ich machen, wenn ich ihnen nicht vertrauen kann?«

»Das weiß ich nicht. Das musst du selbst entscheiden. Wer möchtest du sein? Wer kannst du überhaupt sein?«

Er sieht sich im Zimmer um. Wird er sich freier fühlen, wenn er Lamberts Angebot annimmt? Oder noch eingesperrter? Und wenn er den Namen des Mörders seines Vaters kennt, was soll er dann tun?

Drei Tage später schiebt sich ein dicker Umschlag vom französischen Grundbuchamt durch Toms Briefschlitz und landet auf dem Flurteppich. Er enthält vor allem endlose Erläuterungen in schwer verständlichem Juristenfranzösisch. Aus dem Anschreiben geht hervor, dass er die französische Botschaft in Stockholm kontaktieren soll, um die Angelegenheit in Ordnung zu bringen.

Ulrika ruft an, sie will los.

»Es ist etwas dazwischengekommen, das ich erst mit dem französischen Grundbuchamt klären muss«, sagt er.

»In Frankreich?«

»In der Botschaft hier in Stockholm. Mit ein bisschen Glück lässt sich das heute oder spätestens morgen erledigen.«

»Dann regle das, ich fahre schon mal vor«, sagt Ulrika.

Sie klingt weder enttäuscht noch verärgert. Es ist nur eine praktische Angelegenheit.

»Kannst du nicht noch einen Tag warten, und dann

fahren wir zusammen?«, schlägt er vor. »Morgen Abend kann ich mich auf den Weg machen.«

»Was spielt denn das für eine Rolle, Tom? Drei Stunden im Flieger. Und du hast ja sowieso zu tun. Ich bin lieber auf der Jacht.«

»Vielleicht lässt sich das ja auch in Frankreich erledigen«, sagt er, obwohl er keine Ahnung hat. »Die haben sicher auch eine Dependance in Nizza. Ich rufe da gleich an und erkundige mich.«

»Es macht mir wirklich nichts aus, allein zu fliegen«, sagt sie. »Klär du deinen Kram und komm nach.«

Der Herbstwind bläst ihm trockenes Laub ins Gesicht, als er zu Fuß den kurzen Weg zur französischen Botschaft geht.

Er kommt fünf Minuten zu früh. Eine klassisch gekleidete Frau mit eleganter Hochsteckfrisur bringt ihn in den abhörsicheren Raum, in dem ihn Emmanuel Lambert erwartet.

»Ich bin froh, dass Sie gekommen sind.«

Nachdem sie sich die Hand gegeben haben, setzen sie sich an das Ende eines länglichen Konferenztischs. Abgesehen von diesem Tisch und den Stühlen drumherum ist das Zimmer leer, die Wände sind kahl, das Licht ist diffus.

Lambert schiebt Tom ein Blatt Papier zu, lässt aber die Hand darauf liegen. »Was bieten Sie uns für seinen Namen?«

»Ist das Ganze eine Art Tauschgeschäft?«, fragt Tom.

»Ja. Da waren wir uns doch einig. Ich glaube sogar, Sie

haben die Bedingungen festgelegt. Haben Sie Ihre Meinung geändert?«

Ein freundliches Lächeln, der Blick schwer zu durchschauen, die Finger auf dem Papier gespreizt. Emmanuel Lambert, ein Handlungsreisender in Sachen Information.

Tom wird klar, dass er etwas preisgeben muss, und da er nicht viel zu bieten hat, wird das alles sein.

»Ich habe ihn gesehen. Er war bei Eric Hands auf Gotland.«

Ein winziges Zucken in Lamberts Pokerface.

»Wann?«

»Sie werden doch wissen, wann ich dort war.«

Jetzt sieht er ehrlich belustigt aus.

»Letzten Samstag«, fährt Tom fort. »Vielleicht ist er schon am Freitag gekommen, aber ich habe ihn erst am Samstag gesehen.«

»Was hat er dort gemacht?«

»Kennen Sie Hands' Landsitz auf Gotland? Im Detail, meine ich?«

Lamberts Nicken wirkt überzeugend. Er hat die Grundrisse gesehen.

»Er war mit Hands unten in der Kaverne, einem unterirdischen Gang, der zum Wasser führt.«

»Was haben Sie selbst dort gemacht?« Seine Neugier ist geweckt, und er gibt sich keine Mühe, sie zu verbergen.

»Ich habe einen Spaziergang um die Halbinsel gemacht.«

»Sie haben die Männer also vom Ufer aus gesehen?«

»Ja. Die Tür stand offen.« Tom erzählt von den drei Kisten und der Bemerkung, am Montag seien sie weg. »Mit hundertprozentiger Sicherheit kann ich aber nicht sagen, ob sich der Satz auf die Kisten bezog.«

»Fotos haben Sie nicht zufällig?«

Tom sieht ihn erstaunt an. »Fotos?«

Lambert macht eine ausladende Bewegung mit der linken Hand, die rechte liegt immer noch auf dem Blatt Papier. »Vielleicht sind Sie neugierig geworden.«

Er lässt nicht locker.

»Nein, keine Fotos.«

Was ja auch stimmt. Er hat sie sofort gelöscht, nachdem er sie ans Büro geschickt hat.

»Noch etwas?«

»Nein, das ist alles. Sie sind herausgekommen, haben die Tür zur Kaverne abgeschlossen und sind weggegangen.«

Lambert trommelt ein paarmal mit den Fingern auf das Blatt, dann lässt er es los. Wie gebannt starrt Tom das weiße Rechteck auf der dunklen Tischplatte an. Auf der Rückseite steht, wer seinen Vater ermordet hat. Falls Lambert nicht versucht, ihn hereinzulegen.

Lambert nickt aufmunternd, als würde er nicht verstehen, warum Tom das Blatt nicht längst umgedreht hat.

Tom streckt die Hand aus, spürt die raue Oberfläche des Papiers unter den Fingerspitzen, zieht es heran und dreht es um.

Unter der Personennummer steht »Simon Brinkman«. Achtunddreißig Jahre alt, geboren am zwölften März, und damit älter, als Tom dachte. Obwohl er den Namen nur in Gedanken ausspricht, scheint er von den schallgedämpften Wänden widerzuhallen. Simon Brinkman. Er ringt mit der Enttäuschung, seiner naiven Erwartung, der Name an sich würde mehr in sich bergen.

»Die Personennummer ist meiner Meinung nach nützlicher als eine Adresse«, sagt Lambert. »Ich gehe mal davon aus, dass er eine sehr mobile Person ist, aus Sicherheitsgründen natürlich, aber auch weil seine Arbeit es mit sich bringt.«

»Sie meinen, mit einer Tüte Chips vor dem Fernseher trifft man ihn eher selten an?«

»Relativ unwahrscheinlich. Wir observieren die schwedische Adresse, unter der er gemeldet ist, seit Monaten, aber er ist dort nicht ein einziges Mal aufgetaucht.«

Tom faltet das Blatt Papier und steckt es ein. Name und Nummer sind bereits abgespeichert. Er wird den Zettel verbrennen, sobald er zu Hause ist.

Lambert rückt näher an den Tisch und erklärt ihm, wie sie kommunizieren werden. Tom wird Textnachrichten von französischen Handynummern bekommen, die jungen Männern an seinem früheren Wohnort gehören.

»Ihre alten Freunde werden ihnen schreiben«, sagt Lambert.

»Dann brauche ich Hintergrundinformationen über sie.«

»Glauben Sie, Ihr Schwiegervater spioniert ihnen nach?«

»Es würde mich nicht wundern.«

Es ist ein Dilemma. Wie kann er Lambert davon überzeugen, dass alles doppelt und dreifach abgesichert sein muss, ohne zu verraten, dass er bereits vom Büro bei Eric Hands eingeschleust worden ist.

»Seien Sie unbesorgt«, sagt Lambert. »Wir machen das nicht zum ersten Mal.«

»Aber ich. Sie müssen mir alles genau erklären.«

»Die Absender werden immer wieder andere Treffpunkte und Zeiten in die Nachrichten einstreuen. Wir werden einen einfachen Code verwenden. Karlaväg könnte zum Beispiel Sibyllegata bedeuten, eine Eins könnte in Wirklichkeit eine Vier sein. Das Prinzip ist Ihnen klar?«

Ein ähnliches System verwendet das Büro.

»Ich glaube schon. Ich bin mir aber nicht sicher, ob ich die Jacht jederzeit verlassen kann. Und vielleicht ist Ulrika auch dabei.«

»Dafür gibt es Lösungen. Wir setzen keine Treffen an, sofern es nicht unbedingt notwendig ist. Am besten erstatten Sie uns einfach Bericht, wenn Sie wieder in Schweden sind. Falls Sie in der Zwischenzeit etwas über Brinkman erfahren, das wir umgehend wissen sollten, lassen wir uns etwas einfallen.«

Durch die trockene, gedämpfte Akustik des Raums klingt Lamberts Stimme wie eine Tonaufnahme.

»Ist Brinkman in Schweden bekannt?«, fragt Tom. »Ich meine, wissen die schwedischen Behörden von der Sache?«

»Ja, selbstverständlich. Sie wissen nicht alles, was sich in Frankreich abgespielt hat, aber die grundlegenden Dinge sind ihnen bekannt. Unsere ersten Informationen haben wir von den Schweden.«

Lügt er, oder führt er ihn hinters Licht? Oder verheimlicht ihm das Büro etwas?

Es ist einiges los an dem kleinen Flughafen in Nizza, wenn auch nicht ganz so viel wie im August, als Tom zurückgeflogen ist. Sie rollen am Terminal für die Privatjets vorüber und halten an einem freien Gate im Terminal 1.

Tom braucht nicht lange, um zum Ausgang zu gelangen, und fährt mit einem Taxi nach Cannes. Da der Fahrer sich von Geschwindigkeitsbegrenzungen nicht beirren lässt, steigt er fünfzehn Minuten vor der vereinbarten Zeit an der Croisette aus. Er kauft sich einen Kaffee an dem hellblauen Kiosk neben dem Spielplatz und geht zum Kai, wo er abgeholt werden soll.

Dafür, dass die Urlaubssaison schon vor einem Monat ihren Höhepunkt erreicht hat, sind immer noch viele Leute unterwegs. Im Festivalpalast ist immer irgendetwas los, wenn auch kein ganz so glamouröses Ereignis wie die Filmfestspiele. Im Moment findet dort die Tax-Free-Messe statt, worunter er sich allerdings nichts vorstellen kann.

Tom trinkt den Kaffee rasch aus, wirft den Becher in einen Mülleimer und geht hinaus auf den windigen Kai. Mit einem undefinierbaren Zittern in der Brust schaut er aufs Meer. Zehn Minuten später rumst die vertraute Zodiac gegen die quietschenden Lastwagenreifen. Den Mann am Steuerstand hingegen kennt er nicht. Er ist klein und muskulös, aber übergewichtig, und hat dunkles Haar, das mit Haarwachs nach hinten gekämmt ist. Wie die übrige Besatzung auf der Capricorn trägt er ein weißes T-Shirt und eine schwarze Hose. Nachdem er den Motor abgewürgt hat, ruft er: »Tom White?«

»Das bin ich.«

Er hat gedacht, Ulrika würde mitkommen, und ist für einen Moment beunruhigt, als ihm der Mann, ohne sich vorzustellen, beim Einsteigen behilflich ist. Tom visiert die hintere Bank an, aber der Mann zeigt entschieden auf einen Sitzplatz direkt vor dem Steuerstand.

»Es ist besser, wenn Sie sich dort hinsetzen.«

Tom folgt seinem Rat. Er nimmt an, dass es etwas mit der Gewichtsverteilung zu tun hat.

Langsam tuckern sie durch das Hafenbassin, aber sobald sie den Pier hinter sich gelassen haben, werden sie schneller. Das Motorboot rammt die Wellen geradezu. Ab und zu spritzt von der Seite Wasser herein und hinterlässt den Geruch von Salz und Seetang.

Das Zittern in seiner Brust meldet sich zurück, stärker als vorher. Tom wirft einen verstohlenen Blick auf den Bootsführer, er fühlt sich unwohl mit dem namenlosen Mann im Rücken. Weiter draußen wird der Seegang heftiger. Der Mann am Steuer gibt noch mehr Gas und schafft es, das Boot über die Wellen hinweggleiten zu lassen.

Sie steuern mit hoher Geschwindigkeit aufs offene Meer zu. Tom kann die Capricorn nirgendwo entdecken. Als sie nach fünf Minuten immer noch nicht aufgetaucht ist, ruft er dem Bootsführer zu: »Liegt die Jacht weit draußen?«

Der Mann hält sich die Hand hinters Ohr.

»Liegt sie weit draußen?«, brüllt Tom ins Dröhnen des Motors.

Eifriges Nicken.

»Weit draußen«, schreit er.

Zumindest glaubt Tom, dass er das sagt. Er starrt in Fahrtrichtung an den Horizont, aber die Sonne blendet ihn. Er kann einen dunklen Rumpf erkennen, aber ob es die Capricorn ist, sieht er nicht.

Nachdem sie eine weitere Minute über die Wellen hinweggeknattert sind, sieht er das Kielwasser hinter dem Rumpf, es ist also nicht die Capricorn. Tom sucht den Horizont ab, aber abgesehen von einem großen Schiff, bei dem es sich offenbar um einen Frachter handelt, und ein paar spitzwinkligen Segeln im Westen entdeckt er nichts.

Er lauscht den Worten des Bootsführers nach. *Weit draußen*. War es nur ein mechanisches Echo zu seiner Beruhigung?

Während er im Geiste eine Frage formuliert, mit der er eine differenziertere Antwort erzwingen kann, fällt ihm in der Ferne ein dunkler Fleck auf, der vorher von dem Frachtschiff verdeckt gewesen sein muss.

Warum so weit draußen? Das ist seltsam und in vielerlei Hinsicht unpraktisch. Er wird noch überzeugendere Vorwände brauchen, um sich mit Lambert zu treffen.

Als die Zodiac langsamer wird und die Wellen nicht mehr frontal, sondern seitlich und weitaus sanfter auf das Boot treffen, erblickt er Ulrika. Sie hat sich auf der Reling aufgestützt, aber als sie ihn bemerkt, wirft sie beide Arme in die Luft und winkt so ausgelassen, dass unter dem kurzen Pulli ihr Bauch zum Vorschein kommt.

Tom winkt zurück. Merkwürdigerweise beruhigt es ihn nicht, sie zu sehen. Im Gegenteil, die Beunruhigung, die er während der Überfahrt verspürt hat, schießt in die Höhe. Sein Herz flimmert, alle Sinne sind geschärft. Blitzschnell rechnet er im Kopf die Geschwindigkeit nach, mit der sie gefahren sind, dreißig Knoten schätzungsweise, und die Fahrt hat etwa dreißig Minuten gedauert. Sie könnten sich also außerhalb der Landesgrenzen befinden. Es kann kein Zufall sein, dass die Capricorn so weit draußen liegt. Eric Hands will sich offensichtlich nicht in Reichweite der französischen Gesetze aufhalten. Warum? Was hat er zu befürchten?

Auf der Brücke steht ein Offizier und beobachtet das Anlegemanöver durch seine grüne Sonnenbrille. Als Kapitän auf einer Luxusjacht zu arbeiten muss extrem langweilig sein, denkt er, während er die Leiter hochsteigt.

»Endlich ist mein vielbeschäftigter französischer Immobilienmagnat da.«

Er geht auf ihre ausgestreckten Arme zu, Ulrika drückt

ihn an sich. Erst jetzt begreift er, dass das, was sich wie Beunruhigung angefühlt hat, in Wirklichkeit Aufregung war. »Ich habe dich vermisst«, sagt er und wundert sich über sich selbst, aber es ist die Wahrheit.

Sie küsst ihn unbekümmert, während ein Besatzungsmitglied seine Reisetasche in die Kabine schleppt.

»Wir haben das Boot ganz für uns.«

»Wollte Eric nicht auch hier sein?«

»Er kommt am Freitag. Zwei Tage nur du und ich.«

Abgesehen vom Kapitän, dem Steuermann, drei weiteren Besatzungsmitgliedern, der Putzfrau und natürlich Paul, der hervorragende Daiquiri macht. Er streicht ihr über den Rücken, lässt beide Hände auf ihrem Po liegen und drückt sanft zu.

»Wollen wir nach unten gehen?«, fragt sie.

»Hm«, murmelt er in ihr Ohr.

Zwei Tage Urlaub von sich selbst oder für sich selbst. Ein Aufatmen, das sich im ganzen Körper fortsetzt.

»Wir sind erstaunlich weit draußen«, sagt er, als sie die Treppe hinuntergehen.

Ulrikas Kabine ist um einiges größer als die Gästekabine, in der er bei seinem ersten Aufenthalt an Bord übernachtet hat, und hat zwei ovale Bullaugen, die den Blick auf das heute etwas unruhige Mittelmeer freigeben.

»Papa wollte es so«, sagt sie desinteressiert. Sie setzt sich aufs Bett, zieht ihn zu sich heran und öffnet seinen Gürtel. »Aber wir wollen ja auch nirgendwohin. Wir haben hier doch alles, was wir brauchen. Oder?«

Ylva hält zwischen den Torpfosten an und betrachtet durch die Windschutzscheibe die Villa und die Bäume und Büsche drumherum, die sich allmählich von der sommerlichen Dürre erholen, sofern sie nicht verendet sind.

Vor dem Haus parken drei Autos. Eine blonde Frau mit einer Zigarette zwischen den Fingern und ein Mann mit raspelkurzem Haar und Jeansjacke lehnen an einem der Wagen. Der Anblick der Kamera, die dem Mann über die Schulter hängt, ist wie ein Schlag in die Magengrube. Wieder eine Grenze überschritten. Um in ihr Haus zu gelangen, muss sie sich wie eine Gladiatorin in einer Spielshow durch die Barriere aus Reportern kämpfen.

Jetzt sieht sie auch die aus der Entfernung unleserlichen Buchstaben an der Wand. Irgendetwas ist auf den weißen Putz neben der Küchentür gesprayt worden. Sie greift zum Handy, richtet es auf den Schriftzug und macht ein Foto. Nachdem sie das Bild vergrößert hat, entfährt ihr ein Lachen.

BATIKHEXE!

Eine Batikhexe hätte aber doch eher Mitleid mit Migranten und beutet sie höchstens sexuell aus. Sie lacht erneut, aber nicht amüsiert.

Die beiden Reporter sind in ein lebhaftes Gespräch vertieft, die Frau deutet mit ihrer Zigarette auf das Wort an der Wand. Nimmt sie Ylva in Schutz? Vermutlich nicht.

Sie haben sie noch nicht entdeckt. Ganz langsam fährt sie rückwärts aus der Einfahrt und wendet. In einer Querstraße kurz hinter dem U-Bahnhof Farsta Strand bleibt sie stehen und wählt Agnetas Nummer. Die Leitung ist besetzt. Die Öffentlichkeitsbeauftragte hat wahrscheinlich alle Hände voll damit zu tun, sich um die Meute zu kümmern, vor der Ylva sich versteckt. Nach einer Weile springt die Mailbox an. Sie hinterlässt eine kurze Nachricht und versucht es anschließend bei Sofia Nordin, der Sicherheitsbeauftragten von Sida. Bei ihr kommt sie durch.

»Wir können dir einen Wachmann schicken, der die Reporter vom Grundstück fernhält. Mehr können wir nicht machen«, sagt Sofia.

Ylva weiß nicht, was sie sagen soll. Ein Wachmann? Was würde das für einen Eindruck machen? Sie muss zuerst mit Agneta darüber sprechen.

»Du wohnst auf einem ziemlich großen Grundstück, oder? Wenn man die Reporter fernhalten will, müsste man also …«

»Das Haus gehört der Gemeinde, ich bin nur die Mieterin«, fällt Ylva ihr ins Wort. »Es ist also Interpretationssache, ob ich das gesamte Grundstück oder nur die Gebäude bewohne. Es würde sicher mehr als einen Wachmann erfordern, mir diese Leute vom Leib zu halten, ich bräuchte eher vier oder fünf.«

»Verstehe«, sagt Sofia, gefolgt von einem nachdenklichen Brummen. »Dann kann ich dir nur raten, dich eine Weile von zu Hause fernzuhalten. Vielleicht kannst du bei Freunden oder Verwandten unterkommen.«

Ylva rutscht das Handy aus der schweißnassen Hand. Sie schaltet den Motor aus und öffnet das Fenster. Aus dem Koffer zu leben ist das Letzte, was sie jetzt gebrauchen kann. Sie will nach Hause, will die Tür hinter sich zumachen können und sich in ihrem eigenen Bett verkriechen.

»Ich bin sicher, dass Sida dir auch ein Hotelzimmer bezahlen würde«, fährt Sofia nach einer Weile fort und atmet hörbar ein. »Es fällt zwar nicht in meinen Aufgabenbereich, aber in Anbetracht der Situation ist es wohl besser, sich das vom Vorstand absegnen zu lassen, bevor du irgendwo eincheckst.«

»Ich kann selbst bezahlen«, fällt Ylva ihr ins Wort. Sofort bereut sie den scharfen Ton, aber Sofias *in Anbetracht der Situation* hat sie provoziert. Das ist also aus ihr geworden, eine Situation, mit der man umgehen muss. »Entschuldige, ich wollte dich nicht …«

»Kein Problem, Ylva, ich verstehe das schon. Es muss hart sein.«

»Ich kann nichts richtig machen.« Ihre Stimme klingt schrill und brüchig. Zum Glück spricht sie mit Sofia und nicht mit einem der Reporter vor ihrer Tür. »Wachmänner, die die Medien daran hindern, die Arbeit einer Behörde unter die Lupe zu nehmen. Nein, besser nicht. Ein Zimmer auf Staatskosten im Luxushotel, denn eine einfache Herberge wird es schon nicht sein. Für eine Generaldirektorin, die sich Sklaven aus Afghanistan hält. Keine gute Idee. Und wenn ich das Hotel selbst bezahle: Hier schwelgt die Generaldirektorin im Luxus, während … Das geht alles nicht.«

Während sie all das aus sich herauskotzt, wird ihr klar, wie die Artikel der enttäuschten Journalisten aussehen werden. Fotos der Villa am See von außen, daneben vielleicht Grundrisse aller Etagen und ein Archivbild von Partys in den Zwanzigerjahren, das illustriert, was für ein Leben möglich ist, wenn man so wohnt wie sie.

Wäre sie doch nach dem Brand ausgezogen und hätte sich mit einer Zweizimmerwohnung in einem der Hochhäuser auf dem Hügel begnügt. Einen Moment lang verspürt sie den Impuls zurückzufahren, die Reporter hereinzubitten und ihnen ganz in Ruhe ihre Geschichte zu erzählen, aber sie lässt den Gedanken sofort wieder fallen. Die Zeit würden sie ihr nicht geben. Ylva dürfte nur zu den Vorwürfen Stellung nehmen, und das würde zwangsläufig klingen, als wollte sie Hossin und Najide der Lüge bezichtigen. Über die Rechtsextremisten sprechen, denen Entwicklungszusammenarbeit ein Dorn im Auge ist, könnte sie auch nicht, weil es dann hieße, sie würde ablenken.

»Ich muss mit Agneta sprechen«, sagt sie.

»Halt dich von deinem Haus fern«, wiederholt Sofia. »Sollte sich die Lage zuspitzen…«

Sie hat sich bereits zugespitzt.

»Ich denke an deine Sicherheit. Nicht nur an die Reporter.«

Sie beenden das Gespräch. Ylva ruft erneut Agneta an, aber dort ist immer noch besetzt. Sie hinterlässt keine Nachricht, überlegt kurz, ob sie eine SMS schicken soll, ruft aber stattdessen Elias an.

Das Freizeichen tutet, aber es geht niemand ran. Nach einer halben Ewigkeit verkündet eine Stimme, dies sei die Mailbox von Tom White und man möge eine Nachricht hinterlassen.

Sie wirft das Handy auf den Beifahrersitz, lässt den Motor an und fährt los, ohne zu wissen, wohin. Während sie sich auf den dicht befahrenen Nynäsväg einfädelt, spielt sie gedanklich ihre Möglichkeiten durch. Das dauert nicht lange. Natürlich gibt es Leute, bei denen sie notfalls übernachten könnte, Kjell Nyman aus der Balkaneinheit zum Beispiel, aber niemanden, bei dem sie sich wohlfühlen würde. Verlangt sie zu viel? Ist Wohlbefinden *in Anbetracht der Situation* zweitrangig?

Nachdem sie eine Stunde planlos durch die Stadt gekurvt ist wie eine Obdachlose, die seltsamerweise einen Mittelklassewagen besitzt, versucht sie noch einmal, Elias zu erreichen. Keine Reaktion. Das Freizeichen, das von einem nicht näher definierten Punkt vor der französischen Riviera gesendet wird, hallt in ihrer inneren Leere wider. Vielleicht hätte sie den Posten überhaupt nicht annehmen dürfen. Ist das die Erkenntnis in dem ganzen Elend?

Hat sie sich verkauft? Ist sie auch nicht besser als die korrupte Generaldirektorin, deren Nachfolge sie angetreten hat?

Langsam und widerwillig erwacht Tom aus einem Traum. Er ist mit seinen Eltern bei den Großeltern in Ligurien. Seine Großmutter pflückt unter einem der drei Orangenbäume im hügeligen Garten Salbei. Das ganze Grundstück ist ein Hang zur Straße, auf der kaum Autos fahren. Sie hält ihm das Sträußchen hin. *Riech mal.* Er ist zehn oder acht. Hält die Nase dicht an Omas Hand, die seltsamerweise nicht nach Salbei durftet, sondern zuerst nach Anis und dann nach würzigem Rotwein. Seine Mutter ruft vom Strand nach ihm, obwohl man von den Großeltern bis ans Meer mit dem Auto eine Stunde braucht. Wellen brechen sich weich zischend auf dem nassen Sand. *Elias*, ruft sie. *Komm jetzt raus, Elias.*

»Guten Morgen.«

Ulrika hat sich auf einen Ellbogen gestützt und grinst ihn an, als hätte er gerade etwas Unerwartetes gesagt. Tom zuckt zusammen und will sich aufsetzen, sinkt dann aber zurück aufs Kissen.

»Guten Morgen.«

Hat er im Schlaf geredet? Er versucht erfolglos, ihren belustigten Gesichtsausdruck zu deuten.

»Was ist los?«, fragt sie.

»Nichts.« Er reibt sich die Augen mit Daumen und Zeigefinger. »Ich habe geträumt.«

»Was denn?«

»Weiß nicht.«

Sie sind nicht weit entfernt von Ligurien, wo seine Großmutter noch immer im selben Haus mit dem abschüssigen Garten wohnt. Die einzige Person aus dem Traum, die noch lebt. Außer ihm selbst.

»Erinnerst du dich nicht an deine Träume?«, fragt Ulrika.

»Nein. Du?«

»Oft.«

Sie setzt sich auf, die Bettdecke gleitet von ihrem Oberkörper.

Tom stützt sich auf, drückt seine Lippen auf ihre Brust, lässt sich wieder zurückfallen, sieht sie an. Er fängt wirklich an, Ulrika Hands zu mögen. Nach und nach ist aus dem Spiel Wirklichkeit geworden, aus der Verführung Verliebtheit. Ist das gut oder schlecht? Er weiß es nicht, und es spielt auch keine Rolle, weil er sowieso nichts dagegen tun kann. So langsam gefällt es ihm sogar, Tom White zu sein, jedenfalls teilweise. Es ist ja auch alles, was er hat. Und ist.

»Ich glaube, Papa ist heute Nacht gekommen«, sagt Ulrika.

»Ja, ich habe das Boot gehört.«

Es muss mitten in der Nacht gewesen sein. Tom ist

nur kurz aufgewacht und hat nicht auf die Uhr gesehen. Ulrika schlägt die Bettdecke zur Seite und steht auf, dreht sich um und strahlt ihn an. Sie sieht glücklich aus, denkt er. Gibt es etwas Schöneres, als so verliebt angeschaut zu werden?

»Vielleicht könnten wir abends mal in die Stadt fahren und essen gehen«, sagt sie auf dem Weg ins Bad.

»Ich dachte, wir haben hier alles, was wir brauchen.«

»Schon, aber wenn Papa da ist, ist es vielleicht etwas zu viel des Guten.«

Tom geht nach Ulrika ins Badezimmer, duscht und rasiert sich in dem Duftmix, den sie hinterlassen hat. Als er fertig ist, ist sie nicht mehr in der Kabine. Er klappt sein Notebook auf, sucht auf Google Maps Omas Dorf und stellt auf Satellitenansicht um. Man kann jedes Haus erkennen, aber das seiner Großmutter findet er nicht, obwohl er minutenlang die wenigen Straßen absucht. Es macht ihn traurig, dass er sich nicht genau erinnert, und während er die Karte vergrößert und verkleinert, wird ihm schlagartig bewusst, dass sie ihn gar nicht mehr erkennen würde.

Er zieht ein Hemd und darüber einen leichten Pulli an. Als er in den Gang hinaustritt, sieht er, dass die Tür zu Eric Hands' persönlichem Bereich im hinteren Teil der Jacht offen steht. Vor gut einem Monat wurde er mit einer Pistole von dort verwiesen. Er geht an der Treppe zum Sonnendeck vorbei, bleibt vor dem Arbeitszimmer stehen und lauscht. Als er nichts hört, klopft er laut und legt die Hand auf die Klinke. Die Tür ist nicht abgeschlossen. Tom öffnet sie, steckt den Kopf ins Zimmer und sieht sich Eric Hands' akkurat gezogenem Scheitel gegenüber.

»Guten Morgen«, trompetet er.

Hands hebt den Kopf und sieht ihn beschäftigt an.

»Ach, Tom, guten Morgen.«

Für einen Moment wird sein Blick milder. Man merkt ihm an, dass ihn die Störung irritiert, aber Tom tut, als würde er es nicht bemerken. Jetzt, wo er es endlich bis hierher geschafft hat, will er die Gelegenheit nutzen, sich im Arbeitszimmer umzusehen.

»Wie geht es Ihnen? Ich habe Sie heute Nacht kommen hören.«

»Danke, gut.«

Eine Wellenbewegung zieht sich durch die grau melierten Augenbrauen. Eric Hands muss eine ganze Menge Wohlwollen aufbringen, um sich nicht sofort wieder seinem Bildschirm zuzuwenden.

»Ich hoffe, du fühlst dich wohl an Bord.«

»Wer würde das nicht?«

Der Mahagonischreibtisch steht vor den vier sanft gewölbten Fenstern der Kapitänskajüte, durch die man einen Panoramablick auf das heute tiefblaue und glitzernde Mittelmeer hat. Vor einer historischen Seekarte auf der rechten Seite sind acht dunkelgrüne Sessel um einen ovalen Tisch gruppiert. Das Mobiliar ist eleganter und weniger protzig als oben im Salon. An der linken Wand stehen einige Schränke und noch ein etwas kleinerer Schreibtisch mit einem großen Monitor.

»Schickes Arbeitszimmer.«

»Ja, es erfüllt seinen Zweck.« Hands zieht die Schultern hoch.

Tom hält unauffällig Ausschau, ob der Raum videoüberwacht ist. Als Eric sich räuspert, nimmt er an, dass er gleich hinauskomplimentiert wird.

»Entschuldigen Sie«, sagt er. »Ich sehe, Sie haben alle Hände voll zu tun. Ich wollte nur Guten Tag sagen.«

Eric Hands klappt langsam sein Notebook zu und lässt die Hand auf dem Deckel liegen.

»Wer sind Sie eigentlich, Tom White?«

Tom steht da wie erstarrt. In seinem Kopf brummt ein Bienenschwarm. Falls sich auch noch Gedanken darin befinden, kann er sie nicht hören.

»Sind Sie echt, oder sind Sie ein Fake?«

»Ich kann Ihnen nicht ganz folgen«, stammelt er.

Hands lehnt sich an die Rückenlehne seines Schreibtischstuhls, die knarrend nachgibt.

»Angeblich promovieren Sie in Security Studies, aber jetzt schlagen Sie mit meiner Tochter auf dem Mittelmeer die Zeit tot.«

»Ich bin …«

Hands streckt beschwichtigend die Hand aus.

»Alle Freundinnen und Freunde von Ulrika und Richard, die ich bislang kennengelernt habe, waren privilegierte junge Leute, die sich keine Gedanken über ihre Zukunft machen, während die Jahre ins Land gehen.« Er lächelt nachdenklich und fährt sich über den Mund, als wollte er das Lächeln wegwischen. »Geld ist verführerisch, aber es kann Menschen auch faul und träge machen. Was für eine Sorte Mensch sind Sie? Sind Sie jemand, der etwas erreichen will, oder sind Sie zufrieden mit einem Leben, das einfach so dahinplätschert? Sind Sie echt, Tom?«

Der Bienenschwarm verstummt, in seinem Körper breitet sich dankbare Ruhe aus.

»Ich habe im Rekordtempo meinen Master gemacht und im Promotionsstudium die doppelte Anzahl an Zusatzkursen absolviert. Man hat mich gebeten, in Stockholm zu promovieren. Ich finde nicht, dass ich mich entschuldigen muss, weil ich in der vorlesungsfreien Zeit zwei Wochen mit Ulrika verbringen möchte.«

Hands grinst breit.

»Ich wollte es nur mal wissen«, sagt er. »Sie brauchen sich gar nicht zu entschuldigen.«

Er klappt sein Notebook wieder auf und arbeitet weiter.

Nachdem Tom die Tür hinter sich zugezogen hat, bemerkt er die Schweißtropfen am unteren Rücken und unter den Achseln.

Ylva parkt ihren Wagen im fünften Stock des zum Kaufhaus NK gehörigen Parkhauses, blinzelt ins Licht, das durch die denkmalgeschützten Betonfünfen der Fassade fällt, dreht sich um und versucht, zwischen den anderen Autos etwas zu erkennen. Pünktlich auf die Minute öffnet sich die Tür eines klapprigen Toyotas, und Karolina Möller kommt auf sie zu. Sie öffnet die Beifahrertür und steigt ein.

»Da wir verschärft auf Sicherheit bedacht sein müssen und Sie möglichst nicht gesehen werden wollen, hielt ich dies für den besten Treffpunkt«, sagt sie.

»Ganz egal, Hauptsache, unauffällig«, sagt Ylva. »Danke, dass Sie gekommen sind, ich werde Sie auch nicht lange aufhalten.«

»Seien Sie unbesorgt«, sagt Karolina. »Ich habe Zeit.«

»Danke.«

Sie sieht aus wie ein Gemälde, denkt Ylva. Die blasse Haut, das glatte rote Haar, das ihr über den Rücken fällt, die hochgewachsene athletische Figur.

»Was sind das für Artikel?«

Ylva erzählt die ganze Geschichte von Anfang an, von Hossins und Najides Einzug bis zu dem Moment, als sie in der Einfahrt kehrtgemacht hat.

Karolina scheint sich mehr für die Urheber der ersten Artikel im Netz als für Ylvas Erklärungen zu interessieren und will wissen, ob sie und Agneta schon gründlich nachgeforscht haben.

Ylva erwidert, dass die Wahrheit in diesem Zusammenhang von untergeordneter Bedeutung sei. »Mein Ruf ist schon beschädigt. Und wenn der Schaden noch größer wird, dann… Sie erleben so etwas ja auch nicht zum ersten Mal, Sie wissen, wie solche Dinge laufen.«

»Verstehe«, sagt Karolina.

Ylva ertappt sich dabei, dass sie die ganze Zeit nervös an ihrem Sicherheitsgurt zieht. Sie lässt ihn los und schnallt sich ab.

»Aber ich bin nicht gekommen, um um den heißen Brei herumzureden.« Sie nimmt ihre Handtasche von der Rückbank und zieht nach kurzem Zögern den Umschlag heraus. »Ende August war ich in Sarajevo. Zum ersten Mal seit…« Sie hält den Umschlag mit beiden Händen fest. »…seit der Bombe im Hotel. Man hat mir ein paar Fotos zukommen lassen.«

Sie reicht Karolina die Bilder. Ein Stockwerk tiefer quietscht Gummi auf glattem Beton, als jemand zu schnell in die Kurve geht.

»Angeblich sind das Anders' Mörder. Diese beiden Männer haben die Bombe im Hotel gezündet.«

»Woher haben Sie die?«

»Von einem Kontakt im Finanzministerium. Sie kommen von der SIPA.«

Karolinas Blick wandert zwischen den beiden Männern auf den Fotos hin und her.

»Warum zeigen Sie uns das erst jetzt?«

»Ich bin davon ausgegangen, dass Sie sie längst gesehen hätten. Haben Sie das nicht?«

»Wer sind die Männer?«

Keine Antwort auf ihre Frage.

»Wie sie heißen, weiß ich nicht, aber der da ist ein schwedischer Rechtsextremist.« Ylva tippt mit dem Zeigefinger auf das Bild. »Es klingt vielleicht weit hergeholt, aber mir geht der Gedanke nicht aus dem Kopf, dass es zwischen der Tatsache, dass ich die Fotos bekommen habe, und dem Versuch, mithilfe von Onlineartikeln meinen Ruf zu zerstören, einen Zusammenhang gibt.«

»Hat der Prophet die Bilder gesehen?«

Ylva sieht Karolina erschrocken an. *Der Prophet.* Es fällt ihr schwer genug, ihn Tom zu nennen.

»Nein.«

Es ist besser für ihn, wenn sie es nicht wissen, denkt sie.

»Zeigen Sie sie ihm nicht«, sagt Karolina. »Er muss sich auf seinen Auftrag konzentrieren. Es wäre nicht gut, wenn er die Bilder jetzt zu sehen kriegt.«

»Wann dann?«

»Wenn sein Auftrag erledigt ist. Im Moment befindet er sich in einer heiklen Lage.«

Sie weiß, wo er ist, aber dass es heikler als sonst für

ihn werden könnte, hat er ihr nicht gesagt. Weiß er selbst davon?

»Ist er in Gefahr?«

»Nein, aber es könnte gefährlich für ihn werden, diese Fotos zu sehen, indirekt. Es würde ihn auf eine unnötig harte Probe stellen. Mehr darf ich nicht sagen.«

»Sie haben mir noch gar nicht gesagt, was Sie denken. Könnte da ein Zusammenhang bestehen?«

Karolina flicht die Finger ineinander. »Das könnte natürlich sein, aber es setzt voraus, dass diese Leute wissen oder zumindest davon ausgehen, dass Sie die Fotos gesehen haben.«

Ylvas Gedanken drehen sich im Kreis. Sie kann nicht mehr erkennen, was Ursache und was Wirkung ist.

»Ich hatte nur mit dem Mann vom Finanzministerium Kontakt. Er hat mir die Fotos gegeben. Warum sollte er sie mir geben, um dann jemand anderem zu erzählen, dass ich sie habe?«

Diesmal braucht Karolina nicht lange zu überlegen.

»Vielleicht hat er es ja nicht freiwillig getan.«

Trotz allem, was sie im vergangenen Jahr durchgemacht hat, ist sie immer noch erstaunlich naiv. Auf den Gedanken, dass ihn jemand gezwungen haben könnte, wäre sie im Leben nicht gekommen.

Ulrika löffelt einen Zitronenjoghurt, während sie auf ihrem iPad die New York Times liest und flucht, als sie ihre schimmernde Jogginghose bekleckert, die vermutlich ein durchschnittliches Monatsgehalt gekostet hat. Neben ihr liegt eine unberührte Ausgabe des Le Figaro. Er wird jeden Tag geliefert, aber bis jetzt hat er sie die Zeitung noch nie lesen gesehen. Er stellt sich hinter sie und legt ihr sanft die Hände auf die Schultern.

»Ich war kurz bei deinem Vater und habe Hallo gesagt.«

Sie sieht ihn mit großen Augen an, ihr Mund steht offen.

»Du hast dich also ins Allerheiligste gewagt.«

»Ich bin mir nicht sicher, ob er erfreut war«, sagt er.

Die Hand, die den Joghurtlöffel hält, sinkt auf die polierte Tischplatte.

»Was hat er denn gesagt?«

»Nichts Besonderes, es ist eher ein Gefühl«, sagt Tom.

»Wahrscheinlich.« Seufzend stellt sie den Löffel in das

leere Joghurtglas. »Würde mich nicht wundern, wenn er die ganze Nacht wach war.«

»Ach, echt? Wieso das?«

»Ich weiß nicht. So ist er eben.«

Tom gibt Ulrika einen Kuss, geht zur Espressomaschine hinüber und macht sich einen Kaffee. Dann setzt er sich ihr mit einem Croissant und einem *yaourt nature* gegenüber.

Sie hat immer noch Lust, nach Cannes zu fahren. Tom würde die Capricorn jetzt, wo Eric Hands da ist, lieber nicht verlassen, aber es fällt ihm kein vernünftiges Argument ein, an Bord zu bleiben.

Nach dem Frühstück geht sie ihre Bücher holen, und Tom nutzt die Gelegenheit für eine Runde über das Schiff. In den zwei Tagen an Bord hat er die Namen der Besatzung gelernt. Paul kannte er schon, er ist Engländer, die drei anderen sind Franzosen, Jean-Luc, François und Michel. Jean-Luc ist derjenige, der bei seinem ersten Besuch die Pistole auf ihn gerichtet hat, Michel ist der Neue, der ihn in Cannes abgeholt hat. Derjenige, der ihn an die Wand gedrückt hat, ist nicht mehr da.

Abgesehen von Paul sind sie nicht besonders gesellig, antworten einsilbig, wenn man sie etwas fragt, und sprechen einen nur an, wenn es um praktische Dinge geht. Aber als Quasifamilienmitglied genießt er trotzdem gewisse Privilegien. Allem voran kann er sich frei auf der Jacht bewegen, mit Ausnahme von Eric Hands' Arbeitszimmer. Das ist, wenn Eric Hands nicht da ist, immer noch tabu.

Die Verkehrssprache an Bord ist Englisch, aber die Franzosen sprechen untereinander Französisch.

Er geht auf die Steuerbordseite hinüber und steigt die steile Metalltreppe zur Brücke hinauf. Als er die Tür öffnet, hört er leise Stimmen. In einem Raum hinter der Kommandobrücke befindet sich eine Kommunikationszentrale mit Funkausrüstung und, so nimmt er jedenfalls an, den Computern, die das Sicherheitssystem an Bord steuern. Die Tür steht einen Spalt offen. Er klopft kurz an und tritt ein.

»Guten Morgen.«

Jean-Luc sitzt vor einem Monitor, den er rasch deaktiviert, aber Tom kann gerade noch eine Facebook-Seite erkennen. Die Männer halten mit ihrer Arbeit inne und begrüßen ihn höflich, aber nicht herzlich. François lehnt im hinteren Teil des Raums an einer Arbeitsplatte. Neben dem Bildschirm vor Jean-Luc gibt es einen weiteren Monitor, auf dem externe Überwachungsbilder zu sehen sind.

»Wie wird das Wetter?«, fragt Tom.

»Sonnig«, erwidert François trocken und zeigt aus dem Fenster.

Er ist größer und nicht so muskulös wie seine Kollegen, sein blondes Haar wellt sich. Mit etwas gutem Willen könnte man seine Antwort als einen versuchten Scherz interpretieren, aber sie klang eher nach *Verpiss dich*.

Jean-Luc gähnt hinter vorgehaltener Hand.

»Heute Nacht und morgen gibt es Gewitter«, sagt François. Sein Blick ist dunkel und verschlossen.

Tom sieht zuerst auf den Monitor in der Ecke und dann Jean-Luc an, aber eigentlich konzentriert er sich auf den Monitor.

»Vielleicht müssen wir unsere Position verändern.«

Eine Regung in seinem Gesicht, eine Spur von Besorgnis über den angespannten Lippen, eine Falte auf der Stirn.

»Wird es gefährlich?«

»Nicht direkt, aber wir ankern über einer Untiefe. Es könnte ungemütlich werden.«

»Werden wir in den Hafen einlaufen?«

»Mal sehen.«

Er stellt ihre Geduld noch eine Zeit lang auf die Probe, indem er sich lächelnd umsieht. Dann verabschiedet er sich höflich und geht eine Treppe hinunter. Hinter ihm wird die Tür zur Kommandozentrale geschlossen.

Auf dem Bildschirm waren die ganze Zeit, die er dort war, vier Bilder zu sehen. Das Achterdeck, das Schiff in seiner ganzen Länge von oben, vermutlich von einer Kamera ganz oben am Mast, und zweimal ein Hundertachtzig-Grad-Blick übers Meer. Keine Bilder vom Inneren der Jacht. Es ist keine Garantie, dass es keine weiteren Kameras gibt, aber Tom kann sich kaum vorstellen, dass Hands in seinem Arbeitszimmer überwacht werden möchte.

Ylva hat höchstens vier Stunden geschlafen. Sie ist versucht, sich das Frühstück aufs Zimmer zu bestellen, weil sie so übernächtigt keine Lust auf die anderen Hotelgäste hat, befürchtet aber, dass sich dann irgendein Hotelangestellter bei den Medien über ihr Luxusleben auslässt, wenn die ihr Versteck aufgespürt haben.

Sie geht hinunter und setzt sich mit dem Rücken zu den anderen Gästen an den hintersten Fenstertisch. Auf dem Slussplan rauscht bereits der morgendliche Berufsverkehr am Baustellenchaos vorbei. Kräne, Bretterzäune und Bagger, die sich langsam, aber sicher durch den Beton fressen. In ein paar Hundert Jahren dürfte das Ganze fertig sein.

Sie blättert diskret in den Zeitungen. Als sie keinen Artikel über die grausame Sklaventreiberin Ylva Grey findet, entspannt sie sich ein wenig. Sie trinkt ihren Kaffee und zwingt sich, wenigstens ein kleines Stück Toast mit Butter zu essen, ohne sich fragen zu müssen, ob die Leute hinter ihr gerade etwas über sie lesen.

Bei der zweiten Toastecke kommt die Eilmeldung von Dagens Nyheter.

»Das turbulente Leben der Sida-Chefin. Erst der Bombenanschlag in Sarajevo, bei dem ein Mitarbeiter ums Leben kam, dann der Brand in ihrer Luxusvilla.«

Hastig klickt sie die Nachricht weg und sitzt eine Weile wie gelähmt da. Sie hat damit gerechnet, dass es irgendwann so kommen würde. Es fühlt sich an, als würde ihr jemand fest auf die Brust drücken. Sie muss sich anstrengen, um Luft zu bekommen.

So geht das nicht, denkt sie, sie kann nicht einfach hier sitzen und auf ihren Teller starren. Sie steht auf, verlässt den Frühstückssaal und geht zurück auf ihr Zimmer.

Obwohl sie im Grunde schon weiß, was in dem Artikel steht, kann sie es nicht lassen, ihn zu lesen. Es ist ein langer Artikel, zwei Seiten mit viel Text und einer Extraspalte, in der ein Journalist ihre Situation analysiert und den Ausgang der Geschichte voraussagt. Zuerst ein ausführlicher Bericht über die Bombe im Hotel Europe, den Tod von Anders Krantz und die folgenden tragischen und mystischen Verwicklungen rund um den Unfall oder Selbstmord seiner Ehefrau und schließlich das Feuer in der »Direktorenvilla« mit Blick auf den See Magelungen. Und dann kommt es: »In ebendiesen See hat sie vor einigen Jahren den Luxussportwagen ihres Mannes gefahren. Eine Verzweiflungstat, die sie beinahe das Leben gekostet hätte. Das Paar hatte sich …«

Sie legt das Handy weg. Es reicht. Sie hat gehofft, dass ihr wenigstens diese Episode erspart bliebe. Nebel zieht in ihr auf. Für einen Augenblick beruhigen sich ihre Gedanken.

Sie klickt den Text noch einmal an, um sich zu vergewissern, dass sie *das* nicht auch noch geschrieben haben. Nein, das haben sie offenbar nicht ausgegraben, oder gibt es etwa doch noch Grenzen? Die Analyse schenkt sie sich und schaltet das Handy aus. Kein Wort über die Putzfrau, mit der Johan im Gästezimmer Sex hatte, als Ylva nach Hause kam. Es war nicht zu überhören gewesen. Sie hat laut geschrien. Als ob es ihr Haus wäre. Zweiundzwanzig Jahre.

Sie will nicht darüber nachdenken, sondern froh sein, dass es nicht in dem Artikel steht. Wahrscheinlich taucht es stattdessen irgendwann im Internetforum Flashback auf.

Das Handy klingelt. Agneta ist dran.

»Hast du es gesehen?«, fragt Ylva ohne Einleitung.

»Ja.«

Weiter kommen sie nicht, als ihr Telefon einen weiteren Anruf in der Leitung signalisiert. Sie ignoriert das Signal.

»Das Interview mit Hossin und Najide dürfte damit abgehandelt sein, oder was meinst du?«

»Wir sollten auf jeden Fall abwarten«, antwortet Agneta.

Ylva hört an ihrem schwebenden Ton, dass sie auf etwas anderes hinauswill.

»Was ist?«

»Greger Hahn hat angerufen.«

»Das ging ja schnell.«

Greger Hahn ist der neue Staatssekretär der Ministerin für Technische Zusammenarbeit, also derjenige, der Ylvas Rauswurf veranlassen wird, falls es so weit kommt, auch wenn offiziell Ministerin und Regierung dafür verantwortlich sind.

»Es war nicht wegen dieser Sache hier. Er hat vor einer Stunde angerufen, aber ich wollte dich nicht wecken.«

Ylva behält für sich, wie wenig sie in den vergangenen vierundzwanzig Stunden geschlafen hat.

»Er will sich um zehn mit uns treffen.«

»Klingt nicht gut.«

»Aber wenn er mich dabeihaben will …«

»Wahrscheinlich will er dir nur mitteilen, wie wir den Medien meinen Rücktritt verkünden.«

Zum Außenministerium sind es zehn Minuten zu Fuß. Unter anderem deshalb hat sie sich für dieses Hotel entschieden.

»Müssen wir vorher noch etwas besprechen?«, fragt sie.

»Ja, das wäre gut.«

»Ich rufe dich von unterwegs an.«

Greger Hahn also. Sie hat ihn noch nicht richtig kennengelernt und wird, wie es aussieht, auch keine Gelegenheit mehr dazu bekommen. Sie sieht sich selbst im Spiegel, braucht nicht zu überlegen, was sie anziehen soll. Sie hat nur die Sachen, die sie gestern anhatte. Und die Unterwäsche, die sie sich schnell bei Åhléns gekauft hat.

Wieder klingelt das Handy.

»Hallo, hier ist Karolina. Wie geht es Ihnen?«

»Geht so.«

»Das kann ich verstehen. Ich habe den Artikel gelesen.«

Ylva knirscht mit den Zähnen.

»Ich weiß, es ist Ihnen ohnehin klar, aber ich muss Sie trotzdem darauf hinweisen, dass Sie nicht auf die Ereignisse im Zusammenhang mit dem Brand und dem Tod von Elias' Stiefbruder eingehen dürfen.«

»Natürlich nicht.«

»Ich weiß, dass Sie das wissen, aber wenn man sich angegriffen fühlt, gerät man leicht in die Versuchung, anderen mitzuteilen, wie schwer man es hat.«

»Ist mir bewusst. Haben Sie nur deshalb angerufen?«

»Ja, eigentlich schon.«

Ylva klickt den Anruf weg. Rausgeworfen und zum Schweigen verdonnert. Was für ein Start in den Tag. Sie umklammert ihr Handy, bis ihre Finger wehtun. In einer Stunde und fünfzig Minuten soll sie im Außenministerium sein. Wozu? Das Ganze ist so vorhersagbar. Sie setzt sich auf die Bettkante. Sie hat genug, sie will nicht mehr, nicht so.

Als die Sonne senkrecht am Himmel steht, ziehen sie auf das Achterdeck um. Die Temperatur ist angenehm, der Himmel strahlend blau, im Westen sind ein paar Federwolken zu sehen. Kaum zu glauben, dass ein Unwetter im Anmarsch sein soll.

Tom geht rein, um ihnen Kaffee zu holen. Ulrika ruft ihm hinterher und fragt ihn, ob er ihr von unten einen Pulli mitbringen kann. Den fliederfarbenen mit dem runden Ausschnitt.

»Klar.«

Er lässt die Kaffeetassen auf der Arbeitsplatte stehen und geht hinunter in die Kabine. Die Tür zum hinteren Teil des Gangs ist geschlossen. Er nimmt den Pullover aus dem Kleiderschrank und geht wieder nach oben. Als er mit Pullover und Kaffee aufs Deck hinauskommt, räumt Ulrika gerade ihre Bücher zusammen.

»Was ist los?«, fragt er.

»Wir müssen runter.«

Er sieht sie fragend an.

»Papa hat ein tierisch wichtiges Treffen und will hier oben seine Ruhe haben.«

Tom reicht ihr den Pulli, den sie nicht mehr braucht, und sammelt sein Notebook und seine Notizen ein. Eric Hands kommt um die Ecke, eine dunkle Silhouette vor dem gleißenden Licht.

»Tja, Tom, du hast es ja gehört. Ich wäre euch sehr verbunden, wenn ihr eine Weile unten in der Kabine bleiben könntet. Ich sage Bescheid, wenn sie weg sind.«

»Klar«, sagt er.

Ulrika seufzt.

Hands' Gesichtsausdruck ist im Gegenlicht nicht zu erkennen. Er klatscht in die Hände, als wollte er ihnen Beine machen. Tom sieht kein Boot, das sich der Capricorn nähern würde, nur große Schiffe, die sich langsam durch die Fahrrinne bewegen. Wer sind die angekündigten Besucher? Warum will Hands, dass Ulrika und er unter Deck verschwinden? Auf dem Vordeck hätten sie doch niemanden gestört. Es geht also offensichtlich nicht ums Stören, sondern darum, nichts zu sehen oder zu hören.

»Möchtest du deinen Kaffee mitnehmen?«, fragt er Ulrika.

»Nein danke, mir ist die Lust vergangen.«

Tom kippt ihren Espresso in das Spülbecken neben der Espressomaschine. Hands ist noch an Deck, Ulrika ist irgendwo hinter ihm und will gerade hinuntergehen. Er zieht das Handy aus der Tasche, schaltet die Aufnahmefunktion ein und aktiviert den Sperrbildschirm. Wo soll er es hinlegen? Irgendwohin, wo es nicht sofort auffällt, aber auch nicht aussieht, als wäre es absichtlich platziert worden. Es muss so wirken, als hätte er es zufällig liegen gelassen.

Schritte draußen an Deck. Er sieht sich in der Pantry um. Auf der Espressomaschine. Das ist gut, er hat schließlich vorhin Kaffee gemacht. Er befühlt die Maschine, schließlich will er nicht, dass sein Handy dampfgegart wird, aber der Platz ist gut.

Hands betritt den Salon. Seine Arme hängen hinunter, die Hände sind zu Fäusten geballt. Tom schüttet seinen eigenen Espresso ebenfalls in den Ausguss und macht einen beschäftigten Eindruck. Er stellt die Tasse weg, lächelt beim Rausgehen Hands' unergründliche Silhouette an, spürt seinen Blick im Rücken und wartet darauf, dass er ihm hinterherruft: *Tom, dein Handy*.

Doch die Worte kommen nicht, und er hört Hands hinter sich wieder nach draußen an Deck gehen.

Das Handy liegt gut sichtbar da, es kann nichts schiefgehen, weil es sich nicht entsperren lässt. Niemand wird bemerken, dass es aufnimmt. Eine vollkommen sichere Sache.

Solange Hands das Handy nicht an sich nimmt. Dann wäre es nicht ausgeschlossen, dass er sich Zugriff verschafft. Aber das würde dauern.

Mitten auf der Treppe bleibt er stehen. Soll er zurückgehen und es holen? Nein, er muss es wagen, ein Risiko einzugehen, wenn er es weiter als bis zu einer Beziehung mit Eric Hands' Tochter bringen will. Und deswegen ist er nicht hier, deswegen ist er nicht Tom White.

Ulrika sitzt in ein Buch versunken im Sessel, sie liegt mehr, als sie sitzt. Er sieht nicht, was sie liest, hat aber das Gefühl, dass es nichts mit der Uni zu tun hat.

»Wie geht's dir?«

Sie liest einfach weiter, blättert eine Seite um. Tom setzt sich und legt Notebook und Collegeblock auf das Sideboard.

»Ich sollte mich nicht darüber ärgern«, sagt sie, ohne den Blick vom Buch abzuwenden.

»Dann lass es.«

»Versuche ich ja.« Laut stöhnend stampft sie mit dem Fuß auf. »Scheißfamilie.«

»So schlimm ist es doch nun auch wieder nicht, eine Stunde in der Kabine zu bleiben.«

»Du verstehst das nicht.« Sie faucht vor Wut.

»Ach nein?«

Sie verstummt, denkt über das nach, was er eben gesagt hat, und fängt sich wieder.

»Ich erlebe solche Situationen seit meiner Kindheit. Immer ist irgendwo ein abgegrenzter Bereich, zu dem ich keinen Zutritt habe. Bei einer Dreijährigen kann ich es ja verstehen, aber jetzt? Ich bin erwachsen, ich bin sechsundzwanzig Jahre alt, was soll denn passieren? Hat er Angst, dass ich etwas Unpassendes sage oder mir in die Hose pinkele?«

Tom kann sich das Lachen nicht verkneifen.

»Das ist nicht witzig.«

»Nein, aber du bist witzig.«

Sie legt das Buch weg und setzt sich auf. »Er kann meinetwegen gerne seine Treffen abhalten, aber warum soll ich mich verstecken, als ob es mich gar nicht gäbe und er gar keine Familie hätte?«

»Ich glaube nicht, dass es ihm darum geht«, sagt Tom.

»Ach nein? Worum denn dann?«

»Um die Leute, die herkommen. Er will nicht, dass du ihnen begegnest. Er will dich vor ihnen beschützen.«

»Mich beschützen?«

Sie sieht ihn verständnislos an. Er ist zu weit gegangen, hat sich der Wirklichkeit angenähert und Dinge angesprochen, die sie offensichtlich nicht über ihren Vater weiß. Das ist gar nicht gut, aber irgendwie hat sie ihn dazu gebracht.

»Unbewusst, meine ich«, versucht er zu entschärfen, was er eben gesagt hat. »Er will dich nicht mit seinen Sorgen belasten.«

Sie runzelt die Stirn und zieht die Nase kraus, ganz und gar nicht seiner Meinung. Hoffentlich haben sie das Thema bald vergessen.

Nach zehn, fünfzehn Minuten hören sie Außenborder näher kommen, dann wird es plötzlich still, und die sanften Stöße des Anlegemanövers versetzen den gesamten Schiffsrumpf in leichte Schwingung. Keine Stimmen dringen zu ihnen herunter. Vor den Fenstern nichts als Meer und Himmel.

Es vergeht eine halbe Stunde, eine ganze, anderthalb. Nach fast zwei Stunden wirft Ulrika ihr Buch zur Seite, schnellt vom Bett hoch, auf das sie sich eine Stunde zuvor gelegt hat, und steuert energisch die Tür an.

»Willst du …«

Sie hat die Kabine bereits verlassen, knallt die Tür hinter sich zu, die nicht richtig im Schloss einrastet und einen Spalt offen bleibt. Tom wartet eine Minute, dann geht er zur Tür und lauscht. Stille.

Er geht in den Gang und schließt vorsichtig die Kabinentür. Die Tür zum hinteren Bereich steht wieder offen. Er geht auf die Treppe zum Deck zu und sieht, dass auch die Tür zum Arbeitszimmer angelehnt ist. Er muss sich schnell entscheiden. Die Treppe hoch oder geradeaus. Er darf nicht zögern, nicht langsamer werden.

Er geht an der Treppe vorbei. Durch die angelehnte Tür kann er nichts erkennen.

»Ulrika?«

Er kann schlecht Erics Namen rufen, nachdem der ihn gebeten hat, sich fernzuhalten.

Keine Antwort, nicht das leiseste Geräusch.

Er stößt die Tür ganz auf, geht zwei Schritte in den Raum hinein, bis er ihn vollständig überblicken kann. Niemand da. Auf dem Schreibtisch steht Eric Hands' aufgeklapptes Notebook. Links davon liegt ein Füller mit abgeschraubtem Deckel, als wäre er überstürzt rausgelaufen und könnte jeden Augenblick zurückkommen. Auf diese Gelegenheit hat Tom gewartet.

Er horcht in den Gang, tastet in seiner Hosentasche nach dem kurzen Kabel. In dem Moment, als seine Fingerspitzen es berühren, muss er das dringende Bedürfnis zu fluchen unterdrücken und spannt vor Enttäuschung jeden Muskel an. Das Handy liegt oben auf der Espressomaschine. Ohne das kann er gar nichts machen. Ärger und Wut steigen vom Zwerchfell auf. Wie unfassbar ungeschickt von ihm! Warum?

Nachdem er sich beruhigt hat, verlässt er den Raum und den gesamten hinteren Bereich. Es wäre blöd, erwischt zu werden, wenn man gar nichts getan hat. Er konnte ja nicht ahnen, dass sich diese Chance bieten würde, als er oben die Abhörwanze platziert hat.

Was jetzt? Soll er sein Handy holen und wieder ins Arbeitszimmer hinuntergehen? Im Raum selbst bräuchte er nur zwei Minuten, wenn er sich beeilt und das Glück auf seiner Seite ist. Sie sollten sich rarmachen, was Hands nicht deutlicher zum Ausdruck hätte bringen können, aber nun ist Ulrika ja schon oben.

Er macht es. Schlimmstenfalls wird Papa Hands sauer.

Hastig steigt er die Treppe hinauf, immer zwei Stufen auf einmal, und betritt den Salon, wo ihm Ulrika mit genauso schnellen Schritten entgegenkommt. Sie sieht nicht zufrieden aus.

»Wir müssen runter«, zischt sie, bevor er danach fragen kann, »Anordnung vom Kapitän.«

Sie marschiert an ihm vorbei und stampft wie eine wütende Zehnjährige die Treppe hinunter. Tom bleibt stehen. Im Salon ist niemand. Sein Handy liegt noch auf der Espressomaschine. Soll er sich hinwagen?

Ein Schatten vor den Fenstern lässt ihn erschrocken zurückweichen. Zwei Männer gehen in Richtung Leiter. Der vordere hat eine Glatze, sieht durchtrainiert aus und ist kleiner als sein Hintermann. Der Glatzkopf ist Henning Eriksson, Parteisekretär der Sozialdemokraten. Der Mann, der Eric Hands den Persilschein gegenüber schwedischen Behörden versprochen hat, was auf einer Tonaufnahme festgehalten ist, die Elias' Vater am Tag vor seinem gewaltsamen Tod in Sarajevo in die Hände bekommen hat. Den Mann hinter Eriksson kennt er auch.

Es ist Simon Brinkman.

Sobald Greger Hahn die Tür seines Dienstzimmers im Erbfürstenpalais, dem prächtigen Sitz des Außenministeriums, hinter sich geschlossen hat, ergreift Ylva das Wort.

»Wenn es von mir erwartet wird, bin ich bereit, meinen Rücktritt zu erklären.« Agneta Feldt will sie unterbrechen, aber Ylva lässt ihr keine Chance. »Wenn man im Außenministerium jetzt die Nase voll hat, kann ich das verstehen. Ich habe jedenfalls die Nase gestrichen voll.«

»So weit sind wir noch nicht«, sagt der Staatssekretär. »Aber …«

»Ich bin so weit«, fällt Ylva ihm ins Wort. Sie kann sich besser durchsetzen als die Öffentlichkeitsbeauftragte von Sida.

Greger Hahn sieht sie verwundert an, schweigt aber.

»Es ist einfach unwürdig. Ich habe kein Leben mehr, und wir wissen beide, dass ich angezählt bin. Ich kann nicht arbeiten, wenn ich Leuten gegenübersitze, die sich fragen, wann ich meinen Posten räumen muss.«

Oder ob sie tatsächlich den Sportwagen ihres Mannes in den Magelungen gefahren hat.

»Die Möglichkeit besteht natürlich«, gibt er zu, »wenn der Druck zu groß wird. Aber das Handtuch zu werfen, bevor es so weit ist, macht auch keinen guten Eindruck. Denn damit bestätigt man ja die Vorwürfe. So könnte es jedenfalls aufgefasst werden.«

»Genau«, wirft Agneta ein.

Aha. Es geht also nicht darum, ob sie zurücktreten sollte, sondern um das Wann und Wie. Die Fahnen vor dem Fenster führen einen wilden Flattertanz auf.

»Wir machen es so«, sagt sie. »Ich schicke ein unterschriebenes, aber undatiertes Gesuch, mich von meinen Aufgaben zu entbinden, das können Sie verwenden, wenn es notwendig oder geboten ist. Und jetzt mache ich Pause.«

Der Staatssekretär öffnet den Mund, um einen Einwand anzubringen, hält aber inne, weil er vermutlich begreift, dass es eine ausgezeichnete Lösung ist.

Am Gustav Adolfs Torg gehen Ylva und Agneta auseinander. Es sieht so aus, als wollte Agneta zu dem, was sich soeben im Außenministerium abgespielt hat, einen Kommentar abgeben. Bestimmt ist sie der Meinung, dass Ylva einen Fehler gemacht hat, aber der lässt sich ja nun nicht mehr so einfach rückgängig machen. Sie begnügt sich also damit, Ylva zu versprechen, dass sie sie auf dem Laufenden hält.

Während Ylva allein über die Norrbro geht, ruft sie Mario Filipović an. Obwohl Ylva diesmal seinen Namen nennen kann, muss sie einige Missverständnisse aus dem Weg räumen und wird mehrmals erneut mit der Telefonzentrale verbunden, bevor seine Stimme aus dem Hörer dringt.

»Filipović.«

In Gamla Stan biegt sie zur Västerlånggata ab, wo sie vor dem Wind geschützt ist.

»Hallo, hier ist Ylva Grey von …«

Sie wollte eigentlich Sida sagen, beißt sich aber auf die Zunge. Sie meint zu hören, wie er genervt das Gesicht verzieht und mit einem Blick über die Schulter überprüft, ob die Tür geschlossen ist.

»Im Moment passt es nicht so gut, kann ich Sie in … dreißig Minuten zurückrufen?«

»Natürlich, kein Problem.«

Es dauert zwei Stunden, ehe er sich zurückmeldet, ohne die zusätzlichen neunzig Minuten auch nur mit einem Wort zu erwähnen.

»Wir müssen uns treffen«, sagt sie.

Ob *er* sich mit *ihr* treffen muss, ist fraglich, aber es tut gut, es so auszudrücken, als wäre es eine gemeinsame Angelegenheit.

»Ich kann heute nach Sarajevo fliegen«, fährt sie fort, während sie im Hotelzimmer auf und ab wandert. Dass sie die Sache nicht am Telefon besprechen können, versteht sich von selbst.

»Ich bin auf dem Weg nach Belgrad«, sagt er. »Dort besuche ich eine dreitägige Konferenz. Wenn es dringend ist, sollten wir uns dort treffen.«

Das ist vielleicht bequemer. Und sicherer.

»Wann können Sie dort sein?«, fragt er.

»Ich muss erst nach Flügen schauen.«

»Rufen Sie mich an, wenn Sie das getan haben. Falls ich nicht drangehe, sitze ich im Flugzeug. Dann versuchen Sie es einfach später noch einmal und hinterlassen bitte keine Nachricht.«

Er ist weg. Ylva sitzt mit dem Notebook auf dem Schoß auf dem Bett und sucht Flüge nach Belgrad heraus. In knapp drei Stunden gibt es einen Direktflug. Sie bucht ihn, bestellt ein Taxi und packt rasch die wenigen Sachen ein, die sie dabeihat.

Aus dem Taxi ruft sie Filipović an. Er antwortet nicht.

Über der Schnellstraße liegt ein seltsames Licht, diffus, aber grell, als würde hinter den dichten Wolken eine besonders aggressive Sonne brennen. Ylva kramt ihre Sonnenbrille aus der Handtasche und behält sie auch in der Abflughalle auf. Vor der Sicherheitskontrolle muss sie nicht lange anstehen. Am Gate verschanzt sie sich hinter einer Zeitung, sie kann es kaum erwarten, von schwedischem Boden abzuheben.

Kurz vor dem Boarding ruft Filipović an.

»Heute Abend wird es spät. Wie lange bleiben Sie?«

»So lange wie nötig.«

Er denkt nach.

»Können wir uns morgen früh treffen?«

»Wann Sie wollen.«

»Kommen Sie um acht ins Hotel Moskau. Gehen Sie durch den Hoteleingang ins Café und setzen sich gleich links hinter die Tür.«

»Wir sehen uns dort.«

Sie will der Sache jetzt auf den Grund gehen, Sarajevo, Anders und allem anderen, was ungeklärt geblieben ist. Sie hat nichts mehr zu verlieren.

Ulrika legt ihr Handy weg, streckt die Arme über den Kopf und dehnt die Füße, bevor sie vom Bett aufspringt.

»Ich habe um acht im Caveau 30 reserviert, aber wir könnten schon früher in die Stadt fahren und vorher irgendwo was trinken.«

Rastlos dreht sie eine Runde in der Kabine, die trotz ihrer relativen Größe eine gewisse Klaustrophobie auslösen kann, wenn man sie nicht verlassen darf. Wobei das Ausgangsverbot aufgehoben ist, aber jetzt will Ulrika nicht mehr hinauf.

»Ich lass mich doch nicht wie eine Fünfjährige in mein Zimmer schicken. Ich glaube kaum, dass ich ihm sein wichtiges Meeting versaut hätte, wenn ich an Deck aufgetaucht wäre.«

Tom kann nicht vertiefen, was er bereits angedeutet hat. Dass ihr Vater sie davor bewahren möchte, die Leute zu sehen, mit denen er sich trifft, und auf diese Weise Zeugin zu werden. Er hat auch gar keine Lust, Eric Hands in Schutz zu nehmen. Sein Ziel ist es, ihre Stimmung aufzuhellen, damit sie nicht auf die Idee kommt, ins Hotel umzuziehen oder gleich nach Hause zu fahren.

»Als wir klein waren, war sein Arbeitszimmer immer abgeschlossen, damit wir seinen Papierkram nicht durcheinanderbrachten. Er kam nach Hause, aß zu Abend und hat sich dann dort eingeschlossen. Uns hat er nicht mal Gute Nacht gesagt, wenn wir ins Bett mussten. Das hat er immer schon beim Aufstehen vom Tisch abgehandelt. Mama musste sich um alles allein kümmern. Uns bei den Hausaufgaben helfen, uns baden, uns ins Bett bringen. Morgens genauso. Wenn wir aufgestanden sind, war er schon weg, und das Kindermädchen war morgens und abends auch nicht da.«

»Kommt mir bekannt vor«, sagt er.

»War dein Vater auch so?«

»Mehr oder weniger. Das heilige Arbeitszimmer, die geschlossene Tür. Nie Zeit für uns. Ich glaube, er ist an keinem meiner Geburtstage zu Hause gewesen.«

Ein trockenes Lachen. Ja, das kennt sie.

Er überträgt seine Erfahrungen auf einen fiktiven Tom-White-Vater und fühlt sich nackt, als er die Wahrheit ausspricht.

»Und mit deiner Mutter verstehst du dich gut?«, fragt er.

»Das tut man doch immer, oder?«

»Kann sein. Fast immer.«

»Sie haben sich scheiden lassen, als ich zwölf war. Mama ist mit uns nach London gegangen, deshalb bin ich in der Mittel- und Oberstufe dort zur Schule gegangen. Papa habe ich nur noch in den Ferien gesehen, so wie jetzt, aber eigentlich war es kein großer Unterschied. Er war sowieso nie zu Hause.«

Tom hat einige Fotos von Ulrikas Mutter gesehen, alte Wimmelbilder mit großen Menschengruppen. Bevor sie Eric Hands geheiratet hat, war sie viel im Stockholmer Nachtleben unterwegs. Sie macht oft ein Gesicht, als ließe sie sich nur äußerst ungern fotografieren, aber andererseits sind es so viele Bilder, dass sie wohl nur so getan hat. Sie ist studierte Juristin, hat aber nach dem Umzug nach London aufgehört zu arbeiten. Möglicherweise war es aufgrund der anderen Gesetze in Großbritannien schwierig, und außerdem hat sie bei der Scheidung genug Geld bekommen, um für den Rest ihres Lebens finanziell unabhängig zu sein.

»Vielleicht hätten wir lieber meine Mutter besuchen sollen«, sagt Ulrika.

»Wollen wir an Allerheiligen hinfahren?«, schlägt Tom vor. »Ich würde sie gerne kennenlernen.«

»Sie dich auch. Das hat sie gesagt.«

Tom steht vom Sessel auf. »Ich muss mein Handy holen, ich glaube, es liegt noch oben. Soll ich dir was mitbringen?«

Ulrika schüttelt den Kopf. »Wollen wir um sechs los?«

»Ja, das ist gut«, sagt er, bevor er die Tür schließt. »Ich gehe gerne was trinken.«

Eric Hands sitzt an einem der Tische im Salon vor seinem aufgeklappten Notebook, als Tom hereinkommt. Er fixiert den Bildschirm, Daumen und Zeigefinger verharren auf dem Touchpad. Das Handy liegt noch auf der Espressomaschine.

»Entschuldigen Sie, haben Sie mein Handy irgendwo gesehen?«

»Nein, das habe ich nun wirklich nicht im Blick«, murmelt Hands abwesend.

Tom geht hinüber in die Pantry, als Hands' Handy klingelt.

»Ja«, sagt er.

Er steht mit dem Mobiltelefon am Ohr auf und verlässt den Salon. Tom hört die Tür zum Deck hinter ihm zuschlagen. Jetzt kann er sich das Schauspiel der Handysuche sparen. Er schnappt sich das Gerät, schaltet die Aufnahmefunktion ab und steckt es in die Hosentasche. Als er wieder hinuntergehen will, fällt sein Blick auf das Notebook auf dem Tisch.

Würde die Zeit reichen?

Er geht zum Tisch. Hands ist nicht zu sehen, aber wie lange wird er wegbleiben? Wenn er extra den Raum verlässt, will er wahrscheinlich länger telefonieren, aber ganz sicher kann er nicht sein. Er muss eine Entscheidung fällen.

Tom setzt sich ans Kopfende des Tisches, zieht das Kabel aus der Tasche und steckt es ins Handy. Ein kurzer Blick über die Schulter. Niemand zu sehen, auch keine Stimmen zu hören.

Er verbindet das Handy mit dem Computer und aktiviert mit einer einfachen Tastenkombination das Programm. Mehr muss er nicht tun, der Rest erledigt sich von allein. Laut Vendela dauert es eine Minute, wenn der Computer gut geschützt ist, vielleicht einen Tick länger. Da Hands den Computer gerade noch benutzt hat, ist er wahrscheinlich nicht gesperrt. Das macht die Sache hoffentlich leichter.

Vor lauter Adrenalin kribbelt sein ganzer Körper. Seit einem halben Jahr hat er sich auf diesen Moment vorbereitet. Das Training und die Seminare neben dem Promotionsstudium, die Reise nach Washington, die Wochen mit Wille in Cannes, das Wochenende in New York, Ulrika. Moment, stimmt das wirklich? Ja, auch Ulrika. Zumindest am Anfang.

Jemand kommt die Treppe von der Brücke herunter. Hands kann es nicht sein, aber das ist nebensächlich. Was soll er jetzt machen? Abbrechen?

Von Ylvas Hotel in Festungsnähe sind es nur zehn Minuten zu Fuß bis zum Hotel Moskau, aber sie hat noch den Rat im Ohr, den Lambert ihr in Brüssel gegeben hat, und nimmt ein Taxi. Obwohl die Morgenluft feucht und kühl ist, verspricht der Tag, warm zu werden.

Das Café im Hotel Moskau ist groß wie ein Ballsaal, alles ist in Rot, Grün und Gold gehalten, an der Decke hängen große Kronleuchter. Wie vereinbart setzt sie sich an den Tisch links vom Eingang. Sie hat ihre Handtasche noch nicht abgestellt, als ein Kellner mit langer schwarzer Schürze an den Tisch kommt. Sie bestellt einen Caffè Latte und ein Croissant, denn sie hat noch nicht gefrühstückt.

»Mrs Grey«, sagt jemand neben ihr.

Sie war so mit dem Kellner beschäftigt, dass sie Filipović gar nicht bemerkt hat. Sie gibt ihm die Hand.

»So sieht man sich wieder.«

Mario Filipović setzt sich ihr gegenüber.

»Ich verstehe kein Schwedisch, aber ich habe den Eindruck, Sie sind in Schwierigkeiten«, sagt er ernst.

Im ersten Moment will sie sich erklären und ihm ausführlich erzählen, was sie mit Hossin und Najide verbindet und wie die beiden manipuliert wurden, aber, wie Filipović schon sagte, er kann ja gar kein Schwedisch. Sie beruhigt sich wieder.

»Ja. Deshalb wollte ich Sie treffen.« Etwas leiser spricht sie weiter. »Ich glaube, es hängt irgendwie mit den Bildern zusammen, die ich bekommen habe.«

Sie verstummt, als der Kellner resolut den Kaffee und das Croissant auf den Tisch stellt. Filipović bestellt einen doppelten Espresso und wartet, bis der Kellner geht.

»Wie sollten die beiden Dinge zusammenhängen?«

»Ich bin mir nicht sicher, aber …«

Sie berichtet, wie das, was sich mittlerweile zu einer Hetzjagd ausgewachsen hat, auf einer rechtsextremistischen Website mit einer Behauptung begann, die eifrig wiederholt, kommentiert und geteilt wurde.

»Ich weiß nicht, wie viel sie über den Schweden wissen und ob Sie mir alles erzählt haben, aber er ist ein einschlägig bekannter Rechtsextremist und heißt Simon Brinkman. Möglicherweise war er in Waffenschmuggel an französische Terroristen involviert.«

Filipović sieht sie mit unverändert ernster Miene an. Falls er verwundert ist, lässt er es sich nicht anmerken.

»Jetzt verstehe ich besser, was Sie meinen.«

Der Kellner bringt den Espresso. Filipović trinkt ihn in zwei schnellen Schlucken. »Was kann ich für Sie tun?«

Ylva betrachtet das Croissant, aber sie hat keinen Appetit mehr.

»Weiß irgendjemand, dass ich die Bilder bekommen habe?«

Die Antwort lässt auf sich warten. Während er nachdenkt, kneift er die Augen ein wenig zusammen.

»Bei der SIPA könnte es sich natürlich herumgesprochen haben, dass ich die Fotos haben wollte«, sagt er. »Jemand könnte es weitererzählt haben. Woher diese Person wissen sollte, dass ich sie Ihnen gegeben habe, ist schwerer zu beantworten. Aber ausgeschlossen wäre es nicht.«

»Hat man Sie ... Ich weiß nicht genau, wie ich es ausdrücken soll, aber sind Sie ... Ich hätte vollstes Verständnis, ich möchte es nur wissen.«

Sie gerät ins Stocken.

Filipović wartet verunsichert auf die Fortsetzung.

»Hat man Sie in irgendeiner Weise unter Druck gesetzt?«

»Nein«, sagt er. »So ist es nicht.«

Er scheint ihr die Frage nicht übelzunehmen.

»Es könnte sein, dass Sie oder ich auf dem Weg hier beschattet worden sind«, fährt er fort. »Was ich bezweifle. Ich habe getan, was ich konnte, damit unser Treffen sicher ist. Sie könnten in Erfahrung gebracht haben, dass Sie in Sarajevo waren. Dass ich das Material angefordert hatte, wussten sie ja, und vielleicht haben sie einfach ihre Schlüsse daraus gezogen. Dazu muss man kein Kernphysiker sein, sondern braucht nur die ganz normale Kombinationsgabe eines Polizisten.«

»Das hieße, jemand bei SIPA hat diese Schlussfolgerung gezogen.«

»Ja. Oder jemand bei SIPA hat es durchsickern lassen.«

Ylva weiß nicht genau, wonach sie ihn fragen soll, sie weiß nur, dass sie Hilfe braucht. Sie kommt nicht weiter. Es gibt zu viele offene Fragen.

»Was können Sie mir über Simon Brinkman sagen?«

»Ich wusste nicht mal, dass er Brinkman heißt. Sie scheinen mehr zu wissen als ich.«

Ylva schüttelt den Kopf. »Nein. Ich stecke fest. Sie dagegen könnten mehr herausfinden.«

»Vielleicht. Aber ich bin ein Beamter im Finanzministerium. Mir sind Grenzen gesetzt.«

Ylva holt tief Luft, versucht, den richtigen Ton zu treffen, sie will ihn nicht provozieren, aber nachgeben will sie auch nicht.

»Ich bin Ihnen wirklich dankbar für dieses Treffen, aber ich glaube, Sie haben mehr Befugnisse als ein Ministerialrat in einer Einheit für Technische Zusammenarbeit.«

Sein neutraler Gesichtsausdruck weicht einem Lächeln.

»Wenn es Ihnen weiterhilft, kann ich mir das Material noch einmal ansehen. Vielleicht entdecke ich doch noch etwas, das für Sie von Interesse ist.«

»Ganz egal, was. Ich tappe im Dunkeln. Am besten wäre es natürlich, wenn ich mir die Sachen selbst ansehen könnte.«

Jetzt lacht er.

»Versuchen kann man es ja wenigstens.«

»Aber es bringt anscheinend nichts«, sagt Ylva.

Mario Filipović schaut auf die Uhr über dem Eingang

des Cafés. »Geben Sie mir vierundzwanzig Stunden. Ich habe noch ein paar andere Dinge zu erledigen.«

»Ich verstehe. Die Konferenz.«

»Wir treffen uns morgen um dieselbe Uhrzeit in Ihrem Hotel. Einverstanden?«

»Ja.«

Er steht auf und verlässt das Café durch die Tür, die direkt auf die Straße führt. Als sie hinter ihm ins Schloss fällt, beschleicht sie das Gefühl, dass sie ihn nie wiedersehen wird.

Tom nimmt das unberührte Exemplar des Le Figaro vom Tisch, schlägt es auf und bedeckt mit der linken Seite in letzter Sekunde Handy und Kabel. Im nächsten Augenblick betritt Jean-Luc den Salon.

»Ach, ich dachte, den könnte sowieso keiner lesen«, sagt er im Vorbeigehen fröhlich auf Französisch.

Tom blickt von der Zeitung auf, als wäre er vollkommen in die Lektüre versunken.

»Ich sehe mir nur die Bilder an«, antwortet er und versucht, ruhig zu atmen.

Er hört Jean-Luc in der Pantry lachen. Dann kommt er mit einer Thermoskanne zurück und bleibt am Tisch stehen.

»Sie sprechen ausgezeichnet Französisch.«

»Danke.«

»Fast wie ein Muttersprachler.«

Tom lächelt und verschweigt geflissentlich, dass er ein paar Jahre in Frankreich gelebt hat, denn sonst wird er Jean-Luc nie los. Stattdessen schaut er hinaus aufs Deck.

»Ganz im Ernst. Haben Sie in der Schule so gut Französisch gelernt?«

Was macht er, wenn Hands zurückkommt? Kann er das Kabel samt Handy unter der Zeitung unauffällig aus dem Computer ziehen?

»Meine Eltern haben mich in meiner Kindheit ständig auf Sprachreisen geschickt.«

»Ah, das erklärt einiges.«

Tom zwingt sich, abweisend zu sein, und wendet sich wieder der Zeitung zu. Endlich geht Jean-Luc wieder nach oben.

Immer noch kein Hands. Das Handy vibriert kurz, als der Vorgang abgeschlossen ist. Er entfernt das Kabel, steckt es in die Hosentasche und faltet im Aufstehen die Zeitung zusammen. Warum war Jean-Luc plötzlich so gesellig, und warum hat er ihn auf Französisch angesprochen? Und ist es nicht seltsam, dass er herunterkommt, um Kaffee aus dem Salon zu holen? Das macht er sonst nie. Tom wird das Gefühl nicht los, dass er ihn auf die Probe stellen wollte, ob sein Sprachlevel tatsächlich der Zeit entspricht, die er in Frankreich gelebt hat. Toms Französisch ist gut. Falls es ein Test war, hat er ihn bestanden.

Ulrika will schon um fünf losfahren. Tom hat nichts mehr dagegen, die Jacht zu verlassen. Nach seiner Aktion eben ist es ihm sogar lieber, wenn ihn zwölf Minuten Fahrt von Eric Hands trennen.

Während Ulrika sich fertig macht, hört er sich die gut zwei Stunden dauernde Tonaufnahme aus dem Salon an, die vor allem aus Schweigen besteht. Mithilfe des Schallpegelmessers scrollt er zu den interessanten Stellen. Das erste Gespräch dauert ein paar Minuten. Hands und Henning Eriksson sind zu hören, da ist er sich ganz sicher.

»Die stammt ja noch aus einer ganz anderen Epoche. Wie bist du denn da rangekommen?«

»Sie wurde neunzehnhundertachtundsechzig in Holland gebaut und vor zwei Jahren vollständig renoviert.«

»Ja, du hast es richtig schön hier.«

In dem Stil geht es weiter. Irgendwann gehen sie mitten im Satz nach draußen.

Den nächsten Ausschlag verursachen einige Männer aus der Crew, als sie den Raum durchqueren. Welche es sind, kann er nicht ausmachen. Sie sprechen Französisch, einer von ihnen sagt, dass Saint-Tropez besser wäre. Vielleicht sprechen sie über den Sturm, falls überhaupt einer kommt, und überlegen, wohin die Capricorn verlegt werden soll.

Ulrika ruft aus dem Bad nach ihm. Er nimmt die Kopfhörer heraus.

»Sorry?«

»Wollen wir mit dem Taxi in die Berge fahren? Und dort was trinken?«

»Von mir aus gern. Du kennst dich besser aus«, antwortet er.

Er hört weiter, achtet aber jetzt stärker darauf, ob sie vielleicht noch einmal nach ihm ruft. Er sollte auf eine günstigere Gelegenheit warten, aber er kann es nicht lassen. Brinkman auf dem Weg zur Leiter hat etwas in ihm angestoßen, eine mahlende, adrenalinangetriebene Vorwärtsbewegung, die schwer zu stoppen ist. Er ist auf einen Schlag etwas weniger Ulrikas Freund und etwas mehr Tom White geworden.

Er scrollt weiter. Wieder die Crew. Einer von ihnen ist Jean-Luc, da ist er sich sicher. Sie reden über belangloses Zeug, es hat irgendwas mit Häfen zu tun. Kurz darauf ein kleiner Ausschlag, den er beinahe verpasst. Ein Lachen oder nicht einmal das, eher ein Schnaufen und dann: »Brauchst du eine Endverbleibser…«

Der Rest ist unverständlich, dann ist es still. Das letzte Wort muss *Endverbleibserklärung* gewesen sein. Hat Brinkman das gesagt? Henning Eriksson war es jedenfalls nicht, und sofern nicht noch mehr Schweden an Bord gewesen sind, bleibt nur Brinkman.

Brauchst du eine Endverbleibserklärung? Der Begriff hat etwas mit der Genehmigung von Waffenexporten zu tun. Da war ein ironischer Unterton. Es könnte ein Scherz gewesen sein. Oder ein Zitat. Hat er vielleicht eine Anekdote erzählt? Er spult zurück und hört sich die Stelle erneut an. Nein, die Frage ist an den Gesprächspartner gerichtet, entweder Hands oder Eriksson, und es schwingt nicht nur Ironie, sondern fast etwas Höhnisches mit. Würde er es wagen, Hands zu verhöhnen? Aber warum sollte er Eriksson gegenüber eine Endverbleibserklärung erwähnen, selbst wenn es nur symbolisch gemeint war?

Tief und grau hängt der Himmel über der Blekingegata. Der Wind wirbelt im Hof den Staub auf.

Vendelas Finger tippen mit rasender Geschwindigkeit. Über ihre Schulter gebeugt steht Karolina schräg hinter ihr und verfolgt gespannt Vendelas Tun. Karolina versteht zwar nicht, was sie da tut, aber was sie damit bezweckt.

»Wir sind drin«, sagt Vendela. »Und wenn beziehungsweise falls Hands sein Handy mit dem Computer synchronisiert, haben wir da auch Zugang.«

»Er hat's geschafft.«

»Ja. Der Prophet hat's geschafft.«

Karolina zieht sich einen Stuhl heran und setzt sich neben Vendela. Vendela hat Hands' Mailprogramm geöffnet und klickt den Ordner mit den gesendeten Mails an.

»Findest du etwas über Eriksson?«, fragt Karolina. »Oder über Brinkman?«

»Ich werde eine Kopie der gesamten Festplatte herunterladen, dann können wir alles ungestört sichten.«

Ruckartig bewegt sich Vendelas Blick über den Bildschirm.

»Ist es nicht merkwürdig, dass Henning Eriksson dort war?«, fragt sie. »Ich dachte, die würden aufpassen, dass man sie nicht zusammen sieht.«

»Tun sie wahrscheinlich auch. Sie haben wohl gedacht, auf Hands' Jacht wären sie sicher. Nur die Besatzung, Hands' Tochter und deren Freund. Henning Eriksson macht offiziell, wenn man es so sagen kann, Urlaub in Italien.«

»Und Brinkman? Das wundert mich noch mehr. Ich meine, er und Henning Eriksson zusammen.«

»Ja«, sagt Karolina. »Das verstehe ich auch nicht.« Sie streckt die Hand nach ihrem Mobiltelefon aus. »Ich rufe Örjan an. Das hier wird ihm gefallen.«

Vendela arbeitet eine Weile schweigend weiter, dann lehnt sie sich zurück.

»Glaubst du, sie wagen es, Ylva Grey abzuschießen?«

»Vielleicht bleibt ihnen nichts anderes übrig.« Karolina zögert kurz, bevor sie Örjans Nummer anklickt. »Ich glaube nicht, dass Ylva in ihren Augen eine wichtige Rolle spielt. Möglicherweise hat sie den Job bekommen, damit sie den …« Sie lässt das Handy sinken. »Ich glaube, weder die Ministerin für Technische Zusammenarbeit noch ihr neuer Staatssekretär wissen, worum es wirklich geht. Und der Ministerpräsident kann sich auch nicht dafür einsetzen, dass sie ihren Posten behält, weil es keinen guten Eindruck machen würde, zumal er die Regierungsgeschäfte momentan nur kommissarisch führt.«

Vendela schiebt die Ärmel ihres engen schwarzen Oberteils hoch und verschränkt die Arme vor der Brust.

»Nehmen wir an, du hast recht, und sie spielt wirklich keine wichtige Rolle. Was wird dann nach dem Rauswurf aus ihr? Eine lästige Zeugin, die eventuell auspacken könnte?«

Karolina winkt mit ihrem Handy. »Ich rufe ihn jetzt an.«

»Ich habe kein gutes Gefühl dabei«, insistiert Vendela. »Vielleicht hat Ylva gar nicht vor, über das, was im Winter passiert ist, als Zeugin auszusagen. Aber wie tickt so jemand wie Hands? Vielleicht stürzt die Regierung, und Ylva Grey räumt ihren Stuhl. Hands wird, genau wie wir, eine Risikoanalyse anstellen und sich daran orientieren. Ich glaube, ein Rücktritt könnte gefährlich für sie werden.«

Karolina wiegt nachdenklich das Handy in der Hand. Hat Vendela schon wieder recht?

Michel bringt sie an Land. Ulrika trägt eine Motorradjacke, eine hübsche Kombi zu ihrem Platinblond. Während der ohrenbetäubenden Überfahrt schickt Tom Textnachrichten an seine Freunde in Paris. *Bin in Cannes. Kommt denn niemand in den Süden? Vermisse euch.* Sie fahren mit einem Taxi in die Berge und setzen sich an einen Außentisch vor einer einfachen Bar mit grandioser Aussicht über die Bucht. Die Sonne hängt tief und überzieht die Croisette von Westen mit einem warmgelben Schimmer. Ulrika strahlt über das ganze Gesicht, beugt sich nach vorn, greift nach seiner Hand und prostet ihm zu. Die schlechte Laune scheint verflogen zu sein.

»Schön, oder?« Er zögert einen Moment, bevor er das Glas zum Mund führt. »Mal einen Moment ganz für uns zu haben, meine ich. Weg vom Schiff.«

»Ja.«

Tom drückt ihre Hand. Sie streicht mit den Fingerspitzen über seine Handfläche, lehnt sich zurück, ohne ihn loszulassen, und atmet auf.

Er kommt innerlich auch ein wenig zur Ruhe. Sein Auftrag ist erledigt. Er kann zufrieden sein mit dem, was er geschafft hat. Auch wenn er nichts über den Inhalt der Kisten auf Gotland in Erfahrung gebracht hat.

Aber da wäre noch Brinkman. Es ist schwer zu verdauen, dass Simon Brinkman auf freiem Fuß ist und mit Hands und Eriksson auf einer Jacht auf dem Mittelmeer über Endverbleibserklärungen witzelt. Er verspürt das starke Bedürfnis, die Capricorn mit ihnen an Bord in die Luft zu sprengen. Drei Fliegen mit einer Klappe. Die Durchführung wäre allerdings gar nicht so einfach. Diesel ist nicht besonders explosiv, und die Besatzung ist ja auch noch da. Er ist ein Spion und kein… Er weiß nicht einmal, wie man es nennt. Seine Rachefantasien verlieren sich in praktischen und moralischen Erwägungen.

»Was ist los?«

Ulrika sieht ihn von der Seite an.

»Ich habe darüber nachgedacht, wie… Familien so sind.«

Sie beugt sich wieder nach vorn und verhakt ihre Finger mit seinen. Sie mag ihn, und sie bedeutet ihm wirklich etwas. Es ist so strange. Könnte er dieses Leben leben?

Plötzlich packt ihn die verrückte Idee, Eric Hands loszuwerden und trotzdem mit Ulrika zusammenzubleiben. Er hat nicht vor, Hands eigenhändig zu eliminieren, sondern dazu beizutragen, dass der Mann bestraft und eingesperrt wird oder auf andere Weise verschwindet, ohne dass Ulrika je davon erfährt, dass er seine Finger im Spiel hat. Wäre das überhaupt möglich? Der Gedanke ist verrückt, purer Wahnsinn. Und es macht ihm ein bisschen Angst, dass er überhaupt so etwas denkt.

Sie nehmen ein Taxi zurück in die Stadt und haben im Caveau 30 gerade die Speisekarten bekommen, als Hands anruft. Tom wundert sich, dass Ulrika drangeht, aber ihr Ärger wegen des geheimen Treffens ihres Vaters hat sich offenbar gelegt.

»Und was macht ihr jetzt? … Okay … verstehe … alles klar.« Sie steckt das Handy wieder in die Handtasche. »Es kommt ein Gewitter«, sagt sie mit fast provozierend zufriedenem Gesichtsausdruck. »Papa sagt, wir sollen heute Nacht lieber an Land bleiben. Die Rückfahrt könnte schwierig werden.« Sie hebt ihr Glas. »Darauf trinken wir.«

»Ja. Darauf trinken wir«, erwidert Tom.

Der Himmel changiert zwischen Orange und Rosa, das Wasser in der Bucht ist noch ruhig.

Sie nehmen ein Zimmer im Martinez, demselben Hotel, in dem er im August gewohnt hat. Die Frau mit dem japanischen Namen an der Rezeption erkennt ihn überraschenderweise wieder.

Ulrika zieht die Vorhänge zur Seite und öffnet die Balkontür zum nächtlichen Mittelmeer, bevor sie aufs Bett sinkt, mit einem Seufzer der Erleichterung die hochhackigen Schuhe auszieht und ordentlich nebeneinanderstellt. Sie öffnet die Minibar und bestellt, da sie das Gesuchte nicht findet, beim Zimmerservice zwei Margaritas.

»Ist das okay für dich?«

»Perfekt.«

Sie legt den Hörer auf und wirft sich aufs Bett. »Es ist ein bisschen wie in New York hier. Du und ich in einem Hotelzimmer.«

Er legt sich neben sie und streicht mit dem Daumen sanft über ihre Brustwarze. Wieder geht ihm die Vorstellung einer Zukunft mit Ulrika durch den Kopf, gefolgt von einer Checkliste aller Dinge, die er auf der Jacht gesagt und getan hat. Könnte er sich verraten haben, haben er und das Büro irgendetwas nicht bedacht? Tom White ist eine fundiert aufgebaute Coveridentität, aber wenn man tief genug bohrt, entdeckt man früher oder später Unstimmigkeiten, da ist er sich sicher.

Was hat Brinkman eigentlich auf der Capricorn gemacht? Was passiert, wenn Brinkman zurückkommt und Tom ihm an Bord persönlich gegenübersteht? Er zuckt zusammen, als fest an die Tür geklopft wird.

»Das sind unsere Cocktails«, sagt Ulrika.

Ylva geht eine Viertelstunde früher als vereinbart in die Lobby hinunter, will zuerst da ein. Die zwei Sitzgruppen mit insgesamt vier schwarzen Sofas sind frei, Ylva setzt sich so weit weg wie möglich vom Eingang.

Als sie in das dicke Polster sinkt, muss sie an Anders denken, der in genauso einer Hotellobby in Sarajevo von einer Bombe zerfetzt wurde. Er wurde in die Rezeption heruntergerufen, und als er sich dem Tresen näherte… Simon Brinkman muss das Pfeifen nach dem Knall noch in den Ohren gehabt haben, als er davonfuhr.

Ylva sieht sich um. Im Speisesaal wird gefrühstückt. An der Rezeption sind weder Gäste noch Gepäckstücke zu sehen. Eine Bombe im Gepäckraum wäre uneffektiv, sofern sie nicht so groß ist, dass sie das gesamte Hotel in Schutt und Asche legen könnte.

Soll sie woanders hingehen? Aber wohin? Sie schaut hinaus auf die Straße, wo auf der gegenüberliegenden Seite gerade ein Auto hält. Eine junge Frau steigt aus, knallt die

Tür zu und verriegelt den Wagen mithilfe der Fernbedienung, während sie sich im Laufschritt entfernt.

Mario Filipović kommt, wie verabredet, um Punkt acht. Ylva ist froh, dass ihre Sorge unbegründet war, ihn nicht wiederzusehen.

»Leider habe ich nicht viel Neues zu berichten«, sagt er gleich zu Beginn.

Die Enttäuschung trifft sie mit überraschender Wucht und saugt ihr alle Kraft ab. Sie hat sich große Hoffnungen gemacht.

»Aber eine Sache ist mir aufgefallen.« Er rutscht auf dem Sofa ein Stück nach vorn. »Es gibt jede Menge Material, schlecht sortiert und zum Teil vermutlich noch nicht einmal gesichtet. Ich habe eine Notiz gefunden, in der es um ein Treffen mit zwei Saudis ging, die Namen standen auch dabei. Fragen Sie mich nicht, wo man die herhatte, vielleicht mussten sich die beiden in einem Hotel ausweisen. Jedenfalls habe ich ihre Identität überprüft, was nicht ganz einfach war, und mit ein wenig Hilfe von außen herausgefunden, dass einer von ihnen Verbindungen zu einem islamistischen Netzwerk hat.«

»Ist er nicht Rechtsextremist?«

»Doch, deswegen bin ich ja stutzig geworden.«

»Wieso sollte er sich mit Islamisten zusammentun?«

Filipović zieht die Augenbrauen hoch. »Ich weiß, das ist höchst verwunderlich.«

»Wo und wann soll das gewesen sein?«

»Am elften Dezember vergangenen Jahres in Sarajevo. Kurz nachdem er sich mit diesen beiden Männern aus

Saudi-Arabien getroffen hat, flogen die beiden von Bosnien über Istanbul nach Riad. Das Netzwerk, auf das ich gestoßen bin, scheint für Autobomben und Selbstmordattentate in Bagdad, Jerusalem und Istanbul verantwortlich zu sein.«

Sie sieht Filipović, der langsam die Handflächen aneinanderreibt, aufmerksam an.

»Ich sehe Ihnen an, dass Sie nicht zufrieden sind«, sagt er. »Tut mir leid, mehr habe ich nicht zu bieten.«

»Es ist zwar nicht das, was ich erwartet hatte, aber ich bin Ihnen dankbar. Sie haben es wenigstens versucht«, sagt sie.

Sobald Filipović gegangen ist, ruft Ylva die französische Botschaft in Stockholm an und fragt nach Emmanuel Lambert. Sie hätte gerne einen persönlichen Termin mit ihm, wenn es für ihn günstiger ist, gerne auch in Frankreich oder Brüssel.

Der Beamte am anderen Ende der Verbindung macht einen mäßig interessierten Eindruck und bittet sie zu warten. Nach zwei langen Minuten, als sie schon fürchtet, er hätte sie vergessen, meldet er sich zurück. Er klingt jetzt um einiges wacher und verbindet sie sofort mit seiner Kollegin.

Was auch immer sich in den zwei Minuten intern abgespielt haben mag, es scheinen jedenfalls mehrere Groschen gefallen zu sein, denn die Frau ist sehr hilfsbereit. Wie Ylva vermutet habe, halte Emmanuel Lambert sich momentan nicht in Schweden auf, sie wolle aber Kontakt mit ihm aufnehmen und Ylva so bald wie möglich Bescheid geben.

Das sind natürlich diplomatische Floskeln, aber der Nachdruck, mit dem sie geäußert werden, klingt Erfolg versprechend.

Ylva legt auf. Ihre Augen sind müde, der Kopf schwer. Sie hat schon wieder zu wenig geschlafen. Kurz überlegt sie, ob sie Elias anrufen soll, um ihm ihre Erkenntnisse über Brinkman mitzuteilen, aber sie unterdrückt diesen Impuls genauso wie den, die neuesten Nachrichten zu lesen. Solange er auf dem Schiff ist, wird sie nicht versuchen, Kontakt zu ihm aufzunehmen. Sie ist eine Gefahr für ihn, das weiß sie.

Simon Brinkman, Rechtsextremist, mutmaßlicher Waffenschmuggler und Komplize französischer Terroristen, macht mit saudischen Fundamentalisten gemeinsame Sache. Was kommt heraus, wenn man die Gleichung auflöst?

Die Croisette ist mit struppigen Palmblättern und dem Inhalt umgekippter Mülleimer bedeckt. Der Mast einer etwas kleineren Segeljacht am Kai ist gebrochen, drei Männer in roten Sebago-Jacken riggen wild gestikulierend die Segel ab. Der Wind hat sich gelegt, aber der Seegang schleudert noch immer Wasserkaskaden auf den Pier, die sogar von Toms und Ulrikas Hotelzimmer zu sehen sind.

»Sie haben in Saint-Tropez angelegt, werden aber wahrscheinlich nach dem Mittagessen wieder rausfahren«, sagt Ulrika, ohne den Blick vom Handy zu heben. »Papa rät uns, lieber bis morgen hierzubleiben.«

Sie frühstücken im Zimmer, verkriechen sich anschließend wieder ins Bett, schlafen miteinander und schauen sich danach eine Folge einer Serie auf Netflix an. Darin wird ein Polizist von seiner Freundin zur Rede gestellt, weil er in seiner Funktion als verdeckter Ermittler mit einer anderen Frau geschlafen hat. Sie wirft ihm Vergewaltigung vor.

Tom versteht nicht, wie sie zu dieser Schlussfolgerung gelangt. Vielleicht ist das Drehbuch ja einfach nur schlecht, aber er ärgert sich trotzdem.

Wie würde Ulrika reagieren, wenn sie erführe, dass er eigentlich ganz anders heißt, nie in Frankreich gelebt, keine Immobilien geerbt und nur etwas mit ihr angefangen hat, um an ihren Vater heranzukommen?

Das wäre gar nicht gut.

Aber Vergewaltigung?

Während sich im Hintergrund das Drama auf dem Bildschirm abspielt, hängt er seinen eigenen Gedanken nach. Er ist doch hier und niemand sonst. Wenn sich die Energie, die von Ulrikas Haut ausgeht, in seinem Körper ausbreitet, ist das Gefühl echt, und es gefällt ihm ganz unabhängig davon, wie er sich nennt. Als sie vorhin miteinander geschlafen haben, waren sie sich so nah, wie er es selten erlebt hat. Es war schön, und es war echt, er selbst war beteiligt und niemand sonst.

Doch was er fühlt, spielt vielleicht keine Rolle.

Die Frage ist, was sie empfinden würde, wenn sie die Wahrheit wüsste.

Ulrika und er haben keine normale Beziehung. Sie haben keine Zukunft. Aber darüber darf er nicht nachdenken. Sie würde es ihm ansehen. Es ist, was es im Moment ist. Und wie es sein soll.

Sie bleiben bis zum nächsten Morgen im Martinez. Um zehn holt Jean-Luc sie am Hafen ab. Sie brettern mit flatterndem Sonnendach über die Wellen.

»Hat gestern alles gut geklappt?«, fragt Tom.

»Ja, aber es ist gut, dass wir in den Hafen eingelaufen sind«, antwortet Jean-Luc, den Blick fest auf den Horizont gerichtet.

Sie erreichen die Capricorn, Michel empfängt sie oben an der Leiter und nimmt ihnen das Gepäck ab. Die Decks sehen nackt und trostlos aus. Die Markisen sind eingerollt, Sonnenschirme, Liegestühle und andere bewegliche Dinge weggeräumt, der Whirlpool auf dem Achterdeck ist mit einer schwarzen Plane abgedeckt. Im Salon sieht es genauso aus, alles ist aufgeräumt und kahl. Eric Hands ist nirgendwo zu sehen.

»Ist Papa da?«, fragt Ulrika.

»Er arbeitet«, sagt Michel.

Toms Handy vibriert. Während er es aus der Tasche zieht und die SMS liest, kommt Paul herein und fragt sie, ob sie Kaffee trinken möchten.

Die SMS ist von seinen Freunden in Paris. *Haben dich gestern im Le Clown vermisst. Bist du bald wieder in Paris? Oder komm doch mit nach London! Denise und ich fahren am 10. November für eine Woche hin. Sie lässt ausrichten, du sollst mitkommen!*

Decodiert bedeutet die Nachricht, dass Lambert ihn morgen um dreizehn Uhr im Liber'Tea in Nizza treffen kann. Gestern steht für morgen, Le Clown für Liber'Tea und November, also der elfte Monat, für dreizehn. Der Code ist simpel, aber trotzdem nicht zu knacken, weil er sich von Mal zu Mal ändert. Es wird nie ein festes Muster entstehen, das sich analysieren lässt.

Paul bringt ihnen einen Cappuccino.

»Ich gehe in die Kabine und lerne«, sagt Ulrika, nachdem sie ihren Kaffee ausgetrunken hat.

»Tu das.« Er streicht ihr über den Rücken. »Ich bleibe noch eine Weile hier sitzen.«

Wie soll er ihr erklären, dass er morgen nach Nizza muss? Er muss sich eine Angelegenheit einfallen lassen, die niemand anders für ihn erledigen kann und die Ulrika so uninteressant erscheint, dass sie lieber an Bord bleibt.

Das Schiff hebt und senkt sich gemächlich, dreht sich und schaukelt seitlich in der Dünung. Sein Handy vibriert, als eine Eilmeldung eintrifft, und der Bildschirm wird hell.

Henning Eriksson, ehemaliger Parteisekretär der Sozialdemokraten, ertrunken aufgefunden.

Tom sieht sich instinktiv im Salon um. Es ist niemand hier, und draußen auf Deck auch nicht. Vor seinem geistigen Auge sieht er Brinkman und Eriksson die Leiter hinuntersteigen. Abgesehen von seinem Mörder war Tom vermutlich der Letzte, der Henning Eriksson lebend gesehen hat.

Örjan ist nicht da, als Karolina und Vendela davon erfahren, kommt aber zwanzig Minuten später hereingestürmt. Karolina springt vom Schreibtischstuhl auf.

»Das war Brinkman«, sagt sie.

Örjan dreht umständlich den Kopf zur Seite.

»Steifer Nacken?«, fragt Vendela.

»Scheint so«, sagt er. »Dass Brinkman der Täter ist«, fügt er hinzu, als er ihre verwirrten Blicke sieht. »Aber vorerst sollten wir für alles offenbleiben.«

Karolina spürt etwas in sich aufwallen und muss sich zusammenreißen, um die Haltung zu wahren.

»Eriksson verlässt die Capricorn zusammen mit Simon Brinkman und wird zwei Tage später tot an Land gespült. Was soll denn sonst passiert sein, wenn Brinkman ihn nicht über Bord geworfen hat?«

»Er könnte zum Beispiel auf den Klippen von einer Sturmwelle erfasst worden sein, wie das Aftonbladet schreibt.«

So hat es der italienische Polizist in Arma di Taggia erklärt, wo Henning Eriksson angeblich Urlaub gemacht hat. Eriksson sei einen Wanderweg auf den Klippen entlangspaziert. Weil er die Schilder, die vor der Benutzung des Weges bei schlechtem Wetter warnen, entweder ignoriert oder falsch verstanden hatte, war er von einer Welle erfasst worden, beim Sturz auf den Felsen bewusstlos geworden und ertrunken. Die Zeitung nannte eine Reihe von ähnlichen Fällen, unter anderem eine schwedische Mutter, die mit ihren beiden Kindern, fünf und sieben Jahre alt, vor zwei Jahren an der Atlantikküste von einer Welle mitgerissen worden war.

»Was bedeutet es für den Propheten? Das ist doch das, was für uns zählt«, sagt Vendela.

»Wir haben Zugang zu Eric Hands' Computer und, weil er ihn mit seinem Handy synchronisiert hat, zu seinem gesamten Netzwerk. Vielleicht sollten wir uns damit zufriedengeben«, sagt Karolina.

»Du meinst, wir sollten abbrechen?«, fragt Örjan.

»Ja.«

»Wir wissen, wie gefährlich Hands ist, und Brinkman ist einer seiner Auftragsmörder«, sagt Vendela, die immer noch am Schreibtisch sitzt.

»Ja, das ist betrüblich«, sagt Örjan. »Mir gefällt es überhaupt nicht, dass Simon Brinkman vor Ort ist, aber …«

Er geht zurück in den Flur, windet sich aus seinem leichten Mantel und hängt ihn auf. Örjan kämpft immer mit seiner Kleidung. Seine Statur harmoniert einfach nicht mit den Standardschnitten von der Stange.

»Der Prophet kann vorerst bleiben.«

Karolina will Einspruch erheben, aber Örjan winkt ab.

»Mit Hands ist nicht zu spaßen. Wir werden unsere Bereitschaft erhöhen, damit wir den Propheten jederzeit rausholen können, wenn er in akuter Gefahr ist.«

Unten auf der Straße gibt ein Müllauto ein schrilles Quietschen von sich, als sich etwas in der Hydraulikpresse verkeilt.

»Die Bereitschaft erhöhen? Was heißt das genau?«, fragt Vendela.

»Ihr beide werdet nach Cannes verlegt. Packt genug Sachen für ein paar Wochen. Ich treibe eine Wohnung mit sicherer Internetverbindung auf.«

»Die höchstens vom DCRI abgehört wird«, sagt Vendela.

»Vermutlich, aber das halte ich für unproblematisch. Wir sitzen ja im selben Boot.«

Mit krampfhaft vor der Brust verschränkten Armen steht Karolina wenige Schritte von Örjan entfernt.

»Du bist also der Meinung, der Prophet soll auf der Capricorn bleiben, obwohl Henning Eriksson, kurz nachdem er von Bord gegangen ist, ermordet wurde?«

»Ich denke, wir sollten es riskieren. Wir dürfen nicht vergessen, dass Henning Eriksson nichts mit Tom White zu tun hat. Aber Brinkmans Anwesenheit dort ist natürlich beunruhigend, kein Zweifel.«

Er sieht Vendela und Karolina nüchtern und sachlich an.

Karolina streicht sich mit der flachen Hand über die

heiße Stirn. Es ist ein gutes Gefühl, nach Südfrankreich zu fahren, aber sie ist sich nicht sicher, ob es ausreicht.

»Okay, dann packen wir jetzt«, sagt Vendela und fährt ihre Geräte herunter.

»Gut«, sagt Örjan. »Und vorerst bleibt das Ganze unter uns. Die Polizei erfährt nichts davon! Falls Brinkman festgenommen oder verhört wird, könnte es für den Propheten lebensgefährlich werden.«

Extrem überflüssige Information. Karolina setzt sich hin, um die Flugtickets zu buchen.

Das Meer ist still und grau. Im Laufe der Nacht hat Tom sich überlegt, einen Termin bei Crédit Lyonnais vorzuschieben, um eine Vollmacht zu unterschreiben. Das klingt seriös und gleichzeitig so langweilig, dass niemand auf die Idee käme, es anzuzweifeln oder ihn begleiten zu wollen.

»Kannst du das nicht online machen?«, fragt Ulrika.

»Anscheinend nicht.«

»Schade.«

»Willst du mich nicht begleiten?«

Etwas vorzuschlagen, das man unbedingt vermeiden möchte, ist eine spannende Gratwanderung.

Ulrika räkelt sich gähnend im Bett. »Nein, ich glaube nicht.«

»Du könntest ja in Cannes bleiben, wenn du nicht mit nach Nizza willst.«

Sie schüttelt den Kopf. »Ich habe keine Lust, allein dort rumzulaufen.«

»Das verstehe ich.«

Sie frühstücken im Salon. Eric Hands schaut kurz vorbei, erkundigt sich, was Tom in Nizza zu erledigen hat, und lässt sich über die Fehlentscheidungen aus, die die verstaatlichte Bank in den Neunzigern in den Ruin getrieben haben, ehe er sich wieder in sein Arbeitszimmer zurückzieht.

Michel bringt ihn nach Cannes. Während der Überfahrt schweigen sie.

»Wann sind Sie fertig?«, fragt Michel, als die dröhnenden Motoren verstummt sind.

»Gegen drei. Ich rufe an, wenn ich ins Taxi steige.«

»Okay.«

Tom läuft zur Croisette und winkt ein freies Taxi heran, das ihn nach Antibes bringen soll. Bevor sie auf die Autobahn fahren, sieht er die Strände in Juan-les-Pins.

Er hat sich für die Crédit-Lyonnais-Hauptfiliale in der Avenue Jean Médecin entschieden, weil sie nicht weit entfernt von dem Café ist, wo er sich mit Lambert treffen will. Eine Bankangelegenheit ist ein guter Vorwand, weil das aufgrund des Bankengeheimnisses schwer zu überprüfen ist. Außerdem ist es auch nicht ganz aus der Luft gegriffen, denn er ist tatsächlich Kunde bei der Crédit Lyonnais.

Das Taxi hält direkt vor dem Bankpalast, der mit seinen vier hohen Marmorsäulen ans Weiße Haus erinnert. Tom bezahlt bar und geht hinein. Unter dem Glasdach der großen Eingangshalle befinden sich nicht viele Menschen. Er lässt sich viel Zeit mit dem Ausfüllen eines Überweisungsträgers und geht dann an einen der hässlichen Schalter, wo er die sinnlose Transaktion auf ein Unterkonto erledigen lässt.

Als er fertig ist, bleiben ihm noch zwölf Minuten. Es sind zwar nur drei Minuten bis zu dem Café, aber es schadet ja nicht, rechtzeitig da zu sein.

Unter der grünen Markise vor dem Liber'Tea kann man auch sitzen, aber Tom geht wie vereinbart hinein und in den ersten Stock. Oben stehen nur zwei Tische. Er nimmt an dem kleineren mit der Glasplatte Platz. Emmanuel Lambert kommt zwei Minuten vor der verabredeten Zeit. Er legt diskret einen Finger an die Lippen und hält, nachdem er sich hingesetzt hat, ein schwarzes Täschchen, nicht größer als ein Kulturbeutel, neben den Tisch.

»Ihnen zuliebe.«

Tom versteht, dass es sich um eine strahlungssichere Faraday-Tasche handelt, und legt sein Handy hinein. Es ist durchaus denkbar, dass Toms Mobiltelefon manipuliert wurde. Entweder vom Büro oder, in einem unbeobachteten Moment, von Hands.

Lambert gibt ihm die Hand und drückt hastig, aber fest zu.

»Keine Probleme unterwegs?«

»Nein.«

Eine Kellnerin in Toms Alter, das Haar mit einem dunkelroten Samtband zusammengebunden, kommt mit einem Tablett an den Tisch. Lambert bestellt zwei Perrier.

»Einverstanden? Wir sind schließlich nicht hier, um zu…«

»Nein, nein, natürlich«, sagt Tom.

Lamberts Gesichtszüge glätten sich, als wollte er zeigen, dass er zuhört.

»Der Mann, für den Sie sich interessieren, ich brauche ja nicht zu sagen, wen ich meine …«

Ein schnelles Kopfschütteln.

»Er war an Bord.«

Tom muss nachrechnen.

»Vor drei Tagen.«

Es kommt ihm viel länger vor.

»Er und Henning Eriksson. Sie haben das Schiff gemeinsam verlassen. Mittags gegen eins oder zwei, schätze ich. Ich konnte nicht erkennen, ob noch jemand in der Zodiac saß. Es war purer Zufall, dass ich sie überhaupt gesehen habe, aber sie sind jedenfalls zusammen die Leiter hinuntergestiegen.«

Lambert mustert Tom und kommt zu dem Schluss, dass er die gleiche Schlussfolgerung gezogen hat wie er selbst.

»Ich nehme an, Sie haben mitbekommen …«

»Das von Eriksson? Ja.«

»War der andere hinterher noch mal an Bord?«

»Ich habe ihn nicht gesehen, aber ich war auch während des Sturms zwei Tage nicht auf dem Schiff.«

»Wieso?«

»Meine Freundin wollte nach Cannes.«

Aus irgendeinem Grund möchte Tom ihren Namen nicht sagen und sie nicht mit in diese Sache hineinziehen. Es ist zwar nur symbolisch, weil Lambert bereits alles weiß, aber trotzdem.

»Was wissen Sie über seinen Aufenthalt an Bord?«

»Wir wurden in die Kabine hinuntergeschickt, und es war, wie gesagt, purer Zufall, dass ich ihn gesehen habe, aber mir ist noch etwas aufgefallen...« Dass er das Gespräch mit dem Handy aufgenommen hat, verschweigt er. »Ich habe ihn sagen hören: *Brauchst du eine Endverbleibserklärung?*«

»War es als Frage oder Angebot formuliert?«

»Weder noch, würde ich sagen. Es klang eher ironisch. Er schien damit auf ein früheres Gespräch anzuspielen.«

»Die Frage war also nicht ernst gemeint?«

»Nein. Ich interpretiere sie eher als Kommentar. Er sagte es in einem ziemlich überheblichen Ton.«

Lambert sieht mit zusammengekniffenen Augen zum Fenster.

»Und dann verlässt er mit Eriksson das Boot.«

Er erwartet offenbar keine Antwort von Tom.

»Worum geht es bei der Sache?«, fragt er. »Warum wollten sie Eriksson loswerden?«

Lambert sieht ihn ernst an und schiebt das Kinn ein wenig vor.

»Dürfen Sie nichts dazu sagen?«, fragt Tom.

»Ich weiß es nicht, so einfach ist das«, sagt Lambert. »Ich würde gerne mein Wissen mit Ihnen teilen, damit sie besser verstehen, was Sie sehen und hören, aber ich habe keine Ahnung, warum das mit Eriksson passiert ist. Sein Tod ist für niemanden von Vorteil, auch nicht für Hands. Im Moment tappen wir im Dunkeln, deswegen sind Sie ja so wichtig für uns.«

Lamberts Kiefermuskulatur arbeitet. Vielleicht stimmt das, was er sagt, aber Tom hat nicht vor, Lambert zuliebe ein Risiko einzugehen. Vielleicht wenn Hands wegen Mordes an Eriksson verurteilt würde, aber er weiß, dass diese Typen nicht auf Gerechtigkeit aus sind. Sie bringen Leute, die Verbrechen begangen haben, nicht vor Gericht, sondern nutzen ihr Wissen als Druckmittel, um ihre eigenen Interessen zu verfolgen.

Tom trinkt sein Glas in einem Zug aus.

»Eine einfache Theorie«, sagt er. »Hands bezahlt Brinkman für seine Dienste mit Waffen, die Kisten auf Gotland, aber ihm gefällt nicht, wo diese landen. So weit sind Sie wahrscheinlich auch schon gekommen.«

»Das war mein erster Gedanke«, sagt Lambert, »aber es ist nur eine Vermutung. Wir wissen ja nicht, was wirklich in diesen Kisten war, und wir haben, wie Sie schon sagten, nur diesen einen Gesprächsfetzen.«

Für einen Augenblick sieht Tom sich selbst von außen, wie er mit einem Herrn vom französischen Geheimdienst in einem Café in Nizza über Waffenschmuggel spricht. Wie ist er bloß hierhergeraten? Er verbirgt seine zitternde Hand unter dem Tisch.

»Und wie geht es jetzt weiter?«

»Die Kisten«, sagt Lambert. »Der Transport muss irgendwelche Spuren hinterlassen haben. Die werden zwar vermutlich nicht auf den Inhalt schließen lassen, aber Absender und Zwischenhändler verraten auch einiges.«

Lamberts Handy klingelt leise in der Innentasche seines Jacketts. Er zieht es heraus und wirft einen kurzen Blick auf das Display, bevor er drangeht.

»Ja.« Er hört zu und brummt ab und zu. »Danke«, sagt er zum Abschluss und sieht Tom ernst an. »Sie hatten offenbar Gesellschaft.«

Michel? Nein, der hätte ihn nicht eingeholt.

»Ein Mann um die dreißig, rotblond, groß, graues T-Shirt und dunkelblaue Bomberjacke. Sagt Ihnen das was?«

Tom schüttelt den Kopf. »Das ist niemand vom Boot.«

»Dann hat an Land wohl jemand auf Sie gewartet.«

Tom hat einen trockenen Mund. Er starrt das leere Wasserglas an. Was hat sie misstrauisch gemacht?

»Sie gehen jetzt besser. Ich warte, bis ich grünes Licht bekomme. Bleiben Sie ganz ruhig, verhalten Sie sich wie immer, und drehen Sie sich nicht um. Man will Sie bestimmt nur observieren. Gefährlich wird es für Sie erst, wenn diese Leute merken, dass Sie ihnen auf der Spur sind …«

»Verstehe«, fällt Tom ihm ins Wort.

Er darf dem Franzosen nicht verraten, dass er diese Schulung bereits absolviert hat. Unter dem Tisch gibt Lambert ihm sein Handy zurück. Tom nimmt es an sich, nickt zum Abschied und geht.

Lambert hat sicher recht. Sie beobachten ihn nur. Oder das hier ist das Ende.

Karolina und Vendela haben sich in einer kleinen Dreizimmerwohnung in der Bucht westlich der Croisette eingemietet. Das ist immer noch Cannes, aber ein ganz anderes Cannes. Das letzte schicke Hotel haben sie am Fuß des Burghügels hinter sich gelassen, exklusive Markenboutiquen glänzen durch Abwesenheit, und im flachen Wasser waschen sich zwei EU-Migranten den Sand ab.

In der Heimat ist das Interesse an Henning Erikssons tragischem Tod erstaunlich verhalten. Unter normalen Umständen wären die Schlagzeilen fetter, aber Schweden ist immer noch von dem Anschlag auf die Air-France-Maschine geschockt und hat wenig Sinn für einen ehemaligen Politiker, der im Urlaub verunglückt ist. Im parlamentarischen Vakuum, das gegenwärtig herrscht, ist es auch unter Henning Erikssons Parteifreunden ziemlich still, vor allem denjenigen, die ein Amt in der Übergangsregierung besitzen. Man könnte fast meinen, sie wären erleichtert, ihn los zu sein.

»Nein!«

Entschiedener Protest aus der Küche, wo Vendela sich mit ihren Monitoren und Festplatten eingerichtet hat. Wie angekettet hat sie in den vergangenen Tagen hier auf dem Stuhl gesessen, um in Eric Hands' digitale Schatzkammern vorzudringen. Falls es welche gibt. Der Küchentisch ist der einzige vernünftige Tisch. Nicht einmal in diesem Teil von Cannes ist es leicht, kurzfristig eine Wohnung zu finden.

»Was ist?« Karolina kommt zu ihr herüber.

»Das ist nicht gut.« Vendela sieht Karolina an. »*Gar nicht gut*. Es kann nur eins bedeuten.«

»Eric Hands überprüft den Propheten«, fährt Vendela fort. »Er hat einen Auszug aus dem französischen Grundbuchamt angefordert, will seine Bankkonten, seine Steuererklärung und Zeugnisse von französischen Schulen sehen. Die Mail wurde nach dem Versand sofort gelöscht, aber auf seiner lokalen Festplatte sind alle Änderungen zwischengespeichert.«

»An wen hat er die Mail geschickt?«

»Terje Wallberg. Keine Ahnung, wer das ist, aber der Name ist in den Mails schon mal aufgetaucht.«

»Die Bankkonten«, sagt Karolina.

»Ja«, sagt Vendela, »das ist nicht ganz koscher. Es muss also einer seiner Handlanger sein.«

»Sind die Punkte, die er abfragt, alle wasserdicht?«

Vendela zupft sich am Ohrläppchen, während sie die Mail erneut überfliegt. »Ja. Es ist nichts dabei, was den Propheten entlarven könnte.«

»Warum jetzt?«, fragt Karolina.

»Ja, das gefällt mir auch nicht.« Vendela rollt ein Stück vom Tisch weg, damit sie Karolina besser ansehen kann. »Wenn er es gleich nach dem Mittagessen in New York oder vor seinem Besuch auf Gotland getan hätte, wäre es etwas anderes gewesen. Aber warum ausgerechnet jetzt?«

Tom zwängt sich zwischen den Tischen unter der Markise hindurch und biegt rechts ab in die Rue de la Liberté. Lambert hat nicht gesagt, wo sich der rotblonde Mann aufhält, und er versucht gar nicht erst, ihn zu entdecken, hält den Blick fest auf den Gehweg gerichtet.

Hat die Bankangelegenheit Hands stutzig gemacht? Unwahrscheinlich. Vielleicht steht er einfach unter Druck, ist seit dem Mord an Eriksson leicht paranoid und merkt plötzlich, dass er über Tom White viel weniger weiß, als ihm lieb ist. Ihm jemanden hinterherzuschicken, der ihn beschattet, ist vielleicht nur ein kleiner Test, ob Tom wirklich das macht, was er angeblich vorhatte.

Er ist heilfroh, dass er in die Bankfiliale hineingegangen ist und sich dort die Zeit mit einer Überweisung vertrieben hat. Und er ist ziemlich sicher, dass ihn niemand zusammen mit Lambert in dem Café gesehen hat. Lamberts Mitarbeiter hätten ihn gewarnt, wenn er von der Straße aus zu sehen gewesen wäre.

Tom erreicht die Avenue Jean Médecin in dem Moment, als die Ampel auf Grün springt, und überquert die Straße mit dem Gefühl, ein wachsamer Blick würde sich in seinen Rücken bohren. Er muss eine Weile auf ein freies Taxi warten, ist aber zehn Minuten später auf dem Weg in die Innenstadt. Wie vereinbart ruft er Michel an. Dann überlegt er, ob er auch das Büro anrufen sollte. Vielleicht ist dies die letzte Gelegenheit, ungestört zu kommunizieren, bevor er wieder in Stockholm ist.

Die Vorstellung, irgendwann nach Hause zurückzukehren, breitet sich wie ein Versprechen in seiner Brust aus. Noch vor zwanzig Minuten war er fest entschlossen, wieder zum Schiff zu fahren, und das ist auch immer noch sein Ziel, aber mit einem ganz anderen Gefühl. Es ist, als hätte die Erde unter ihm gebebt und sich tiefe Risse unter seinen Füßen aufgetan.

Könnte er Ulrika überreden, früher abzureisen? Wenn man ihre Wut auf ihren Vater bedenkt, bevor sie nach Cannes gefahren sind, wäre das nicht ausgeschlossen und so viel besser, als sich mit einer fadenscheinigen Ausrede davonzustehlen.

Er wählt Karolinas Nummer. Sie geht beim zweiten Klingeln dran.

»Irgendwas passiert hier.«

»Geht es dir gut?«

»Hands lässt mich beschatten.«

»Wo bist du?«

»Ich war in Nizza, jetzt bin ich auf dem Rückweg.«

»Bist du sicher, dass Hands dich beschatten lässt?«

Davon ist Tom ausgegangen, aber jetzt nimmt er sich kurz Zeit, die Sache zu überdenken. Sie sind jetzt auf der Autoroute A8, es geht im Schneckentempo voran, er sieht ein oranges Warnlicht, entweder Bauarbeiten oder ein Unfall.

Wer außer Hands könnte ihm in Nizza noch gefolgt sein? Das würde einen gewaltigen Überwachungsapparat oder aber eine zusätzliche undichte Stelle an Bord voraussetzen.

»Zu fünfundneunzig Prozent«, sagt er.

Wenn sein Ausflug nach Nizza der Auslöser war, könnte das bedeuten, dass sein Treffen mit Lambert eventuell die gesamte Operation gefährdet.

»Was willst du jetzt machen?«

»Ich fahre zurück auf die Jacht.«

»Wenn du dich sicher genug fühlst, tu das. Ich überlasse die Entscheidung dir. Aber sei vorsichtig.«

»Darauf kannst du dich verlassen«, sagt er.

»Falls Hands wirklich Verdacht geschöpft haben sollte, geht es jetzt in erster Linie darum, ihn zu beruhigen. Wir dürfen das Erreichte nicht aufs Spiel setzen.«

Er weiß, was sie meint. Wenn Hands noch paranoider wird, tauscht er Handy, Computer und so weiter aus, und dann wäre alles umsonst gewesen.

»Denk dran, dass es immer einen Ausweg gibt.«

Nein, nicht immer. Dummes Zeug.

»Wir sind in der Nähe«, sagt sie.

»In der Nähe?«

»Ja.«

Das Taxi hat die einspurige Stelle hinter sich gelassen und beschleunigt auf einhundertdreißig Stundenkilometer.

»Was heißt das?«

»Dass wir vor Ort sind.«

Zwanzig Minuten dröhnendes Schweigen bis zur Capricorn. Viel Zeit zum Nachdenken. Sein Körper vibriert im Gleichklang mit den Motoren. Was erwartet ihn da draußen?

Michel geht genau im richtigen Moment vom Gas und lässt das Boot elegant an die Leiter gleiten. Tom bedankt sich und steigt die wenigen Stufen hoch.

In grauer Hose und einem grünen Polohemd steht er vor ihm. Tom blickt in die unangenehm freundlichen, strahlend blauen Augen und spürt, wie sich sein Puls verlangsamt. Mühevoll und langsam pumpt sein Herz kaltes Blut durch die Adern.

Simon Brinkman.

Jetzt ist es vorbei, denkt er. Da steht sein Henker, bereit, ihn auf die letzte Reise mitzunehmen. Wird er ihn über Bord werfen wie Eriksson, oder wird er ihn unter Deck schleifen und dort unter Zuhilfenahme aller greifbaren Druckmittel zwingen auszupacken?

Sein kühles Blut verbietet ihm, die Fantasie weiterzuspinnen. Druckmittel reichen. Bis hierhin und nicht weiter.

»Hello«, sagt Tom auf Englisch und beschließt, ihn wie ein Besatzungsmitglied zu behandeln, obwohl er anders angezogen ist.

Brinkman antwortet auf Schwedisch.

»Hej.«

Tom geht weiter, irritiert über das Wort in seiner Muttersprache. Es ist, als wollte Brinkman betonen, dass er nicht zur Besatzung gehört, deren einzige Aufgabe darin besteht, sich um das Wohlbefinden der Familie und deren Freunde zu kümmern.

»Hat alles geklappt?«

Tom bleibt stehen.

»Ja. Danke. Alles wunderbar.«

Er wartet ab, ob noch etwas kommt, überlegt, selbst die Initiative zu ergreifen, indem er sich Brinkman vorstellt, verwirft die Idee aber, weil es Brinkmans Sonderstellung hervorheben und ihn zu einem ebenbürtigen Gast an Bord machen würde. Zu jemandem, der jederzeit ein Gespräch anfangen und Fragen stellen könnte, die beantwortet werden müssen.

Doch Brinkman sagt nichts mehr, sondern geht hinunter und ist Michel beim Festmachen des Bootes behilflich.

Tom geht aufs Achterdeck und durch den Salon hinein. Jean-Luc lehnt an der Reling, als wäre er extra dort postiert worden. Als er Tom erblickt, lässt er das Geländer los und macht eine Handbewegung, die zunächst nach einer halbherzigen Begrüßung aussieht, ihn aber aufhalten soll. Ohne Eile kommt Jean-Luc auf ihn zu.

»Ich muss Ihnen das Handy abnehmen.«

»Wie bitte?«

»Kein Grund zur Beunruhigung, aber wir haben die Sicherheitsmaßnahmen verschärft.«

»Das klingt allerdings beunruhigend«, sagt Tom.

Er zieht das Handy aus der Hosentasche und schaltet es aus.

»Ist etwas passiert?«, fragt er, während er es Jean-Luc übergibt.

»Befehl vom Chef.«

Jean-Luc gibt keine weiteren Erklärungen ab, es ist fraglich, ob er selbst mehr weiß.

»Von Eric?«

»Von wem sonst?«

Also nicht von Brinkman. Tom schaut zum Salon hinüber.

»Wo ist Ulrika?«

»In ihrer Kabine.«

Er geht durch den Salon. Dass er sein Handy abgeben musste, gefällt ihm gar nicht. Wenn es ihnen gelingt, es anzuzapfen, und sie begreifen, was der Inhalt zu bedeuten hat, ist er tot.

Er geht nach unten, sieht, dass die Tür zum hinteren Bereich geschlossen ist, und betritt die Kabine. Ulrika blickt vom Schreibtisch auf, der abgesehen von ihrem Laptop mit Büchern und Notizen bedeckt ist.

»Was ist passiert?«, fragt er.

»Passiert?«

»Wegen der Sache mit den Handys.«

Ulrika verdreht die Augen. »Gott, ich weiß es auch nicht. Wieder so ein Einfall von Papa.«

»Jean-Luc hat was von verschärften Sicherheitsmaßnahmen gesagt. Das klingt ja …«

»Ach, wenn es wirklich ... dann wären wir nicht mehr hier. Mach dir keine Sorgen.«

Er ist kein bisschen beruhigt. Wenn die verschärften Sicherheitsmaßnahmen nur ein Vorwand sind, worum geht es dann? Um ihn?

Er zieht die Schuhe aus, schlüpft in ein Paar Sneakers und sinkt in den Sessel vor dem Fenster.

»Haben sie dir deins auch weggenommen?«

»Ja.«

Sie verzieht müde das Gesicht, offenbar kann sie sich nur schwer von ihrer Hausarbeit losreißen.

»Sieht aus, als hättest du angefangen zu schreiben«, sagt er.

»Ich will das jetzt endlich fertigkriegen. Ist in Nizza alles gut gelaufen?«

»Ja, ich musste nur was unterschreiben.« Er streckt die Arme über den Kopf. »Wer ist der Schwede?«

»Jemand, der für Papa arbeitet.«

Sie klingt gelangweilt. Um nicht zu neugierig zu erscheinen, beschließt Tom, das Thema fallen zu lassen.

»Ich mag ihn nicht«, sagt sie nach einer unnatürlich langen Pause. Sie liest etwas, das auf dem Bildschirm steht.

»Warum nicht?«

»Keine Ahnung, aber es gefällt mir nicht, dass er an Bord bleibt, obwohl Papa weg ist. Ich meine ... wozu?«

»Ist Eric weg?«

»Ja, aber er kommt morgen wieder.«

Wenn Eric Hands die Capricorn verlassen hat, ist die

Situation vielleicht doch nicht so bedrohlich? Oder ist das ein Fehlschluss? Immerhin hat er einen Mörder an Bord zurückgelassen.

Es hätte ein schöner Tag werden können. Warm, das Meer fast spiegelglatt, Eric Hands noch unterwegs. Ulrika ist guter Dinge, sie brennt für ihr Studium, und sie brennt für ihn. Während sie die Treppe hinaufgehen, um zu frühstücken, fasst sie ihm in den Schritt.

Sie setzen sich mit ihrem Kaffee aufs Achterdeck, lassen sich von sanften Wellen wiegen, eine kreischende Möwe kreist über dem Schiff und verschwindet dann im hellen Himmel.

»Guten Morgen.«

Ulrika zuckt zusammen. Es ist Brinkman. Er kommt mit ausladenden Schritten auf sie zu, bleibt abrupt stehen und setzt sich zu ihnen, ohne vorher zu fragen, ob er stört. Als ob sie zusammen Urlaub machen würden. Ulrika begrüßt ihn widerwillig. Tom ebenfalls.

»Gut geschlafen?«

»Danke, ja«, antwortet Ulrika so eisig, dass ihre Worte wie Eiszapfen auf das Deck fallen.

Tom nickt.

»Habt ihr jungen Leute nichts Besseres zu tun, als auf einem Schiff auf dem Mittelmeer die Zeit totzuschlagen?«

Ulrika springt auf und verschwindet wortlos mit ihrer Kaffeetasse. Brinkman blickt ihr hinterher, bis sie im Salon verschwunden ist.

»Hoppla.«

Dann sieht er Tom an, der das Gesicht zu einem absichtlich gequälten Lächeln verzieht.

»Ich glaube, ich sollte mal lieber nachschauen, was …«

Er will aufstehen, aber Brinkman hält ihn zurück.

»Bleiben Sie noch einen Moment. Sie kommt schon allein zurecht.«

Tom sinkt wieder auf den Stuhl. Eigentlich will er weg, aber er hofft, dass er vielleicht etwas davon hat, wenn er bleibt. Möglicherweise bekommt er eine Ahnung davon, was Brinkman vorhat und wie viel er weiß.

Brinkman lehnt sich mit hinter dem Kopf verschränkten Händen zurück und sieht Tom eindringlich an.

»Wir lernen für die Uni«, sagt Tom, um das Schweigen zu brechen. »Zurzeit finden keine Vorlesungen statt.«

Er breitet die Arme aus und zeigt auf das Meer, auf dem sie Brinkmans Ansicht nach ihre Zeit totschlagen.

»Habe ich sie etwa gekränkt? Ich habe es nicht böse gemeint.«

»Das glaube ich nicht«, sagt Tom.

Es liegt nicht an dem, was du gesagt hast, es liegt einfach an dir.

»Vielleicht hat sie ja ihre Tage.«

Tom zuckt zusammen. Brinkman legt es geradezu darauf an, schlechte Stimmung zu verbreiten.

»Verzeihung.«

Brinkman winkt abwehrend mit den Händen, aber Tom wird nicht schlau aus der Geste. Will er wegwischen, was er gesagt hat, oder will er die Entschuldigung zurücknehmen?

»Es sollte Kennzeichen für Leute mit Tourettesyndrom geben«, sagt Tom. »So wie es Ausweise für Epileptiker gibt. Dann wäre manches einfacher.«

»Wieso? Leiden Sie unter Tourette?« Er sieht Tom ernst an, fängt dann aber an zu lachen. »Kleiner Scherz.«

Er wirkt fahrig und unberechenbar, alles, was er von sich gibt, hat einen vorwurfsvollen Unterton. Er dominiert das Gespräch.

»Wer sind Sie eigentlich?«, fragt Brinkman wie beiläufig.

Brinkmans Ton ist locker, seine Neugier freundlich, das Vorwurfsvolle schwingt zwischen den Zeilen mit. Sie sind allein auf dem Achterdeck, von der Besatzung ist niemand zu sehen, weder der Erste Offizier noch die Matrosen, falls das überhaupt die korrekte Bezeichnung für die bewaffneten Männer in den engen T-Shirts ist.

Tom fasst die Frage so wörtlich wie möglich auf und erzählt die übliche, nicht besonders aufregende Geschichte von seinem kürzlichen Umzug nach Schweden, wo er an der Verteidigungshochschule im Fach Friedens- und Konfliktforschung promoviert.

»Aha.«

Brinkman sieht erstaunt aus, er scheint etwas anderes

erwartet zu haben. Falls dies ein heimliches Verhör im Auftrag von Hands ist, macht er seine Sache gut.

»Sie sind also ein Friedensaktivist?«

»Es muss beides geben, Tauben und Falken, aber in Schweden und Skandinavien im Allgemeinen hat sich der Schwerpunkt natürlich auf den Frieden verlagert.«

Brinkman zupft nachdenklich an seiner Unterlippe. »Und wie haben Sie Ulrika kennengelernt?«

»Das war hier.«

»Hier?« Brinkman sieht sich auf dem Deck um.

»Ja«, antwortet Tom und schiebt schnell eine Frage hinterher. »Und Sie arbeiten mit Eric zusammen, oder sind Sie nur ein Bekannter?«

»Wir haben geschäftlich miteinander zu tun. Ich erledige die Logistik für ihn.«

Diskrete Beförderungen in eine andere Welt.

»Was muss ich mir darunter vorstellen?«

»In einer großen Unternehmensgruppe wie Atlas gibt es immer viel zu tun, und ein Geschäftsführer kann sich nicht um alles persönlich kümmern.«

Mit manchen Dingen will er sich vielleicht auch gar nicht befassen. Zum Beispiel vor dem Hotel Europe in Sarajevo warten und den Besitzer einer lästigen Tonaufnahme töten, indem er mithilfe einer Fernbedienung zwei parallelgeschaltete Mörsergranaten auslöst.

Brinkman macht ihm Angst, aber er fasziniert ihn auch. Er will an ihn herankommen, damit er verurteilt wird. Könnte er das Büro davon überzeugen, ihn zu verhaften, sobald er wieder an Land ist? Um ihn für den

Mord an seinem Vater und den an Henning Eriksson zu verurteilen. Es gibt Zeugen, einer davon er selbst, die ihn mit den Tatorten und mit Hands in Verbindung bringen, und auf der Tonaufnahme ist festgehalten, warum die beiden aus dem Weg geräumt werden mussten.

Aber hat das Büro überhaupt ein Interesse daran, ihn zu verhaften? Oder würde es ihre Ermittlungen im Fall Hands erschweren, weil sie dann gezwungen wären, Beweise vorzulegen, die sie eigentlich geheim halten wollen?

»So ein Studium nimmt wahrscheinlich ziemlich viel Zeit in Anspruch. Bekommen Sie staatliche Unterstützung, oder haben Sie einen Nebenjob?«

Entweder er hat keine Ahnung, oder er verwendet sein gesamtes Wissen über Tom, um Andeutungen zu machen, die ihn dazu verleiten, sich zu verraten.

»Ich habe ja meine Doktorandenstelle.«

Tom versucht, Brinkmans Blick zu deuten. Reagiert er irgendwie auf die Halbwahrheit mit einer kurzen Pause oder einem unfreiwilligen Grinsen? Er kann nichts dergleichen erkennen.

»Das klingt ja nicht üppig. Da kommt diese Bekanntschaft wohl wie gerufen?«

Er ist wirklich ein Arschloch.

»Das war nur ein Witz. Ich habe Immobilien von meinen Eltern geerbt. Ein Vermögen auf diesem Niveau hier habe ich zwar nicht zu bieten, aber…« Er macht eine Kopfbewegung, die nicht nur die Capricorn, sondern das gesamte Atlas-Unternehmen umfasst. »Aber es würde reichen, um mich für den Rest meines Lebens zur Ruhe zu setzen, wenn ich so gestrickt wäre.«

»Aber das sind Sie nicht. Sie sind ein ehrgeiziger Bursche. Wollen mehr, wollen hoch hinaus …«

Tom steht auf. »Ich sehe mal nach, wo Ulrika abgeblieben ist.«

Simon Brinkman sagt noch etwas, aber Tom hat ihm bereits den Rücken zugewandt und antwortet nicht. Er tut, als hätte er ihn nicht gehört.

Während er das Achterdeck überquert und nicht sehen kann, was hinter ihm vor sich geht, empfindet er ein starkes Unbehagen. Er horcht konzentriert, nicht auf das, was Brinkman sagt, sondern auf andere Geräusche. Eine Waffe, die gezogen wird, plötzliche Schritte hinter sich. Er erlebt einen Anflug von Déjà-vu, der sich aber verflüchtigt wie ein Schatten, bevor er wirklich Form annimmt.

In der Glasscheibe rechts neben der Tür zum Salon sieht er Brinkman, der dasitzt und ihm mit seinem Blick folgt.

Das Hotel Oasis im Zentrum von Nizza hat Fenster zu einem begrünten Hinterhof, dem es seinen Namen zu verdanken scheint: Orangenbäume, Palmen und Kletterpflanzen, die die gesamte Fassade hinaufranken. Der Portier mit den markanten Zügen und der halbherzig geföhnten Frisur winkt sie nach dem Frühstück zu sich. Er überreicht Ylva einen weißen Umschlag, auf den jemand mit der Hand ihren Namen geschrieben hat.

»Wer hat ihn abgegeben?«, fragt sie.

»Eine Frau in Ihrem Alter.«

Ylva fährt mit dem Fahrstuhl nach oben und öffnet den Umschlag erst im Zimmer. Sie faltet das dünne DIN-A5-Blatt auseinander.

»Essen Sie im Le Pop 37 im Hotel Negresco Mittag. Um 13 Uhr gehen Sie in Richtung Toiletten und klopfen an die Tür links von der Damentoilette.«

Der Brief ist mit E. L. unterzeichnet. Lambert arbeitet effizient. Sie hat ihm nicht gesagt, in welches Hotel sie geht, aber das hauseigene Computersystem hat ihren Pass registriert. Er hat vorgeschlagen, sich in Cannes zu treffen, was im ersten Moment nach einem unglaublichen Zufall klang, aber dann wurde ihr klar, dass es genau umgekehrt gewesen sein muss. Er wollte aus einem bestimmten Grund dorthin oder war schon dort. Ylva hat mit Nizza gekontert. Sie wollte nicht zu nah dran sein.

Sie wünscht sich eine Bestätigung, dass der Brief wirklich von Emmanuel Lambert ist. Die letzte Nachricht dieser Art hat sie in den Parc du Cinquantenaire in Brüssel geführt, wo sie beinahe getötet worden wäre.

Zwei Jahre nach dem Terroranschlag auf der Promenade des Anglais, bei dem ein Lastwagen in eine Menschenmenge raste und vierundachtzig Personen ums Leben kamen, ist die Strandpromenade immer noch größtenteils gesperrt. Ob die Bauarbeiten die Sicherheit erhöhen sollen oder die Promenade aus anderen Gründen sanierungsbedürftig ist, weiß Ylva nicht, aber so oder so erinnern sie an den abscheulichen Anschlag, den der Nachahmer Rakhmat Akilov ein knappes Jahr später in der Stockholmer Drottninggata verübt hat.

Ylva geht auf der anderen Straßenseite bis zum altehrwürdigen Hotel Negresco und findet das Le Pop 37. Es trägt diesen merkwürdigen Namen, weil es tatsächlich ein Pop-up-Restaurant ist, das nur für die Dauer der Umbaumaßnahmen in den anderen Restaurants im Hotel eingerichtet wurde.

Es vergeht viel Zeit, bis ihre Bestellung aufgenommen

wird. Als der Kabeljaurücken an pikanter Chorizosoße endlich vor ihr steht, muss sie aufstehen und zu den Toiletten gehen. Um Punkt dreizehn Uhr klopft sie an die blank polierte schwarze Tür neben der Damentoilette. Sie wird sofort geöffnet, und eine etwa fünfzigjährige Frau mit blondierten Strähnchen greift behutsam nach ihrem Oberarm und zieht sie in die Küche.

Sie führt Ylva an heißen Gasherden und scheppernden Kochtöpfen vorbei zu einem Lieferanteneingang. Ylva nimmt zunächst an, sie würden das Hotel verlassen, aber die Frau bleibt vor einem Personalaufzug stehen.

»Wo gehen wir hin?«, fragt Ylva.

»Monsieur Lambert erwartet Sie.«

Mit einem vernehmbaren Ping hält der Fahrstuhl vor ihnen und bringt sie in den vierten Stock. Nachdem sie etwa zehn Meter durch den schallgedämpften Flur gegangen sind, klopft die Frau energisch an eine Tür. Ylva steht schweigend neben ihr. Nach wenigen Sekunden rasselt es hinter der Tür.

Er ist es.

»Kommen Sie rein.«

Die Frau entfernt sich, Ylva betritt das Zimmer und hört hinter sich die Tür ins Schloss fallen. Lambert hat eine kleine Suite und führt sie zu einer Sitzgruppe aus einem Sofa und zwei Rokokosesseln in schrillem Violett. Ylva entscheidet sich für das Sofa.

»Was kann ich für Sie tun?«

»Es geht um Simon Brinkman«, sagt sie. »Jedenfalls glaube ich das.«

Lambert rutscht auf der Sitzfläche nach vorn. Der Sessel sieht nicht besonders bequem aus. Ylva erzählt ihm die ganze Geschichte, angefangen mit dem Artikel auf der rechtsextremen Internetseite und der darauffolgenden Hetzjagd. Lambert zieht die Stirn in immer tiefere Falten.

»Da hat es Sie ja übel erwischt.«

Sie meint, echtes Mitgefühl herauszuhören. Es tut ihr gut, aber es macht sie auch verletzlich. Bevor sie antwortet, muss sie ein Zittern in der Stimme wegräuspern.

»Ja, die Kampagne war geschickt inszeniert, und von einem gewissen Moment an …«

»… bekommt der Prozess eine Eigendynamik. Ich weiß. Ich habe es hautnah erlebt. Und Frankreich ist zehnmal so groß wie Schweden. Wenn da ein Sturm aufzieht, dann richtig.« Ratlos saugt er die Lippen ein. »Es tut mir leid, aber mir ist nicht ganz klar, wie ich Ihnen helfen kann.«

Ylva sammelt sich. Sie weiß, dass es nicht einfach werden wird.

»Ich muss mehr über Simon Brinkman erfahren.« Sie setzt sich kerzengerade hin. »Für mich persönlich ist es vielleicht schon zu spät, aber ich will wissen, wie das Ganze zusammenhängt. Wo ist er jetzt? Was tut er?«

»Sie haben doch wohl nicht etwa vor, mit Brinkman zu verhandeln?« Lambert umfasst die Armlehnen seines Sessels. »Davon rate ich Ihnen entschieden ab. Brinkman ist vollkommen unzuverlässig und noch dazu gefährlich.«

Nichts könnte Ylva ferner liegen. Sie lächelt müde.

»Sie und ich leben in zwei verschiedenen Welten, fürchte ich. Ich würde nie auf die Idee kommen, mit ihm zu verhandeln oder ihn unter Druck zu setzen. Aber es wäre mir eine Genugtuung, wenn er seine gerechte Strafe bekäme.«

»Und dabei denken Sie an den…«

»An den Mord an meinem Mitarbeiter Anders Krantz. Für das, was er mir angetan hat, wird er niemals belangt werden, das ist mir klar.«

Lambert wirft einen Blick auf das Meer, das draußen vor den Fenstern glitzert.

»Ich würde ihn für das, was er getan hat, auch gerne auf die eine oder andere Weise büßen lassen«, sagt er. »Aber wir sollten nichts überstürzen. Wie Sie wissen, sind die Dinge kompliziert.«

»Er soll also weitermachen, weil es für andere Zwecke dienlicher ist?«

»Weitermachen soll er auf keinen Fall, aber bevor wir eingreifen, möchten wir so viel wie möglich wissen. Wir wollen nicht nur ihn kriegen, sondern nach Möglichkeit auch sein Netzwerk.«

»Und Eric Hands?«

»Das könnte schwierig werden.«

So kommt sie nicht weiter. Sie hat noch einen Trumpf im Ärmel. Es hat keinen Sinn, ihn noch länger zurückzuhalten.

»Brinkman hat sich letzten Winter mit zwei Saudis getroffen. Einer von ihnen hat Verbindungen zu einem Netzwerk, das im gesamten Nahen Osten Anschläge verübt haben soll, auf Juden, Menschen aus dem Westen und andersdenkende Muslime.«

Emmanuel Lambert verzieht keine Miene, aber sie spürt, dass sie seine volle Aufmerksamkeit genießt.

»Wann und wo?«

»Am elften Dezember vergangenen Jahres in Sarajevo.«

»Stammen diese Informationen von derselben Quelle, die …«

»Ja, dieselbe Quelle.«

Lambert steht auf, stellt sich an eins der hohen Fenster und blickt auf die teilweise abgesperrte Promenade des Anglais hinunter.

»Merkwürdig, nicht wahr?«, sagt Ylva.

Lamberts Anzug raschelt leise, als er die Hände unter dem Jackett in die Seiten stemmt.

»Was hat ein schwedischer Rechtsextremist mit zwei saudischen Terroristen zu tun? Wie passt das zusammen?«

Er dreht sich wieder um, sagt aber noch immer nichts.

»Nehmen wir mal an, Eric Hands und Simon Brinkman wären in den Abschuss der AF1562 involviert.«

Ylva hat nicht die Absicht, ihn zu provozieren, sie denkt einfach laut, aber als sie sieht, wie Lamberts Gesicht sich verfinstert, ist ihr klar, dass sie eine Grenze überschritten hat.

»Das ist reine Spekulation.«

In seiner Stimme schwingt mehr Nachdenklichkeit als Widerspruch mit.

»Ich weiß ja nicht, wie Brinkman und seine Komplizen es sehen, aber wenn ich Rechtsextremistin wäre und kein Problem mit Gewalt hätte, wäre mir ein islamistisches Attentat in Schweden lieber als ein paar schwachsinnige Neonazis, die in einer Moschee Muslime abknallen. Langfristig hätte es eine viel größere Wirkung.« Sie streicht sich eine Locke hinters Ohr. »Aber das sind natürlich recht wilde Spekulationen.«

»Wir müssen jetzt Schluss machen«, sagt er. »Da ich Ihnen für die Information über Brinkman dankbar bin, kann ich es Ihnen nicht direkt zum Vorwurf machen, dass Sie Brinkman nicht ruhen lassen.«

Ylva steht auf. Ihr ist durchaus bewusst, dass sie keine Gegenleistung erhalten hat, aber auch wenn sie nun nicht mehr als vorher über Brinkman weiß, hat sie vielleicht etwas in Gang gesetzt. Sie geben sich die Hand.

»Aber lassen Sie jetzt die Finger davon. Kann ich mich darauf verlassen?«

»Ja«, sagt sie, »wenn Sie mir versprechen, Brinkman nicht ruhen zu lassen.«

Natürlich gibt er keine Antwort.

Am Nachmittag kommt Eric Hands zurück auf die Jacht. Jean-Luc hat ihn vom Privatflugplatz Cannes Mandelieu abgeholt. Simon Brinkman lässt sich kaum noch blicken, seit Hands wieder da ist. Entweder ist er beschäftigt, oder er hält sich zurück, wenn sein Herrchen im Haus ist.

Hands bekommen sie auch kaum zu Gesicht. Er hat sie flüchtig begrüßt, als er an Bord kam, und sich dann in seinem Arbeitszimmer verschanzt. Tom bekommt keine Gelegenheit, Nachforschungen über die Reise der Gotlandkisten durch Europa anzustellen. Das Büro dürfte da größere Chancen haben. Sie sind schließlich ins System eingedrungen.

Als die Sonne gesunken ist, trinken Tom und Ulrika einen Aperitif auf dem Achterdeck. Auf Ulrikas Wunsch serviert Paul ihnen zwei Hemingway Daiquiri. Während die Wellen glucksend gegen den Rumpf schwappen, reden sie über den Herbst, ihr Studium und den Atlantik. Diesen Ozean, der dann zwischen ihnen liegen wird.

»Du musst nach London kommen«, sagt sie. »Kannst du nicht mit uns Weihnachten feiern?«

Es ist eine Art Liebeserklärung. Sie bringt die Hoffnung zum Ausdruck, dass sie in drei Monaten noch zusammen sein werden oder sie die Vorstellung zumindest in diesem Moment, leicht angetrunken auf einer Jacht in der Abendsonne und weit weg von der Realität, schön fände.

»Willst du?«

»Ja klar.«

»Aber wir müssen vorher auch schon mal ein Wochenende hinfahren.«

Sie gehen hinunter in die Kabine. Ihre Umarmungen haben etwas Verzweifeltes an sich. Tom wird kalt, als er kommt. Fühlt Ulrika es auch, oder geht es nur ihm so? Ziehen sich seine Gefühle, da das Ende in Sicht ist, wieder zurück?

Ulrika legt den Kopf auf seinen Bauch und spielt mit seinem erschlafften Schwanz. Sie spricht mit der Stimme einer Zeichentrickfigur mit ihm.

»Bitte nicht«, sagt er, »das ist erniedrigend.«

»Verletzt dich das?«

»Ja sehr.«

Das Bett beginnt zu vibrieren. Die Schiffsmotoren sind angesprungen. Einen Augenblick später hören sie den Elektromotor den Anker einholen. Ulrika stützt sich auf einen Ellbogen und sieht aus dem Fenster.

»Hat Eric irgendwas gesagt, dass wir wegfahren?«, fragt Tom.

Sie macht ein ahnungsloses Gesicht und streckt sich wieder neben ihm aus.

Am Abend essen sie gemeinsam mit Ulrikas Vater. Tom fragt, wo sie hinfahren.

»Die Schiffsmotoren brauchen nur mal ein bisschen Bewegung«, sagt er.

Paul serviert Eric und Tom Belon-Austern und Seeigel, die jetzt Saison haben, und Ulrika einen im Vergleich schon fast bodenständigen Hummerschwanz. Als Hauptgang bekommen alle drei ein blutig gebratenes Entrecote. Nachdem Hands gefragt hat, wie es in Cannes war, erzählt er eine Anekdote aus seiner Kindheit, als sein Vater vor dem neu gekauften Sommerhäuschen im Schärengarten, das so klein war, dass er sich mit seinen beiden Geschwistern ein Zimmer teilen musste, Netze ausgeworfen hatte. Es war Mitte der Siebzigerjahre, die Atlas-Gruppe war damals noch ein mickriges Unternehmen mit höchstens dreißig Angestellten. Aus irgendeinem Grund hatte sein Vater, der beileibe nicht auf den Kopf gefallen war, die Posen vergessen und die Netze einfach so ins Wasser geworfen, sodass sie nie wiederauftauchten.

Eric Hands gibt sich Mühe, aber man merkt ihm an, dass er mit den Gedanken woanders ist. Sein Blick verliert sich immer wieder im Nichts. Er isst, ohne dem Gericht auf seinem Teller besondere Aufmerksamkeit zu schenken, und arbeitet anschließend sofort weiter.

Tom geht an Deck, um sich einen besseren Eindruck von der Fahrtrichtung zu verschaffen. Oben auf der Brücke sieht er die beiden Offiziere. Vielleicht brauchen sie eher Bewegung und nicht das Schiff. Am Sonnenstand ist leicht zu erkennen, dass sie bisher nach Osten in Richtung Italien gefahren sind, aber nun den Kurs in einem sanften Bogen zu ändern scheinen und weiter aufs offene Meer hinausfahren. Bald wird es dunkel sein. Ohne Handy kann er dann unmöglich wissen, wo sie sind.

Später kann er nicht einschlafen und lauscht noch lange den Motorengeräuschen. Setzt er unnötig sein Leben aufs Spiel? Er ist jetzt ganz nah dran an Hands, aber kann er etwas bewirken? Oder bleibt ihm nur noch ein sanfter Rückzug, damit Eric Hands keinen Verdacht schöpft?

Gegen vier Uhr wacht er auf, weil die Vibrationen nachlassen. Ulrika schläft tief und fest. Ihre Beine ragen unter der Bettdecke hervor und werden vom fahlen Nachtlicht beleuchtet, das angeht, sobald man aufsteht. Er wartet einen Moment ab, um sicherzugehen, dass das Licht sie nicht geweckt hat. Sie rührt sich nicht.

Er zieht Hose und T-Shirt an, schleicht in den Flur und geht nach hinten. Die Tür zum privaten Bereich von Hands steht offen, aber seine Arbeitszimmertür ist zu. An der ersten Tür bleibt er stehen, weil er glaubt, Stimmen zu hören. Er überlegt kurz, ob er an der Tür zum Arbeitszimmer lauschen soll, geht stattdessen aber die Treppe hoch und weiter auf das beleuchtete Deck.

Die dunkle See teilt sich wenige Meter vor dem schwarzen Bug in weiße Gischtstreifen, die sachte am Rumpf vorbeigleiten. Ihn überkommt das Gefühl, das Schiff wäre sich selbst überlassen und er und Ulrika wären allein an Bord.

Tom geht wieder hinein und weiter nach vorn, wo es eine Treppe hinauf zur Brücke und eine hinunter in das Revier der Besatzung gibt. Er geht nach unten und gelangt in einen Korridor, der ganz ähnlich aussieht wie der, in dem Ulrika und er ihre Kabine haben, nur ist der Abstand zwischen den Türen hier kleiner. Mitten im Gang steht eine Tür offen. Im Gegensatz zu den anderen ist sie aus Eisen und hat eine hohe Türschwelle. Er geht dorthin, bleibt stehen und lauscht. Keine Stimmen und auch kein Geräusch. Ein Blick hinter die Tür und die steile Metalltreppe hinunter verrät ihm, dass es hier in den Maschinenraum geht.

Es ist totenstill in dem von kaltem Neonlicht erhellten Schacht. Er geht hinein, bleibt wieder stehen und horcht, stellt sich auf die erste Stufe, die sich kalt und hart unter seinen Füßen anfühlt. Nachdem er sich entschlossen hat, geht er in schnellem Tempo hinunter.

Der Maschinenraum ist sauber und ordentlich, die beiden Schiffsmotoren sind blitzblank. Ist es wirklich so, wie Hands sagte? Brauchen die Motoren ein wenig Bewegung? Müssten sie ein paar Wochen Stillstand nicht vertragen?

Als er wieder hinaufgeht, ist er kein bisschen klüger. An der Leiter nimmt er ein leises Singen wahr, ein metallisches Echo, das verklingt, als er den Gang betritt. Er hört ein Flüstern oder eine entfernte Stimme, geht weiter bis zur nach oben führenden Treppe und legt sich für den Fall, dass jemand eine von ihm verlangen sollte, eine simple Erklärung zurecht.

Während er sich dem vorderen Teil des Salons nähert, sieht er einen Schatten näher kommen. Er duckt sich und weicht so ruckartig zurück, dass er das Gleichgewicht verliert und mit einem dumpfen Knall rücklings auf dem harten Boden landet, ohne sich den Kopf anzuschlagen. Hastig rutscht er bis an die Wand, dreht sich auf die Knie und krabbelt rückwärts wie ein aufgeschrecktes Insekt.

Er stemmt sich mit den Händen an der Wand ab und macht sich auf die nächste Attacke gefasst. Jetzt geht es nur noch ums Überleben, und dann, wie er hier wegkommt.

Aber da ist niemand. Es ist genauso still wie vorher. Die Besatzung schläft, die Motoren schweigen. Reglos steht er da und wartet auf die Fortsetzung oder eine Wiederholung. Wovon eigentlich? Alles, was er wahrgenommen hat, war ein Schatten, der ihm durch den Kopf gefahren ist.

Vorsichtig und tastend geht er in Richtung Salon, bleibt stehen und späht hinein. Auch hier ist niemand. Eine Weile verharrt er so, er hat jetzt mehr Angst vor den Schatten in seinem Inneren als vor denen, die auf dem Schiff auftauchen könnten. Als er sich wieder einigermaßen im Griff hat, geht er hinunter in die Kabine.

Ulrika sitzt im Bett und empfängt ihn mit fragendem Gesicht.

»Wo bist du gewesen?«

Diesmal kann er keinen Vorwand aus dem Ärmel schütteln und mit keiner New York Times wedeln.

»Ich bin aufgewacht, als die Motoren ausgegangen sind, und konnte nicht wieder einschlafen.«

Er hat das Gefühl, das Ganze noch einmal zu durchleben.

Ulrika gähnt hinter vorgehaltener Hand. »Vielleicht wird es Zeit, nach Hause zu fahren. Ich weiß, dass ich was von zwei Wochen gesagt habe, aber ...«

»Ja, du hast wahrscheinlich recht«, sagt er.

Sie hat keinen Verdacht geschöpft, sie wundert sich nur.

»Komm jetzt ins Bett.«

Er zieht sich aus und schlüpft unter die Decke. Weg von der Capricorn. Nach Hause. Ein sanfter Rückzug.

Die Capricorn war heute Nacht unterwegs«, sagt Vendela.

»Wo ist sie hingefahren?«

»Das ist ja das Merkwürdige. Sie sind einmal im Kreis gefahren und fast genau auf ihrer ursprünglichen Position gelandet.«

»Andere Schiffe?«

»Soweit ich es sehe, nicht, aber ich habe auch nur die Schiffe der Handelsflotte auf dem Schirm.«

Es ist früh am Morgen. Draußen über dem Meer hängt ein leichter Dunst, der sich im ersten Sonnenschein auflöst.

»Ich will wissen, was während der Fahrt passiert ist. Kannst du etwas erkennen?«

»Nein. Es gab einen regen Datenverkehr, zum Beispiel Mails, verschickte und empfangene SMS mit dem Handy, aber auch Dokumente, die über einen FTP-Server hoch- und heruntergeladen wurden.«

»Kannst du sie lesen?«

»Ja, aber es sind geschäftliche Dokumente. Die nächtlichen Aktivitäten lassen sich damit nicht erklären.«

Karolina hat eine der französischen Balkontüren im Wohnzimmer geöffnet, sitzt mit einer Pobacke auf dem Geländer und schaut zum Meer und dem Strand hinüber, wo sich die beiden Migranten unter freiem Himmel häuslich eingerichtet zu haben scheinen.

»Kein Kontakt zum Propheten?«

»Nichts.«

Sie vermissen zwei Okays und generell Nachrichten von ihm. Entweder hatte er keine Gelegenheit zu kommunizieren, oder es ist etwas passiert.

»Sollen wir uns ein Boot besorgen und nach dem Rechten sehen?«, fragt Karolina.

»Wie meinst du das?«

»Wir könnten doch einfach mal vorbeifahren.«

»Sie sehen uns auf dem Radar«, sagt Vendela. »Selbst wenn wir ganz unschuldig vorüberschippern, sind sie vorgewarnt. Wir müssten schon eine ziemlich große Runde drehen, damit sie nicht misstrauisch werden.«

»Die Funkstille gefällt mir nicht.« Sie verlässt das Fenster und geht in die Küche, in der es leicht nach Putzmittel riecht. »Hat Hands schon Antworten auf seine Nachfragen zum Propheten erhalten?«

»Zum Teil. Er hat einen Grundbuchauszug bekommen, der war wohl am leichtesten zu organisieren, aber da gab es keine Unregelmäßigkeiten. Und ein paar Zeugnisse von französischen Schulen.«

»Nichts Besorgniserregendes also?«

»Soweit ich das erkennen kann, nicht, aber es könnten ihm natürlich auch gedruckte Berichte zur Jacht geliefert worden sein.«

Karolina geht die Idee, aufs Meer hinauszufahren, nicht aus dem Kopf. Es macht sie mürbe, untätig in der Wohnung zu sitzen und keine Verbindung zum Propheten zu haben. Allein können sie und Vendela nicht viel tun, jedenfalls nicht, solange sich die Capricorn in internationalem Gewässer aufhält und sie nicht gegen alle möglichen Gesetze verstoßen wollen. Andererseits, wer sollte sie in dem Fall verklagen? Die Capricorn ist eine private Jacht, und Hands wird sich hüten, sie anzuzeigen.

»Teil Örjan mit, dass wir in Cannes ein Problem haben, damit er den Ernst der Lage begreift.«

»Alles klar«, sagt Vendela.

Karolina geht ins Schlafzimmer und zieht ihre Laufsachen an.

»Ich gehe eine Runde joggen«, sagt sie. »Ruf mich an, wenn was ist. Ich bin höchstens fünf Minuten weg.«

»Ich weiß«, sagt Vendela. »Du bist schnell.«

»Ich meine es ernst.«

»Ich weiß. Fünf Minuten.«

Sie lässt Vendela in der Küche zurück und geht direkt zum Hafen hinunter, um sich nach einem Boot zu erkundigen.

Tom erwacht mit dem Gefühl, verschlafen zu haben, obwohl er gar keine Termine hat. Ulrika ist bereits aufgestanden und nicht mehr in der Kabine. Vielleicht ist das der Grund seiner Unruhe. Er wirft einen verschlafenen Blick auf den würfelförmigen Wecker auf dem Nachttisch. In blassblauen Leuchtziffern steht darauf 08:20.

Mit dem vagen Gefühl, dass irgendetwas nicht stimmt, geht er schnell unter die Dusche hinter der beschlagenen Glasscheibe, rasiert sich, zieht sich an und geht hinauf in den Salon. Ulrika ist nicht hier und auch nicht auf dem Achterdeck. Er geht aufs Vordeck, aber dort ist auch niemand zu sehen. Da es ihm widerstrebt, auf die Brücke hinaufzugehen, wo er auf Brinkman stoßen könnte, beschließt er, stattdessen hinunterzugehen und nachzuschauen, ob Eric Hands in seinem Arbeitszimmer ist.

Er ist gerade wieder im Salon angelangt, als er Eric erblickt, der mit energischen Schritten die Treppe heraufkommt.

»Sehr gut, Tom, Sie suche ich.«

Tom lächelt ihn an. Er ist bereit. Hands hat noch nie nach ihm gesucht. Andererseits kann er sich nicht vorstellen, dass er ihm etwas antun würde. Jedenfalls würde er keine physische Gewalt anwenden. Das machen andere für ihn.

»Was ist los?«

»Ich soll Ihnen von Ulrika ausrichten, dass sie nach Cannes gefahren ist, um ein paar Dinge zu erledigen.«

Seine Augen leuchten wohlwollend. Soll er ihm das glauben?

»Sie schlägt vor, dass Sie um zwei nachkommen, dann holt sie Sie am Hafen ab«, fährt er fort.

»Da war sie ja wirklich früh auf den Beinen«, sagt Tom.

Hands lacht. »Ich glaube, sie bereitet irgendeine Überraschung vor, aber sagen Sie ihr nicht, dass ich es Ihnen verraten habe.«

Er verspricht, Stillschweigen zu bewahren.

»Haben Sie schon gefrühstückt? Paul hat Brioches gemacht.« Er deutet auf das Frühstücksbuffet, nimmt sich eine Tasse Kaffee und nimmt wieder Kurs auf sein Arbeitszimmer. »Die Jacht ist lebensgefährlich.« Er klopft sich auf den Bauch. »Sie sollten nachher ins Fitnessstudio gehen.«

Überraschung. Es ist erst halb neun. Was kann sie um diese Uhrzeit in Cannes vorhaben? Vor zehn macht dort nichts auf.

Er macht sich einen Caffè Latte, nimmt sich ein Brioche, etwas Aprikosenmarmelade und ein paar Erdbeeren und setzt sich damit nach draußen. Fünfeinhalb Stunden, in denen es schwierig wird, sich auf etwas anderes zu konzentrieren.

Hat Hands sie weggeschickt? Und wenn ja, welchen Grund hat er ihr genannt? Dass Tom ein Betrüger ist? Eine Art Heiratsschwindler, der ihr Leben zerstören und den Atlas-Konzern ruinieren will? Nein, vermutlich nicht. Er wird einen guten Vorwand gefunden haben. Vielleicht war das mit der Überraschung für Tom eigentlich Erics Idee, ein Geschenk für Ulrika, das sie an Tom weiterreichen darf, arrangiert von einer serviceorientierten Eventagentur oder einem Hotelportier, der sie um Punkt acht am Kai erwartet.

Worauf wartet er noch, falls es wirklich so ist? Dass Brinkman seine Messer wetzt?

Tom bricht etwas von dem Gebäck ab, er hat keinen großen Appetit, aber er kann es sich nicht erlauben, unterzuckert und unkonzentriert zu sein, wenn jetzt tatsächlich der Moment gekommen sein sollte, den er die ganze Zeit erwartet und gefürchtet hat. Er geht erneut zum Buffet, belegt ein großes Stück Baguette mit mehreren Scheiben Schinken und nimmt einen Joghurt und ein großes Glas frisch gepressten Orangensaft mit in die Sonne. Mit trockenen Lippen und feuchten Fingern stopft er alles in sich hinein.

Er wischt sich die Hände an der Stoffserviette ab, steht auf und geht zur Leiter, vor der momentan nur ein Beiboot vertäut ist. Wenn er den Motor in Gang bekommt, kann er es mit Sicherheit auch steuern, und von der

Capricorn aus könnte ihn niemand einholen. Andererseits könnten sie natürlich das zweite Boot anweisen, die Verfolgung aufzunehmen und ihn daran zu hindern, an Land zu gehen.

Der Schlüssel steckt nicht im Zündschloss, und er hat keine Ahnung, wo er aufbewahrt wird. Vielleicht hat einer aus der Crew ihn in der Hosentasche. Er verwirft die Idee und geht wieder hinein.

In der Pantry findet er ein rasierklingenscharfes Fleischmesser, das er in eine Stoffserviette einwickelt und unter seinen Hosenbund steckt. Während er zur Kabine hinuntergeht, um sich ein besseres Versteck zu überlegen, kommt er sich vor wie ein gemeiner Dieb, der sich mit dem Tafelsilber davonschleicht.

Tom ist nicht im Messerkampf geschult. Er weiß, wo er es ansetzen sollte, aber das ist rein anatomisches Wissen, das ihm wenig nützt, wenn er an die entsprechenden Körperteile nicht herankommt. In den Zusatzkursen im Frühjahr hat er gelernt, immer den Rücken freizuhalten, mit einer gewissen Geschicklichkeit die verschiedensten Fahrzeuge zu bedienen und Informationen zu codieren und zu entschlüsseln. Waffenkunde und Selbstverteidigung wurden eher oberflächlich behandelt und sollen ohnehin nur zum Einsatz kommen, wenn alle Alternativen ausgeschöpft sind.

Er zieht sich um. Eine dünne und nicht zu enge Hose, die er mühelos ausziehen kann, falls er über Bord geht. Für die Schuhe gilt das Gleiche, er entscheidet sich für Mokassins, die er von den Füßen abstreifen kann. Über das Hemd zieht er eine wasserdichte Windjacke, die ihn im Wasser notfalls längere Zeit warm halten würde. Die Strümpfe hingegen müssen dick sein, damit er das Messer hineinstecken kann.

Er wiegt das Messer in der Hand und betrachtet nachdenklich die kleine Fliege auf dem Klingenblatt. Sollte er sich lieber ein kleineres holen? Er versteckt es in der obersten Kommodenschublade unter einem grau melierten Kaschmirpullover.

Nun bleibt ihm nichts anderes übrig, als zu warten.

Da er sich nicht sicher ist, ob Hands meinte, Ulrika würde ihn um zwei am Hafen abholen oder er solle um zwei losfahren, begibt er sich um halb zwei aufs Deck. Das Messer hat er mit Klebeband, das er in der Pantry gefunden hat, an seinem Bein befestigt. Das Klebeband spannt beim Gehen, aber es erfüllt seinen Zweck.

Eric sitzt mit Brinkman auf dem Achterdeck. Brinkman beugt sich zu Eric hinüber und scheint ihm aufmerksam zuzuhören. Als Tom aus dem Salon herauskommt, verstummen sie und sehen ihn an.

»Bist du bereit?«, fragt Hands.

»So bereit wie irgend möglich«, antwortet er.

»Gut. Heute fährt dich Simon.«

Simon durchbohrt ihn mit seinem Blick und nickt kurz.

»Dann macht ihr euch wohl am besten auf den Weg«, sagt Hands.

Brinkman trinkt den letzten Schluck seines Mineralwassers und steht auf. »Selbstverständlich. Wir wollen die Dame ja nicht warten lassen.«

Er trägt eine rote Segeljacke, der Reißverschluss ist zur Hälfte zugezogen. Ist er bewaffnet? Tom muss davon ausgehen. Er hat sich die ganze Zeit vorgestellt, Brinkman würde es wie einen Unfall aussehen lassen, wie bei Henning Eriksson, aber vielleicht wird er ihn auch einfach erschießen und dann mit einem an seinem Körper befestigten Anker im Meer versenken.

»Es wäre super, wenn ich mein Handy zurückbekommen könnte«, sagt er. »Ich meine, wenn wir an Land sind …«

Er sieht Eric an. Brinkman sieht Eric ebenfalls an, dieser nickt.

»Klar«, sagt Hands und wirft Brinkman einen Blick zu. »Kümmerst du dich darum?«

Brinkman geht Toms Handy holen. Eric steht auf und kommt zu Tom, der noch immer in der Tür des Salons steht. Plötzlich wirkt er ein klein wenig unentspannt. Irgendetwas an seinem Lächeln ist nicht ganz überzeugend.

»Ich wünsche Ihnen einen schönen Tag an Land, wir sehen uns später.«

Tom geht einen Schritt zur Seite, damit Hands sich nicht an ihm vorbeizwängen muss.

»Danke. Bis später.«

Er blickt Hands hinterher, der sich den Nacken reibt, während er in Richtung Treppe abbiegt. Tom wartet an der Reling auf Brinkman und schaut hinunter zur Zodiac, die am Fuß der Leiter vertäut ist. Das Messer in seinem Strumpf drückt. Im Cockpit der Zodiac liegen ein Bootshaken aus Metall und ein kurzes Plastikpaddel.

Schritte auf dem Deck. Brinkman trägt Bootsschuhe von Sebago. Echte Docksides. Ein Rechtsradikaler mit unumstrittenem Gewaltpotential verkleidet als Mittelschichtsklischee. Mit Toms Handy in der ausgestreckten Hand kommt er auf ihn zu. Tom schaltet es ein und hofft, dass der Akku nicht leer ist.

»Nach Ihnen.« Brinkman deutet auf die Leiter.

Tom steckt das Handy in die hintere Hosentasche, steigt die Leiter hinunter und spürt das Telefon vibrieren. Ganz leer ist der Akku also nicht. Er stellt den rechten Fuß auf die kipplige Unterlage und springt mit einem Satz ins Boot, wo er sich auf den Platz hinter dem Steuerstand setzt, aber Brinkman zeigt nach vorn.

»Da vorne ist es sicherer«, sagt er mit schwedischer Seebärenstimme.

Er kann ihm schwerlich widersprechen, aber irgendwie muss Tom das Problem lösen.

Falls er so lange überlebt.

Er setzt sich um und zieht das Handy aus der Tasche. Brinkman lässt den Motor an, der sofort alle anderen Geräusche übertönt. Nun ist Tom für alles, was hinter ihm vor sich geht, blind und taub. Als Brinkman beschleunigt, spritzt eine Ladung Salzwasser über den Bug. Tom nutzt es als Vorwand, um sich nach hinten zu setzen.

»Ich will nicht klitschnass sein, wenn ich ankomme.«

Er brüllt, weil die Motoren so laut sind, weiß aber nicht, ob Brinkman ihn gehört hat. Jedenfalls erhebt er keinen Einspruch, sondern macht nur ein Gesicht, als hielte er Tom für überempfindlich.

Am liebsten würde er sich direkt hinter ihn setzen, aber er weiß, dass das Gewicht dann zu ungünstig verteilt wäre. Er überprüft, ob er Empfang hat. Es ist nicht viel, aber es reicht zum Telefonieren. Er ruft Ulrika an, die nicht drangeht. Die Mailbox springt an. Ohne Brinkman aus den Augen zu lassen, tippt er eine SMS an Karolina.

Allein mit Brinkman in der Zodiac nach Cannes unterwegs. Weiß nicht, wie das endet.

Karolina umklammert das Handy. Es fällt ihr schwer, die Nachricht zu verdauen. Wie passt das alles zusammen?

»SMS vom Propheten«, sagt sie.

»Geht es ihm gut?« Vendela steht vom Küchentisch auf.

»Ja und nein. Die Lage scheint kritisch zu sein.«

Sie liest Vendela die SMS vor.

»Wer hat dem Propheten von Brinkman erzählt?«

»Das frage ich mich auch.«

»Andererseits«, sagt Vendela nachdenklich, »ist es nicht verwunderlich, dass der Prophet seinen Namen kennt, wenn Brinkman an Bord der Capricorn auftaucht.«

»Nein, aber irgendetwas stimmt da nicht. Erst meldet er sich tagelang nicht, und jetzt ist er mit Brinkman allein. Es muss etwas schiefgegangen sein.«

Karolina deutet mit dem Handy aufs Meer, wo der Prophet zu diesem Zeitpunkt in Gesellschaft eines professionellen Killers mit vierzig Knoten übers Wasser rast und nicht weiß, wie das Ganze enden soll.

»Was können wir tun?«, fragt sie.

»Frag ihn. Er weiß ja nicht mal, dass wir hier sind.«

Karolina beginnt sofort, eine Nachricht an den Propheten zu schreiben. Nachdem sie sie versendet hat, zieht sie ihre Jacke an.

»Wir können nicht einfach hier sitzen und Däumchen drehen. Ich gehe zum Hafen hinunter und besorge uns ein Boot. Du informierst Örjan und überprüfst, was sich in der Zwischenzeit auf Hands' Computer getan hat. Vielleicht bekommen wir auf diese Weise seine Position heraus. Wir treffen uns in fünf Minuten am Wasser.«

Karolina knallt die Tür hinter sich zu. Falls das Handy des Propheten nicht manipuliert wurde, können sie seine Position per Triangulierung ermitteln, aber wenn er weit draußen auf See ist und ihnen nur ein oder zwei Sendemasten zur Verfügung stehen, könnte es schwierig werden, ihn genau zu orten.

Ihr gehen Gedanken durch den Kopf, die sie nicht denken will. Der Prophet unter Wasser, der Prophet auf dem Weg zum Meeresgrund.

Tom steckt das Handy wieder in die Hosentasche. Brinkman schaut geradeaus, scheint ihn nicht zu beachten, öffnet den Reißverschluss seiner Jacke ein Stück. Die Scheibe am Steuerstand schützt ihn vor dem Wind, aber sein Haar flattert trotzdem.

Der Bootshaken liegt vor Tom auf dem Boden. Er braucht sich nur vorzubeugen, um danach zu greifen und mit zwei Schritten die richtige Entfernung zu dem breiten Nacken einzunehmen. Ausholen und auf den Hinterkopf zielen. Die stärksten Kräfte wirken am Ende der Stange, wo die Geschwindigkeit am höchsten ist.

Er beugt sich hinunter, als wollte er eine Socke hochziehen und lässt Brinkman währenddessen keine Sekunde aus den Augen. Der dreht sich kurz um, grinst Tom an und schaut wieder nach vorn. Er hätte nicht gedacht, dass Brinkman etwas merkt, aber offenbar hat er seine Fühler ausgefahren. Er muss schnell sein, darf nicht zögern, es wird auf jede Zehntelsekunde ankommen.

Bootshaken oder Messer? Er setzt eher auf den Bootshaken. Wenn er das Messer benutzt, und er hat kaum Ahnung, wie man das macht, muss er ihm buchstäblich zu Leibe rücken, und dann ist er ihm unterlegen. Brinkman ist kleiner, aber mindestens zehn Kilo schwerer, hat muskulöse Arme und ist ein geübter Schläger.

In seiner Tasche vibriert es. Er hebt den Po ein kleines Stück an, um an das Handy heranzukommen. Brinkman starrt geradeaus und reagiert diesmal nicht auf seine Bewegung. Es ist, als würde er wissen, dass sie nichts zu bedeuten hat. Tom entsperrt den Bildschirm.

Wir sind unterwegs. Was können wir tun?

Als er den ersten Satz liest, durchfährt seinen Körper ein euphorisches Gefühl, gerettet zu sein. Dann starrt er die vier Wörter in der zweiten Zeile an und begreift, dass sich nichts verändert hat. Was können sie tun? Nichts.

Er sitzt immer noch allein mit Brinkman in dem Motorboot, und falls dieser vorhat zuzuschlagen, wird er es in den nächsten Minuten tun. Er wird nicht zu nahe an der Küste sein wollen, wenn er Tom tötet und seine Leiche vielleicht im Meer entsorgen will.

Einen Augenblick lang klammert er sich an die Aussicht, im Hafen anzukommen, wo Ulrika ihn auf einem Bootssteg erwartet. Sie hat einen Flug nach London gebucht, vielleicht sogar einen Privatjet gechartert, hat die Nase voll von der Jacht, von Cannes, vom Mittelmeer und will, dass er ihre Mutter kennenlernt, bevor sie zurück nach New York fliegt. Das elegante kleine Flugzeug schießt wie ein Pfeil über das blaue Meer, und sie lassen das alles hier hinter sich.

Was soll er auf Karolinas SMS antworten? Können sie irgendetwas tun, das seine Überlebenschancen erhöht? Nein.

Er schreibt trotzdem zurück.

Zieht *ihn zur Rechenschaft. Und Hands auch.*

Das ist alles, worauf er hoffen kann. Er steckt das Handy wieder ein, schiebt den rechten Fuß nach vorn und den linken ein Stück nach hinten. Er ist bereit.

Brinkmans Schatten kommt aus dem Nichts und begräbt ihn unter sich wie eine große schwarze Wolke, obwohl er noch immer am Steuerstand steht. Aber Tom ist bereit, er beherrscht sich, nicht zusammenzuzucken und ihn zu warnen. Der Schlag trifft ihn in Mark und Bein, und da weiß er, dass es passieren wird, Brinkman wird ihn töten. Er kann nicht länger warten.

Ruhig und konzentriert beugt sich Tom hinunter, danach muss alles ganz schnell gehen. Er greift nach dem Bootshaken. Eiskalt durchflutet ihn die Enttäuschung, als er ihn hochhebt. Die Stange aus Leichtmetall wiegt viel weniger als gedacht. Da kann er sich auch gleich mit einem Strohhalm bewaffnen.

Doch jetzt ist es zu spät, sich umzuentscheiden. Er steht auf, hebt den Bootshaken über den Kopf, holt aus und schwingt ihn nach vorn, als Brinkman sich umdreht. Brinkman reißt den linken Arm hoch, um den Bootshaken abzuwehren, der wenige Zentimeter an seiner Hand vorbeisaust und ihn seitlich am Kopf trifft.

Brinkman erstarrt, schwankt und sieht aus, als würde er fallen, scheint sich aber rasch von dem Schlag zu erholen und das Gleichgewicht wiederzufinden. Er streckt die Hand nach dem Steuerstand aus, und schlagartig verstummen die Motoren. Das Boot surft noch ein Stück übers Wasser, bevor es stehen bleibt. Immer noch ein wenig benommen führt Brinkman die Hand zu seiner Jacke. Mit dem nächsten Schlag zielt Tom auf die Schädeldecke, aber der Bootshaken gleitet seitlich ab. Immerhin zieht Brinkman die Hand zurück, die eben noch unter die Jacke greifen wollte, und konzentriert sich darauf, sich vor dem Bootshaken zu schützen.

Tom unternimmt einen weiteren Versuch, aber diesmal ist Brinkman vorbereitet und packt den Bootshaken mit der linken Hand. Tom zieht daran, schafft es beinahe, sie Brinkman wieder zu entwinden, aber der hebt die linke Hand und drückt die Stange mit beiden Händen ruckartig nach unten, sodass Tom das Gleichgewicht verliert und Brinkman direkt in die Arme fällt.

Tom verlagert seinen Schwerpunkt nach hinten, hängt sich regelrecht an den Bootshaken, bis er wieder stabil steht, rutscht aber mit den Händen ab und hält die Stange jetzt nur noch am äußeren Ende fest. Wenn Brinkman noch einmal daran zieht, verliert er sie ganz und hat ihm gar nichts mehr entgegenzusetzen. Das Messer natürlich, aber bis er das hervorgeholt hat, hat Brinkman längst auf ihn geschossen. Falls unter seiner Jacke tatsächlich eine Pistole steckt.

Toms einzige Chance besteht darin, ihn zu überraschen.

Er macht einen Ausfallschritt nach vorn und stößt den Bootshaken mit seinem gesamten Körpergewicht wie eine Lanze nach vorn. Brinkman weicht zurück, taumelt, macht noch einen Schritt rückwärts und stolpert. Tom drückt mit der Stange von oben nach. Sie stürzen beide, aber Tom drückt sich von Brinkman weg und landet mit beiden Füßen im Fußraum, als der über Bord geht. Er will ihn vom Boot wegschieben, ihn unter Wasser drücken, muss den Bootshaken aber loslassen, um nicht selbst über Bord zu gehen.

Mit einem Platschen verschwindet Brinkman unter Wasser. Weiße Blasen steigen auf, und einen Augenblick lang ist es vollkommen still. Tom ist allein auf dem Meer. Ihm wird bewusst, wie wild sein Herz klopft, seine Lungenflügel ringen nach Luft, und Adrenalin rauscht durch alle Hirnwindungen. Es könnte jetzt vorbei sein. Er müsste nur den Motor in Gang bekommen und an Land fahren. Er wirft einen Blick auf den Steuerstand.

Dann ist Brinkman wieder da. Prustend durchbricht er die Oberfläche und starrt Tom rasend vor Zorn an. Wasser läuft ihm aus den Haaren, der Bootshaken ist weg, Brinkman nur wenige Schwimmzüge von der Zodiac entfernt. Er ist ein schneller Schwimmer, schwingt die Arme über die Seitenwände und versucht, sich hochzuziehen.

Tom weicht zurück, dreht sich um, fährt mit der Hand über den Boden, bekommt das Paddel zu fassen und knallt es Brinkman mit aller Kraft auf den Kopf. Aber das kurze Plastikpaddel ist zu leicht, die Wirkung nicht groß. Tom schlägt abwechselnd auf Kopf und Hände. Auf diese

Weise bremst er Brinkman aus, aber zurück ins Wasser drängt er ihn nicht.

Tom geht näher heran, um Brinkmans Kopf mit der Paddelkante zu treffen, aber in dem Moment, als er es dreht, streckt Brinkman den rechten Arm aus und bohrt seine Finger direkt unter der Kniescheibe in Toms Muskulatur, und als er sich dann auch noch mit seinem ganzen Gewicht an das Bein hängt, geht Tom zu Boden.

Er versucht, Brinkmans rechte Hand wegzuschlagen, kommt aber nicht heran. Brinkman hievt sich hoch und drückt Tom immer weiter nach unten, und bald liegen sie in einer seltsamen Umarmung auf dem Luftpolster, Brinkman mit dem Unterleib noch immer im Wasser, Tom halb über ihn gebeugt. Tom hämmert mit dem Paddel auf Brinkmans Rücken ein, lässt das Paddel dann ins Boot fallen und schlägt mit der Faust zu, kann aber nicht genug Kraft aufbringen und findet keine Stelle, die empfindlich wäre.

Da schleudert Brinkman den Kopf nach vorn und beißt ihn ins Bein. Tom schreit laut auf, verliert für einen Moment die Kontrolle, in dem Brinkman sich noch ein Stück weiter ins Boot hineinzieht. Tom ist benommen vom Schmerz, und Brinkman hängt an ihm wie eine Bulldogge. Tom beugt sich zur Seite und streckt die Hand nach dem rechten Bein aus, schafft es, die rechte Hand unter das Hosenbein und die Socke zu schieben und mit zwei kräftigen Rucken das Messer loszureißen, das ihm beinahe aus der Hand rutscht, aber dank des Klebebands daran haften bleibt. Er umfasst den Griff, lehnt sich nach vorn und drückt das Messer in Brinkmans Rücken. Hineinrammen kann er es nicht, weil kein Platz zum Ausholen ist.

Er weiß nicht, wo das Messer eindringt, irgendwo oben am Rücken, aber er merkt, dass etwas passiert, als Brinkmans Biss sich lockert. Tom zieht das Messer heraus und stößt es kraftlos ein Stück weiter unten bis zum Griff hinein. Beim dritten Zustechen erschlaffen auch Brinkmans Hände. Der Körper leistet erstaunlich großen Widerstand gegen die scharfe Klinge. Tom drückt den Griff zur Seite und lässt das Schneideblatt im Innern des Körpers die Arbeit machen.

»Sarajevo«, zischt er.

Brinkman reagiert nicht, er röchelt nur, sein leerer Blick ist nach unten gerichtet. Noch immer umklammert er mit beiden Händen Toms Bein, aber sein Griff ist kraftlos geworden.

»Das ist für Sarajevo«, faucht Tom noch einmal.

Ein Zucken in den Pupillen, dann trübt sich der Blick wieder. Hat er es verstanden? Hat er es überhaupt gehört? Tom zieht das Messer aus Brinkmans Rücken, richtet sich auf und nimmt das Paddel in dieselbe Hand wie das Messer, setzt die Kante zwischen Hals und Schulter an und übt so viel Druck wie möglich aus, die Füße außerhalb der Reichweite von Brinkmans Händen. Bevor Brinkman nicht ganz vom Boot verschwunden ist, wagt er nicht zu glauben, dass er ihn wirklich unschädlich gemacht hat.

Brinkman stößt ein leises, aber abgrundtiefes Stöhnen aus, das Tom erschauern lässt. Es ist ein letztes Aufbegehren gegen den Lauf der Dinge, ein letztes Flehen ums Überleben. Tom drückt noch fester zu, und Brinkmans Hände rutschen hilflos vom blutverschmierten weißen Gummi ab und verschwinden in der Tiefe.

Die Oberfläche ist spiegelglatt. Tom steht mit dem Paddel in der Hand da, dreht sich einmal um sich selbst und rechnet jeden Augenblick damit, dass Brinkman mit neuer Kraft wieder auftaucht und versucht, ins Boot zu gelangen. Schwer atmend beobachtet er die Wasseroberfläche und kann nicht glauben, dass es vorbei ist.

Was ist passiert? Bedeutete der Schatten, der sich auf ihn geworfen hat, wirklich, dass Brinkman ihn töten wollte? Oder war er, wie die Schatten auf der Capricorn, nur ein Hirngespinst?

In der Hosentasche vibriert sein Handy. Mit dem Paddel in der Hand dreht er sich immer noch im Kreis und sucht mit den Augen das Wasser ab, legt aber schließlich das Messer auf den Sitz neben sich und zieht das Handy aus der Tasche, das auch blutbeschmiert ist.

Jetzt fühlt er den Schmerz in der Handfläche und sieht das Blut stoßweise aus der tiefen Platzwunde pumpen.

»Wir sind in zehn bis fünfzehn Minuten da, Vendela hat dich per GPS geortet.« Karolina deckt das Mikrofon mit der Hand ab und flüstert Vendela zu: »Es geht ihm gut, Brinkman ist wahrscheinlich tot, jedenfalls über Bord.«

Sie stehen unten am Hafen. Der junge Mann vom Bootsverleih, groß und schlank, beugt sich in seinem orangen Firmenoverall über das Boot und vergewissert sich mit enervierender Geruhsamkeit, ob noch genügend Benzin im Tank ist.

»Tu nichts und nimm zu niemandem Kontakt auf, auch nicht zu Ulrika«, spricht sie ins Handy. »Hast du mich verstanden?«

»Schwedisch kann ich noch.« Er klingt gefasst, aber distanziert.

»Du hast ein extrem traumatisches Erlebnis hinter dir. Ich muss wissen, ob du mich verstanden hast.«

»Ja, ja.«

»Bitte wiederhole, was ich gerade gesagt habe.«

Am anderen Ende herrscht Stille.

»Tom?« Sie sieht Vendela an. Irgendwie muss sie zu ihm durchdringen, aber sie scheut sich, ihn Elias zu nennen. »Bist du noch da?«

Er räuspert sich.

»Ich soll niemanden kontaktieren.«

»Nicht einmal …«

»Ulrika.«

»Danke.«

Vendela legt ihr eine Hand auf den Arm. »Das Boot ist fertig.«

»Wir fahren jetzt los«, sagt Karolina zum Propheten. »Bleib, wo du bist. Wir haben dich geortet. Wir …«

»Das hast du schon gesagt, aber …« Er verstummt.

Sie hält sich beim Einsteigen in das Festrumpfschlauchboot an Vendela fest.

»Aber was?«, ruft sie ungeduldig.

»Was passiert jetzt?«

»Du kommst mit uns nach Hause. Wir brechen ab.«

»Aber … Sollten wir nicht …«

»Wir können während der Fahrt weitersprechen.« Sie signalisiert Vendela, dass sie auch ins Boot kommen soll. »Es könnte gleich etwas lauter werden, aber das macht nichts.«

Er will nur hören, dass alles gut wird, denkt sie. Dass er sicher ist. Wahrscheinlich steht er unter Schock. Er hat soeben einen Menschen getötet. Dafür ist der Prophet nicht ausgebildet.

»Wenn ich jetzt abbreche, kann ich nicht mehr zurück. Gibt es keine bessere Möglichkeit?«

Ich. Ein *Wir* wäre ihr lieber gewesen. Das hier ist nicht seine Operation.

»Einen anderen Ausweg gibt es nicht. Das muss dir doch klar sein.«

Wieder schweigt er.

»Tom?«

Sie hört den Wind und in der Ferne eine kreischende Möwe.

»Hörst du mich? Tom?«

Am anderen Ende ist es still. Er hat aufgelegt.

Die Zodiac schaukelt in den Wellen hin und her. Obwohl mindestens fünf Minuten vergangen sind, seit Brinkman unter der Wasseroberfläche verschwunden ist, kann er sich nicht entspannen, falls Brinkman sich ganz dicht am Rumpf versteckt oder sich mit dem noch funktionstüchtigen Arm an einer Leine festhält.

Dreimal ist das Messer in den Rücken eingedrungen, aber heißt das auch, dass Tom ihn unschädlich gemacht hat? Er sah bewusstlos aus, als er vom Boot gerutscht ist, aber vielleicht hat er noch genug Kraft, um sich über Wasser zu halten. Tom ist versucht, sich über die Seitenwand zu beugen, fürchtet aber die Gefahr, von einem plötzlich in die Höhe schießenden Arm gepackt zu werden.

Er muss das Boot woanders hinbringen. Wenn er das getan hat, braucht er keine Angst mehr zu haben. Wenn das Boot mit Vollgas fährt, kann man sich selbst unversehrt und ohne drei Messerstiche in den Rücken nicht mehr festhalten.

Er drückt den Gashebel, der immer noch auf der

Höchstgeschwindigkeit steht, nach unten, dreht den Zündschlüssel auf null und betätigt erneut die Zündung. Der Anlasser knackt einige Male, dann beginnen die Motoren zu brummen. Er legt das Paddel neben das Messer auf den Sitz und drückt den Gashebel vorsichtig nach vorn. Langsam tuckert das Boot los. Er beschleunigt, bis der Hebel sich nicht weiter nach vorn bewegen lässt und das Boot über die Wellen hinwegfliegt. Er dreht sich um und sieht nichts außer dem weiß schäumenden Kielwasser und dem dunkelblauen Meer auf beiden Seiten.

Nach etwa fünfhundert Metern wird er langsamer und schaltet den Motor schließlich ganz ab. Hinter ihm kommt das Meer zur Ruhe. Kein Brinkman, kein Kopf, der aus dem Wasser ragt. Tot oder lebendig, er ist weg. Er zieht das Handy aus der Tasche und versendet die vereinbarte SMS. Im Norden kann er Land erkennen. Während er wartet, dreht sich die Zodiac langsam um sich selbst. Jede Sekunde eine Ewigkeit, jede Sekunde ein Scheitern.

Nach einer Minute kommt der Rückruf.

»Ich glaube, ich habe Brinkman getötet« ist das Erste, was er herausbringt.

Er erwartet ein erstauntes *Was?!* oder ein kurzes Schweigen, doch stattdessen kommt wie aus der Pistole geschossen die nüchterne Frage: »Was ist passiert?«

Emmanuel Lambert klingt ruhig und professionell.

»Brinkman sollte mich zum Hafen bringen. Er hat mich angegriffen. Ich hatte keine Wahl.«

Angegriffen.

Brinkman hat sich nicht vom Fleck gerührt. Aber er

hätte es getan. Oder etwa nicht? Tom wusste ja, wie das lief. Der Schatten, dieses Déjà-vu, das keine Erinnerung, sondern eine Warnung ist. Wenn auch nicht immer. Wie war es diesmal?

»Wo sind Sie jetzt?«

»Auf der Zodiac. Irgendwo vor Cannes.«

»Und Brinkman?«

»Im Wasser. Verschwunden.«

»Sind Sie sicher, dass er tot ist?«

»Nicht hundertprozentig, aber nah dran.«

»Wie …«

Er erzählt Lambert alles. Wie Brinkman ihn am Tag zuvor ausgequetscht hat, dass Ulrika schon vorausgefahren ist, vom Bootshaken, dem Messer und dass er mit dem Boot woanders hingefahren ist.

Lambert schweigt höchstens drei Sekunden.

»Wir können das Problem lösen. Wenn Hands nichts davon weiß, können wir es immer noch lösen.«

»Wie denn?«

»Bleiben Sie, wo Sie sind.«

Lambert erteilt ihm einige knappe Anweisungen, unter anderem soll Tom ihm seine Koordinaten durchgeben, aber eine Antwort bleibt er ihm schuldig.

»Es gibt allerdings eine Komplikation«, sagt Tom.

»Noch eine? Das Problem an sich ist kompliziert genug.«

»Ich habe Ihnen etwas verschwiegen.«

Er weiß, dass er auf dem besten Weg ist, einen schwerwiegenden Regelverstoß zu begehen, aber es ist ihm egal. Was wollen sie denn machen? Ihn rauswerfen?

»Ich arbeite nicht nur für Sie.«

Diesmal verstummt Lambert länger.

Tom teilt ihm in komprimierter Form die Dinge mit, die Lambert seiner Ansicht nach wissen darf, und kommt dann schnell zum wichtigsten Punkt.

»Sie sind schon auf dem Weg hierher.«

Er hört Lambert leise brummen.

»Wir kriegen das hin. Das hier ist Frankreich. Und ich bin Frankreich.«

Tom setzt sich, für den unwahrscheinlichen Fall, dass Brinkman wider Erwarten zum Leben erwachen und plötzlich an Bord robben sollte, in die Mitte des Bootes. Die Angst ist lächerlich, lässt ihn aber trotzdem nicht ganz los.

Er hat wirklich nicht damit gerechnet, dass er Brinkman eigenhändig umbringen würde. Genauer gesagt mit einem Paddel und einem französischen Fleischmesser.

Während er wartet, durchlebt er immer wieder, wie Brinkman herumschnellt und sich auf ihn wirft. Nein, sein Schatten sich auf ihn wirft. Der Bootshaken knallt auf seinen Kopf, und das Messer dringt in sein Fleisch ein. Einmal, zweimal, dreimal… Brinkmans Kräfte schwinden, sein Blick trübt sich. Und dann das Paddel, das ihn ins Wasser stößt.

Empfindet er irgendeine Art von Befriedigung? Fühlt er sich wie ein Rächer, der seine Mission erfüllt hat? Nein, er fühlt sich wie ein Mörder. Er hat keine Schuldgefühle, aber ganz konkret, rein physisch, empfindet er sich als Mörder. Das ist er jetzt.

Brinkmans Schatten. Was war das? Existierte der Schatten nur in seinem Kopf? Hat er gar nicht aus Notwehr gehandelt, sondern einen Präventivschlag ausgeführt, wie es ein Krisenstab nennen würde? Oder ist er einfach durchgedreht?

Tom wirft einen Blick auf die Uhr auf seinem Handydisplay, auf dem sich der Minutenzeiger nicht zu bewegen scheint. Irgendwann sind trotzdem fünfzehn Minuten vergangen. So lange würden sie laut Karolina bis zu ihm brauchen. Er ist immer noch allein auf dem Meer. So weit draußen sind wenige kleine Boote unterwegs, ab und zu fahren in einer gewissen Entfernung Segel- oder Motorjachten vorbei. Er ist froh, dass niemand näher kommt und ihn fragt, ob alles in Ordnung sei.

Nach zwanzig Minuten sieht er aus der Ferne ein Boot mit hoher Geschwindigkeit auf sich zukommen. Er schreckt hoch und sieht sich um. Brinkmans Blut klebt noch an der Seite des Bootes, wo er über Bord gegangen ist, und aus der Platzwunde in seiner Hand ist Blut auf den Boden und den Steuerstand getropft. Er wirft das Messer ins Wasser, findet hinter einer Klappe am Heck einen Lappen und wischt rasch das Blut ab, das über den weißen Kunststoff gelaufen ist. Er spült den Lappen aus, wischt damit Boden, Steuer und Gashebel ab und wirft ihn anschließend ins Meer. Zuletzt wäscht er im Wasser Paddel und Hände ab.

Einer kriminaltechnischen Spurensicherung würden

diese Reinigungsmaßnahmen sicher nicht standhalten, aber falls in dem näher kommenden Boot nicht Emmanuel Lambert oder Karolina sitzt, erregt er wenigstens keinen Verdacht.

Er beobachtet das Boot, das seinen Kurs beibehält. Die Wunde in seiner Hand schmerzt und blutet noch immer. Es sieht nicht gut aus. Er spült die Wunde noch einmal aus und lässt das Blut auf den Boden hinter den Sitzen tropfen.

Jetzt kann er die Motoren hören, es ist ein tieferes Brummen als bei der Zodiac. Der graue Metallrumpf pflügt durchs Wasser. Zwei Minuten später ist das Boot bei ihm. Es sieht aus wie ein kleineres Schiff der Küstenwache, aber abgesehen von der üblichen Nummer am Bug sind außen keine weiteren Bezeichnungen oder Symbole angebracht. An Deck ist niemand zu sehen, aber als das Boot langsamer wird, kommen zwei Männer heraus, einer mit einem kleinen Sturmgewehr bewaffnet. Der andere Mann in der kurzen braunen Wildlederjacke und grauer Hose ist Lambert.

Geschickt lässt der Steuermann das Schiff seitlich neben die Zodiac gleiten. Tom wirft Lambert einen Tampen hinüber. Der macht ihn fest und springt behände zu Tom ins Boot. Er sieht die Hand und die blutende Wunde an.

»Alles okay?«

»Mehr ist es nicht.« Tom hält die Handfläche nach oben. »Ich habe mich geschnitten.«

Der bewaffnete Mann auf dem anderen Boot beobachtet sie. Lambert sieht sich hastig um.

»Hatte Brinkman etwas dabei?«

Tom schüttelt den Kopf.

»Was ist mit seinem Handy? Ist es mit ihm verschwunden?«

»Ich nehme es an. Ich habe ihn keins benutzen sehen.«

»Und außer mir und Karolina Möller haben Sie niemanden kontaktiert?«

»Nein. Was ist mit den beiden?«

Ein Lächeln streift Lamberts Mundwinkel.

»Ach ja, das ist eine lustige Geschichte.«

Tom blickt zur Seite. Er mag sich gar nicht ausmalen, was das zu bedeuten hat. Wird man ihn für die Sache mit Lambert zur Rechenschaft ziehen?

»Wir sind alte Bekannte, es gab eine Lösung. Und, wie gesagt, wir sind in Frankreich.«

Für wen gab es eine Lösung?

»Muss ich noch mehr wissen?«, fragt Lambert.

Tom denkt nach.

»Ulrika«, sagt er. »Sie wartet im Hafen auf mich. Ich sollte um zwei dort ankommen. Sie fragt sich bestimmt, was passiert ist. Eric Hands hat mir erzählt, sie hätte eine Überraschung für mich organisiert, daher wird sie wohl zuerst ihn oder jemand anderen auf der Capricorn anrufen, bevor sie sich bei mir meldet. Falls das überhaupt stimmt.«

»Was meinen Sie damit?«

»Vielleicht hat er sie weggeschickt.«

Lambert denkt nach. »Das müssen wir später herausfinden. Im Moment ist am wichtigsten ...« Er macht eine winzige Kunstpause und fixiert Tom. »Könnten Sie sich vorstellen, zu Ulrika und Familie Hands zurückzukehren, falls es uns helfen würde, an Hands dranzubleiben?«

»Ja, deshalb habe ich Sie ja kontaktiert. Aber ist das überhaupt möglich?«

»Wenn ich es sage, ja.«

Tom kommt nicht ganz mit. Worauf lässt er sich eigentlich ein?

»Ja … ein hypothetisches Ja zu einer hypothetischen Situation.«

»Gut. Mehr brauche ich im Moment nicht zu wissen. Folgendes wird passieren: Sie werden vor dem Ertrinken gerettet, nachdem sie bei einem Zusammenstoß mit einem anderen Boot verletzt worden sind. Brinkman und Sie sind bei dem Unfall beide über Bord gegangen, aber Brinkman taucht nie wieder auf.«

»Und wenn er an die Oberfläche treibt oder irgendwo angeschwemmt wird?«

»Er wird nie gefunden. Punkt. Sie wissen nur, dass Sie gerammt wurden und ins Wasser gefallen sind, an mehr erinnern Sie sich nicht.«

Lambert steckt die Hand unter die Wildlederjacke und holt eine glänzende Pistole aus Metall hervor.

»An mehr erinnere ich mich nicht. Ist das alles, was ich sagen soll?«

»Genau. Und jetzt muss ich Ihnen einen Schlag versetzen.«

Tom starrt ihn entgeistert an. Hat er richtig gehört?

»Der Glaubwürdigkeit zuliebe. Das ist leider notwendig. Es wird wehtun, aber nicht gefährlich sein, ich verletze Sie nur oberflächlich.«

Er hebt die Hand mit der Pistole und schlägt zu.

Die Sonne knallt auf die Fensterscheiben. In dem Auto, das von Nizza nach Cannes rast, ist es stickig.

»Er vertraut Ihnen«, sagt Emmanuel Lambert.

Ylva ist sich nicht sicher, ob ihr diese Begründung gefällt.

»Ich kann ihn im Krankenhaus besuchen, nichts dagegen, aber wenn ich Ihnen helfen soll, muss ich wissen, dass Sie ihn nicht ausnutzen.«

»Tom White ist zu mir gekommen«, sagt Lambert. »Die Schwedinnen wollten ihn mit nach Hause nehmen, aber er wollte bleiben. Wenn hier jemand der Laufbursche ist, dann ich für ihn.«

»Na ja«, sagt Ylva, ohne ihn anzusehen. »Sie rechnen sich schon aus, dass am Ende etwas für Sie dabei herausspringt.«

Er seufzt. »Ich will ganz ehrlich sein. Ich mache mir Sorgen um Tom, aber nicht weil er zurück zu Hands will.«

Sie bremsen vor einer Mautstelle, die Fahrbahn wird breiter und verzweigt sich in etwa zehn Spuren.

»Die Schweden sind planlos. Beamte ohne strategischen Auftrag. Sie schweben in einem Vakuum.«

Der Chauffeur reiht sich in die Spur ganz links ein. Langsam gleiten sie durch die Mautstelle, ohne anzuhalten.

»Weil Hands so toxisch ist, dass sich niemand an ihn herantraut?«

»Nein.« Er lockert seinen Gurt ein wenig und sieht Ylva an. »Sie sind viel zu beschäftigt damit, ein abgeschossenes Verkehrsflugzeug und ihre Regierungsbildung unter einen Hut zu bringen. Ungünstige Kombination. Einen Monat nach der Wahl spielt sich ein zweiter kleiner Wahlkampf ab, bei dem einige Parteivorsitzende darum konkurrieren, wer George W. Bush nach 9/11 am besten kopiert, und die anderen versuchen, ihnen genau das auf die gewandteste Weise zum Vorwurf zu machen. Glauben Sie, die haben jetzt Zeit, sich Gedanken über Brinkman und Hands zu machen?«

»Das sollten sie aber«, sagt Ylva. »Was, wenn Brinkman etwas mit der abgeschossenen Air-France-Maschine zu tun hat? Was, wenn Hands ihn mit Waffen bezahlt und Brinkman diese Waffen an die Attentäter weitergeleitet hat?«

»Oder ganz konkret: Was geschieht mit der Ladung, die Brinkman vor drei Wochen auf Gotland in Empfang genommen hat. Waren das wirklich Waffen, und wo sind sie jetzt?«

Der Prophet.«

Die Stimme ist weit weg, leise wie ein Flüstern und doch kein Flüstern.

»Der Prophet. Bist du das?«

Wer spricht da zu ihm? Es ist dunkel. Oder sind seine Augen geschlossen? Er will die Augen öffnen, aber er kann nicht.

»Hast du den Stier zerlegt?«

Das Messer dringt ins Fleisch ein. Einmal, zweimal, dreimal …

Ein leichtes Rauschen wird langsam kraftvoller. Regen, der auf die Meeresoberfläche prasselt. Er sieht das Meer, aber es ist ein Traum. Weit draußen als schwarzer Fleck die Capricorn.

»Glaubst du wirklich, dass du der Prophet bist?«

Er ist zehn Jahre alt, sitzt in einem Klassenzimmer und gibt eine Geschichte wieder, die ihm sein Vater beim Abendessen erzählt hat. Ein altkluger Junge, der nicht begreift, dass er sich sein eigenes Grab schaufelt. Ist Elias damals schon der Prophet geworden und nicht nur so genannt worden? Hat er ihnen damals schon die Waffen aus den Händen geschlagen? Oder war das erst, als seine Mutter starb? Als sein Vater getötet wurde? Ist er eine Waise, die nach Rache dürstet? Ein Rächer? Ein manipulierbares Kind?

Es wird still. Der Traum verblasst, der Schlaf zieht ihn weiter nach unten.

Er wacht auf, öffnet die Augen. Er liegt allein in einem kleinen Zimmer. Hinter den zugezogenen Vorhängen scheint die Sonne. Ein Zusammenstoß mit einem anderen Boot, an mehr kann er sich nicht erinnern. Er muss ins Wasser gefallen sein. Brinkman? Keine Ahnung.

Niemand hat ihn gefragt.

Die eine Gesichtshälfte tut weh, aber Lambert hatte recht, es ist nicht so schlimm. Kopfschmerzen hat er auch, aber er glaubt nicht, dass sie von dem Schlag herrühren, eher vom Stress oder dem Schock. Er bittet um eine Schmerztablette, hat aber den Verdacht, ein viel stärkeres Medikament verabreicht zu bekommen. Wie viel weiß die Krankenpflegerin? Glaubt sie an die Gehirnerschütterung, oder ist sie eingeweiht?

Später am selben Tag, das Licht hinter den Vorhängen ist milder. Jemand sitzt neben ihm.

»Elias?«

Als er den Namen hört, öffnet er die Augen. Wer ist so fahrlässig und setzt sein Leben aufs Spiel? Es ist ungewohnt, den Namen zu hören, er fühlt sich gar nicht mehr gemeint.

Er sieht die Gestalt an seinem Bett an.

»Ylva?«

Was hat das zu bedeuten? Haben sie doch abgebrochen? Soll er nicht zurück auf die Capricorn? Wie ein Rauschmittel im Blutkreislauf überkommt sie ihn, die Sehnsucht, einfach loszulassen und nie wieder Tom White zu sein. Er kann kaum noch atmen.

»Elias, wie geht es dir?«

Er streckt die Hand nach dem Schalter aus, mit dem sich das Kopfende hochfahren lässt, aber Ylva kommt ihm zuvor und reicht sie ihm.

»Soll ich …«

»Nein, schon in Ordnung.«

Er betrachtet die Fernbedienung und findet den richtigen Knopf.

»Sei vorsichtig.«

Langsam richtet sich das Kopfende des Bettes auf.

»Was machst du hier?«, fragt er.

Es klingt vorwurfsvoll, aber er hat keine Kraft, sich dafür zu entschuldigen.

»Ich war ein paar Tage hier in Nizza. Vorher bin ich in Belgrad gewesen und …« Sie verstummt und fängt noch einmal von vorn an. »Ich weiß nicht, ob du die schwedischen Nachrichten verfolgt hast.«

»Teilweise. Was ist passiert?«

»Das ist eine lange Geschichte. Die Quintessenz lautet, dass ich beschlossen habe, alles hinzuwerfen und mich auf andere Dinge zu konzentrieren.«

»Auf was?«

»Auf dich. Auf Anders. Auf das, was passiert ist… Eine Zeit lang habe ich wirklich geglaubt, als Generaldirektorin hätte ich bessere Möglichkeiten, die Wahrheit herauszufinden. In gewisser Weise mag das so sein, aber andererseits war ich auch gezwungen, besonders vorsichtig zu sein, und das hat mich angreifbar gemacht. Wie gesagt, das ist eine lange Geschichte.«

Er winkt sie heran. Sie beugt sich ein Stück vor. Er winkt sie noch näher heran, bis sein Mund fast ihr Ohr berührt.

»Brinkman ist tot«, flüstert er.

Er hat keine Ahnung, wie viel sie weiß, aber es ist ihm auch egal. Sie ist die einzige Person, mit der er offen reden konnte, seit er sich auf diese Sache eingelassen hat, und er sieht keinen Grund, daran etwas zu ändern.

Sie nickt.

»Du weißt Bescheid?«

»Ich weiß einiges. Genug, nehme ich an.«

»Irgendwann erzähle ich dir die ausführliche Version, und du erzählst mir deine.«

Ylva lächelt, aber über ihr Gesicht legt sich ein trauriger Schatten.

»Was ist?«

»Ich habe nicht viel Zeit.« Sie hebt ihre Handtasche vom Fußboden auf. »Keine Sorge, der Eingang ist bewacht, ich werde dich nicht eliminieren.«

Ihr Tonfall ist jetzt sachlicher, das Gespräch nimmt eine überraschende Wendung.

»Bewacht? Von wem? Hands? Dem Büro?«

»Lambert.«

Natürlich. *Wir sind in Frankreich.*

»Du warst in Belgrad, sagtest du?«

»Vor ein paar Tagen. Ich habe dieselbe Kontaktperson getroffen, die mir die Fotos aus Sarajevo gegeben hatte. Im Dezember vergangenen Jahres hat sich Brinkman in Sarajevo mit zwei Saudis getroffen, einer von ihnen ein einschlägig bekannter Islamist.«

Tom vergisst seine Gehirnerschütterung und setzt sich kerzengerade auf.

»Brinkman?«

»Ja. Damit hätte man nicht gerechnet, oder?«

»Nein. Wirklich nicht.«

»Man könnte jetzt Spekulationen anstellen, was das bedeutet.«

»Extrem ungünstige Endverbraucher.«

»Zum Beispiel«, sagt Ylva. Sie schaut auf ihr Handy. »Ich muss los. Lambert lässt ausrichten, dass nichts in Hands digitaler Kommunikation darauf hinweist, dass du enttarnt wärst. Er hat Recherchen über dich angestellt, aber du hast den Test bestanden.«

Die Frage ist, ob Tom auch hiermit durchkommt. Sie können seinen Datenverkehr durchforsten, so viel sie wollen, aber was in Hands' Kopf vor sich geht, werden sie nie genau wissen.

Ylva kramt in ihrer Handtasche, holt ein Mobiltelefon heraus und legt es auf den Nachttisch.

»Dein Handy.«

Er wirft einen Blick auf den schwarzen Bildschirm. »Müsste es nicht auf dem Meeresgrund liegen?«

»Das hier ist ein neues. Du hast einer Krankenpflegerin deine Kreditkarte gegeben und sie gebeten, dir in ihrer Mittagspause ein neues zu kaufen. Zum Dank hat sie hundert Euro bekommen. Zuerst wollte sie das Geld nicht annehmen, aber du hast nicht lockergelassen.«

»Wie großzügig von mir.«

Sie verzieht die Lippen zu einem Lächeln, bevor sie im gleichen tatkräftigen Ernst wie vorher fortfährt: »Es ist absolut sauber, hat aber eine besonders sichere Verschlüsselung und einige Zusatzfunktionen. Es sind keine Nummern darauf gespeichert, aber ich nehme an, die, die du brauchst, kannst du auswendig.«

Anstelle einer Antwort senkt er langsam die Lider.

Sie steckt die Hand erneut in die Tasche, holt ein kleines billiges Handy heraus und legt es neben das andere.

»Als Reserve. Versteck es gut und schalte es nur ein, wenn … Ja, ich brauche dir keine Instruktionen zu erteilen.«

Das Plastikhandy mit der Prepaidkarte sieht neben dem neuen Smartphone wie Spielzeug aus.

»Keine weiteren Anweisungen?«

»Jetzt bist du dran.« Sie zeigt auf das größere Handy. »Die Nummer ist neu, du wirst also keine Anrufe bekommen. Ich würde sagen, du solltest dich mal bei … Ulrika melden.« Sie spricht den Namen zögerlich aus, als wäre eine etwas sachlichere Bezeichnung wie *Hands' Tochter* ihr lieber gewesen. »Macht man das nicht in deiner Situation?«

»Wissen sie irgendetwas?«

Er macht sie bewusst zu einem Kollektiv.

»Auf der Capricorn?«

»Ja.«

»Ich glaube, Lambert ist irgendein Grund eingefallen, Kontakt zu ihnen aufzunehmen. Wegen dem Beiboot, das schließlich zur Capricorn gehört.« Sie holt tief Luft. »Das war alles. Ich muss gehen.«

Er hält sie am Arm fest. Die plötzliche Bewegung bringt den ganzen Raum ins Wanken.

»Wie kommt es, dass du Botengänge für Lambert machst?«

»Wenn du mich so direkt fragst, weiß ich es selbst nicht so genau. Eigentlich gefällt mir das alles gar nicht.«

»Dass ich wieder auf die Jacht soll?«

»Bist du sicher, dass es eine gute Idee ist?«

Bis jetzt hat er es geglaubt, aber nun erscheint es ihm nicht mehr so selbstverständlich.

»Nein, wirklich sicher bin ich mir nicht«, sagt er.

Ylva steht auf, hängt sich die Tasche über die Schultern. »Du hast Zeit zum Nachdenken.«

Er versucht zu lächeln, aber es kommt eher eine skeptische Grimasse dabei heraus.

»Pass auf dich auf«, sagt sie.

»Du auch.«

Sie bleibt im Türrahmen stehen. »Ich mache keine Botengänge für Lambert. Ich wollte wahrscheinlich nur …«

Er wartet auf eine Fortsetzung, aber sie begnügt sich damit, ihm hastig zuzuwinken. Dann fällt die Tür hinter ihr ins Schloss.

Er hat Ulrika angerufen. Doch, sie sind von dem Unfall benachrichtigt worden und wussten, dass er im Krankenhaus liegt, aber mehr eigentlich nicht. Das mit Brinkman natürlich. Tom hat Glück gehabt. Wie konnte das passieren?

»Wir sind gerammt worden. Es hat geknallt, und dann lag ich im Wasser… Das ist alles, woran ich mich erinnern kann.«

Um zehn vor drei geht die Tür auf, und Ulrika kommt ins Krankenzimmer. Sie ist dezent geschminkt, hellrosa Lippenstift und ein bisschen Mascara, die natürlichen Unregelmäßigkeiten ihrer Haut sind zu erkennen, ihre Wangen leicht gerötet.

»Ich dachte, du wärst tot, ich habe nicht kapiert… Wie geht es dir?« Sie flüstert, als könnte normale Zimmerlautstärke schädlich für ihn sein, und legt ihm sanft die Hand auf den Arm.

»Halb so wild«, sagt er. »Gestern war es schlimmer, aber jetzt geht es eigentlich. Der Schwindel ist fast weg.«

Man hat ihm gesagt, er solle sich ausruhen, aber diese ärztliche Anordnung beruht auf einem fiktiven Zustand.

»Ich dachte, du wärst tot«, wiederholt sie. »Ich habe es nicht kapiert. Jean-Luc hat den Anruf entgegengenommen, keine Ahnung, ob er was durcheinandergebracht hat oder ich, aber …«

Sie kniet sich neben das Bett, legt den Kopf auf seine Brust, tastet nach seiner Hand und umschließt fest seine Finger.

»Tom.«

In ihrer Stimme schwingt so viel Schmerz mit. Schmerz, für den es keinen Anlass gibt.

»Es ist ja gut gegangen«, sagt er. »Ich hatte Glück, klar, aber denk einfach nicht an das, was hätte passieren können.«

Sie bewegt den Kopf auf seiner Brust.

»Es ist doch gut gegangen«, wiederholt er.

»Tom …«

»Ja?«

»Ich liebe dich.«

Sein Zwerchfell zieht sich so fest zusammen, dass er sich ein Stück vom Kissen aufrichten muss.

»Tom?«

Er muss es sagen, jetzt sofort, wenn er noch eine halbe Sekunde wartet, hat er alles kaputt gemacht.

»Ich liebe dich auch«, stöhnt er mit verkrampften Bauchmuskeln, dass es klingt wie die sanften Worte des erschöpften Opfers einer Bootskarambolage.

Es ist nicht die Frage, ob es wahr ist oder nicht. Er sollte es nicht zu jemandem sagen, den er auf eine Weise wird hintergehen müssen, wie er Ulrika hintergehen wird. Und schon hintergangen hat.

Er ruft sich seinen Vater ins Gedächtnis, Mari-Louise, Markus und all die anderen, die aus dem Weg geräumt wurden, um Eric Hands zu retten. Ist es das hier nicht wert, Eric Hands auf diese Weise zur Rechenschaft zu ziehen?

Er will, dass Eric Hands bestraft wird, aber deswegen fühlt er sich trotzdem nicht weniger mies. Er denkt an die Fernsehserie, die er neulich gesehen hat. Ist er ein Vergewaltiger? Einer, der aus purer Berechnung mit einer Frau schläft, sie nach Strich und Faden belügt und ihr noch nicht mal sagt, wer er ist?

Nein, das stimmt auch nicht. Er mag Ulrika. Vielleicht könnte er sie sogar lieben, wenn das alles nicht auf einer Lüge aufgebaut wäre. Er streicht ihr über den Rücken.

Sie dreht den Kopf in seine Richtung, damit sie ihm in die Augen sehen kann, und steht dann auf.

»Papa ist draußen und spricht mit den Ärzten.«

Tom sieht sie fragend an.

»Damit sie dich entlassen.«

Er wird sofort wachsam. Genau das hat er zwar beabsichtigt, aber warum muss es so schnell gehen, warum lässt man den Dingen nicht ihren Lauf und wartet ab, bis die Ärzte es für richtig halten, ihn zu entlassen?

»Glaubst du, er schafft das?«, fragt er.

Sie lachen. Ulrikas Vater setzt immer seinen Willen durch.

Wie auf Kommando kommt Eric in einer Jeans und einem marineblauen Leinenjackett herein.

»Hallo, wie geht's?«

»Ganz gut«, sagt er.

»Die Ärzte sagen, du darfst nach Hause.«

Er macht eine einladende Bewegung in Richtung Tür. Tom ist frei, und Eric hat es organisiert. Ulrika grinst hinter seinem Rücken.

»Es kommt jeden Tag jemand und sieht nach dir. Und sobald du dich erholt hast, fliegt ihr zurück nach Stockholm. Ich besorge eine Maschine. Und Tom? Sag doch bitte endlich du zu mir.«

Michel und Jean-Luc holen sie mit dem anderen Beiboot ab, das genauso aussieht wie die Zodiac, die bei dem Zusammenstoß zerstört wurde. Jean-Luc steht am Steuer, Michel steht ebenfalls während der gesamten Fahrt und sucht mit wachsamen Augen das Meer hinter ihnen ab.

In den Tagen, die er im Krankenhaus verbracht hat, ist Tom nicht vernommen worden, aber es kommt eventuell ein Polizist zur Capricorn hinaus. Tom bezweifelt es. Lambert hat die richtigen Fäden gezogen und ihnen einen Zeugen verschafft.

Schweigend sitzen sie im Motorgedröhn, Ulrika hält seine Hand.

»Alles okay? Schaukelt es auch nicht zu doll?«

Er lacht. »Nein, geht schon.«

Er hat überlebt. Er hatte Glück. Aber nicht so, wie Ulrika denkt.

François nimmt sie an der Leiter in Empfang. Die Stimmung an Bord ist rücksichtsvoll und gedämpft, Paul fragt ihn nach seinen Essenswünschen. Tom will gerade einen Scherz über den Hemingway Daiquiri machen, den er sich heute Abend ausnahmsweise spart, beißt sich aber im letzten Augenblick auf die Zunge. Vielleicht trauern sie ja um Simon Brinkman oder sind zumindest über seinen Tod bestürzt.

Ulrika und Tom gehen in die Kabine hinunter. Eric sagt, sie könnten gemeinsam zu Abend essen, falls Tom fit genug ist, ansonsten würde Paul ihnen auch etwas in die Kabine hinunterbringen.

»Ich glaube, das schaffe ich«, sagt er. »Ich bin es leid, im Bett zu essen.«

Als Ulrika die Tür hinter ihnen geschlossen hat, geht er trotzdem direkt ins Bett.

»Wir brauchen nicht mit Papa zu essen«, sagt Ulrika.

»Aber ich habe wirklich keine Lust mehr, im Bett zu essen. Da fühle ich mich noch schlaffer, als ich bin.«

»Du sollst dich ausruhen.«

Tom breitet die Arme aus. »Wir sind auf einer Jacht. Wie soll ich mich denn hier überanstrengen? Und jetzt brauche ich dringend einen Powernap.«

Es stimmt, er ist wirklich müde. Warum soll er es Ulrika gegenüber nicht nutzen? Sie legt sich neben ihn. Kurz darauf ist er eingeschlafen.

Er erwacht langsam, aber erholt. Die Spätnachmittagssonne knallt auf die Kabinenwand. Er ist allein im Bett, auf der Bettdecke neben ihm ist noch Ulrikas Abdruck zu erkennen.

»Ulrika?«

Keine Antwort. Er greift nach dem Handy und stellt fest, dass er eine halbe Stunde geschlafen hat. Da fällt ihm ein, dass er das Zweithandy noch verstecken muss. Im Liegen geht er die verschiedenen Möglichkeiten durch. Das Bett ist keine gute Idee, da könnten es die Angestellten finden, wenn sie das Zimmer aufräumen. Kleiderschrank und Kommodenschubladen sind ein fantasieloses Versteck. Unter dem Sitzpolster des Sessels ginge es vielleicht, aber auch das ist riskant. Er weiß nicht, wie gründlich hier sauber gemacht wird.

Er nimmt das Extrahandy aus der Jackentasche mit ins Bad. Die Mischbatterie in der Dusche. Um das Handy vor Feuchtigkeit zu schützen, packt er es in den verschließbaren Plastikbeutel ein, den er noch vom Flug im Necessaire hat, lockert die Mischbatterie so weit, dass er die Tüte hineinschieben kann, und schraubt das Gewinde so fest zu wie vorher.

Ein Klopfen an der Tür. Er spült Staub und Schmutz von den Fingern, trocknet sich die Hände ab. Noch bevor er das Bad verlassen hat, wird die Klinke hinuntergedrückt.

»Tom?«

Es ist Eric. Ihm wird schwindlig. Unwillkürlich malt er sich aus, was passiert wäre, wenn Eric in dem Moment hereingekommen wäre, als er das Handy im Hohlraum der Mischbatterie versteckt hat. Er stützt sich kurz an der Wand ab, bis der Schwindel nachlässt.

»Kann ich reinkommen?«

»Klar, komm rein«, sagt er.

Eric hält einen Moment inne, als er ihn erblickt.

»Da bist du also.« Er kommt in die Kabine herein und zieht die Tür hinter sich zu. »Ich würde gerne etwas mit dir besprechen.«

»Ja?«

»Setz dich doch erst mal… oder willst du dich vielleicht lieber hinlegen?«

»Geht schon«, sagt Tom und geht auf die beiden Sessel zu.

Beide setzen sich, Tom wählt den Sessel, der näher an der Tür steht. Der Gedanke an Flucht ist zwar in seiner Lage etwas albern, aber er hält sich an die Regeln.

Eric streicht die Haut an der Stirn mit Daumen und Fingern zu einer kleinen Wulst über der Nase zusammen. Dann lässt er die Hand sacken, als hätte er sich selbst bei etwas Unanständigem ertappt.

»Ich hätte ein paar Fragen zu dem Unfall. Wenn du keine Lust hast, darüber zu reden, habe ich Verständnis, aber…«

»Es macht mir nichts aus, keine Sorge«, wirft Tom ein.

»Okay, gut.«

Eric stützt sich mit den flachen Händen auf den Oberschenkeln ab und winkelt die Arme an, als würde er zum Sprung ansetzen. Tom hat ihn noch nie so unentschlossen gesehen.

»Was ist eigentlich passiert?«

»Ich erzähle gerne, woran ich mich erinnere.«

Eric nickt aufmunternd.

»Wir waren ungefähr auf halber Strecke, als es plötzlich knallte. Ich habe das andere Boot nicht gesehen, nur gemerkt, wie plötzlich alles auf dem Kopf stand und ich ins Wasser fiel… Viel mehr weiß ich nicht mehr.«

»Warst du ohnmächtig?«

»Ich glaube nicht. Dann hätte ich wohl nicht überlebt. Im Krankenhaus haben sie gesagt, dass der Schlag gegen den Kopf und der Schock mein Gedächtnis beeinträchtigt haben könnten.«

»Kann die Erinnerung wiederkommen?«

»Ja, vielleicht. Wenn es stimmt, was die Ärzte sagen.«

Eric blickt nachdenklich zur Seite und holt tief Luft. »Und du hast kein anderes Boot gesehen?«

»Nein.«

»Und auch nicht gehört?«

»Nur unsere eigenen Motoren.«

Eric macht ein Gesicht, als hätte er selbst darauf kommen müssen. »Ich glaube, der Unfall war arrangiert.«

»Was?«

Eric hat den Nagel auf den Kopf getroffen.

»Wunderst du dich nicht auch ein bisschen?«, fährt Eric fort. »Kurz vor der Hafeneinfahrt wäre es etwas anderes gewesen, aber ihr seid weit draußen auf dem Meer gerammt worden. Um das hinzukriegen, muss man ganz schön ungeschickt sein.«

Tom sitzt eine Weile schweigend da. Das muss er erst mal verdauen.

»Meinst du, wir wären mit Absicht gerammt worden?«

Es widerstrebt ihm, weiter nachzubohren, aber es ist die einzige vernünftige Reaktion.

»Ja.«

»Aber warum?«

»Es ist…« Er hält inne. »Ich kann nicht näher darauf eingehen. Brinkman…«

»Es tut mir so leid«, sagt Tom. »Das ist schrecklich…«

»Das muss es nicht«, unterbricht ihn Eric.

Tom sieht ihn verwirrt an.

»Brinkman war ein Drecksack. Ohne ihn ist die Welt ein besserer Ort. Falls du irgendeine Art von Schuldgefühl empfindest, weil du überlebt hast, vergiss es.«

Sagt der Mann, der Brinkman die Drecksarbeit überlassen hat, mit der er sich nicht selbst die Finger schmutzig machen will. Tom überkommt der unwiderstehliche Drang, sich zu offenbaren, sich die Maske vom Gesicht zu reißen, Eric Hands, nachdem er ihm seine Vorwürfe ins Gesicht geschleudert hat, mitten ins Herz zu schießen und das Schiff zu verlassen. Doch der Plan weist einige Tücken auf. Unter anderem hat er keine Schusswaffe.

»Du meinst, sie hatten es auf Brinkman abgesehen?«

»Na klar, wohl kaum auf dich«, sagt Eric.

Zwischen den Worten blitzt unterdrückter Ärger hervor.

»Stimmt natürlich.«

Was sollen diese Fragen? Was versucht Eric Hands herauszufinden? Tom sieht ihn besorgt an.

»Hier sind wir doch sicher, oder?«

»Ja«, sagt Eric mit Nachdruck. »Aber sobald es dir besser geht, fahrt ihr nach Hause.«

Was geht hier eigentlich vor? Eric Hands scheint beunruhigt zu sein. Von dem Unfall oder etwas anderem? Gibt es noch eine viel größere Bedrohung?

Sie essen in der Kabine. Hauptsächlich, weil es Ulrika lieber ist, aber Tom ist auch froh, mit ihr allein zu sein. Er denkt an Hands' Befragung zum Unfall und seinen Verdacht, sie könnten absichtlich gerammt worden sein.

Aus Eric Hands' Blickwinkel betrachtet kann er seine Beunruhigung verstehen. Es hing viel von Simon Brinkman ab, und anscheinend gab es in der Zusammenarbeit auch Differenzen. *Brauchst du eine Endverbleibserklärung?* Hands wusste genau, wozu Brinkman fähig war.

Tom schläft früh ein, wacht aber nach einer Stunde mit Kopfschmerzen auf. Ganz reale, bohrende Schmerzen im Hinterkopf. Ulrika ist noch wach, sie liegt neben ihm und liest.

»Wie geht's?«, fragt sie.

»Kopfschmerzen«, murmelt er. Er nimmt die Schachtel Tabletten aus dem Krankenhaus vom Nachttisch und spült eine mit einem Schluck Wasser hinunter.

»Du Armer.«

»Geht vorbei. Diese Tabletten wirken Wunder.«

»In Schweden sind sie bestimmt verboten.«

»Vermutlich. Willst du eine?«

Sie lacht. »Nein danke.«

Tom sinkt wieder aufs Kissen. Ulrika legt ihr Buch weg, macht das Licht aus und schlüpft unter die Decke. Sie legt einen Arm über seine Brust.

»Geht das so?«

»Ja.« Er greift nach ihrer Hand.

»Hoffentlich können wir morgen nach Hause. Ich will hier nur noch weg.«

»Ich kann fliegen, kein Problem.«

Sie streicht mit dem Daumen über seinen Handrücken. »Warten wir ab, was der Arzt morgen sagt. Vielleicht tut dir der Druck in der Flugkabine nicht gut.«

»Wir werden sehen.«

Er hat ein schlechtes Gewissen, weil sie so viel über sein Befinden nachdenkt. Er starrt mit offenen Augen ins Dunkle und fragt sich, warum er unbedingt zurückkommen wollte. Wegen Ulrika? Wollte er das Unvermeidliche hinauszögern? Und sich davor drücken, etwas richtigzustellen, was man nicht richtigstellen kann?

»Weißt du, wo Brinkman auf der Capricorn übernachtet hat?«, fragt er.

»Hier unten hat er jedenfalls nicht geschlafen.«

Hands hat seine Kabine bestimmt schon auf den Kopf gestellt und alles weggeräumt, was ihn kompromittieren könnte.

»Warum?«

»Nur so.«

»Denk jetzt nicht mehr darüber nach.«

»Das ist schwierig.«

Sie antwortet nicht. Die Tablette beginnt zu wirken. Die Wellen schlagen gluckernd an den Rumpf. Soll er trotzdem versuchen, Brinkmans Kabine zu finden? Er döst weg und schläft ein.

Er träumt etwas, was er sofort vergisst, und wacht auf, weil er nach Luft schnappt, als wäre er nach einem längeren Tauchgang an die Wasseroberfläche gekommen. Er öffnet die Augen, spürt, dass er lange geschlafen hat. Es ist hell draußen, die Sonne steht weit oben am Himmel. Es muss an der Schmerztablette gelegen haben.

Er zuckt zusammen, als er Eric Hands in einem der Sessel sitzen sieht.

»Eric?«

Das R klingt ein wenig genuschelt, er ist noch immer nicht ganz klar im Kopf. Oder ist seine Zunge schwerer als sonst? Sein Blick fällt auf die leere Bettseite neben ihm.

»Ist Ulrika schon aufgestanden?«

»Ich habe sie schon mal losgeschickt«, sagt Hands.

Tom setzt sich mühsam auf und erstarrt, als er an der Tür Michel entdeckt. Ein eisiges Gefühl strahlt von seiner Stirn aus.

»Wolltest du mich noch was fragen?«, bringt er heiser heraus.

Er lehnt sich zur Seite, um sich das Wasserglas vom Nachttisch zu nehmen, bekommt aus den Augenwinkeln mit, dass Michel den Rücken streckt, sich aber wieder entspannt, als er sieht, was Tom vorhat. Er trinkt das restliche Wasser, um Zeit zu schinden und die bleierne Finsternis in seinem Innern zu vertreiben.

»Ja.«

Hands starrt ihn auf eine Weise an, die er bei ihm noch nie erlebt hat. Sein Blick ist düster und geladen.

»Ich hatte von Anfang an den Verdacht, dass mit dem Unfall etwas nicht stimmte, und inzwischen ist mir klar, dass du das fehlende Bindeglied bist.«

Hands grinst schief. Seine weit aufgerissenen Augen nehmen Tom gar nicht wahr. Sein Blick ist nach innen gerichtet und sieht jetzt alles, was ihm bislang entgangen ist.

»Natürlich habe ich dich überprüft, vor allem Ulrika zuliebe. Ich wollte sichergehen, dass du kein Abenteurer oder sonst irgendein Loser mit zweifelhafter Vergangenheit bist. Von der Sorte gab es einige. Aber du warst anders, Tom. Du schienst mir durch und durch vertrauenswürdig zu sein.«

Tom sieht ihn fragend an. Hands' Blick wendet sich wieder seiner unmittelbaren Umgebung zu und nagelt ihn am Kopfende fest. Es erfordert einiges an Willensstärke, ihm nicht auszuweichen.

»Ich war mir sicher, dass der Unfall etwas mit Brinkman zu tun hat, und wollte wissen, wer dahintersteckt. Daher habe ich die ganze Nacht damit verbracht, mir die Satellitenbilder anzusehen, die vor drei Tagen zwischen 13:30 und 14:00 Uhr aufgenommen wurden.«

Die bleierne Finsternis wird noch schwerer, er hat den

Geschmack von Metall auf der Zunge. Wie konnte ihnen das entgehen? Hands ist eine Nummer zu groß, er ist zu schlau für sie und spielt in einer Liga, die sich nicht einmal das Büro vorstellen kann. Ein riesiges, international agierendes Unternehmen, Experten für militärische Sicherheit und Überwachung. Und sie dachten, sie könnten ihn ausstechen.

Hands steht auf, stemmt die Hände in die Seiten und kommt ein paar Schritte auf Tom zu.

»Es war kein Unfall. Ihr habt mehr als eine halbe Stunde auf derselben Position verharrt, in der du Brinkman getötet hast und anschließend von jemandem abgeholt wurdest, der alle Spuren vernichtet hat. Jemand, der die Macht hat, einen Mord in einen Unfall zu verwandeln.«

Die Kabinentür öffnet sich, und hinter Michel kommt Jean-Luc lautlos herein. Er vermeidet es, Tom anzusehen, während er den Raum durchquert und sich auf die andere Seite des Bettes stellt.

»Brinkman war ein Drecksack. Es gab immer Ärger mit ihm, und er hat zu viel Aufmerksamkeit auf sich gelenkt. Du hast mir quasi einen Dienst erwiesen.«

Tom versucht zu verstehen, was Eric Hands da sagt. Wenn Hands niemals den Verdacht hatte, dass Tom nicht der war, für den er sich ausgab, dann hat Brinkman auch nie vorgehabt, ihn zu töten.

Nicht Brinkman hat getötet, sondern er selbst. Es lief alles nach Plan und sogar besser, als er dachte, aber er hat es vermasselt, weil er Brinkman getötet hat. Nicht kaltblütig, sondern kochend vor Hass und Verfolgungswahn.

»Als du in Nizza warst, habe ich dich beschützen lassen«, sagt Hands. Er streicht sich mit den Handflächen über die Schläfen, als wollte er Locken bändigen, die er nicht hat. »Ein Fehler. Ich hätte dich besser überwachen lassen sollen.«

Hands geht ans Fußende des Bettes und wendet sich für einen Moment von Tom ab, als würde ihm sein Anblick Übelkeit bereiten.

»Jetzt ist die Frage: Wer bist du, und was zum Teufel machst du hier?«

Tom ist kurz davor, ihm die Antwort auf seine Vorwürfe ins Gesicht zu schleudern, als Hands, der vor ihm steht und ihn voller Verachtung und Abscheu ansieht, sich plötzlich umdreht und geht. Im selben Moment setzen sich Jean-Luc und Michel in Bewegung und kommen auf das Bett zu. In der Tür dreht Eric Hands sich um.

»Seid vorsichtig mit dem Kopf«, sagt er. »Der scheint ein wenig empfindlich zu sein.«

»Wenn Brinkman ein Drecksack war, was sind Sie dann?«, ruft Tom ihm hinterher.

Die Tür fällt ins Schloss. Es ist fraglich, ob Hands ihn gehört hat.

Das ins Fleisch eindringende Messer. Er sticht immer wieder zu … Eric Hands ist es, den er töten will. Er weiß, dass er dazu in der Lage ist, aber jetzt ist es zu spät.

Jean-Luc packt seine Arme und dreht sie ihm hinter den Rücken. Er hält ihn fest, während Michel zuschlägt. Tom hatte gehofft, es würde andersherum sein.

Vendela hat die Jalousie in der Küche zur Hälfte heruntergezogen, damit die Sonne sie nicht blendet. Sie hat eine halbe Stunde vom ersten Verdacht bis zu dem Moment gebraucht, in dem sie sich vollkommen sicher war. »Hinterlistiges Arschloch«, sagt sie.

»Haben wir ihn verloren?«

»Ja.«

Sie haben keine Verbindung mehr zum Atlas-Netzwerk. Sie bewegen sich in einer Kopie, die Informationen enthält, die sie schon kennen, aber nichts Neues.

»Alles tot. Die Uhr tickt, aber eigentlich ist die Zeit stehen geblieben.« Sie zeigt auf die Zeitangabe unten rechts auf dem Bildschirm.

»Es ist etwas passiert«, sagt Karolina und schaut durch die Balkontüren im Wohnzimmer aufs Meer hinaus.

»Hands hat uns bemerkt oder ist zumindest misstrauisch genug geworden, um sein Netzwerk zu säubern. Und nicht nur das, er hat ein paar Nebelkerzen geworfen, damit wir nicht merken, dass er uns rausgeschmissen hat.«

»Und der Prophet?«

»Ich habe versucht, ihn zu erreichen«, sagt Vendela. »Mittels einer sicheren SMS von der Verteidigungshochschule. Keine Antwort, nicht mal eine Empfangsbestätigung.«

»Das heißt, die Uhr tickt in mehr als einer Hinsicht.«

»Was können wir tun?«

Karolina nimmt ihr Handy vom Tisch. »Im Moment gar nichts, wir sind abgehängt, sowohl von Hands als auch von unserem eigenen Agenten. Ich werde die Franzosen anrufen müssen, aber am liebsten würde ich den kleinen Scheißer persönlich erschlagen.«

»Meinst du jetzt den Propheten?«

»Ja, ich meine den Propheten«, sagt Karolina mit Nachdruck. Sie bemerkt Vendelas Blick. »Was denkt er sich bloß dabei? Ein hirnamputierter fünfundzwanzigjähriger Externer, der unbedingt ein doppeltes Spiel spielen muss.« Sie ist jetzt richtig in Rage und fuchtelt aufgeregt mit ihrem Handy. »Warum ist er nicht zu uns gekommen und hat uns davon erzählt? Anschließend hätte er nach Lust und Laune Doppelagent spielen können.«

Vendela sitzt ruhig hinter ihrem Bildschirm. Hands' Seitenattrappen spiegeln sich in ihren Augen.

»Doppeltes Spiel finde ich übertrieben«, sagt sie. »Die Franzosen und wir sind ja in dieser Sache mehr oder weniger Verbündete. Es ist nicht so, dass er zu Hands übergelaufen wäre.«

»Kann man so sehen, wenn man haarspalterisch sein möchte, aber er hat uns hintergangen. Wir haben ihn bezahlt und ausgebildet, seine Coveridentität aufgebaut. Ihm ist offensichtlich nicht klar, wie viel Arbeit wir investiert haben, und jetzt sind wir im Hintertreffen, während Emmanuel Lambert die Fäden zieht.«

»Vielleicht hätten wir Lambert von Anfang an einweihen sollen.«

»Ich begreife nicht, wie du ihn noch verteidigen kannst.«

»Ruf ihn an«, sagt Vendela, »bevor es zu spät ist.«

Karolina erstarrt mitten in der Bewegung. Die Uhr läuft. Sie geht ins Wohnzimmer, wählt Lamberts Nummer und schaut hinaus ins Blaue, wo der Prophet ist, falls er noch lebt. Vendela kann sagen, was sie will. Ihr geht trotzdem nicht in den Kopf, wie er sich mit Lambert einlassen konnte, ohne ihnen etwas davon zu sagen. Hat er das Ziel aus den Augen verloren? Ist er deswegen zur Capricorn zurückgekehrt? Hat er sich ernsthaft in Ulrika verliebt?

Die Behandlung war kurz, aber intensiv. Es pocht, zieht und brennt, aber richtig weh tut vor allem eine Stelle auf der rechten Seite. Bei der kleinsten Bewegung durchfährt ihn ein scharfer Schmerz. Vermutlich eine Rippe, eine der unteren, oder mehrere. Das Atmen tut weh.

Sie haben ihm gestattet, sich anzuziehen, bevor sie ihn mit in eine andere Kabine genommen und ihn dort bearbeitet haben. Eine von den kleineren Kabinen, vielleicht sogar die, in der er bei seinem ersten Aufenthalt an Bord übernachtet hat. Mit auf dem Rücken zusammengebundenen Händen liegt er auf dem Fußboden. Eine zusätzliche Sicherheitsmaßnahme, die ihm angesichts der stechenden Schmerzen bei jeder Bewegung überflüssig erscheint.

Er fragt sich, ob Hands noch einmal zurückkommen wird. Wahrscheinlich schon. Michel und Jean-Luc haben keine Fragen gestellt, sie haben nur zugeschlagen. Tom hatte keine Chance, Hands' Fragen zu beantworten, ehe sie losgelegt haben. Eine Machtdemonstration. Um ihm von Anfang an klarzumachen, dass es einen Preis hatte, ihnen nicht zu geben, was sie haben wollen. Oder eine Strafe.

Tom kann es nicht als Strafe empfinden, weil er sich nicht schuldig fühlt. Die einzige wirkliche Strafe wäre es für ihn, wenn Ulrika jetzt durch die Tür käme, ihn so sehen würde und alles wüsste.

Er denkt an die unerreichbaren Schmerztabletten auf dem Nachttisch in der anderen Kabine. Wenn er es schafft, sich aufzurichten, kann er sich vielleicht irgendwie von seinen Fesseln befreien, aber in seinem Zustand würde das dauern. Ganz langsam und vorsichtig zieht er die Knie an, aber als er sich mit den Füßen vom Boden abstemmen will, um sich an die Wand zu schieben, hat er das Gefühl, seine rechte Seite würde explodieren und die Eingeweide herausquellen. Lange sitzt er reglos da, um sich zu erholen. Er muss noch vorsichtiger sein und sich noch bedächtiger bewegen. Millimeter für Millimeter. Nach einigen weiteren Versuchen merkt er, dass er besser vorankommt, wenn er sich nur mit dem linken Fuß abstößt. Auf diese Weise gelingt es ihm, sich rückwärts bis an die Wand zu schieben und unendlich langsam daran hochzudrücken, bis er angelehnt sitzt.

Er fixiert einen Messingknauf an der Schranktür und atmet ruhig, aber nicht zu tief. Mit jedem Atemzug klingt der Schmerz ein wenig ab und reduziert sich schließlich auf ein erträgliches Maß. Sie haben nicht auf den Kopf geschlagen. Tom ist dankbar für die Diagnose Gehirnerschütterung, die Lambert sich ausgedacht hat. Vielleicht hatten sie Angst, ihn zu töten.

Auf dem Gang sind schnelle Schritte zu hören. Jemand läuft an seiner Kabine vorbei. Danach wird es wieder still. Mit Verzögerung treten ihm Schweißperlen auf die Stirn, die sich zu einem dicken Tropfen vereinen, der an seiner Nasenwurzel und dem Augenwinkel vorbei über die Wange fließt.

Er kann sich nicht einmal einen Schweißtropfen aus dem Gesicht wischen. Wie soll er da irgendetwas tun, um sich zu retten, oder ist das hier das Ende? Wagt Hands es wirklich, sich ihn vom Hals zu schaffen? Er hat es selbst gesagt: jemand, der die Macht hat, einen Mord in einen Unfall zu verwandeln.

Tom sieht sich in der Kabine um. Eins der Fenster, ein ovales Messingbullauge, das mit zwei großen, mit Ösen versehenen Schrauben verschlossen ist, müsste zu öffnen sein. Doch selbst wenn er seine Hände bewegen könnte, wäre es fraglich, ob er hindurchkäme. Und wenn es ihm gelänge? Die Gefahr, entdeckt und wieder eingefangen zu werden, ist groß. Oder zu ertrinken, weil er durch die gebrochene Rippe so eingeschränkt ist.

Er versucht zu ertasten, womit er gefesselt ist. Das Seil wirkt dünn. Wenn er es an irgendetwas wetzen könnte, dürfte es also nicht unmöglich sein, es zu durchtrennen. Während er sich nach einem scharfen Gegenstand umsieht, hört er Schritte auf dem Flur. Vor der Tür bleibt die Person stehen. Ein Schlüssel wird umgedreht, und die Tür wird aufgerissen.

Eric Hands kommt als Erster herein, François folgt ihm. Die beiden anderen müssen sich vielleicht von der morgendlichen Kraftanstrengung erholen.

Wortlos befreit ihn François von dem Strick, der seine Hände zusammenhält. Seine Arme sind vollkommen steif, und in den Schultern spürt er einen stechenden Schmerz, als er sie nach vorne bewegt. François hilft ihm auf, nicht brutal, aber zu ruckartig für seine verletzte Rippe. Zischend atmet er zwischen zusammengebissenen Zähnen ein und ächzt. Am liebsten würde er laut schreien, weiß eigentlich nicht, was ihn davon abhält.

François setzt ihn auf einen Stuhl und tritt ein paar Schritte zurück. Eric Hands schenkt ein Glas Wasser ein und stellt es vor ihn hin.

»Danke«, sagt er, obwohl es ihn Überwindung kostet. Gierig trinkt er das Wasser in einem Zug aus. Hinterher fühlt er sich etwas besser.

»Es ist an der Zeit, mir zu erzählen, wer du bist«, sagt Hands.

Tom stellt das Glas ab. Wenn er Brinkman nicht getötet hätte, wären die Rollen vielleicht anders verteilt. Würde er dann die Fragen stellen und die Schläge austeilen?

Nein, das ist ein Denkfehler. Hätte er Brinkman nicht getötet, würde er überhaupt nicht hier sitzen. Dann wäre er jetzt mit Ulrika zusammen. Was für eine Überraschung hatte sie eigentlich für ihn vorbereitet? Er wird es nie erfahren.

Er sieht Hands in die Augen. Es ist leichter, als er gedacht hat. In gewisser Weise ist er froh, dass Hands ihn nicht heute Morgen befragt hat. In dem Zustand, in dem er sich zu dem Zeitpunkt befunden hat, hätte er Dinge von sich gegeben, die er um jeden Preis für sich behalten sollte. Dinge, die seine Lage nur verschlechtert hätten. In den Stunden auf dem Kabinenfußboden hatte er viel Zeit zum Nachdenken.

Eric Hands hält auffordernd die Handflächen vor sich. Er muss jetzt liefern.

»Ich bin Tom White«, beginnt er.

Er sieht etwas in Hands' Augen aufblitzen und fährt schnell fort.

»Stimmt, ich habe Brinkman tatsächlich umgebracht, und es stimmt auch, dass es in Wirklichkeit um Brinkman geht. Ich bin kein fehlendes Bindeglied ...«

Hands' geballten Fäusten und seiner angespannten Kiefermuskulatur nach zu urteilen, ist es nicht das, was er hören will.

»Oder vielleicht bin ich doch ein fehlendes Bindeglied«, fügt er aus Angst, Hands könnte ihn wieder Michel überlassen, hinzu. »Aber nicht so, wie du denkst. Gib mir einen Augenblick Zeit, ich werde dir alles von Anfang an erzählen.«

»Ich höre«, sagt Hands. »Aber erspar mir langatmige Ausführungen.«

»Ich fasse mich kurz«, verspricht Tom.

Keine Reaktion.

»Ende August bin ich Ulrika hier an Bord zum ersten Mal begegnet, am zweiundzwanzigsten August, um genau zu sein. Ich hatte Wille, also William Retzius, in

Cannes kennengelernt. Er hat mir am selben Abend Richard vorgestellt. Aber das weißt du vielleicht schon.«

»Sprich weiter«, sagt Hands.

»Anfang September haben Ulrika und ich uns in New York wiedergesehen, und seitdem hast du ja einiges mitbekommen… Wir waren zusammen auf Gotland, dann hier auf der Capricorn. Genau wie Brinkman. Vor zwei Wochen bin ich von Emmanuel Lambert kontaktiert worden, so nennt er sich jedenfalls. Ich weiß nicht genau, wer er ist oder was er macht, aber er hat mich in die französische Botschaft in Stockholm einbestellt, repräsentiert also wohl in irgendeiner Weise Frankreich.«

Eine kleine Veränderung in Hands' Gesicht. Was immer er denkt, diese Information hat Eindruck auf ihn gemacht.

»Er erzählte mir, dass sie Brinkman schon länger im Auge haben. Er gehört zu einem Netzwerk von rechtsextremistischen Gruppierungen und ist ins Visier der französischen Ermittler geraten, weil er Waffenschmuggel betreibt, um französische Rechtsextremisten mit Waffen zu versorgen. Laut Lambert haben sie einen Anschlag vorbereitet, der den Bataclan-Anschlag in den Schatten gestellt hätte. Brinkman kam nur am Rande ihrer Ermittlungen vor, aber sie waren überzeugt davon, dass er in irgendeiner Weise in die Planung involviert war.« Er macht eine Pause und schaut auf sein leeres Glas. »Könnte ich noch ein bisschen Wasser bekommen?«

Eric Hands ist es offenbar leid, den guten Cop zu spielen. Er dreht sich zu François um, der das Glas holt und es vollschenkt.

»Danke«, sagt Tom wieder. Diesmal ganz selbstverständlich. »Dieser französische Polizist oder Agent oder was immer er ist hat irgendwo aufgeschnappt, dass ich mit der Familie Hands befreundet bin, also mit dir, und er hat mich gebeten herauszufinden, worum es bei Brinkmans Zusammenarbeit mit dir ging.«

»Und du hältst es für eine gute Idee, mich und meine Familie auszuspionieren?«, schnaubt Hands.

»Soll ich etwa die Familie meiner Freundin ausspionieren? Genau das habe ich zu ihm gesagt.«

Hands sieht ihn ungläubig an, unterbricht ihn aber nicht.

»Lambert hat betont, dass er es nicht auf dich abgesehen hat. Es geht ihm um Brinkman.«

»Und du glaubst ihm?«

»Warum sollte ich das nicht tun? Er sagte, du hättest mit der Sache nichts zu tun und hättest Brinkman höchstens unwissentlich geholfen. Sie sind hinter Brinkman her. Sie vermuten, so absurd es auch klingen mag, dass er nicht nur Rechtsextremisten mit Waffen versorgt, sondern auch saudische Terroristen. Sie glauben, dass Brinkman ein Interesse daran hatte, den Hass auf Muslime zu schüren, und möglicherweise indirekt sogar am Abschuss der Air-France-Maschine beteiligt gewesen ist.«

Tom trägt dick auf, aber seine Übertreibungen haben eine reale Grundlage. Die Kisten, die er in dem sogenannten Weinkeller in Bungenäs gesehen hat, erwähnt er nicht. Es ist besser, wenn Hands die einzelnen Puzzleteile selbst zusammensetzt, während er das, was er von Tom erfährt, auf sich wirken lässt.

Irrt er sich, oder ist Hands ein wenig blasser geworden?

»Er hat mir nie im Detail erzählt, was sie über Brinkman wissen, und sie haben mir auch nicht gesagt, wie du ihm eventuell, wenn auch nur indirekt und ohne es zu wissen, bei der Durchführung seiner Pläne geholfen haben könntest, aber er wirkte überzeugend. Wer würde nicht gerne einen Terroranschlag verhindern? Ich bin Schwede, aber ich fühle mich auch als Franzose, da ich einen Großteil meines Lebens in Frankreich verbracht habe.«

Hands bringt ihn mit einer Handbewegung zum Schweigen.

»Du willst also die Welt retten, verstehe, aber warum bist du, falls das alles wahr ist, nicht zu mir gekommen? Du sagst, es wäre nur um Brinkman gegangen. Habe ich es deiner Ansicht nach nicht verdient zu erfahren, dass sich ein Terrorist in den Atlas-Konzern eingeschlichen hat?«

Das ist eine sehr gute Frage. Hands kombiniert schnell und eruiert sofort die Schwachstellen. Eine ebenso gute Frage wäre gewesen: Wieso hat sich der Franzose nicht direkt an Hands gewandt, wenn der angeblich so unschuldig ist und sie es nur auf Brinkman abgesehen haben? Aber diese Frage stellt Hands nicht. Tom ist überzeugt, dass Hands es tun würde, wenn ihm der Schwachpunkt aufgefallen wäre, aber im Moment ist er vermutlich in Gedanken bei all den Personen, die Simon Brinkman für ihn aus dem Weg geräumt hat, und den Waffen, die er

Brinkman besorgt hat, die in die Hände von Terroristen gelangt sind und möglicherweise den größten Terroranschlag verursacht haben, den es auf schwedischem Boden je gegeben hat.

»Er hat mir davon abgeraten, dich einzuweihen«, antwortet Tom. »Er befürchtete, du könntest Brinkman rauswerfen.«

»Und da lag er verdammt richtig«, sagt Hands mit einer Erregung, die gespielt sein muss.

»Aber dann wäre ihnen die Möglichkeit entgangen ...«

»Die Quintessenz ist also«, sagt Hands, ohne abzuwarten, bis Tom seinen Satz beendet hat, »dass du der Familie deiner Freundin einen Franzosen vorgezogen hast, den du noch nie gesehen hattest.«

»Ich habe nicht ihn vorgezogen, sondern ich habe es vorgezogen ...«

Tom verliert den Faden, als er im Flur jemanden rennen und oben an Deck Rufe hört. Die Tür wird aufgerissen. Es ist Jean-Luc, und in den Augen, die Hands anstarren, scheint irgendetwas zu zerbrechen.

»Ihr müsst kommen«, keucht er.

»Kann das nicht ...«

»Jetzt sofort. Unbedingt.«

Hands steht auf, ohne weitere Fragen zu stellen. Jean-Luc wirft ruckartig den Kopf in den Nacken, um François zu signalisieren, dass er auch mitkommen soll. Alle drei verlassen die Kabine. Der Schlüssel dreht sich im Schloss, und Jean-Luc sagt mit seiner aufgeregten Stimme etwas zu Hands, das Tom nicht versteht.

Er bleibt noch zwanzig Sekunden auf dem Stuhl sitzen, dann wacht er auf und begreift, dass er diese Gelegenheit nutzen muss. Indem er sich am Stuhl abstützt, kommt er auf die Beine, und dann schlurft er wie ein uralter Greis ins Bad. Er dreht den Wasserhahn auf, hält seine schmerzenden Handgelenke unter das kalte Wasser, tupft sie vorsichtig trocken und durchsucht vergeblich alle Schränke und Fächer nach irgendeinem Schmerzmittel.

Oben an Deck geht es in lautem Französisch hin und her, dann brüllt jemand etwas auf Englisch. Tom kann nur einzelne Wörter verstehen, spürt aber die panische Anspannung. Schnelle Schritte auf der Leiter, das Metall klingt singend nach.

Er schleppt sich zurück in den Wohnbereich und wünschte, er könnte sich schneller bewegen, aber es dauert alles seine Zeit. Schließlich ist er beim Bullauge angekommen und beginnt, die obere Schraube loszudrehen. Sie lässt sich leicht lösen, die andere auch. Es reicht, sie ein kleines Stück abzuschrauben, um sie zur Seite zu klappen und das Bullauge zu öffnen.

Bringt ihn runter ins Boot… Beeil dich… Scheiß drauf, beeil dich einfach…Jetzt, habe ich gesagt, jetzt.

Panik. Der Adrenalinpegel steigt. Was geht da oben vor? Kommt jemand? Die Polizei? Die Küstenwache? Lambert?

Er hofft, dass es so ist. Hofft, dass er hier irgendwie rauskommt. Aber wieso sollte ihm jemand zu Hilfe kommen? Er ist schließlich auf eigenen Wunsch auf die Capricorn und zu Familie Hands zurückgekehrt.

Oben ist noch etwa eine Minute lang Geschrei zu hören, schnelle Schritte und widersprüchliche Kommandos, dann folgt eine kurze Stille, bevor die vertrauten Außenborder zu dröhnen anfangen, lauter werden und sich mit aggressivem Gebrüll entfernen. Das Kielwasser schwappt gegen den Rumpf der Capricorn. Eine Zeit lang sind die Motoren noch zu hören, dann ist es vollkommen still.

Tom steckt den Kopf durch das Bullauge. Glitzernde Wellen, der Geruch von Meerwasser, das ist alles. Er setzt sich hin, ruft sich die Worte ins Gedächtnis, die oben gerufen wurden, die Stimmung, die sie vermittelten. Eric Hands wurde mitten in seiner Befragung unterbrochen. Irgendetwas muss passiert sein, und zwar etwas, das so wichtig ist, dass Jean-Luc nicht lockerlässt, Hands sogar unterbricht und dieser daraufhin das Schiff verlässt. Und anscheinend nicht nur er. Heißt das, dass Tom ganz allein zurückgeblieben ist?

Er blickt zum offenen Bullauge hinüber, ahnt die Freiheit dahinter und wägt die Möglichkeiten ab, während gleichzeitig die Angst an ihm zu nagen beginnt. Wie viel Zeit bleibt ihm? Er steht auf, schleppt sich ans Fenster und steckt den Kopf hinaus.

»Hallo? Ist hier noch jemand?«

Ist das ein Fehler? Andererseits, falls er nicht allein an Bord ist, braucht er es gar nicht erst zu versuchen. Die Gefahr, dass er das hier nicht überlebt, ist ohnehin groß.

Tom ruft noch einmal, lauter diesmal, er schreit aus Leibeskräften. Niemand antwortet.

Er muss die Chance ergreifen, solange sie besteht. Er schiebt den Stuhl ans Fenster, hält inne, schlurft hinüber zur Kabinentür und ruckelt einige Male an der Klinke. Abgeschlossen, wie erwartet. Er kämpft sich zurück zum offenen Fenster, späht hinaus. Bis zur Wasseroberfläche sind es ein paar Meter. Er würde lieber mit den Füßen voran durch die Öffnung klettern und sich ins Wasser gleiten lassen, damit er nicht mit dem Kopf gegen den Rumpf knallt, aber das ist mit der gebrochenen Rippe unmöglich.

Die Leiter hängt fünf bis zehn Meter weiter links und zum Glück nicht auf der anderen Seite der Jacht. Das verbessert seine Chancen. Mühsam steigt er auf den Stuhl, streckt die ausgestreckten Arme und den Oberkörper durch die Öffnung, beugt sich nach vorn und legt die Hände auf das warme Metall, während er versucht, das linke Bein auf die Rückenlehne zu stellen und sich hochzustemmen … Er hat den Schwerpunkt falsch eingeschätzt und rutscht kopfüber aus dem Fenster, sein rechter Knöchel knallt gegen die scharfe Kante des Bullauges, und dann taucht er ins Wasser ein, das überraschend warm ist.

Er macht eine Rolle vorwärts, streckt die Arme in die Richtung, die er für oben hält, und macht mit den Beinen ein paar kräftige Schwimmbewegungen. Der stechende Schmerz strahlt von seiner Rippe nach oben aus, und sein Fuß fühlt sich merkwürdig taub an.

Ein weiterer Schwimmzug und dann noch einer. Warum kommt er nicht an die Oberfläche? Schwimmt er nach unten? Seine Lunge brennt. Es ging alles so schnell, dass er keine Zeit hatte, die Luft anzuhalten, und nun ist fast kein Sauerstoff mehr übrig.

Sekunden später ist er oben. Seine Finger durchstoßen die Wasseroberfläche, einen Augenblick später ist auch sein Kopf oben, und er kann atmen. Er keucht und schnaubt Wasser durch die Nase aus.

Als sich seine Atmung beruhigt hat und er sicher ist, dass er nicht untergeht, dreht er sich in Richtung Leiter. Dort muss er hin, es sind nur fünf bis zehn Meter, aber jetzt wirkt es viel schwieriger, als es vom Bullauge aussah.

Bei der ersten Schwimmbewegung zieht sich sein ganzer Körper vor Schmerz zusammen, und er verschwindet mit dem Kopf unter Wasser. Der Schreck, als er Wasser schluckt, ist so groß, dass seine Beine den Schmerz überwinden und ihn wieder nach oben drücken.

Es geht nicht, er kann nicht schwimmen, es ist unmöglich, er wird sterben, geht ihm durch den Kopf, aber dann reißt er sich zusammen und blendet die negativen Gedanken aus. Solange er strampelt, treibt er auf dem Wasser, das weiß er. Es tut weh, aber wenn er sich vorsichtig bewegt, sind die Schmerzen auszuhalten. Jetzt muss er nur noch herausfinden, wie er sich im Wasser fortbewegen kann.

Nach einigen gescheiterten Versuchen hat er eine Methode entwickelt, den Oberkörper nach vorn zu beugen und wieder zu strecken, dabei mit dem linken Arm zu verhindern, dass er zur Seite kippt, und sich auf diese Weise auf die Leiter zuzubewegen. Er kommt nur langsam voran, aber es geht. Stück für Stück kämpft er sich am schwarzen Rumpf entlang durchs Wasser. Nach jedem Meter muss er ausruhen und abwarten, bis der Schmerz abgeklungen ist.

Er beißt die Zähne zusammen. Entweder der Schmerz oder ein Tod durch Ertrinken, daran klammert er sich. Auch Ulrika geht ihm nicht aus dem Kopf. Würde sie ihm helfen, wenn sie ihn jetzt sehen würde, oder würde sie entspannt von der Reling aus zuschauen, wie seine Kräfte schwinden und er für immer aus ihrem Leben verschwindet?

Weiß sie es? Ist sie jetzt mit ihrem Vater zusammen, oder hat sie das Land bereits verlassen?

Er hat nur noch ein kleines Stück vor sich. Das schafft er ohne Pause, und dann erreicht er die Leiter, die an kräftigen Stahlseilen bis etwa dreißig, vierzig Zentimeter über der Wasseroberfläche herunterhängt. Er streckt die linke Hand nach oben und wird von Hoffnung durchströmt, als er die unterste Sprosse zu fassen bekommt.

Er hängt an der Leiter und verschnauft, als ihm plötzlich klar wird, dass ihm das Schwerste noch bevorsteht. Es ist, als müsste er sich selbst aus einem Swimmingpool mit hohen Kanten hochhieven, im Normalfall keine große Leistung, aber das Allerletzte, was man mit mehreren gebrochenen Rippen tun möchte.

Er streckt die rechte Hand nach oben, umfasst die Leiter mit beiden Händen und zieht sich probehalber ein kleines Stück hoch, um herauszufinden, was ihn erwartet. Der Schmerz durchzuckt seinen Körper wie ein Blitz, aber er kann es schaffen. Der Schmerz ist der Weg, der zum Überleben führt. So muss er denken.

Er lässt sich so tief wie möglich sinken, um den Auftrieb des Wassers zu nutzen, drückt sich mit einer kräftigen Schwimmbewegung der Beine nach oben, zieht mit den Armen, so fest er kann, stößt sich erneut mit den Füßen ab, was keine Wirkung mehr zeigt, weil er schon zu weit oben ist. Er drückt, zieht und schreit laut auf, kann es nicht verhindern, der Schmerz ist überall, im Körper, im Kopf, er schmeckt den Schmerz auf der Zunge, er rauscht in seinen Ohren, verätzt ihm die Augen, bis er nur noch Weiß sieht und in einer anderen Welt versinkt, im Nichts, vielleicht fällt er oder er sinkt, er weiß es nicht.

Als er wieder zu sich kommt, hängt er auf der Leiter, die harten Querstreben an Brust und Bauch, seine Beine hängen immer noch im Wasser. Seine linke Wange ruht auf einer Leitersprosse, er starrt aufs Meer. Der Schmerz ist weg, lauert aber hinter der nächsten Ecke. Er bleibt so liegen und wartet einfach ab, fühlt die Sonne, das Leben, er ist noch da und hat das Schlimmste hinter sich.

Nach einigen Minuten wagt er es, sich zu bewegen, er zieht das rechte Bein hoch, winkelt den linken Arm dicht am Körper an und stützt sich mit dem Unterarm auf einer Stufe ab. Stöhnend drückt er sich hoch auf alle viere, der Schmerz wächst, er versucht erst gar nicht, sich aufzurichten, sondern kriecht langsam die Leiter hoch, bis zur schwarzen Stahlkante der Jacht. Er wälzt sich hinüber und ist an Deck.

Tom ist tatsächlich allein auf dem Schiff. Er begreift

nicht, was sie veranlasst hat, die Capricorn sich selbst zu überlassen. Sogar der Kapitän und der Maschinist, die nichts mit Eric Hands' Geschäften zu tun haben, sind von Bord gegangen.

Die Sonne scheint senkrecht vom Himmel und wärmt seinen Hinterkopf, während er nass und keuchend auf den lackierten Planken liegt. Er robbt bis an die Reling, zieht sich zuerst auf die Knie hoch und dann auf die Füße. Er hat jetzt keine Zeit zu verlieren. Er peilt den Eingang zum Salon an und betet, dass sie nicht die Türen abgeschlossen haben, bevor sie das Schiff verlassen haben. Dann wäre alles vergebens gewesen.

Er drückt die mittlere Klinke hinunter. Abgeschlossen. Irgendwie wird es schon klappen hineinzukommen. Die großen Glasscheiben kann man einschlagen. Er schaut durch das Fenster links von der Tür, wölbt die Hand neben der Schläfe, um die Sonne abzuschirmen. Auf der Schiffsuhr in der Pantry ist es acht Minuten nach zwei. Dann sieht er, dass weiter hinten die große Schiebetür zum Achterdeck nicht ganz geschlossen ist.

Er humpelt zum Achterdeck, geht in den Salon und bleibt einen Moment stehen, um zu horchen. Nicht ein Laut ist zu hören, kein Michel taucht plötzlich auf und nimmt ihn wieder gefangen. Tom durchquert den Salon so schnell wie möglich und steigt die Treppe instinktiv rückwärts hinunter. Allmählich weiß er, wie der Schmerz funktioniert.

Nach ein paar Schritten unten im Gang steht er vor seiner und Ulrikas Kabine, legt die Hand auf den Knauf, und Gott sei Dank ist die Tür nicht abgeschlossen. In der Kabine ist sauber gemacht worden, das Bett ist frisch bezogen. Alle Spuren von Tom White sind beseitigt. Alle?

Tom schlurft immer schneller und bewegt sich auf dem letzten Stück zum Badezimmer fast wie immer fort, dass er dem Ziel so nah ist, beflügelt ihn. Er schraubt die Mischbatterie mit der linken Hand ab und lässt sie auf den Boden fallen. Dann steckt er die Finger in den Hohlraum und bekommt den Plastikbeutel zu fassen. Er ist noch da.

Tom fummelt den Beutel aus der Öffnung und holt das Handy heraus. Er setzt den Akku ein und schaltet das Handy an. Während es versucht, eine Verbindung zum Mobilfunknetz aufzubauen, verlässt er die Kabine für einen besseren Empfang. Die Treppe steigt er Stufe für Stufe hinauf, immer mit dem linken Bein zuerst.

Im Salon weht eine sanfte Brise durch die offene Tür herein, als er die SMS versendet und sich an die Wand lehnt, während er darauf wartet, dass Lambert zurückruft. Was macht er, wenn es länger dauert? Wenn Lambert beschäftigt ist?

Das Handy schrillt regelrecht.

»Wo sind Sie, Tom?«

»Ich bin auf der Capricorn, ich …«

»Sie müssen da weg.«

Emmanuel Lambert spricht deutlich und geschäftsmäßig wie immer, aber in seiner Stimme schwingt noch etwas anderes mit, das ihm von dem Gebrüll oben an Deck bekannt vorkommt. Adrenalin. Dessen Wirkung unmittelbar auf ihn überströmt.

»Was ist los? Ich bin allein hier…«

»Sie müssen da weg. Sofort. Haben Sie mich verstanden?«

»Ja, aber wie soll ich das machen? Alle Beiboote sind weg.«

»Vollkommen egal. Springen Sie ins Wasser und schwimmen Sie. Hauptsache, weg.«

Tom geht an Deck und schaut sich um, von der plötzlichen Aufregung ist ihm schwindlig. Es gibt noch ein paar Rettungsboote, aufblasbare Schlauchboote, die mittschiffs an Davits hängen.

»Es gibt Rettungsboote«, sagt er zu Lambert.

»Nein«, brüllt Lambert ins Handy. »Das dauert zu lange. Tun Sie, was ich sage. Springen Sie ins Wasser und schwimmen Sie los. Sofort!«

Wenn Lambert wüsste, in welchem Tempo er schwimmt, würde er vielleicht doch ein Rettungsboot vorschlagen, aber Tom widerspricht ihm nicht.

»Okay.«

Er versteht es nicht, aber das ist auch nicht nötig, Lamberts Stimme lässt keinen Widerspruch zu. Tom wirft das Handy weg und geht auf kürzestem Weg zur Reling. Backbord gibt es eine Art Pforte. In dem Moment, als er ins Wasser springen will, entdeckt er einige Meter von ihm entfernt an der Reling einen orangen Rettungsring. *Capricorn* steht in schwarzen Großbuchstaben darauf. Er opfert ein paar Sekunden, um ihn zu holen, und springt mit dem Rettungsring im Arm ins Meer.

Diesmal braucht er nichts zu tun, sondern treibt von

allein wieder an die Oberfläche. Er orientiert sich kurz und schwimmt vom Boot weg. Nach einer Weile bemerkt er ein Surren, das er unbewusst schon an Deck wahrgenommen hat. Er hält an und sucht sich eine bequemere Position. Der Rettungsring ist unhandlich, aber wenn er ihn unter den Oberkörper schiebt, kann er mit den Beinen Schwimmbewegungen machen, ohne dass der Schmerz ihn lähmt. Er schwimmt aufs offene Meer hinaus, immer weiter von der Jacht weg. Das Surren im Hintergrund wird lauter. Es ist ein starker Außenborder.

Er zwingt sich, schneller mit den Beinen zu treten, damit er weit genug weg ist, wenn diejenigen, die sich da nähern, eintreffen. Wenn er Glück hat, entdecken sie ihn nicht. Die Motoren verstummen. Er hört etwas gegen den Rumpf knallen.

Seine Beinbewegungen werden noch kräftiger. Der Rettungsring wirkt auf dem blauen Wasser wie ein grellorange Ausrufezeichen, aber dagegen ist nichts zu machen. Ohne würde er nirgendwohin kommen und vermutlich ertrinken, bevor ihn irgendjemand aus dem Wasser fischen kann.

Laufende Schritte an Deck. Er versucht, so viel wie möglich vom Rettungsring mit seinem Körper zu bedecken, und hält den Kopf gesenkt.

»Tom?«

Das ist Ulrikas Stimme.

»Bist du das, Tom?«

Er dreht sich um.

Sie steht neben der offenen Pforte, durch die er gesprungen ist, beide Hände auf der Reling, und beugt sich auf den Zehenspitzen balancierend nach vorn.

»Tom, komm zurück.«

Was macht sie hier?

»Oder nein, warte, ich hole dich«, ruft sie.

»Ja«, schreit er. »Beeil dich.«

Zurück in die Zodiac, runter von der Capricorn. Schnell.

»Beeil dich.«

Ein sirrendes Geräusch steigert sich zu einem schrillen Pfeifen, und im nächsten Augenblick ist die gesamte Capricorn ein Flammenmeer, es ertönt eine ohrenbetäubende Explosion, die abrupt verstummt, weil er auf einmal gar nichts mehr hört, nur noch die Wellen und die durch die Luft fliegenden Bruchstücke der Jacht sieht und die Druckwelle spürt.

Dort, wo eben noch Ulrika gestanden und nach ihm gerufen hat, ist nur noch Feuer und glühende Hitze.

Die Welt ist verstummt. Die Flammen, die von dem verkohlten Wrack hochschießen, stammen aus einem alten Stummfilm. Schwarzer Rauch, flackerndes Feuer. Er treibt reglos auf dem Wasser, Meerwasser fließt durch seine Adern und füllt sein Herz, das stehen geblieben ist. Was soll er jetzt tun? Den Rettungsring loslassen und sich langsam durch das immer dunklere Wasser bis auf den Grund sinken lassen, wo das Licht niemals hinreicht? Ein kaltes Erlöschen.

Doch seine Hände klammern sich krampfhaft am Ring fest und wollen nicht loslassen. Er spürt die Hitze im Gesicht und den beißenden Geruch von Brand und Krieg in der Nase.

Hat Ulrika wirklich an der Reling gestanden und nach ihm gerufen, oder war das eine seiner Fantasien? Entstanden aus der Hoffnung, dass sie nie erfuhr, dass Tom White in Wirklichkeit eine Lüge war? Dass er ihr vom ersten Moment an etwas vorgemacht hat?

Wenn sie tatsächlich dort gestanden hat, wusste sie

nichts. Dann hätte sich seine Hoffnung in einen Albtraum verwandelt.

Er müsste eigentlich vom brennenden Wrack wegschwimmen, aber er ist mit seinen Kräften am Ende, er kann nicht mehr. Schwarz und orange spiegeln sich die Flammen auf der Wasseroberfläche. Ein paar wahnhafte Sekunden lang glaubt er, dass seine Anwesenheit die Explosion ausgelöst hat, dass das Handy, das er von Ylva bekommen hat, von einer zielsuchenden Rakete geortet wurde, aber das sind natürlich Hirngespinste. Wenn Emmanuel Lambert gewollt hätte, dass die Capricorn von der Meeresoberfläche verschwindet, wäre er nicht auf Toms Hilfe angewiesen gewesen.

Die Überbleibsel der Motorjacht kippen mit einer sanften, aber schnellen Bewegung in Toms Richtung und bleiben mit fünfundvierzig Grad Schlagseite liegen. Was passiert, wenn das Wrack sinkt? Wird er dann mit in die Tiefe gesogen? Ist das sein Bestimmungsort? Wird er im selben Grab wie Ulrika landen?

Er dreht sich um und schwimmt mit langsamen Beinbewegungen los. In gewisser Hinsicht hat er ihren Tod verschuldet. Ohne ihn wäre sie vermutlich nicht einmal in Cannes gewesen. Vielleicht wäre sie mit einem Robert, der sie wirklich liebt, in New York oder mit einem Abenteurer liiert, der eine Zeit lang auf dem Vermögen ihrer Familie surft. Ist das hier nicht genau das, was er gewollt hat? Die perfekte Rache. Auge um Auge. Hands' Tochter im Austausch gegen Elias' Vater. Nein. Das hier hat er nicht gewollt. Nicht so.

Er spürt Vibrationen im Wasser und nimmt schräg hinter sich einen Schatten wahr. Er erkennt das Boot wieder, erinnert sich an die Tür, aus der jetzt Lambert und ein Mann mit einem Sturmgewehr an einem Schultergurt treten. Es ist, als würde sich alles wiederholen.

Wann wurde der Tod ein immer wiederkehrender Gast in seinem Leben? Wenn er nicht das Opfer ist, ist er selbst derjenige, der tötet.

Das Kielwasser glättet sich, die Vibrationen hören auf, die Motoren brummen im Leerlauf. Das Boot gleitet an ihn heran. Lambert streckt einen Bootshaken aus und bekommt damit das Tau am Rettungsring zu fassen.

Auf Lambert gestützt steigt Tom über die hohe Schwelle zur Kommandobrücke. Die Tür wird hinter ihm geschlossen, das Brummen der Motoren wird wieder lauter, und das Schiff legt sich auf die Seite. Sie rasen davon, weg von der sinkenden, rauchenden Motorjacht. Toms Knie werden weich, er rutscht an der Wand hinunter. Lambert hält ihm die Hand hin, um ihm aufzuhelfen, aber Tom winkt ab. Er will nicht aufstehen, er will fallen, sinken, verschwinden.

Der Matrose am Steuer wirft einen verstohlenen Blick auf den zusammengesunkenen Menschen auf dem grauen Stahlboden. Das Wasser, das aus seiner Kleidung tropft, bildet Lachen und Rinnsale unter ihm, die mit jeder Bewegung des Bootes die Richtung wechseln. Tom schließt die Augen, Lamberts Stimme ist ganz nah, aber er versteht trotzdem nicht, was er sagt.

»Was?«

»Noch jemand an Bord?«

Er versteht kein Französisch, muss sich jedes Wort wie mit einem Lexikon einzeln übersetzen. Erneut schließt er die Augen, lässt den Kopf Richtung Knie sinken und versucht, das Bild von Ulrika im Flammenmeer wegzuschieben. Dabei war sie nicht einmal zu sehen, keine schwarze Silhouette vor den lodernden Flammen, sie war von einem Moment auf den anderen einfach verschwunden. Ausgelöscht.

Bevor seine Stirn die Knie berührt, fährt ihm ein bohrender Schmerz in die Seite, er wirft reflexartig den Kopf in den Nacken und stöhnt laut auf.

»Wo tut es weh?«

»Ulrika«, murmelt er.

Der Stahl unter ihm vibriert. Vom Geruch nach Diesel und Putzmittel wird ihm schlecht.

»Wir bringen Sie zu einem Arzt.«

Er kann sich nicht aufraffen, etwas darauf zu erwidern. Seine Rippen. Was spielen die jetzt für eine Rolle? Die nasse Kleidung kühlt ihn aus, er zittert am ganzen Körper, merkt, dass ihm jemand eine dünne Rettungsdecke umlegt, sieht aber nicht, wer es ist.

Er gibt sich dem Zittern hin, dem Frieren, den Vibrationen und dem ziehenden Schmerz in der Seite. Lange nimmt er nichts anderes wahr. Es ist eine Art Meditation. Wenn er den Schmerz annimmt, kann er alles andere zum Verschwinden bringen.

Als das Motorengeräusch sich verändert, horcht er auf.

Langsam wird ihm wärmer. Wie soll er hier je wieder rauskommen, sich ans andere Ufer retten? Was ist noch übrig? Was ist am Ende bei all der Arbeit, bei all den Lügen herausgekommen? Außer dass er einen Menschen getötet hat, den er gerade zu lieben begonnen hatte?

»Sie ist zurückgekommen«, sagt er.

Lambert hockt sich neben ihn. »War sie an Bord?«

»Hm.«

»Besteht die Chance, dass…«

Er schüttelt den Kopf.

Erst jetzt bemerkt er die langbeinige, schwarz gekleidete Gestalt auf einem Sitz rechts von ihm in der Ecke. Das rote Haar schimmert im Licht, das durch das nächste Bullauge fällt. Die Augen liegen im Schatten, aber er weiß, dass sie ihn ansieht.

Er wartet, ob sie aufsteht und zu ihm herüberkommt oder etwas sagt, aber sie bleibt schweigend sitzen. Er wendet sich ab.

Werden sie ihm vor einem geheimen Gericht den Prozess machen? Oder schicken sie ihn einfach wieder als Elias Ferreira Krantz auf die Straße?

Was spielt das für eine Rolle?

Sie fahren nicht Cannes oder die Croisette an, sondern weiter westlich Mandelieu. Tom kommt nicht länger dagegen an. Ulrika, der verliebte Blick, ihre energische Stimme, die Explosion, das Feuer. Sie ist zurückgekommen, um ihn zu holen. Sie ist nicht mehr da. In Atome zerfetzt. Er hat eine Lüge gelebt und wünscht sich nichts mehr, als diese Lüge zurückzubekommen. Aber es gibt keinen Weg zurück, ganz egal, ob er weiterlügt oder ein Geständnis ablegt, jetzt ist es vorbei.

Er sackt zur Seite und verbirgt das Gesicht in den Händen.

Stunden später liegt er mit Verbänden und Stützbandagen verarztet in einem Krankenhausbett. Er ist geröntgt worden, seine Lungenflügel sind unverletzt. Viel mehr können sie nicht für ihn tun.

Er hat kein richtiges Gefühl dafür, wie viele Stunden vergangen sind, seit er aus dem Meer gefischt wurde. Zwei, drei oder fünf? Er weiß nicht, wo er sich befindet, vermutlich in einem Militärkrankenhaus oder einer anderen nicht öffentlichen Institution. Die Wände sind grüngelb gestrichen, der Nachttisch aus Metall, die Fläche vor dem Fenster kalt und verlassen wie ein Kasernenhof.

Kurz nach seiner Ankunft im Krankenhaus hat er eine Spritze bekommen, aber man hat ihm nicht gesagt, welches Medikament sie ihm verabreicht haben. Ein Beruhigungsmittel vielleicht? Er spürt, dass er innerlich kurz vorm Durchdrehen ist, ein Teil von ihm will davonlaufen, die Türen hinausstürzen und rennen, bis er nicht mehr kann, aber über dem Wahnsinn liegt ein schwerer Deckel aus Gleichgültigkeit. Sie haben ihn ruhiggestellt und chemisch ans Bett gefesselt.

An der Decke eine weiße Glaskugel, aber das Licht brennt nicht. Die raue Bettwäsche starrt vor Wäschestärke. Tom White hatte nur eine richtige Verankerung in der Welt, und das war Ulrika Hands. Also gibt es Tom Whites Welt nicht mehr. Sein Lebenszweck existiert nicht mehr. Er hat ausgedient.

Lautlos schwingt die Tür auf und schließt sich langsam, als die kleine Rolle am Türschließer durch die Schiene gleitet. Emmanuel Lambert steht am Fußende.

»Wie geht es den Rippen?«

Gute Frage. Viel besser als zum Beispiel: *Wie geht es Ihnen?*

»Sie sind noch da, wo sie hingehören.«

Er muss sich fast die Zunge verknoten, um Französisch zu sprechen, aber irgendwie geht es. Lambert zieht sich einen Metallstuhl mit gestreiftem Sitzpolster heran. Er setzt sich auf die Seite des Bettes, wo das Licht auf ihn fällt.

»Es hat Sie übel erwischt.«

»Nicht so übel wie Ulrika.«

Lambert wartet ab, bis sich die See im Kielwasser seiner Worte wieder beruhigt hat, bevor er fortfährt. »Woran hat er es gemerkt?«

Tom zeigt nach oben. »Satellit.«

Lamberts Augen weiten sich, und seine Kiefermuskulatur verkrampft, als er die Zähne zusammenbeißt.

»Ihm ist klar geworden, dass es kein Unfall gewesen

sein konnte«, sagt er. »Der Rest war reine Vermutung. Ich habe versucht, die Schuld auf Sie zu schieben.«

Lambert lächelt nicht, aber es war auch nicht scherzhaft gemeint.

»Sie haben das Schiff verlassen, bevor ich überhaupt dazu kam, noch mehr preiszugeben. Irgendjemand muss ihn gewarnt haben.«

Lambert ballt die linke Hand zur Faust und umschließt sie mit der rechten. »Das waren wir.«

»Sie haben ihn gewarnt?« Tom will sich auf die Ellbogen stützen, was er sofort mit einem eisernen Ring aus Schmerz büßt, und sinkt zurück ins Bett.

»Ja.«

Klar. Oder nicht klar, aber warum auch nicht? Ihm fehlt die Kraft, überrascht zu sein.

»Was ist passiert?«

»Wir haben eine Zeit lang eine verdächtige Gruppe in Marseille observiert, zwei Saudis, einen Ägypter und zwei Iraner, der Ägypter war der Anführer. Vor drei Tagen wurde die gesamte Gruppe nach Cannes verlegt. Heute Morgen haben sie ein überraschendes Manöver vollzogen und sich in mehrere kleine Gruppen aufgeteilt. Sie haben offenbar Verstärkung bekommen, ohne dass wir etwas davon bemerkt haben, die anderen waren anscheinend schon vor ihrer Ankunft in Cannes vor Ort gewesen. Sie haben sich in verschiedene Richtungen aufgeteilt und waren schlicht und einfach zu zahlreich, um sie im Blick zu behalten. Wir haben ein paar von ihnen aus den Augen verloren. Da wir Hands und die Capricorn für ein potenzielles Ziel hielten, Sie nicht erreichen konnten und noch dazu wussten, dass Hands Ihre schwedischen Kolleginnen abgeschüttelt hatte, bestand unsere einzige Chance, Sie möglicherweise zu retten, darin, Hands zu warnen.«

Das ist mehr, als er verkraften kann. Er will es einfach nicht glauben.

»Mein Beitrag zu dem Ganzen ist also, dass ich Hands gerettet und Ulrika getötet habe?«

»Das sehe ich anders«, sagt Lambert trocken.

Das Lüftungssystem gibt ein hohles Rauschen von sich.

»Im Übrigen ging es nicht nur um Sie. Wir wollten, dass Eric Hands am Leben bleibt. Alles andere hätte unsere Arbeit erheblich erschwert.«

»Es ging also doch nicht um mich, wie Sie vorhin behauptet haben?«

»Schon, aber nicht nur.«

»Und wo ist Hands jetzt?«

»Hands besitzt und leitet einen der wichtigsten militärstrategischen Konzerne Europas. Er löst sich nicht einfach in Luft auf. Ihn zu finden ist noch nie ein Problem gewesen.«

Tom liegt auf der Zunge, dass Hands wie üblich davonkommen wird, als ihm schlagartig bewusst wird, dass es Hands genauso hart getroffen hat wie ihn. Er erinnert sich an seinen vorlauten Witz im Restaurant des Yale-Clubs, als er zu Hands sagte, er solle es nicht wagen, seiner Freundin auch nur ein Haar zu krümmen. Er kneift die Augen zusammen und würde sich am liebsten erschießen.

»Aber warum?«, stammelt er schließlich.

»Warum was?«

»Warum will jemand die Capricorn versenken?«

Lambert sieht auf einmal müde aus.

»Sie kennen große Teile der Geschichte, aber einige wichtige Bestandteile fehlen Ihnen. Eventuell können Ihre schwedischen Freunde Ihnen auf die Sprünge helfen.«

»Sie nicht?«

»Ich befürchte, damit meine Befugnisse zu überschreiten.«

Tom blickt hinaus auf den düsteren Hof und dann zur Tür. »Bin ich hier eingesperrt?«

»Ganz und gar nicht«, sagt Lambert. »Sie können gehen, wohin Sie wollen. Allerdings würde ich Ihnen empfehlen, sich vorher ein paar Tage auszuruhen.«

»Es kommt mir ein bisschen wie eine Kaserne oder ein Gefängnis vor.«

Lambert nickt. »Ja, es gibt hier Mauern und verriegelte Türen, aber die sorgen dafür, dass niemand zu Ihnen hereinkommt und nicht umgekehrt.«

Karolina und Vendela brauchen zwanzig Minuten von der Wohnung bis zum Krankenhaus. Karolina spürt mit jedem Kilometer, wie sich etwas in ihr aufbaut. Sie malt sich aus, wie sie ihn hemmungslos beschimpft.

»Dieser miese kleine Rotzlöffel«, sagt sie laut.

»Er…«

»Ich weiß«, sagt sie, um Vendela den Wind aus den Segeln zu nehmen. »Brinkman hätte ihn beinahe umgebracht, Hands' Schergen haben ihn grün und blau geschlagen und anschließend fast in die Luft gesprengt, und zu allem Überfluss hat er sich in die Tochter verguckt und macht sich jetzt Vorwürfe, weil sie draufgegangen ist.«

Er ist verletzt und traumatisiert, und deswegen ist es nicht der richtige Moment für Vorwürfe, das weiß sie selbst. Sie muss sich beherrschen.

»Aber Lambert…« Rasend vor Wut umklammert sie das Lenkrad.

»Was ist uns denn eigentlich verloren gegangen?«, fragt Vendela.

»Das spielt keine Rolle. Ich begreife nicht, wie du diese Frage überhaupt stellen kannst. Und im Übrigen kann ich dir sagen, was wir verloren haben.« Sie gestikuliert wild. »Die Kontrolle«, zischt sie. »Wir sind plötzlich nur noch ein Anhängsel und Statisten.«

»Stimmt«, sagt Vendela, »aber im Moment sitzt du am Steuer und solltest die Fahrbahn im Auge behalten.«

Karolina atmet schnaufend und versucht, sich zu beruhigen. »Ein Glück, dass du dabei bist. Ich würde ihn sonst erwürgen.«

Ihr Zorn legt sich, als sie die jämmerliche Gestalt im Krankenhausbett sitzen sieht. Er ist blass und von blauen Flecken übersät, aber vor allem sein Blick jagt ihr einen Schrecken ein. Wenn Augen der Spiegel der Seele sind, hat sie jemanden vor sich, dessen Seele leer ist.

»Ich wusste gar nicht, dass du so ein Haudegen bist. Dafür haben wir dich nicht angeworben«, kann sie sich trotzdem nicht verkneifen zu sagen.

Zuerst sieht es so aus, als würde er sie ignorieren, aber dann kommt Leben in ihn.

»Das ist mir jetzt auch klargeworden. Ihr wollt Leute, die den Mund halten, wenn ihr ihnen sagt, dass sie den Mund halten sollen.«

Offenbar geht es ihm nicht so schlecht, dass er nicht zurückschießen könnte.

»Wir sind nicht hier, um die Welt zu verändern, falls du das meinst. Wir sorgen dafür, dass die Welt, die wir haben, nicht völlig den Bach runtergeht und dass solche Weltverbesserer wie die, die die Capricorn versenkt haben, nicht machen können, was sie wollen.«

Die Stille im Raum ist ohrenbetäubend. Niemand bewegt sich, und lange Zeit sagt keiner ein Wort. Karolina spürt ein Kratzen im Hals, aber sie kämpft gegen den Hustenreiz an. Laute, aber alltägliche Konversation, die in französischer Sprache über den Hof schallt, bringt die Blase schließlich zum Platzen.

»Warum wollte jemand die Capricorn in die Luft sprengen?«, fragt der Prophet.

Jetzt kann sie sich nicht länger beherrschen und räuspert sich.

»Da kämen mir mehrere Gründe in den Sinn«, fährt er fort. »Ich persönlich hätte Hands auch gerne in die Luft gejagt. Aber Lambert meinte, dass ihr mir sicher auf die Sprünge helfen könnt.«

»Aha, das hat er also gesagt. Und er selbst hat dir nichts erzählt?«

»Nein, darüber nicht.«

Natürlich nicht. Karolina sieht Vendela an, aber die hilft ihr nicht weiter. Es ist ihre Entscheidung.

»Ich weiß nicht, ob ich dir diese Informationen anvertrauen kann. Besonders nach dem, was vorgefallen ist.«

»Wenn du mir von Anfang an mehr Dinge anvertraut hättest, hätte ich gar nicht in Erwägung gezogen, mit Lambert zusammenzuarbeiten.« Seine Worte sind vorwurfsvoll gemeint, aber seine Stimme klingt müde und leblos. »Mein Vater ist tot, Mari-Louise ist tot, mein Stiefbruder … Sie sind alle ermordet worden, aber nichts passiert, es geht einfach so weiter.«

Karolina sieht Vendela an und nickt ihr zu. »Aber fass dich kurz.«

Vendela kommt zu ihm ans Bett. »Das meiste weißt du bereits. Henning Eriksson, ehemaliger Parteisekretär der Sozialdemokraten, war der Drahtzieher, der dafür sorgte, dass alles im Sinne des Atlas-Konzerns lief, der ein umspannendes Kontaktnetz aufbaute und der persönliche Ansprechpartner von Eric Hands war. Die Tonaufnahme aus Hands' Privatflugzeug hat ihn auffliegen lassen.«

»Solange niemand die Aufnahme zu hören bekommt, hält sich der Schaden in Grenzen«, kommentiert der Prophet.

»Was du nicht weißt«, sagt Vendela, ohne auf seinen Einwurf einzugehen, »ist, dass Frankreich versucht hat, einen Deal zwischen Atlas und der Türkei zu verhindern. Sie wussten von den Bestechungsgeldern und anderen Leistungen, die Atlas hatte springen lassen, und haben das als Druckmittel eingesetzt. Henning Eriksson hat es jedoch geschafft, eine Abmachung zwischen Schweden, Frankreich und Atlas zustande zu bringen. So konnte Atlas sein Geschäft mit der Türkei abschließen, Frankreich hat Stillschweigen über die Korruption bewahrt und bekam als Sicherheit einen Zugang zur militärischen Flugüberwachung der Türkei.«

»Und diesen Zugang hat dein Freund Lambert kurzerhand an die Russen vertickt«, flicht Karolina ungehalten ein.

Vendela sieht sie fragend an, und Karolina macht eine zustimmende Handbewegung. »Sprich weiter.«

»Tja«, sagt Vendela, »und in der Eile hat niemand daran gedacht oder, besser gesagt, sich darum geschert, dass man dank Henning Erikssons Abmachung weder ihn noch Hands belangen konnte. Im Falle einer Strafverfolgung wäre nämlich die Regierung mit ihnen untergegangen und ein internationaler Skandal ausgelöst worden, der dem Ansehen Schwedens gehörig geschadet hätte.«

Der Prophet starrt sie wortlos an. Karolina sieht ihn förmlich die verschiedenen Puzzleteile zusammensetzen.

»Aber«, sagt Vendela, »wie Karolina bereits erwähnt hat, sind die Informationen über die türkische Flugüberwachung an die Russen weitergegeben worden, und diese wiederum haben durchsickern lassen, dass es diesen französischen Zugang gibt. Wem sie sich anvertraut haben, wissen wir nicht…«

An dieser Stelle unterbricht Karolina sie erneut. »Mehr können wir dir nicht sagen. Den Rest musst du dir selbst zusammenreimen. Das dürfte nicht allzu knifflig sein.«

Der Prophet unternimmt einen qualvollen Versuch, sich bequemer hinzusetzen.

»Ihr denkt also, die Air-France-Maschine und die Jacht von Hands…«

Der Prophet lässt das Kinn langsam auf die Brust sinken. Er murmelt etwas, aber er spricht so leise, dass Karolina ihn nicht richtig versteht.

»Ich hoffe, du hast nicht vergessen, dass du eine Schweigepflichtserklärung unterschrieben hast.«

»Nein, natürlich nicht.« Er zuckt zusammen und hebt hastig den Blick. »Die Schweigepflicht ist ja auch am allerwichtigsten.«

»Wir können verstehen, dass du Hands an den Kragen willst«, sagt Karolina. »Das wollen wir auch …«

»Ihr seid doch nicht bei Trost«, faucht der Prophet überraschend hitzig. Anscheinend ist er allmählich wieder bei Kräften. »Um das Ansehen der Regierung zu retten, habt ihr eine Art Fatwa in Kauf genommen …«

»Wir sind für diesen Deal nicht verantwortlich, wir hatten noch nicht mal Einfluss darauf. Den hat Eriksson ganz allein ausgeklügelt.«

»Logisch. Ihr betreibt ja nur Schadensbegrenzung. Und nun breiten wir den Mantel des Schweigens darüber.«

»Wir sind keine Polizisten«, fährt sie ihn an, »und auch keine Strafverfolgungsbehörde. Das wusstest du, als du dich entschieden hast, mit uns zusammenzuarbeiten.«

Den harten Worten folgt eine nachdenkliche Stille.

»Wir müssen einige andere Dinge besprechen«, sagt Karolina, »aber damit warten wir, bis du dich erholt hast und zurück in Schweden bist.«

»Hast du sonst noch Fragen?«, erkundigt sich Vendela. »Rein praktische, meine ich.«

Er schüttelt den Kopf.

»Na dann«, sagt Karolina. »Wir melden uns in ein paar Tagen.«

Erst als sie an der Tür sind, hält er sie auf.

»Wer bin ich jetzt?«, fragt er. »Wie heiße ich? Was soll ich machen, wo wohne ich?«

Mit diesen Fragen hat sie nicht gerechnet.

»Darüber müssen wir in Ruhe nachdenken«, sagt sie. »Solange du hier liegst, brauchen wir es ja nicht zu entscheiden.«

Am Tag darauf kommt Lambert wieder und legt ihm eine Kreditkarte auf den Nachttisch. Sie gehört zu einem Konto, auf dem die versprochene Bezahlung eingegangen ist. Er erhält auch ein Handy, weiß aber nicht, wen er damit anrufen sollte.

Was hat er eigentlich bewirkt außer Chaos und Tod? Irgendetwas Gutes? Es fällt ihm schwer abzuschätzen, welchen Anteil er selbst an den Geschehnissen hat, was Gefühle und was Tatsachen sind, was Zufall und was etwas anderes. Er ist bezahlt worden. Er hat Simon Brinkman getötet. Ist er deshalb ein Auftragsmörder?

Er fragt Lambert nicht, um wie viel Geld es sich handelt. Ob das Büro ihn jemals entlohnen wird, weiß er nicht. Er ist nicht mittellos, er hat noch einen Teil des Erlöses aus dem Verkauf von der Wohnung seines Vaters und Mari-Louise, aber wie soll er in einer Bank beweisen, dass er Elias Ferreira Krantz ist? Elias lebt, er ist registriert, aber wie kann er sich selbst mit seiner Person in Verbindung bringen? Und wäre das überhaupt eine gute Idee?

Ein Flugzeug mit einhundertsiebenundvierzig Passagieren, ein Schiff mit einer einzelnen Frau an Bord. Das war letztendlich der Preis, der gezahlt wurde, um alle zum Schweigen zu bringen und die Regierung zu retten. Für dieses Mal. Vielleicht ist es noch nicht vorbei.

Sie werden ihn niemals in Ruhe lassen, das ist ihm jetzt klar. Er ist eine tickende Zeitbombe, eine potenzielle Bedrohung für die Regierung und die gesamte politische Ordnung in Schweden. Es gibt sicher einige, die ihn gerne los wären. Falls seine Existenz außerhalb des Büros bekannt ist. Gibt es da eine stillschweigende Übereinkunft? Sie halten ihn geheim, solange er den Mund hält?

Und Hands? Wird er jemanden beauftragen, Tom Whites Verfolgung aufzunehmen?

Bis zum Nachmittag bleibt er im Bett liegen. Dann bittet er um ein Schmerzmittel, wartet ab, bis nach einer Viertelstunde die Wirkung einsetzt, und kämpft sich hoch. Seine Kleidung liegt trocken und zusammengefaltet in einer Papiertüte in dem schmalen Spind. Die Hose anzuziehen fällt ihm trotz der Tablette schwer, aber das Hemd geht relativ leicht. Schuhe hatte er nicht dabei. Er muss sich mit den Krankenhauspantoffeln begnügen. Mit etwas gutem Willen sehen sie fast hip aus.

Er steckt die Kreditkarte ein, ruft sich ein Taxi und schiebt das Handy in die Hosentasche. Obwohl er im Großen und Ganzen auf Lamberts Zusicherung vertraut, dass er jederzeit gehen kann, öffnet er die Tür vorsichtig und vergewissert sich, dass niemand auf dem Gang ist. Er schleicht hinaus und macht die Tür leise hinter sich zu. Niemand hält ihn auf, niemand sieht ihn.

Erst unten am Empfang stößt er auf ein Problem. Aus einem unbeleuchteten Flur beobachtet er die Leute, die durch den Eingang hereinkommen und hinausgehen. Eine Automatiktür trennt ihn von der Außenwelt, die von einem Pförtner hinter einem weißen klotzigen Tresen mittels einer Fernbedienung geöffnet wird. Ein unüberwindbares Hindernis?

Er blickt auf seine Pantoffeln hinunter und versucht, sich seine Chancen auszurechnen, als sich drei in ein lebhaftes Gespräch vertiefte Personen nähern. Er folgt ihnen so dicht wie möglich, ohne Aufmerksamkeit zu erregen, setzt ein Grinsen auf und tut, als gehöre er dazu.

Der Pförtner drückt auf den Knopf, die Tür summt, und er geht ohne Probleme mit den anderen hinaus.

Das Taxi wartet auf der gegenüberliegenden Straßenseite. Beim Einsteigen lässt er das Handy in den Rinnstein fallen.

»Können Sie mich als Erstes zu einem Geldautomaten bringen?«, fragt er. »Und dann fahren wir von dort aus weiter.«

Als das Taxi am Ende der Straße rechts abbiegt, lässt Vendela den Motor an und fädelt sich in den Verkehr ein.

»Ich bin gespannt, wo er hinwill«, sagt Karolina neben ihr.

»Ich glaube, das weiß er selbst nicht.«

Herzlichen Dank an alle, die mir bei der Recherche und der Überprüfung der Fakten geholfen haben: Elsa Håstad, Gabriel Kihlman, Ulrika Schalin, Daniel Åhlén, Fredrik Backman, Amanda Lublin, Emmanuel Eouzilleau, Tintin Huss, Folke Kühlhorn und Louise Kleerup.

Ich möchte mich bei Lotta Kühlhorn, Fabian Kühlhorn und Sebastian Wadsted für den Buchumschlag und die grafische Gestaltung bedanken, bei meinem Verleger Jonas Axelsson und meinem Lektor Dimitris Alevras für die redaktionelle Arbeit sowie bei Lena Stjernström und Jenni Brun, den Agentinnen von der Grand Agency, die das Buch in die ganze Welt verkauft haben.